CHARITÉ BIEN ORDONNÉE

Libraire pendant plusieurs années, passionné de littératures de genre, Alexis Aubenque est un écrivain français de thrillers. Il a notamment publié la trilogie *River Falls*, dont le deuxième tome a remporté le Prix polar de Cognac en 2009.

Paru dans Le Livre de Poche :

TRILOGIE « RIVER FALLS »

Sept jours à River Falls

Un automne à River Falls

Un Noël à River Falls

ALEXIS AUBENQUE

Charité bien ordonnée

ROMAN

CALMANN-LÉVY

ISBN : 978-2-253-16729-7 – 1re publication LGF

PROLOGUE

Dimanche 3 avril 2011

Le soleil avait passé la crête des montagnes et la nuit commençait à envelopper la forêt alentour.

Brandon était à bout de souffle et avait du mal à distinguer son chemin. Il aurait pu utiliser sa lampe torche, mais craignait d'être une proie d'autant plus facile. Il était en sueur. Il serra les dents quand il crut entendre des cris derrière lui.

Putain ! Comment les choses ont-elles pu dégénérer ainsi ?

Il se remit à courir de plus belle, et trébucha sur une vieille souche à demi déracinée.

Il s'étala, s'écorchant les mains sur un rocher affleurant le sol. Il lança un juron mais se releva aussitôt. Désormais, il pouvait entendre les voix de ses poursuivants. Hilares et vindicatifs. Il les détesta avec une hargne féroce.

Paul, Morgan, Clive, Gwen et Stacy avaient été abattus. Il ne restait plus que lui.

Il n'avait aucune chance de s'en tirer, mais, telle une bête aux abois guidée par ses instincts, Brandon ne pouvait abandonner tant qu'il lui resterait un peu d'énergie.

L'idée de voir les visages de ses agresseurs au-dessus de lui, alors qu'il se traînait sur le sol, lui était insupportable.

Si seulement les choses avaient pu se passer autrement, se dit-il la bave aux lèvres.

— Arrête de courir, tu es fait comme un rat ! lança une voix goguenarde.

Brandon s'obligea à ne pas répondre.

Garde ton souffle, respire.

Jamais, en entrant dans cette forêt avec ses meilleurs amis, il n'aurait imaginé mourir aussi bêtement. Il eut un rictus dégoûté, et faillit s'étaler de nouveau quand il frôla une branche qui lui racla le sommet du crâne.

Tant pis pour la discrétion, mais vous ne m'aurez pas, bande de salopards !

Il alluma sa lampe. Un long faisceau de lumière se dessina devant lui.

Un sourire étira ses lèvres desséchées quand il découvrit les voitures au loin.

J'y crois pas ! Je vais m'en sortir !

Il puisa dans cette vision la force pour ne pas s'effondrer, malgré un début de crampe qui lui raidissait le mollet droit.

Tiens bon, tu vas les baiser !

Il pouvait clairement distinguer les voitures sur le parking. Il était sauvé.

— Allez vous faire foutre, grogna-t-il, plein d'espoir.

Il ne lui restait plus que quelques mètres, et à lui la liberté.

Une forme mouvante attira son regard sur la gauche. Mais avant de comprendre ce qui lui arrivait, il sentit l'impact sur son épaule.

Il alla s'effondrer contre un arbre non loin de la route.

Et merde, c'est foutu. Mourir si près du but.

Il se retourna et se cala lentement contre le tronc de l'arbre. Sa torche balayait le sol, éclairant les pieds de silhouettes qui se rapprochaient de lui.

— Bien essayé. J'ai failli croire que tu allais nous échapper, petit enfoiré, lança une voix féminine.

— La ferme, et qu'on en finisse, coupa Brandon, qui sortit son paquet de cigarettes.

Il y eut des ricanements. Six armes se braquèrent sur lui. Brandon alluma une cigarette, tira une bouffée, et avec un sourire en coin leva ses deux majeurs en direction de ses agresseurs.

Six balles le percutèrent de plein fouet. Un liquide rougeâtre lui éclaboussa le visage.

— T'es mort ! annonça Allison toute contente.

Brandon la regarda avec dédain et tira une nouvelle bouffée de sa cigarette avant d'accepter la main tendue de Malcolm.

— Vous avez eu de la chance, convint Brandon, qui alla ramasser sa lampe torche.

— Tu parles ! se moqua Ronald, fier de lui.

Brandon passa devant lui et, la cigarette aux lèvres, repartit vers les voitures. Ils s'étaient fait avoir comme des débutants. Tout ça à cause de Stacy qui n'avait pas voulu suivre son plan. Et voilà où ils en étaient maintenant.

— Nous avions un traître parmi nous. Je te jure que c'est la première et la dernière fois que je fais équipe avec ta sœur ! fulmina Brandon en direction de Peter, qui le flanquait de près.

Une nouvelle salve de rires moqueurs lui répondit alors qu'ils atteignaient l'orée de la forêt. Les voitures étaient en vue, garées tout près de la maison de la terreur. Brandon eut une pensée pour les malheureux étudiants qui y étaient morts quatre années auparavant. Il était encore au lycée quand toute la presse de Seattle ne parlait que de l'affaire. Six jeunes étudiants poursuivis par un tueur fou. Au final, trois morts, dans cette maison perdue au milieu de la forêt, non loin de River Falls. Tout le monde s'était efforcé d'oublier ce terrible drame, mais quelques étudiants avaient eu la bonne idée d'organiser des matchs de paintball dans ce lieu désormais mythique.

La porte de la maison s'ouvrit, livrant passage aux cinq autres victimes de son équipe, qui venaient à sa rencontre. Souriants, ils avaient changé de vêtements, et tenaient chacun une bière à la main.

— Tu comptais dormir dans la forêt ? ironisa Morgan.

— Notre Rambo à nous ! ajouta Clive, hilare.

À présent, la nuit était totale. Seules les lumières des torches et des lampes à l'intérieur de la maison éclairaient l'espace autour d'eux.

— Si vous n'aviez pas merdé, on les aurait tous butés, et on serait rentrés depuis bien longtemps.

Ils avaient quitté Seattle en tout début de matinée, alors que l'aurore nimbait la cité d'émeraude d'une lumière quasi irréelle.

— Excuse-moi, mais si tu m'avais écoutée plutôt que de rechigner, on n'en serait pas là, rétorqua Stacy.

Brandon lui lança un regard noir. Elle ne manquait pas de culot. C'était elle qui avait tout fait foirer avec ses idées stupides et les autres l'avaient suivie comme des moutons dociles !

— Hé, c'est bon, c'est fini. Je propose de fumer le calumet de la paix, dit Lawrence d'un ton cérémonieux.

Il sortit de la poche de sa veste un énorme joint qu'il alluma avant de le faire passer aux autres. Clive en sortit un à son tour, et très vite l'atmosphère redevint amicale. Le petit groupe retourna dans la maison pour un dernier moment de détente avant le retour à Seattle.

Il était près de minuit quand Brandon sortit de l'ascenseur qui venait de le déposer au troisième étage d'un immeuble situé à Downtown. Il avait bu plus que de raison. Après le joint, c'était un miracle qu'il tienne encore debout. Il mit la clé dans la serrure et entra dans son appartement, un beau deux pièces que ses parents lui avaient offert quand il avait souhaité prendre son indépendance. Il se dirigea jusqu'au salon, éteignit les lumières et s'allongea sur le canapé.

Fatigué mais enjoué, il ferma les yeux et repensa à son après-midi. Même si son équipe avait perdu, la bataille du jour avait été particulièrement exaltante. Après tout, ce n'était pas mal d'être une proie, pour lui qui avait l'habitude d'être du côté des vainqueurs. Il avait tout de même terminé seul contre tous. Le plus rageant, c'est qu'il était sur le point de s'en sortir.

Brandon, tu es le meilleur !

Il esquissa un sourire et ses pensées voltigèrent vers une autre de ses fiertés : Sandy Winedrove. Il l'avait rencontrée deux mois auparavant, dans un de ces cafés branchés qui pullulaient autour de son université, et l'avait ramenée chez lui pour une partie de jambes en l'air mémorable. Même s'il était clair qu'elle était aussi défoncée que lui quand ils avaient fait l'amour, il avait l'impression qu'elle avait réellement pris plaisir à leurs petits jeux érotiques.

Sans surprise, leur relation durait depuis ce moment-là. Malheureusement, il y avait un problème.

Brandon fit la moue en y repensant.

Elle lui avait annoncé, au lendemain de leur première rencontre, qu'elle avait déjà un mec, mais qu'elle voulait en finir. Brandon lui avait assuré qu'il avait tout son temps. Si bien qu'ils se voyaient dans la clandestinité. Néanmoins, plus le temps passait, plus Brandon s'attachait à Sandy. Outre les innombrables cadeaux qu'elle lui faisait, elle était magnifique, et un sacré coup au lit. Il se dégageait de la jeune fille une fragilité qui lui donnait l'envie de la protéger, de la garder auprès de lui pour toujours. Elle était de ces filles à qui l'on ne pouvait rien refuser, de peur de briser leur petit cœur.

Brandon sourit en repensant à leur escapade à Los Angeles, la semaine précédente. Ils avaient enfin pu se promener à l'air libre en étant certains que personne ne les reconnaîtrait. Deux jours de vrai bonheur. Il était temps qu'ils officialisent leur relation.

Sandy lui avait promis de quitter son mec, mais, chaque fois, elle trouvait des excuses pour ne pas le faire. Elle ne voulait pas lui faire de la peine, elle attendait le bon moment.

Brandon ne pouvait rien faire d'autre que patienter et accepter la situation.

Il poussa un grand soupir et se redressa sur le canapé. Il fallait qu'il l'appelle. Il ne comptait pas la voir en ce dimanche soir, il était vraiment trop fatigué, mais il avait besoin d'entendre sa voix avant de se mettre au lit.

Il se leva. Au moment où il rallumait la lumière, la sonnette de l'entrée le fit sursauter.

À cette heure tardive, il ne pouvait s'agir que d'une seule personne. Pas de doute, ils étaient faits l'un pour l'autre ! Étonnamment, sa fatigue s'éclipsa et, bien plus vigoureux qu'il ne l'était quelques instants plus tôt, il se dirigea vers la porte d'entrée.

Mais dès qu'il l'ouvrit, il comprit sa méprise…

PREMIÈRE PARTIE

Lundi 4 avril 2011

1

Debout près de la fenêtre de la cuisine, Logan soufflait sur son café pour le faire refroidir. Dans la pâle clarté de l'aurore, il avait une vue imprenable sur Green Lake, de l'autre côté de la route qui passait devant leur maison.

Ils avaient emménagé deux mois auparavant et depuis, chaque jour, il se réjouissait de sa chance.

— À quoi tu penses ?

Logan se retourna. Hurley, en nuisette, s'approchait de lui.

— Je me disais que j'étais l'homme le plus heureux d'Amérique.

Un sourire effleura les lèvres de Hurley, qui alla se préparer un café.

Elle aussi avait conscience de leur chance.

Un an auparavant, Callwin lui avait demandé de l'aider à écrire un essai sur les pires criminels des États-Unis. Hurley s'était retenue de lui dire qu'il y avait déjà des dizaines de parutions sur le sujet, et avait accepté sa proposition. D'autant plus facilement qu'avec sa grossesse puis l'arrivée du bébé, elle allait devoir passer de longues semaines à la maison.

L'écriture à quatre mains de *Dans l'esprit des tueurs en série* ne fut pas de tout repos. Mais au final l'ouvrage sortit pour Noël et, à la stupéfaction des deux auteures, il culmina en tête des ventes des non-fictions. Près de quatre cent mille exemplaires plus tard, Hurley avait eu de quoi acheter cette superbe maison sur les bords de Green Lake.

— Tu comptes rentrer tard ?

— Non, répondit Logan en allant s'asseoir à la table de la cuisine. Je peux même rentrer plus tôt que prévu si tu veux.

Il lui fit un clin d'œil appuyé, mais Hurley secoua la tête.

— Je ne plaisante pas, insista-t-il.

Hurley prit place en face de lui et le regarda droit dans les yeux.

— Je sais, et c'est ça qui m'inquiète, répliqua-t-elle avec malice.

Logan porta sa tasse à ses lèvres tout en dévorant sa compagne du regard.

Après la naissance de Roy, le rythme de leurs ébats amoureux avait considérablement ralenti, pour reprendre de façon plus soutenue les mois suivants. Néanmoins, ils n'étaient toujours pas revenus au niveau d'antan.

Il était peut-être temps d'en parler sérieusement.

— Tu sais, ne le prends pas mal, mais…

Les pleurs d'un bébé résonnèrent à l'étage. Logan s'arrêta net et, faisant contre mauvaise fortune bon cœur, se leva.

— Finis ton café, je vais lui préparer son biberon, dit-il en sortant de la cuisine pour aller chercher son fils.

Une heure plus tard, Logan était au volant de sa Cherokee et roulait sur la voie express en direction du sud de la ville. Dans la lueur du soleil naissant, un intense sentiment de bien-être le saisit. Alors qu'il avait craint que son retour à Seattle ne soit un peu compliqué, tout s'était déroulé sans anicroche.

Un mois avant la fin de son mandat de shérif de River Falls, Logan avait fait part à Jim Diaz, chef de la police de Seattle, de son souhait de réintégrer les lieux. Non seulement l'homme avait accepté de le reprendre, mais il lui avait également fait savoir que le capitaine de la brigade homicide allait être promu, et qu'il lui réservait son poste. Logan ne croyait pas au hasard. Il le remercia chaleureusement pour ce geste.

Cela faisait désormais quatre mois qu'il avait pris ses nouvelles fonctions. Il avait retrouvé d'anciens partenaires désormais sous ses ordres, mais aussi de nouvelles recrues qui le regardaient avec un respect non feint. Chacun connaissait ses exploits en tant qu'ancien lieutenant à Seattle, mais surtout les terribles affaires qu'il avait résolues à River Falls.

Logan sourit en repensant à la façon dont Diaz l'avait présenté dans son discours d'intronisation : « Soyons heureux de la chance que nous avons de travailler avec un homme d'un tel calibre, un héros. » Un tonnerre d'applaudissements avait suivi. Logan en avait été terriblement ému. Même s'il avait quitté à regret Blanchett, Portnoy, Heldfield et tous ses autres anciens subordonnés, il n'avait plus douté alors de retrouver une bonne ambiance.

— Ainsi va la vie, murmura-t-il en suivant une Mercedes qui venait de se rabattre devant lui.

En cette heure très matinale, la circulation était particulièrement dense. Rien à voir avec la fluidité des avenues de River Falls qui, quelle que soit l'heure de la journée, n'étaient jamais embouteillées.

On ne peut pas tout avoir, se dit-il en allumant la radio.

Il prit son mal en patience et, dix minutes plus tard, il quittait la voie express pour pénétrer dans le district Ouest, à Downtown, le quartier d'affaires de la ville. Il arriva en vue du quartier général de la police où se trouvaient réunis la plupart des départements – homicides, crimes sexuels, personnes disparues…

C'était un bâtiment de près de trente mètres de haut, à la rutilante façade de verre. Un parking-silo y était accolé, dont un étage entier était réservé aux services de police. Logan y conduisit sa Cherokee pour se garer à sa place habituelle. À peine sorti de sa voiture, il croisa de jeunes sergents qui partaient en patrouille. Ils se saluèrent, et Logan repensa au commissariat de River Falls. Ici, tout était si différent. Tellement gigantesque.

La ville était coupée en cinq districts ayant chacun un commissariat qui gérait les affaires courantes. Leurs agents étaient les premiers sur les lieux des divers délits et repassaient ensuite les affaires au département concerné du QG. En tout, il y avait plus d'un millier d'agents de la loi, là où River Falls n'en comptait pas une centaine. Sur cette pensée qui lui donnait un peu le vertige, Logan sortit du parking et pénétra dans l'imposant commissariat central par l'entrée administrative.

Il salua les préposés à l'accueil, entra dans l'ascenseur et monta directement au dixième étage. Là se trouvaient les bureaux du département homicides, où près d'une vingtaine de lieutenants, sous ses ordres, tentaient bon an mal an de résoudre la centaine d'homicides perpétrés chaque année dans la ville.

Une fois de plus, rien à voir avec les chiffres de River Falls.

Il remonta le couloir qui menait à son bureau et passa un quart d'heure, de box en box, à saluer chacun ou à échanger trois mots avec les lieutenants présents, avant d'arriver à son propre bureau, où l'attendait Peggy Norman, sa secrétaire particulière.

— Bonjour, capitaine, vous avez passé un bon week-end ?

— Très bon, je vous remercie, et vous ?

Ils échangèrent quelques banalités avant qu'elle ne le laisse à ses affaires. Il referma la porte, alla s'asseoir dans son grand fauteuil de cuir noir, et alluma son ordinateur.

Peggy lui avait rappelé qu'il avait un briefing à 10 heures avec Gary Ripley, l'adjoint du grand patron. Rien de spécial, il s'agissait juste de faire le point sur les enquêtes en cours en ce début de semaine.

Il se sentait serein, et était de plus en plus à l'aise dans son rôle de capitaine. Même s'il côtoyait bien plus de morts qu'à River Falls, paradoxalement, la pression était moins forte. Il n'était plus le grand manitou et n'avait pas à gérer un commissariat dans sa totalité. Seulement à résoudre des meurtres. Rien de plus, rien de moins.

Il ouvrit ses mails. Des notes ou des rapports de ses lieutenants pour la plupart, ainsi que quelques courriels d'officiers des divers districts de la ville ou de collègues d'autres départements, qui lui demandaient des précisions sur des affaires en cours.

Il allait commencer à répondre quand le téléphone sonna. Le numéro s'afficha. Une ligne intérieure.

— Capitaine Logan, se présenta-t-il sobrement.

— Salut, Mike, c'est Beckett. Je suis désolé de te déranger de si bon matin, mais on a un cadavre sur les bras.

George Beckett, le capitaine du commissariat du district Ouest.

— Quel genre ?

— Un étudiant. Brandon Foster. Coup de couteau en pleine poitrine.

Logan fit la moue. Cela lui rappela immédiatement River Falls.

— C'est un copain d'université qui a découvert le corps, il y a moins d'une heure, à son domicile. J'ai deux sergents sur place. Ils attendent tes gars.

— Tu as prévenu la scientifique ?

— Bien avant toi. Le CSI est nettement meilleur que la brigade criminelle. Tu ne regardes jamais la série ?

Logan eut un sourire. *Les Experts*. Un simple cheveu laissé sur place et vous étiez bon pour la chaise électrique. Plus efficace que des heures d'interrogatoire. Mais tellement loin de la réalité de terrain.

— OK, je t'envoie ce qu'il faut, dit-il, avant d'ajouter : Au fait, bon début de semaine !

Il entendit un léger rire, et Beckett lui donna l'adresse de la victime avant de raccrocher. Fairview Avenue. À moins d'un kilomètre de là, au nord de Downtown.

Il arracha la feuille du bloc sur lequel il avait noté les informations et la soupesa dans sa main. Il avait un mauvais pressentiment, aussi irrationnel soit-il. Il hésitait à se rendre sur place. En sa qualité de chef du département homicides, il n'en avait pas l'obligation. Il se devait de laisser ses lieutenants faire leur travail d'enquêteurs. Son rôle était de les aider, de les guider, ou simplement de valider leurs rapports.

Il se frotta les joues et passa mentalement en revue ses lieutenants présents en cette matinée. Il rejeta l'option Grass et Peterson, qui étaient encore sur le double infanticide d'une mère dépressive qui s'était suicidée (ou pas) dans la foulée, et porta finalement son choix sur son binôme le plus jeune : Angelina Rivera, vingt-huit ans, et Dean Nelson, trente ans. Il avait été étonné qu'on ait associé deux si jeunes lieutenants, mais Ripley, le chef adjoint, lui avait assuré qu'ils formaient une équipe épatante. Et depuis sa prise de fonction, Logan n'avait pu qu'approuver le choix de son prédécesseur.

Il alla les retrouver dans leur bureau.

— Capitaine ? fit Rivera en levant le nez de son ordinateur.

Latino, brune, coupe au carré et visage angélique, elle portait son prénom à merveille. Toujours élégante, en tailleur strict ou en tenue réglementaire.

— Où est Nelson ?

— Vous me cherchez ? intervint ce dernier, qui arrivait avec deux cafés à la main.

Pas vraiment beau gosse, mais un regard ténébreux et beaucoup de charisme. Des cheveux noirs toujours en bataille, une carrure imposante et des vêtements dignes d'un Hells Angels complétaient le tableau.

Drôle de duo, se dit Logan en souriant.

— Oui, un étudiant a été retrouvé assassiné à son domicile sur Fairview. Ça vous tente ?

— On a le droit de dire non ? répliqua Rivera.

Logan fronça les sourcils.

— Non, dit-il en prenant un air sévère.

Nelson passa devant lui, ses cafés à la main.

— De toute façon, si je n'ai pas mon cadavre hebdomadaire, je déprime, répondit-il en venant s'asseoir sur le coin du bureau.

— Je vous envoie le mail de Beckett, et ne tardez pas. Le CSI doit déjà être sur place.

— Oui, capitaine, fit Rivera.

Logan les quitta sans se départir d'une certaine allégresse. Alors qu'un pauvre garçon venait de se faire trucider, il repensait à Hurley et à son fils, et n'arrivait pas à éprouver la moindre compassion. Néanmoins, il savait que cela risquait de vite changer, dès qu'il aurait le premier rapport et les photos du légiste sous les yeux.

Il retourna dans son bureau et, du haut de son dixième étage, il contempla Seattle, la ville qui avait donné aux États-Unis la musique grunge, *Grey's Anatomy* et Amazon.

Il sourit à cette pensée et se remit au travail, pas mécontent de passer la main à ses lieutenants.

2

Tout en buvant son café, Rivera ouvrit le mail que venait de faire suivre Logan. Elle nota l'adresse de la victime avant de se lever.

— C'est ma semaine, dit-elle en attrapant les clés de la Taurus Interceptor.

Plutôt que de répondre, Nelson but une dernière gorgée de son café et jeta son gobelet dans la poubelle. Il adorait conduire, mais avait dû céder à l'intransigeance de sa partenaire, qui réclamait une stricte égalité entre hommes et femmes. Ils prirent l'ascenseur et descendirent les dix étages avant de rejoindre le parking.

Après un week-end agréable, de lourds nuages avaient fait leur retour en cette matinée de printemps.

— Tu paries sur quoi ? demanda Nelson une fois dans l'habitacle de la Ford.

— Bagarre pour une fille, répliqua Rivera du tac au tac.

C'était leur manière à eux de prendre de la distance avec l'horreur. Chaque fois qu'ils allaient sur une scène de crime, ils pariaient sur la motivation du meurtrier. La jalousie était le mobile numéro 1, à égalité avec le règlement de comptes entre dealers. Or un étudiant avait peu de chances de faire partie d'un gang.

— OK, va pour le cambriolage qui a mal tourné, se décida Nelson.

Ils remontèrent toute la Cinquième Avenue, puis deux autres avant de se garer devant l'immeuble de la victime. Une voiture de police et la camionnette du CSI étaient déjà sur place. Un agent faisait le guet à l'entrée et filtrait l'accès.

— Lieutenants, les salua-t-il en soulevant légèrement sa casquette de sergent.

Rivera et Nelson le saluèrent à leur tour avant de lui demander l'étage. L'homme leur répondit et détourna le regard quand il aperçut la camionnette du *Romero's Crime Show*.

— Et merde ! jura Nelson.

— Vous leur interdisez de monter, ordonna Rivera à l'adresse du sergent.

— Ne vous en faites pas, je peux pas les blairer.

Franco Romero était un « journaliste d'investigation » qui faisait les beaux jours de la petite station de télé locale. Celle-ci diffusait chaque semaine une émission sur les crimes et délits commis à Seattle. Du moins avant que Logan débarque et mette fin à la connivence qui existait auparavant entre le département homicides et ce journaliste. Plus de fuites ni d'interviews. Nelson était d'ailleurs persuadé que c'était là la raison majeure de la « promotion » de leur ancien capitaine : il fallait laisser la place à un type moins attiré par une pathétique gloire télévisuelle.

Les deux lieutenants montèrent les trois étages à pied ; un large couloir les mena devant la porte grande ouverte de l'appartement de la victime. Un autre sergent les y attendait.

— Le CSI a déjà commencé, fit l'homme après les salutations d'usage.

— OK, alors on peut repartir, répliqua Nelson d'un ton ironique.

Il n'avait pas aimé l'insinuation du sergent. Il avait toujours cette sensation que les agents des districts se méfiaient de leurs collègues du QG.

— Allez, entre, le poussa Rivera, qui s'excusa auprès du sergent d'un regard navré.

Nelson eut un sifflement épaté en découvrant l'appartement. Le salon, à la décoration haut de gamme et équipé d'un ensemble home-vidéo dernier cri, le laissa interloqué. Il était clair que ce n'était pas la résidence d'un étudiant qui travaillait au McDonald's pour financer ses études.

— Salut, Angelina, salut, Dean, fit Freeman, l'expert du CSI, qui les avait entendus arriver.

— Qu'est-ce que vous avez ? demanda Rivera après qu'ils l'eurent salué à son tour.

— Pas d'arme du crime, répondit Moore, qui venait de les rejoindre dans le salon. Le corps est dans la cuisine, si vous voulez bien me suivre.

Ils découvrirent Brandon allongé sur le carrelage, le visage totalement inexpressif, une large tache de sang souillant son tee-shirt.

— Un coup de couteau en plein cœur. Imparable, dit Freeman.

L'agent afro-américain désigna tous les couteaux qu'ils avaient trouvés et emballés dans des sacs en plastique.

— Apparemment, aucun ne porte de trace de sang, mais le luminol nous en dira plus.

Accroupie à côté du cadavre, Rivera regardait les mains du garçon : pas de traces d'entailles.

— Il ne s'est pas défendu. Il n'a pas vu venir le coup.

— C'est ce qu'il semble, valida Moore. Et il devait être face à son agresseur.

— Une connaissance, conclut Freeman.

— Vous savez si on a volé quelque chose ? Y a-t-il eu effraction ? interrogea Nelson.

— La serrure de la porte est intacte et, d'après l'étudiant qui a découvert le corps, rien ne semble manquer.

— Où se trouve-t-il ? s'enquit Rivera en se relevant.

— Le sergent Price l'a emmené au commissariat du district pour sa déposition. Il vous y attend.

— OK, vous avez déjà fait la chambre ? demanda Nelson.

— Pas encore, répondit Freeman, qui leur tendit la boîte de gants en latex.

Les deux lieutenants en prirent une paire et l'enfilèrent avant de ressortir de la cuisine.

Instantanément, Nelson sentit la pression diminuer. Les années avaient beau passer, il était toujours mal à l'aise à proximité d'un cadavre.

— Une dispute entre lui et sa petite amie, analysa Rivera en retrouvant le salon.

Nelson eut un « hum » approbateur, bien qu'il sache que sa partenaire n'attendait pas sa réponse. Elle avait besoin de dire à haute voix tout ce qu'elle pensait. C'était sa méthode d'enquête à elle.

— Il y avait un sandwich sur la table et des miettes. Ils étaient en train de manger, elle a attrapé le couteau le plus proche et le lui a planté en pleine poitrine.

— Dans le cœur, la corrigea Nelson tandis qu'il traversait le corridor qui menait à la chambre. Le couteau a dû perforer les côtes. Une sacrée fille, ou alors un garçon.

— La colère décuple les forces, fit remarquer Rivera en entrant dans la chambre.

— L'angle du coup nous donnera certainement la taille de l'agresseur.

— À une dizaine de centimètres près, précisa Rivera, qui ouvrit les stores.

Malgré la couverture nuageuse, la lumière matinale envahit la pièce. Une chambre bien rangée. Comme le reste de l'appartement, d'ailleurs. Quelqu'un habitué à l'ordre. Parents sévères, se hasarda Nelson.

— S'il y a eu dispute, il n'y a pas eu de signes avant-coureurs. Pas de meubles renversés, de lampes cassées ou de vaisselle éclatée sur le sol de la cuisine.

Rivera hocha lentement la tête.

— Ne rêve pas trop, jalousie ou pas, ce n'est certainement pas un cambriolage.

— Ce n'est pas parce que j'ai perdu que tu as gagné.

Il s'approcha de la table de chevet et saisit une photo dans son cadre. Brandon plus jeune entouré d'un homme et d'une femme. Ses parents, très certainement. Un tic nerveux lui fit cligner de l'œil.

Si seulement nous pouvions être de simples robots analytiques, se dit-il, en imaginant la douleur des parents quand ils apprendraient la mort de leur fils.

— Ce n'était pas un rebelle. Un bon fils à papa, dit-il en cachant son trouble.

Le cynisme, la meilleure arme contre l'empathie.

— Pas du genre à s'attirer des ennuis, fit Rivera, qui ouvrit la penderie.

Beaucoup de vêtements. Un garçon soigneux de son apparence.

Nelson s'approcha du bureau, et découvrit des manuels de dessin.

— Université de Cornish. Un artiste.

Rivera jeta un regard circulaire sur la pièce.

— Il n'y aucun dessin affiché sur les murs, et je ne me rappelle pas en avoir vu dans le salon.

— Il devait être modeste, ou bien ce ne sont pas les siens, soupesa Nelson en désignant les manuels.

Rivera fit la moue.

— Il est peut-être temps d'aller interroger notre témoin.

— Ouais, de toute façon s'il y a quelque chose à trouver ici, je fais confiance à Freeman pour nous tenir au courant, ou plutôt pour *te* tenir au courant.

Un sourire narquois lui répondit.

3

Malgré les paroles rassurantes d'une sergent restée auprès de lui, Clive Cooper n'en menait pas large. Il ne cessait de revoir le cadavre de son ami, baignant dans son sang, le regard vitreux.

Des personnes apparurent derrière la porte de la salle où il se trouvait. La sergent se leva et alla leur ouvrir.

— Bonjour, sergent. Lieutenants Rivera et Nelson. C'est notre témoin ? fit Rivera en désignant le jeune homme, tandis qu'ils entraient dans la pièce.

— Oui, répondit la sergent d'un regard chargé de compassion.

— Très bien, vous pouvez nous laisser seuls, intervint Nelson d'une voix douce.

La sergent jeta un dernier coup d'œil vers Clive et quitta les lieux en refermant la porte derrière elle. Nelson attrapa une chaise et vint s'asseoir face au garçon.

Il essaya d'oublier son altercation avec Franco Romero à la sortie du domicile de Brandon. Le journaliste les avait interpellés comme s'ils étaient de vieux amis, puis avait commencé à hausser le ton quand Nelson lui avait fait comprendre qu'ils ne leur diraient rien. Sous l'œil d'un caméraman qui filmait tout, Franco avait tendu son micro en arguant le droit à l'information, le pilier de la démocratie américaine. Heureusement que Rivera était là pour le forcer à avancer, sinon Nelson n'aurait pas hésité à l'attraper par le col et à lui dire ce qu'il pensait de son émission.

— Bonjour, Clive, comment tu te sens ? demanda Nelson.

Le garçon leva sur lui un regard de chien battu. Il était encore sous le choc.

— Ça peut aller, répondit-il cependant.

Rivera était restée debout en retrait. Les témoins détestaient se sentir assiégés par plusieurs regards. Un seul suffisait. Une simple conversation plutôt qu'un interrogatoire.

— Tu peux me raconter ce que tu as vu ?

Clive haussa les épaules d'un air désolé.

— Rien. Je suis venu le chercher pour aller en cours, comme tous les matins. Mais quand je me suis pointé devant sa porte, j'ai vu qu'elle était entrouverte. Je n'ai pas réfléchi. Je l'ai poussée et je suis entré, fit-il, le regard ailleurs.

Tant pis pour les empreintes sur la poignée de porte, pensa Nelson.

— Puis je l'ai appelé. Comme il ne répondait pas, j'ai pensé qu'il était encore sous la douche, alors je suis allé directement à la cuisine me préparer un truc. C'est là que j'ai découvert…

Les lèvres tremblantes, Clive ne put achever sa phrase. Nelson se pencha en avant et lui posa une main paternelle sur l'épaule.

— Est-ce que tu as remarqué quelque chose d'inhabituel dans l'appartement ? Prends ton temps avant de répondre.

Toujours en retrait, Rivera était en admiration devant son équipier. À l'inverse de nombreux hommes qu'elle avait connus, il se dégageait de Nelson un sentiment de chaleur humaine particulièrement réconfortant. Il avait le don pour mettre les personnes à l'aise. Elle reconnaissait d'ailleurs volontiers qu'il était bien meilleur qu'elle sur ce point.

— À part la porte qui était ouverte, non, je n'ai rien remarqué. Hier soir, c'est moi qui l'ai ramené chez lui, mais je l'ai juste déposé en voiture. On était trop fatigués pour un dernier verre.

— Tu peux me raconter ce que vous avez fait hier ? continua Nelson.

Clive ne voyait pas en quoi cela pourrait les aider, mais préféra ne pas poser la question, au risque de paraître suspect. Il expliqua alors qu'ils avaient passé la journée à l'est de River Falls, à jouer au paintball.

— Pourquoi aller si loin ? le coupa Rivera en se rapprochant.

Une idée saugrenue lui était venue en tête.

Clive lui jeta le regard de celui qui est pris en faute avant de baisser les yeux.

— On était à la cabane où a sévi Paul Ringfield, fit-il d'une voix piteuse.

Bingo ! se dit Rivera. Beaucoup de citoyens bien sous tout rapport avaient une fascination pour le morbide. Peu allaient jusqu'à écrire des lettres d'amour à des tueurs en série, mais bon nombre se passionnaient pour ces monstres.

— Pourquoi aller là-bas ? enchaîna Nelson d'une voix conciliante.

Même s'il remerciait mentalement Rivera de cette piste, une fois de plus, elle était intervenue sans aucun tact, au risque de braquer leur témoin.

— Pour se faire peur. Vous ne pensez tout de même pas qu'il pourrait y avoir un rapport ?

Nelson n'en avait aucune idée, mais il se souvint alors que Logan avait failli être tué par Ringfield avec un couteau de chasse.

— Nous n'en savons rien, répondit-il sincèrement. Mais si tel était le cas, peut-être as-tu vu quelque chose sans y avoir prêté attention sur le moment. Tu veux bien continuer à nous raconter ta journée ?

Clive acquiesça et prit son temps avant de reprendre. Peut-être qu'un homme les avait espionnés tout ce temps-là ? Quelqu'un qui se prenait pour Ringfield, un copycat ?

Il raconta alors avec force détails l'intégralité de leur journée, jusqu'au moment où tout le monde s'était retrouvé à la cabane, à la fin de la partie.

— Franchement, une journée comme une autre. Pour finir, nous sommes rentrés. J'ai ramené Stacy, Gwen, Ronald et Brandon, puis je suis allé me coucher.

— Quand tu as déposé Brandon, un de tes amis n'est pas monté avec lui ?

— Non, répliqua vigoureusement Clive. Je l'ai déposé en dernier. Ensuite, je suis rentré chez moi. Je vous le jure, je ne suis pas monté chez lui hier soir.

Nelson eut un sourire apaisant.

— Ne t'inquiète pas, nous ne t'accusons pas. On veut juste en apprendre plus sur Brandon. Est-ce qu'il avait une petite amie et, si oui, tu peux nous donner son nom ?

— Oui, enfin non. Il a cassé il y a quinze jours. Enfin, je crois qu'il s'est fait larguer. Elle s'appelle Lana.

Il reparle de son ami au présent. Définitivement innocent, se dit Rivera en laissant Nelson poursuivre l'interrogatoire.

— Tu la connaissais ?

Un pâle sourire éclaira le visage de Clive.

— Ouais, une vraie beauté. Brandon a le don pour sortir avec les plus belles filles de Cornish. Elle fait de la danse, une fille très gracieuse, très gentille, fit Clive, avant d'enchaîner d'un ton plus marqué : Pas du tout le genre à venir tuer son ex.

Cela restait à prouver. Toutefois, Nelson continua à ponctuer le récit du jeune homme de hochements de tête attentifs.

— Excuse-moi de te poser cette question, mais est-ce que tu as une idée de qui pouvait en vouloir à Brandon ?

— Personne ! dit-il comme un cri du cœur. Tout le monde l'aimait. C'était le meilleur des amis.

— J'en suis persuadé. Cependant, il est fort probable que le coupable soit une connaissance. La porte n'a pas été fracturée. Tout porte à croire que Brandon la lui a ouverte avant de le laisser entrer et de l'inviter jusqu'à la cuisine.

— Peut-être qu'on l'a tué quand il a ouvert la porte…

— Pas de trace de sang dans l'entrée. Alors, à moins que tu n'aies toi-même nettoyé les lieux avant notre arrivée, il est mort dans la cuisine, intervint Rivera.

Nelson se retourna et lui jeta un regard noir.

— Pardon.

C'était plus fort qu'elle. Elle n'aimait pas perdre son temps et était toujours effarée par le manque de logique des gens.

— Peut-être qu'on l'a menacé d'une arme, et qu'il a fait entrer son agresseur chez lui, avant de tenter un acte désespéré, imagina Clive, qui n'avait pas apprécié l'intervention de la lieutenant.

— Peut-être. Au stade où l'on en est, tout est possible, approuva Nelson.

Il n'en pensait pas un traître mot. Pourquoi son agresseur l'aurait-il amené dans la cuisine ? Ça n'avait aucun sens. Nelson tenait néanmoins à rassurer le témoin sur leurs bonnes intentions.

— Est-ce que je peux rentrer chez moi, s'il vous plaît ? demanda le jeune homme.

Nelson le jaugea du regard. De toute évidence, il ne leur apprendrait rien de plus. Et ils avaient déjà l'essentiel, à savoir le nom de l'ex-petite amie de la victime. Un bon début.

— OK, mais si jamais tu te souviens de quoi que ce soit qui pourrait nous aider, n'hésite surtout pas à m'appeler, dit Nelson, qui sortit une carte de visite de son portefeuille. La moindre idée, même la plus idiote. Qui sait si ce ne sera pas l'indice qui nous permettra d'identifier celui qui a tué ton ami.

Clive saisit la carte et remercia le lieutenant du regard. Il n'avait jamais tenu les flics en très haute estime. Cependant, il devait reconnaître que tous n'étaient pas aussi minables qu'il l'avait toujours pensé jusque-là.

Il se leva et sortit de la salle sans un regard en arrière.

Rivera se rapprocha de son équipier, qui se leva à son tour.

— Qu'est-ce qu'on fait maintenant ? Les parents de Brandon ou la petite amie ? demanda la lieutenant.

Nelson se passa la main dans ses cheveux indisciplinés.

— On n'a qu'à partager : tu vas prévenir les parents et moi, je vais chercher cette Lana.

Un large sourire factice lui répondit.

4

— Je m'y ferai jamais, soupira Nelson, une fois qu'ils furent ressortis du domicile des Foster.

Rivera lui adressa un regard compatissant.

— C'est ce qui fait ton charme, dit-elle en s'approchant de leur Ford Taurus.

Elle enclencha l'ouverture des portes et s'assit derrière le volant alors que Nelson prenait place à côté d'elle. Elle prit la route en direction de l'université de Cornish. C'était chaque fois pareil. Nelson avait un mal fou à endosser le rôle du porteur de mauvaises nouvelles.

Beaucoup trop d'empathie pour faire un bon flic, avait-elle pensé la première fois qu'ils avaient eu à annoncer la mort d'un proche à sa famille. L'esprit analytique n'a que faire de l'empathie. Tel était son leitmotiv. Sur une enquête, garder toujours un esprit rationnel et lucide. Ni sentiment, ni sensibilité. Ce qui ne l'empêchait pas d'admettre que Nelson était capable de retenue et que son esprit était tout autant rationnel que le sien quand le besoin s'en faisait sentir.

Ils roulèrent un long moment dans un silence total, avant que Nelson ne reprenne la parole.

— Tu as l'impression que les parents de Brandon nous ont caché quelque chose ? dit-il en reprenant le dessus.

Rivera se retint de sourire. Toujours le même rituel. Nelson avait besoin de quelques minutes de tranquillité pour reprendre ses esprits après l'annonce d'une mort.

— Non, derrière leur douleur, ils avaient l'air stupéfaits. Si Brandon menait une double vie, nul doute que ses parents n'y avaient vu que du feu.

Elle était certaine que Nelson était parvenu à la même conclusion. Mais c'était souvent en croyant énoncer des évidences qu'on constatait que ce n'en était pas forcément.

— En tout cas, nous savons pourquoi il n'y avait aucune toile chez lui.

Si l'université de Cornish était dédiée à l'étude des arts en général (danse, chant, théâtre, peinture, arts plastiques), elle s'était ouverte à la modernité en incluant l'infographie dans ses cours.

— Oui, et peut-être en apprendrons-nous davantage sur Brandon quand nous aurons fouillé son ordinateur.

La Taurus rentrait dans Downtown. Ils étaient presque arrivés.

— Possible, je vais prévenir Moore et Freeman qu'ils apportent son ordinateur aux CSI. Par la même occasion, ça pourra être intéressant de regarder dans sa boîte mail. Un artiste jaloux qui l'aurait menacé ? supputa Nelson.

Pas idiot, pensa Rivera. Les artistes étaient vis-à-vis de leurs œuvres comme des amoureux transis envers leurs conquêtes. Et comme eux, ils étaient capables du pire quand ils se sentaient trahis.

— Une piste à suivre. Tu les appelles ?

Nelson sortit son portable et composa le numéro des experts.

Quelques minutes plus tard, Rivera se garait sur le parking de l'université de Cornish. Un bâtiment carré de quatre étages en plein centre de Seattle.

— On ne peut pas le rater, remarqua Nelson.

Sur la façade principale était peint en lettres immenses le nom de l'université.

— L'ego des artistes ! ironisa Rivera.

Ils sortirent de leur véhicule sous une pluie fine et entrèrent rapidement dans le bâtiment. Un beau hall d'entrée à l'esthétisme incontestable.

Égocentriques peut-être, mais avec talent, se corrigea Rivera.

— Bonjour, lieutenants Nelson et Rivera. Nous voudrions parler à votre directeur au sujet de Brandon Foster.

La réceptionniste eut un léger sourire.

— Rien de grave, j'espère, dit-elle tout en prenant son téléphone.

Rivera et Nelson ne répondirent pas. Ils patientèrent quelques instants jusqu'à ce qu'une femme vienne à leur rencontre.

— Natalia Taschernisch, se présenta-t-elle en leur tendant la main. Je suppose que vous êtes là pour Brandon.

Devant les regards étonnés des lieutenants, elle ajouta :

— Je viens de recevoir un mail de votre capitaine me priant d'en informer les élèves avant que les médias ne s'emparent de l'affaire.

Bonne initiative, reconnut Nelson, qui jaugea son interlocutrice. La cinquantaine largement dépassée, elle n'avait pas perdu les attraits de sa beauté slave. Aucun accent. Fille de réfugiés d'URSS à n'en point douter.

— Si vous voulez bien me suivre.

Ils se rendirent au troisième en écoutant avec attention les commentaires de leur guide sur les diverses œuvres qui se trouvaient sur leur passage, et s'enfermèrent dans le bureau de la directrice.

— Asseyez-vous, je vous en prie, dit Taschernisch tandis qu'elle prenait elle-même place dans son fauteuil.

Les deux lieutenants s'installèrent face à elle.

— Brandon était un élève particulièrement doué, reprit Taschernisch. Et si vous voulez savoir s'il avait des ennemis, je peux vous répondre catégoriquement non. Ce n'était pas un bagarreur, ni un de ces artistes prétentieux et pédants.

— Les élèves talentueux attirent tout autant l'admiration que la jalousie, intervint Rivera.

Taschernisch s'enfonça dans son fauteuil, un sourire sur les lèvres.

— Certes, mais si vous aviez connu Brandon, vous sauriez qu'il n'avait aucun ennemi.

— Je vous crois, admit Nelson en s'avançant sur son siège. En vérité, nous sommes surtout venus pour rencontrer une certaine Lana, l'ex-petite amie de Brandon.

— Lana Ripper, confirma Taschernisch en hochant la tête. Effectivement, ces deux-là vivaient un amour fusionnel. Mais de là à imaginer que Lana aurait pu tuer Brandon, c'est une fois de plus bien mal connaître mes élèves.

— Vous saviez donc qu'ils étaient ensemble ? la reprit Rivera, étonnée qu'une directrice soit si bien informée sur la vie privée de ses élèves.

— Pensez-en ce que vous voulez, mais il me plaît de tout savoir sur ce qu'il se passe entre ces murs. Les artistes ont des personnalités fragiles qui requièrent toute notre attention.

Il y eut un léger silence que Nelson rompit en se raclant la gorge :

— Nous n'en doutons pas, et de toute façon nous ne sommes pas ici pour vous juger, mais pour parler à Lana.

Taschernisch se radoucit.

— Je vais la prévenir, mais permettez-moi de lui annoncer moi-même la mort de Brandon.

— Si vous le souhaitez, mais nous resterons à vos côtés, accepta Rivera.

Elle voyait bien que Nelson était sous le charme de cette femme qui aurait pu être sa mère.

— Comme il vous plaira, répliqua Taschernisch.

Elle appela une secrétaire et lui demanda de prévenir Lana Ripper qu'elle était attendue dans son bureau. Quatre minutes plus tard, on frappait à la porte. La directrice se leva et alla ouvrir.

— Bonjour, madame Taschernisch, dit la jeune étudiante en jetant un regard curieux sur Nelson et Rivera qui venaient de se lever.

— Lana, je te présente les lieutenants…

— Nelson et Rivera, compléta Nelson.

— Qu'est-ce qu'ils font ici ? Il ne s'est rien passé de grave, n'est-ce pas ?

Rivera scrutait le visage de l'étudiante et analysait le son de sa voix, à la recherche des émotions y affleurant. Elle avait l'air désorientée, innocente.

— Viens t'asseoir, je t'en prie, dit Taschernisch, qui la dirigea jusqu'au siège précédemment occupé par Rivera.

— Mes parents ? Mon frère ? demanda Lana la gorge serrée.

— Non, ta famille va bien, tu n'as pas à t'inquiéter, dit Taschernisch en s'asseyant près d'elle. C'est Brandon.

Lana fronça les sourcils et jeta un regard étonné vers les lieutenants.

— Qu'est-ce qu'il a fait ? Vous savez, on n'est plus ensemble depuis un moment.

Toute crainte avait disparu. *Définitivement innocente*, valida Rivera.

— Il est arrivé quelque chose de terrible, reprit Taschernisch sans lâcher l'étudiante du regard.

— Vous voulez dire qu'il a eu un accident ?

Inquiétude et repli. Refus d'accepter l'évidence.

Taschernisch serra les lèvres. Elle marqua une pause pour laisser le temps à son élève d'intégrer l'information.

— Il a été assassiné hier soir.

La stupeur figea le visage de Lana. Très vite, le chagrin la submergea et elle fondit en larmes.

Nelson s'approcha d'elle et posa une main réconfortante sur son épaule.

— Lana, je sais que le moment est mal choisi, mais nous allons devoir te poser quelques questions. Te sens-tu capable d'y répondre ?

Sous le choc, l'étudiante lui renvoya un regard perdu.

— Lana, c'est très important. Plus nous en apprendrons sur Brandon et ses habitudes, plus nous aurons de chances de coincer celui qui lui a fait ça.

L'étudiante hocha lentement la tête. Elle se moucha et essuya ses larmes avec les mouchoirs en papier que lui tendait la directrice. Enfin, elle parut se calmer.

— As-tu une idée de qui pourrait en vouloir à Brandon ? Dis-nous tous les noms qui te passent par la tête, continua Nelson.

Lana haussa les épaules et, du regard, chercha de l'aide auprès de Taschernisch.

— Vous ne voyez pas qu'elle est en état de choc, vous ne pouvez pas la laisser tranquille un moment ?

Gentille maman poule.

— Plus tôt elle nous répondra, plus tôt nous partirons, répliqua Rivera, qui ne voyait aucun inconvénient à jouer la méchante.

Taschernisch se renfrogna mais garda le silence.

— Je ne sais pas. Brandon était quelqu'un de gentil. Il n'était pas du genre à se faire des ennemis.

— Tu sais s'il prenait de la drogue ?

Le regard de Lana se porta instinctivement sur ses chaussures. *Coupable !*

— Lana, si tu parles, nous ne retiendrons aucune charge contre toi. Mais tu peux comprendre que si Brandon consommait quelque substance que ce soit, il est possible que son revendeur soit mêlé à son meurtre, intervint Rivera.

— Quand nous étions ensemble, on prenait quelquefois de la cocaïne, mais vraiment pas souvent, avoua-t-elle piteusement.

— C'est toi qui le fournissais ? continua Rivera.

Lana garda le silence et croisa le regard de la lieutenant. C'était peut-être le moment d'appeler un avocat.

— Lana, tu n'as pas à leur répondre, tu es en état de choc…

— S'il vous plaît, madame Taschernisch, fit Rivera sèchement.

La directrice souffla de dédain en levant les yeux au ciel. Nelson tira à lui un fauteuil et s'assit tout près de Lana.

— Je t'écoute, dit-il d'une voix compréhensive.

— Tout le monde prend de la coke. Ce n'est pas comme si on faisait du trafic.

— Sauf que si c'est toi qui le fournissais, il a dû chercher un autre revendeur et est peut-être tombé sur la mauvaise personne, fit Rivera, toujours debout.

Lana reporta son regard vers Nelson.

— Possible… Je n'en sais rien… On ne se parlait plus depuis qu'il m'a quittée.

— Il est parti pour une autre ?

Lana fit la moue.

— Ce n'est pas ce qu'il m'a dit… Il avait besoin de faire un break… Mais je n'étais pas dupe. Brandon n'est pas du genre à rester seul.

Nelson crut déceler une étincelle de nostalgie dans ses yeux. Le sexe. Drogue numéro 1 des jeunes gens.

— Tu as une idée de qui cela pourrait être ?

Elle secoua négativement la tête.

— Si je peux me permettre, vous avez dû trouver son téléphone, intervint Taschernisch, qui en avait plus qu'assez de cet interrogatoire.

Rivera y avait effectivement pensé, mais n'avait pas cru bon l'exposer à haute voix.

— Nous recherchons du personnel. Si jamais ça vous tente, vous pouvez postuler. Je soutiendrai votre candidature, répondit-elle, sarcastique.

— On va te laisser, Lana. Mais si jamais quelque chose te revient…, conclut Nelson qui, comme avec Clive, lui fit ses recommandations avant de lui tendre sa carte.

Quelques instants plus tard, ils se retrouvaient sur le perron de l'université. Une pluie fine avait recommencé à tomber.

— Bon, il ne nous reste plus qu'à vérifier si Brandon avait une nouvelle petite amie, dit Nelson en refermant son blouson jusqu'au col.

— Ouais, fit-elle en repensant à l'attitude peu amène de Taschernisch. Peut-être la directrice en savait-elle plus qu'elle ne le disait. Je vais appeler Freeman pour lui demander s'il a réussi à casser le mot de passe de l'ordinateur, et vérifier s'ils ont trouvé son portable.

Nelson acquiesça et regarda sa montre. Près de midi.

— Ça te dit, un déjeuner chez Marnie ?

— Parfait, fit Rivera, son téléphone collé à l'oreille.

Nelson tendit la main. Rivera y déposa les clés de la voiture, tandis que Freeman prenait la communication à l'autre bout du fil.

Nelson se dirigea vers la Ford Taurus en repensant au charme de Lana. Quel genre de fille était la nouvelle petite amie de Brandon ?

5

Nue, la tête enfouie sous son oreiller, Sandy ruminait des envies de meurtre.

Elle ne peut pas arrêter un instant ! se dit-elle alors que le bruit de l'aspirateur se rapprochait inéluctablement de sa chambre. Cela faisait déjà dix minutes qu'elle avait été réveillée par l'insupportable appareil ménager. Mais plutôt que de se lever et de demander à Maria d'arrêter un moment, elle préférait faire l'autruche en abreuvant d'insultes la femme de ménage. À bout de nerfs, elle se retourna dans son lit et jeta son oreiller vers la porte en pestant une nouvelle fois.

Quand est-ce que Maria apprendrait à faire attention ? Jamais d'aspirateur avant 10 heures du matin ! Ce n'était tout de même pas compliqué à comprendre. À ce moment-là, son regard tomba enfin sur le radio-reveil. 10 h 53.

Aussi vite qu'elle était montée, sa colère retomba. Le souvenir de son bras émergeant de sous la couette pour éteindre le réveil deux heures auparavant lui revint en mémoire.

Allez, va te doucher ma grande, ça va te calmer.

À l'inverse de ses frères, Sandy avait toujours eu un mal fou à se réveiller. Même une fois levée, il lui fallait bien une heure avant d'être opérationnelle, et encore !

Elle ouvrit la porte de sa salle de bains, contiguë à sa chambre, se précipita sous la douche et y resta près de dix minutes, avant d'en ressortir ragaillardie. Elle se posta devant le grand miroir. *De bons gènes, une alimentation saine, du sport, une peau bien entretenue et de belles dents bien alignées, ça fait de vous un canon de beauté*, se dit-elle en admirant son reflet.

Elle resta encore une demi-heure dans la salle de bains à se coiffer et à se maquiller, puis alla vérifier sur la balance que tout allait bien. Cinquante-quatre kilos deux cents. Parfait.

Elle retourna dans sa chambre et prit son temps pour s'habiller. Même si elle avait raté son cours de gym, elle comptait bien retrouver ses copines pour un déjeuner à Capitol Hill, un des quartiers branchés de Seattle.

Enfin prête, elle attrapa son sac à main, et sortit de sa chambre. La femme de ménage était au fond du couloir. Sandy repensa à son réveil brutal, mais décida de ne pas accabler la pauvre femme. Après tout, elle avait dû croire qu'il n'y avait plus personne dans la maison.

— Salut, Maria, je me sauve !

— Bonjour, mademoiselle, bonne journée.

Sandy ne prit pas la peine de se retourner et, le cœur léger, attrapa un manteau dans la penderie de l'entrée. Dehors, une pluie fine l'accueillit, ce qui lui fit accélérer le pas jusqu'à sa Jaguar. Un petit bijou qu'elle avait reçu six mois auparavant pour ses dix-neuf ans. *Qui dit que l'argent ne fait pas le bonheur ?*

ironisa-t-elle en s'installant derrière le volant. Elle mit le contact et le moteur ronronna agréablement à ses oreilles. *Que du bonheur !*

Elle fit demi-tour et quitta la villa qu'elle habitait avec Julian, le plus jeune de ses deux frères. Une magnifique bâtisse construite dans le quartier chic de Magnolia. Une construction de plus de deux millions de dollars avec vue sur le Puget Sound, ce bras de mer venant de l'océan Atlantique qui serpentait dans les terres, offrant aux habitants de Seattle des dizaines de kilomètres de côte. Jetant un regard machinal sur les eaux du Sound, Sandy déboîta à Perkins Lane, et mit les gaz à fond. Une demi-heure plus tard, elle sortait d'un parking, et marchait d'un pas vif dans la Dixième Avenue.

Parapluie à la main et sac à l'épaule, elle se sentait sereine. Le week-end n'avait été qu'une suite de plaisirs : shopping avec tante Anne, cinéma avec ses deux petits cousins et, pour finir, repas, midi et soir, dans la maison de ses parents. Une réunion familiale comme elle les aimait, que seul Tyron, son grand frère, avait manquée. Mais ce n'était pas vraiment une surprise.

Sandy arriva devant le Liberties, accueillie par une musique pop. Le barman la salua. Sans s'arrêter, elle lui fit un geste de la main et alla rejoindre ses copines déjà attablées.

— Salut, les filles, j'espère que je ne vous ai pas trop manqué, fit-elle en s'asseyant à côté de Marcy.

— Nous non, mais Andy est furieux. Il nous a chargées de te dire que tu vas en baver mercredi.

Andy Bifford, un ancien athlète reconverti en coach sportif. Il avait investi tous ses gains dans un luxueux complexe et s'occupait personnellement de ses clients les plus fortunés.

— Qu'il essaye ! S'il veut jouer au dur, on lâche ses cours et vous verrez comment il reviendra en rampant, fit-elle en levant la main pour appeler un serveur.

— Tu sais, si on devait choisir entre toi et Andy…

Sandy regarda le visage embarrassé de ses meilleures amies, puis Nina éclata de rire, suivie par les autres.

— Pauvres filles ! Vous avez de la chance que j'aime être entourée de laiderons ! lança Sandy qui, dans un mouvement gracieux, se retourna vers le bar sous leurs huées.

Un serveur arrivait. Sandy allait commander quand son regard fut attiré par l'écran de télé placé au-dessus du comptoir. Le son était coupé, mais les images et le libellé étaient sans ambiguïté. « Un jeune étudiant retrouvé mort », et la photo de Brandon.

Sandy sentit son cœur s'arrêter, et son sang quitter son visage.

6

Assis dans son fauteuil, Logan regardait le défilé de voitures qui passaient derrière sa fenêtre. 18 h 12. L'heure de pointe. Il était pressé de rentrer, mais avait une dernière chose à vérifier avant de partir.

On frappa à sa porte.

— Entrez, fit-il en faisant pivoter son fauteuil vers son bureau.

Les lieutenants Rivera et Nelson le saluèrent, et vinrent s'asseoir face à lui.

— Alors, qu'a dit le labo ? demanda-t-il sans préambule.

— Ils ont tout un tas d'empreintes, mais aucune ne correspond à celles des fichiers. Très certainement des amis d'université, répondit Rivera.

Logan fit la moue. Même si sa hiérarchie ne lui avait pas mis de pression particulière, il savait que le meurtre d'un étudiant était bien plus important aux yeux des médias que celui d'un adulte. Dans un monde où la vieillesse est une tare, on ne touche pas à la jeunesse.

— Et l'ordinateur ?

— Ils sont encore dessus. Le gamin était un as en informatique, répondit Nelson. Freeman fait attention à ne pas le cramer et à récupérer sa boîte mail.

On ne la fait pas aux membres du CSI, se félicita Logan.

— En tout cas, il a pu débloquer son téléphone portable. Nous avons récupéré la liste de ses derniers appels, ajouta Rivera. Le dernier qu'il a passé date d'hier matin à un de ses amis au sujet de leur partie de paintball à River Falls.

Il avait lu le mémo qu'elle lui avait envoyé par mail. Il n'osait croire qu'il pouvait y avoir un lien entre ce meurtre et celui commis par Ringfield quatre années auparavant.

— Vous avez eu les noms correspondant à tous les numéros ?

— Tous, sauf un, fit Nelson. Un téléphone à carte, acheté sur la Sixième Avenue, en espèces. Brandon appelait ce numéro trois ou quatre fois par semaine, pendant plusieurs minutes.

— Ça fait long pour appeler un dealer, dit Logan.

— C'est clair, approuva Rivera. De deux choses l'une, soit il appelait une fille qui déteste les portables et s'en sert très peu, soit au contraire c'est une fille qui ne veut pas qu'on l'appelle sur son vrai portable.

— Une femme mariée, par exemple, enchaîna Nelson.

Logan sourit. Il n'y avait pas à dire, ces deux-là formaient un très bon duo, aussi jeunes soient-ils.

— Je suppose que vous n'avez pas encore appelé ?

— Non. Que ce soit une femme mariée ou un dealer, si on le fait, la personne qui recevra notre appel comprendra que ce sont les flics, et elle jettera très certainement ce portable.

Logan hocha lentement la tête.

— Vous avez une idée derrière la tête, n'est-ce pas ?

Nelson s'avança sur son siège.

— Je me disais qu'on ne perd rien pour attendre. L'enterrement aura lieu dans deux ou trois jours. Je propose qu'on fasse ce numéro aux funérailles et nous verrons bien ce qu'il se passe.

— Notre cible n'a aucune raison de se débarrasser de ce portable tant qu'elle ne se sent pas suspectée, compléta Rivera.

Logan eut un franc sourire. C'était quelque peu tiré par les cheveux, mais ça valait le coup d'essayer.

— Vous êtes persuadés qu'il s'agit d'une affaire de cœur et que notre inconnue sera à l'enterrement ?

— Si on élimine la drogue, que voulez-vous que ce soit d'autre ? rétorqua Rivera.

Logan n'avait pas de meilleure hypothèse.

— OK, on fait comme ça. Mais continuez à interroger les proches et faites le tour de tous ses camarades d'excursion à River Falls. Peut-être s'était-il confié à l'un d'entre eux, qui nous livrera le nom du mystérieux propriétaire de ce portable.

Rivera l'espérait tout autant que lui, car elle ne croyait guère à l'initiative de Nelson, même si elle s'était gardée de lui faire part de ses doutes. Montrer sa confiance à son équipier était primordial à ses yeux.

— Au fait, vous avez eu votre ancien lieutenant ? demanda Nelson.

Quand Logan avait été informé que la partie de paintball s'était déroulée là où Ringfield avait massacré tant de jeunes gens, il avait décidé de se charger de cette partie de l'affaire.

— Oui, le shérif Heldfield a envoyé des hommes sur la tombe de Ringfield. Pas de fleur, aucune inscription ou marque particulière sur la sépulture. Rien qui laisse supposer qu'un admirateur lui vouerait un quelconque culte. Quant à la cabane où ont eu lieu les crimes, là non plus, hormis quelques restes laissés par les joueurs de paintball, rien de suspect.

— On peut laisser tomber cette voie, alors ? demanda Nelson.

Il ne croyait pas du tout à la thèse du copycat, mais lui non plus n'avait rien dit quand Logan avait exprimé cette éventualité. Il y a une énorme différence entre « éventualité » et « certitude ».

— Tant que nous n'aurons pas de nouveaux éléments, oui, répondit Logan en priant pour que ce soit le cas.

— Bon, je pense qu'on a fait le tour, fit Nelson, prêt à se lever.

— Très bien, à demain, conclut Logan en joignant les mains sur son bureau.

Ses lieutenants le saluèrent et quittèrent la pièce. Logan porta un regard attendri sur la photo de Hurley et de leur fils. Il était temps de rentrer les rejoindre.

7

Il était près de 19 heures quand Nelson quitta Seaview Avenue et gara sa Kawasaki 1400GTR sur l'immense parking de la Shilshole Bay Marina. Il remonta le large ponton réservé aux yachts et se réjouit de la vue qui s'offrait à lui. Le soleil plongeait vers les eaux du Puget Sound. La pluie n'avait cessé de tomber depuis le début de la matinée, et une éclaircie soudaine était apparue en cette fin d'après-midi.

Il arriva en bout de ponton et monta sur la passerelle le reliant à un yacht Azimut 103S, un monstre des mers long de plus de trente mètres. Il grimpa à bord et, passant par l'arrière du pont principal, il ouvrit la verrière donnant sur le salon du majestueux bateau.

Pas un bruit. Seul le silence l'accueillit. Kaleigh n'était pas encore rentrée.

Il soupira et descendit jusqu'au pont inférieur où se trouvaient cuisine, chambre et salle de bains. Il se déshabilla et se mit sous la douche. Cinq minutes plus tard, il en ressortait avec une serviette autour de la taille et allait prendre des vêtements dans la penderie de sa chambre. Il opta pour une tenue décontractée et, assis sur son lit, enfila des baskets en remerciant le ciel de lui avoir offert un peu de ce qu'il lui avait pris. Durant toute sa prime jeunesse, il avait rêvé d'avoir un yacht. Une lubie enfantine dont il ne s'était jamais débarrassé, même quand il avait tout rejeté à la mort de ses parents.

Il eut un sourire amer en regardant sa cabine, plus proche d'une chambre de palace que d'une couchette de voilier ordinaire. Vingt mètres carrés d'espace design, où chaîne hi-fi et télévision trouvaient leur place entre un lit, un bureau et des étagères. Située au centre du pont inférieur, la chambre avait deux larges fenêtres, l'une donnant sur le yacht voisin, l'autre sur les eaux.

Nelson resta un moment à contempler le Sound puis se leva d'un bond et alla à la cuisine se préparer à manger. Il était en train de prendre un dessert dans le salon du pont principal quand il entendit des pas résonner sur la passerelle. Il regarda sa montre. 19 h 48.

La verrière s'ouvrit. Kaleigh passa devant lui, tout sourires.

— Salut, fit-elle en se jetant sur le canapé. Je suis crevée !

Elle s'affala de tout son long et déboutonna son manteau. Elle était incroyable.

— Je suppose que tu as vu l'heure.

Sans se redresser, Kaleigh tourna la tête vers son frère et le regarda d'un air désolé.

— OK, j'aurais dû t'appeler, mais je n'ai pas vu le temps passer, s'excusa-t-elle. J'ai rien fait de mal. Je suis juste allée boire un Coca au McDo avec les copines. Tu peux les appeler, si tu ne me crois pas.

Seize ans. L'âge ingrat. Tout le monde avait prévenu Nelson que ce ne serait pas facile. Mais quand sa sœur avait décidé de quitter le domicile de leur oncle et de leur tante, qui avaient sa garde, et de vivre avec lui, il n'avait pas su dire non. Même si quatorze années les séparaient, il était toujours son frère et elle était sa petite sœur.

— Je te crois, mais ce n'est pas la question, fit-il en espérant que la conversation ne dégénérerait pas.

— Alors, c'est quoi le problème ? Il n'est même pas 8 heures, et si tu veux savoir, j'aurais pu rester encore longtemps. Les autres, elles se sont commandé à bouffer, alors que moi j'ai dû dire que mon frère chéri m'attendait pour manger, et à ce que je vois, j'aurais mieux fait de rester, dit-elle en montrant les restes du repas de Nelson posés sur une table basse du salon.

— Je t'aurais attendue si tu m'avais appelé. Je t'aurais peut-être même autorisée à manger avec tes copines si tu me l'avais demandé.

Kaleigh se redressa et ajouta d'un ton exagéré :

— Désolée ! OK ?

Nelson la regarda en fronçant les sourcils. Kaleigh ne baissa pas les yeux.

— Seattle n'est pas Edmonds, tu ne peux pas te balader comme ça sans prévenir…

— Arrête, je t'en supplie, le coupa Kaleigh. C'est dans ta tête qu'il y a des violeurs à chaque coin de rue et des tueurs en série prêts à bondir sur de pauvres jeunes filles esseulées.

Elle n'avait pas tort. D'ailleurs, Nelson n'avait jamais pensé à Seattle comme à une ville dangereuse, jusqu'à l'arrivée de sa sœur. C'était depuis qu'elle vivait avec lui qu'il ne pouvait s'empêcher de redouter le pire.

— Ce n'est pas que dans ma tête. Tous les jours, des filles se font agresser. Des filles comme toi, qui pensaient que jamais ça ne leur arriverait…

— Stop ! cria Kaleigh en se levant, furibonde.

Elle adorait son frère, mais ne comprenait pas qu'il soit aussi strict avec elle. Elle avait seize ans et, de l'avis de tous ses amis, elle était particulièrement mature pour son âge. Sans compter qu'elle se sentait tout à fait capable de s'assumer toute seule. Jamais ses dix-huit ans ne lui avaient paru aussi lointains.

— J'en ai marre que tu me traites comme une gamine. Ouvre les yeux, je ne suis plus une petite fille ! Tu crois vraiment que je serais assez idiote pour marcher dans des quartiers craignos à n'importe quelle heure du soir ou de la nuit ? M'as-tu une seule fois récupérée au poste ? As-tu jamais eu un seul reproche de mon lycée ?

Nelson dut s'avouer qu'il avait peut-être exagéré. Le cadavre du jeune étudiant n'était sûrement pas étranger à l'affaire.

— D'accord, excuse-moi, mais je me suis inquiété, dit-il en espérant qu'elle le comprendrait.

Kaleigh poussa un bruyant soupir et croisa les bras sur sa poitrine.

— Dean, je sais bien que tu t'en fais pour moi, mais j'ai besoin d'un minimum de liberté, répliqua-t-elle d'un ton où perçait encore un reste de colère. Tu ne sais pas ce que c'est que d'avoir vécu toute sa vie aux côtés de Robert et Shirley.

Elle n'eut pas besoin d'en dire davantage. Aussi charmants qu'ils puissent paraître, son oncle et sa tante avaient toujours maintenu une distance avec elle. S'ils avaient accepté la requête du juge des tutelles de placer Kaleigh chez eux, c'était avant tout pour gérer la fortune familiale. Dans son malheur, Nelson, âgé de dix-huit ans, avait pu hériter sa part des biens de ses défunts parents, et avait largué les amarres avec le reste de la famille. *Douze ans déjà.* Il se revoyait faire ses adieux à sa sœur de quatre ans, quand il l'avait laissée chez leur oncle.

— OK, un point pour toi, dit-il en se levant. Allez viens, je vais te préparer à manger.

Kaleigh se détendit enfin, et suivit son frère jusqu'au pont inférieur.

Quand le moment de se coucher fut venu, la querelle entre frère et sœur appartenait au passé. Nelson avait été trop longtemps séparé de Kaleigh pour la perdre à nouveau.

Il tira les stores des fenêtres bâbord et tribord, puis se glissa dans les draps soyeux de son lit. À travers la cloison, il pouvait entendre la musique pop provenant de la cabine de Kaleigh. Il sourit en repensant à la première nuit que sa sœur avait passée sur son yacht. Elle lui avait demandé timidement si elle pouvait écouter de la musique avant de s'endormir. Lui n'en écoutait presque jamais. Il préférait le silence. Néanmoins, il avait accepté. Depuis, pas une nuit sans ce fond musical. Heureusement pour lui, rien ne pouvait l'empêcher de dormir une fois au fond d'un lit.

Il tendit la main vers sa lampe de chevet et l'éteignit, puis, après une pensée pour ses parents, il ferma les yeux.

Jeudi 7 avril 2011

8

Julian se réveilla et aussitôt une douleur aiguë lui vrilla le crâne. *Maudite tequila !* se dit-il en repensant à sa tournée des bars de la veille. Il s'assit sur son lit et, la tête entre les mains, attendit que la douleur s'estompe pour se lever.

De l'eau coulait dans les tuyaux. Sandy prenait sa douche. Il regarda enfin l'heure. 7 h 22. Pas étonnant qu'il ait encore la gueule de bois. Il hésita entre se recoucher et parler à sa sœur, mais choisit une troisième option. Il alla dans sa propre salle de bains, et ouvrit le placard à pharmacie. Il y prit deux analgésiques et les avala en buvant un verre d'eau.

Il fut effrayé par son reflet dans le miroir. Un zombie de vingt et un ans ! Les yeux injectés de sang, les cheveux hirsutes, le teint blafard. Il se décida alors à prendre une douche. Un quart d'heure plus tard, il ressortait de la salle de bains en peignoir et, entendant du bruit dans la cuisine, il y rejoignit sa sœur.

— Tu ne devrais pas y aller, fit-il en restant dans l'encadrement de la porte.

Sandy se retourna et lui jeta un regard implorant.

— Je lui dois au moins ça, dit-elle d'une voix chargée d'émotion.

À ses yeux rougis, Julian comprit qu'elle n'avait guère dormi et beaucoup pleuré. Il était sincèrement désolé de la voir dans cet état.

— Il est mort, quoi que tu fasses, rien ne le fera revenir.

— Tais-toi, je ne veux plus t'entendre, dit-elle, prête à fondre en larmes.

Julian comprit que cela ne servirait à rien de l'en dissuader. Il la regarda une dernière fois et repartit vers sa chambre en espérant que rien de fâcheux n'arriverait.

À deux doigts de craquer, Sandy ferma les yeux et s'obligea à ne pas sombrer dans les limbes où elle se débattait depuis trois jours. Elle devait à tout prix faire bonne figure. Sinon, tout le monde se poserait des questions embarrassantes à son sujet.

N'y va pas, lui dit une petite voix dans sa tête.

Sandy rouvrit les yeux et serra les poings.

Elle le devait.

Jamais elle ne pourrait oublier Brandon et leurs étreintes passionnées. Il était l'homme idéal. Son frère pouvait en penser ce qu'il voulait, elle savait que c'était quelqu'un de bien.

Elle alla s'asseoir à la table de la cuisine et sortit un petit paquet de sa poche. Elle le décacheta et versa une partie de la poudre blanche devant elle, avant d'en faire une ligne.

Quelques secondes plus tard, elle s'essuyait le nez et reniflait un grand coup.

Elle se prépara un bol de café, et alla sous la véranda pour le boire tranquillement. Le Sound s'étalait devant elle, impassible. Malgré la masse nuageuse pesant au-dessus de ses eaux, aucune pluie ne venait rompre la régularité de l'horizon.

Pelotonnée sur le canapé, les jambes recroquevillées sous elle, elle repensait à ce que n'avait cessé de lui enseigner son professeur de français : la richesse apporte le meilleur dans une vie, mais aussi le pire. « L'équilibre cosmique », avait complété une amie qui suivait les mêmes cours. Le bien est toujours compensé par le mal, le yin et le yang. Plus le bonheur est élevé, plus la chute sera dure… Même si elle en avait toujours eu conscience, jamais auparavant elle ne l'avait ressenti avec autant d'acuité.

Le plus terrible, c'était qu'il ne tenait qu'à elle de changer de vie. Autant il est presque impossible à un pauvre de devenir riche, autant il est facile à un riche de devenir pauvre… du moins en théorie. Quel milliardaire déciderait de vivre comme un Américain moyen ?

L'argent est la plus addictive des drogues, il répond à tous vos désirs, à tous vos fantasmes, à tous vos caprices. *Mais la contrepartie est qu'il vous broie lentement*, se dit-elle en repensant à tous ceux qu'elle côtoyait. Adultes ou enfants, ils étaient tous déconnectés de la réalité. Un seul s'en était sorti : Tyron, son grand frère. Un être rare qu'elle se promettait chaque jour de revoir, mais dont elle craignait trop le jugement.

Le regard perdu sur les eaux paisibles, elle sentit que son autre drogue préférée commençait à faire effet.

Tu devrais tout lui dire, se dit-elle en repensant à Tyron.

Lui seul pourrait la comprendre. Mais si tel n'était pas le cas, elle craignait de ne pas pouvoir s'en remettre, du moins pas tout de suite.

Elle attrapa la télécommande et mit le *Requiem* de Mozart.

Grandir dans une classe supérieure donne accès à la culture. Il ne faut pas gaspiller cette chance. C'est ce qu'on lui avait aussi enseigné. Et si la plupart de ses amis avaient abandonné très vite cette musique issue d'un autre âge, Sandy, poussée par sa mère, avait appris non seulement à l'aimer, mais également à la pratiquer. Le Steinway qui trônait dans le grand salon de la villa résonnait régulièrement des *Nocturnes* de Chopin et des œuvres d'autres compositeurs depuis longtemps disparus.

L'image de Brandon lui revint comme un coup de fouet. Lui n'aurait jamais la chance d'exercer son art. Il était mort avant même d'avoir connu la gloire, et pourtant il avait plus qu'un simple talent pour le dessin…

Sans qu'elle s'en rende compte, les larmes roulèrent sur ses joues, et ruinèrent le maquillage qu'elle avait espéré garder intact.

Un éclair déchira le ciel. La pluie n'allait pas tarder à tomber.

9

— Seigneur, accueille en Ton sein Ton fils, Brandon, et réserve-lui une place auprès de Toi, continua le révérend Pratter.

Debout dans le fond de l'église pleine à craquer, Nelson était particulièrement mal à l'aise. Il doutait de plus en plus de la pertinence de leur action. Ils n'avaient rien à faire ici. Seuls les proches de Brandon auraient dû assister à cette messe funèbre.

Le révérend entama un Notre-Père. Nelson jeta un coup d'œil à Rivera, de l'autre côté de la travée centrale, et la vit réciter la prière en compagnie de la grande majorité des personnes présentes. S'il y avait bien une chose qu'il ne comprenait pas chez sa collègue, c'était sa foi inébranlable en une entité supérieure qui veillait au bonheur de ses ouailles. Comment pouvait-on découvrir tous les jours de nouvelles atrocités, et croire encore en un Dieu bienfaisant ?

Il jeta un œil aux deux petites caméras qu'ils avaient placées dans l'église, avec l'accord de la famille, afin de filmer les invités de l'enterrement. Il espérait que cela servirait à quelque chose.

De deux choses l'une : soit c'était une affaire de drogue, une négociation qui aurait mal tourné avec son dealer, soit c'était une querelle avec une connaissance intime. Dans le premier cas, aucune chance que le suspect vienne à l'enterrement, dans l'autre, c'était l'inverse, mais la question restait : comment reconnaître le coupable ? Nelson espérait que l'expert en description des émotions saurait déceler la culpabilité sur un des visages présents, mais rien n'était moins sûr.

La prière se termina et le révérend reprit ses incantations en solitaire.

Malgré la beauté des lieux, et la voix qui se répercutait agréablement aux quatre coins de l'édifice, Nelson n'éprouvait aucune émotion particulière. Si ce n'est de la peine pour les parents de la victime. Aucun sentiment mystique ne l'envahissait. Il était temps de tenter le tout pour le tout.

Il sortit son téléphone et tapa le numéro mystère qu'appelait régulièrement Brandon. Quand il ne lui resta plus qu'à lancer l'appel, il fit une prière dérisoire pour que le propriétaire du portable soit dans l'église, et surtout qu'il ne l'ait pas jeté ou éteint le temps de la cérémonie.

Il appuya sur la touche d'appel.

Alea jacta est !

Dans la seconde qui suivit, une sonnerie retentit. Il raccrocha aussitôt, mais avait eu le temps de repérer le correspondant concerné, qui s'était instantanément baissé, sous le regard choqué de ses voisins de rangée.

Bingo, se félicita-t-il sans pour autant y voir un quelconque signe divin.

Il ne restait plus qu'à attendre la fin de l'office, et à s'entretenir avec la jeune fille prise au piège.

Dans un réflexe, Sandy s'était baissée pour attraper son sac. Mais avant même qu'elle trouve son portable, la sonnerie avait cessé. C'était tout bonnement impossible… à moins que cela ne soit un signe. Les yeux embués de larmes, elle se redressa et regarda le Christ en croix, et, alors qu'elle n'avait jamais été convaincue par la présence divine, elle sut enfin qu'Il existait et qu'Il était auprès d'elle.

Tout le reste de la cérémonie, elle fut en proie à un profond émoi intérieur. Dieu existait. Tout le prouvait. Il y avait quelque chose de magique dans ce cadre austère et pourtant si majestueux. Elle se souvint de ses longues discussions avec son grand frère qui, contrairement à leur mère, particulièrement pieuse, était un mécréant prosélyte. Sandy n'avait jamais trop su qui croire, mais elle avait désormais sa réponse.

Comme elle avait bien fait de garder ce portable ! Elle l'avait acheté pour que personne ne puisse savoir qu'elle sortait avec Brandon. À sa mort, elle aurait dû le jeter, mais quelque chose l'en avait empêchée. Désormais, elle savait pourquoi.

Merci, mon Dieu, pria-t-elle.

La cérémonie religieuse arriva à son terme. Rivera jeta un coup d'œil à Nelson, qui hocha la tête. Elle aussi avait remarqué Sandy quand le portable avait résonné dans l'église. Comme Nelson, elle n'avait pas voulu provoquer d'esclandre. La fille n'avait aucune chance de s'échapper.

Les invités commencèrent à sortir les uns après les autres. Rivera ne lâchait pas sa proie des yeux. La jeune fille avait un étrange regard. De la tristesse empreinte de sérénité. Une croyante. Alors que Rivera s'était persuadée que cette fille était la coupable, le doute s'insinua en elle. Quand elle arriva à sa hauteur, elle se plaça juste derrière Sandy. L'air de rien, Nelson se rapprocha à son tour.

Ils sortirent de l'église. Sandy s'éloigna aussitôt de la foule chuchotante massée en petits groupes sur le parvis de l'église. Rivera et Nelson lui laissèrent deux mètres d'avance, histoire de voir si elle avait un complice. Mais quand elle posa la main sur la portière de sa Jaguar, une autre main se posa sur son épaule.

— Mademoiselle, lieutenants Rivera et Nelson. Nous avons quelques questions à vous poser. Si vous voulez bien nous suivre, fit Rivera en sortant sa plaque.

Sandy en fit tomber son sac et devint toute pâle.

— Quoi ? Qu'est-ce que vous me voulez ? bafouilla-t-elle.

— Rien de grave, ne vous inquiétez pas. Mais nous préférerions discuter ailleurs, vous comprenez ? dit Nelson avec tact.

Sandy regarda la foule au loin. Elle aurait tout donné pour y disparaître.

— Tenez, fit Rivera en lui tendant le sac qu'elle venait de ramasser.

— Merci, dit Sandy désarçonnée.

Elle réalisa alors que ce n'était pas l'esprit de Brandon qui lui avait téléphoné à l'église, mais ces « putains de flics de merde ! ».

— Venez avec nous, nous vous ramènerons à votre voiture, dit Nelson, étonné d'être tombé sur une fille à papa.

Il voyait bien qu'elle était totalement décontenancée, mais, contrairement à Rivera, il ne doutait pas de sa culpabilité. Une enquête rondement menée. Il ne restait plus qu'à espérer qu'elle se mette rapidement à table. Ensuite, ils pourraient passer le dossier au procureur.

Sandy ne chercha pas à résister mais s'enferma dans le silence, réfléchissant à toute vitesse à ce qu'elle devait faire. Elle fut entraînée à l'arrière d'une voiture de police et fut soulagée qu'on ne lui mette pas les menottes.

Ils n'ont rien contre toi, se dit-elle. *Reste calme et n'éveille aucun soupçon.*

Rivera s'assit à l'avant et démarra la Taurus.

— Alors, comment t'appelles-tu ? demanda Nelson, qui s'était installé à l'arrière.

— Sandy Winedrove, répondit-elle sans oser le regarder.

Winedrove ! Le nom résonna comme une bombe dans la tête de Nelson. Nom de Dieu ! C'était à peine croyable.

Rivera accrocha le regard de son collègue dans le rétro et y lut une évidente perplexité.

— Pourquoi Brandon t'appelait-il aussi souvent ? demanda-t-elle en fronçant les sourcils.

Étonnée, Sandy redressa la tête et comprit qu'il ne servait à rien de mentir.

— C'était mon petit ami.

Nelson s'était repris et avait surmonté le choc que lui avait causé la révélation de l'identité de sa suspecte numéro 1.

— Pourquoi l'appelais-tu d'un téléphone jetable ?

Là non plus, Sandy n'avait aucune raison de mentir.

— Ma famille aurait vu d'un très mauvais œil que je m'entiche d'un garçon tel que Brandon.

Nelson eut un sourire sardonique. C'était tellement vrai. Pauvre gamine obligée de se cacher pour être heureuse. Il connaissait la rengaine par cœur.

— Et quel genre de famille as-tu donc ? continua Rivera pour la forme.

— Du genre à vous surveiller en permanence pour que vous ne déshonoriez pas la famille. Du genre à croire que le paraître est plus important que l'être, dit-elle en regardant les boutiques qui défilaient derrière les vitres de la voiture.

— Du genre à obliger leur fille à quitter son petit ami, n'est-ce pas, compléta Rivera.

— Oui, soupira Sandy. Le Moyen Âge.

La Ford Taurus s'arrêta à un feu rouge. Le silence se fit pesant, avant que Rivera ne se retourne et ne le rompe :

— Et quand tu as annoncé à Brandon que tu le quittais, il s'est emporté et dans sa colère il a voulu te frapper, et tu t'es défendue comme tu le pouvais, fit

Rivera en dardant un regard incisif dans celui de la jeune fille.

Le feu passa au vert, mais la Taurus resta sur place. Laissant les voitures suivantes se débrouiller pour la doubler.

Sandy ouvrit de grands yeux. Qu'est-ce que c'était que ces conneries ! Étaient-ils donc tous débiles dans la police ? À croire que son père avait raison : il ne faut jamais faire confiance à un flic. S'ils étaient intelligents, ils feraient un boulot où l'on gagne de l'argent !

— Légitime défense, tu ne risques pas grand-chose, intervint Nelson, compatissant.

Il était réellement désolé pour elle, mais cela ne changeait rien à l'affaire. Elle avait tué un homme et devrait en répondre devant la justice.

— Vous ne comprenez rien ! Je n'ai pas tué Brandon ! s'exclama-t-elle.

Elle ouvrit la portière. Nelson lui attrapa le bras et la retint. Il était temps de tenter un coup de bluff.

— Sandy, ça ne sert à rien de nier. Nous avons suffisamment de preuves. Tes empreintes sont partout. Nous avons un mobile. Alors, à quoi bon mentir ? dit-il en espérant qu'elle saisirait la perche.

— Un jury sera bien plus compréhensif si tu ne cherches pas à nier, renchérit Rivera.

Sous ces regards inquisiteurs, Sandy se sentit tel un lapin aveuglé par les feux d'une voiture prête à l'écraser. Mais son instinct de survie et les sempiternels conseils paternels l'empêchèrent in extremis de tout raconter :

— Je veux appeler mon avocat. Vous n'avez pas le droit de m'interroger sans lui, dit-elle en sentant qu'elle reprenait le contrôle de la situation.

Nelson fit la moue. Ils avaient loupé le coche. Les ennuis allaient commencer.

10

Debout dans le grand salon de sa villa, Julian éteignit son portable et, se tournant vers le meuble le plus proche, envoya tout valser sur le sol d'un geste rageur.

— Petite conne ! jura-t-il.

Ce n'était pas faute de l'avoir prévenue. Il n'y avait rien de bon à aller à cet enterrement, et maintenant elle était en garde à vue !

— Putain ! rugit-il encore en frappant du poing le meuble sur lequel il venait de faire le vide.

Il lui avait expliqué en long et en large que les flics feraient d'elle la suspecte idéale si jamais ils apprenaient sa liaison avec Brandon. Mais non, il avait fallu qu'elle n'en fasse qu'à sa tête. Dans quel merdier venait-elle de les fourrer ? N'avait-elle pas compris qu'ils n'avaient rien à voir avec des gens ordinaires ? Tout le monde détestait les riches, et dès que l'occasion d'en pendre un se présentait, toutes les petites gens salivaient par avance à l'idée de lui mettre la corde au cou.

Comme si nous étions responsables de leur misérable existence !

Il tenta de se contrôler et appliqua les règles élémentaires de respiration. Il s'assit en tailleur sur le tapis moelleux du salon, posa les paumes de ses mains sur ses genoux et ferma les yeux avant d'inspirer à fond et de souffler lentement.

Miracle du yoga, en quelques secondes, il sentit l'adrénaline redescendre à un niveau supportable.

Il rouvrit les yeux et reprit son portable. Il était temps d'appeler son père.

Charles Winedrove raccrocha. Il se sentait prêt à exploser. Pourquoi avait-il fait des enfants aussi stupides ? S'il n'en avait tenu qu'à lui, il n'en aurait fait qu'un seul. Ne serait-ce que pour éviter la haine fratricide qui était née à la mort de ses grands-parents, entre son père et son oncle. Maudite Elisabeth, et sa foi stupide en des préceptes religieux ridicules : croissez et multipliez ! Idiotie ! L'amour n'avait qu'un temps, alors que les enfants avaient vite fait de vous pourrir la vie.

Il s'efforça de revenir à l'essentiel et de se concentrer sur ce que venait de lui annoncer le plus jeune de ses fils à propos de la benjamine de la famille. Pourquoi n'avait-elle pas suivi son conseil : ne jamais s'acoquiner avec un étranger à son milieu, et surtout pas avec un pseudo-artiste ! Il allait devoir une fois de plus faire jouer ses relations pour arranger les choses. Mais les années passant, les bêtises de ses rejetons atteignaient des niveaux insoupçonnables.

Accusée de meurtre !

Il maugréa dans sa barbe et maudit une fois de plus le Seigneur de lui avoir donné des enfants aussi stupides.

Assis dans le fauteuil de président de la Wind & High Incorporated, il n'avait aucunement l'intention de raccrocher les gants malgré ses soixante-quatre ans. Sa progéniture était pour l'instant incapable de prendre le relais.

Il fit le numéro de Lawrence & Associates ; après être passé par une secrétaire, il eut enfin son vieil ami Peter Lawrence, le doyen des avocats de Seattle.

Stanley Warren venait tout juste d'attraper son manteau quand le téléphone de sa ligne fixe sonna. Il regarda sa montre et hésita à répondre. Si c'était urgent, on n'avait qu'à l'appeler sur son portable. Il eut un sourire entendu et sortit de son bureau. Il n'avait pas fait deux pas dans le couloir que la porte du fond s'ouvrit.

— Stanley, où allez-vous comme ça ? Il n'est pas encore midi.

11 h 58 ! Le vieux a encore toute sa tête.

— Oui, patron, vous me les retiendrez sur ma solde, répliqua-t-il comme s'il était payé à l'heure.

Peter Lawrence eut un rictus amusé.

— Ne faites pas l'idiot, votre estomac attendra, j'ai un dossier en or pour vous.

Voilà un homme qui savait aller à l'essentiel. Warren adorait le vieil avocat. Soixante-douze ans, solide comme un roc, et toujours aussi malin.

Mais viendra le temps de passer la main, sourit Warren en remontant le couloir pour aller à sa rencontre.

Une fois enfermé dans le spacieux bureau offrant une vue imprenable sur le Sound, Lawrence exposa les faits et conclut :

— Du gâteau. Même un commis d'office la libérerait, alors pour cent mille dollars, c'est ce que j'appelle un dossier en or.

Warren regarda le vieux briscard et se demanda où était la faille. Une fille de riche accusée d'un meurtre qu'elle n'avait pas commis, sur le seul argument qu'elle était la petite amie de la victime. Très léger. La police devait avoir autre chose dans sa manche.

— D'accord, je prends, mais c'est bien parce que Winedrove est un ami à vous.

— Je n'ai jamais rien dit de tel, se défendit mollement Lawrence.

— Tel n'est pas le cas ? répliqua Warren, ironique.

Lawrence fit un geste de dénigrement de la main.

— Appelez-moi dès que vous l'aurez fait sortir.

— C'est tout ?

— Oui, enfin non. Une voiture vous attend en bas. Charles Winedrove tient à assister à l'entretien.

Pas vraiment légal, mais allez savoir quel lien il pouvait avoir avec les plus hautes instances de la police…

Hypnotisé par la pluie qui tombait sans discontinuer derrière la fenêtre de son bureau, Logan ne cessait de ruminer de sombres pensées.

Quand Nelson lui avait expliqué que leur suspect était Sandy Winedrove, lui aussi avait compris que les problèmes n'allaient pas tarder. Il avait aussitôt alerté Gary Ripley, le chef adjoint, qui lui avait ordonné de gérer l'affaire en toute discrétion et de l'appeler dès l'arrivée de l'avocat de la jeune fille.

Était-il possible qu'on le tienne à l'écart et qu'on enterre une affaire de meurtre ?

Logan ne voulait pas y croire, mais ne doutait pas de la puissance des relations de Winedrove, grand donateur pour les œuvres de la police.

On frappa enfin à sa porte.

— Entrez, dit-il d'une voix autoritaire.

À sa surprise, Ripley s'avança en premier. Ne devait-il pas attendre son coup de fil ? À sa suite, un homme dans la soixantaine, suivi de près par un autre beaucoup plus jeune dont l'expression n'augurait rien de bon.

— Capitaine, je vous présente Charles Winedrove et son avocat Stanley Warren.

Logan se leva de son fauteuil et alla serrer la main de Winedrove. Une poigne ferme, un regard implacable derrière un visage avenant. Un prédateur de la pire espèce. Puis il saisit celle de Warren, et se retint de la serrer un peu trop fort. Même s'il détestait l'homme, le moment n'était pas à un affrontement puéril.

— Alors, Gary, puis-je enfin savoir ce qu'on reproche exactement à ma fille ? demanda Winedrove d'un ton décontracté, en se tournant vers le chef adjoint.

Il l'appelle par son prénom devant moi, se dit Logan. *On reconnaît les puissants à ce qu'ils osent tout !*

— Rien du tout pour l'instant. Mais le capitaine Logan va vous expliquer, répondit Ripley, à qui on ne la faisait pas.

Logan le remercia mentalement. Il avait craint qu'il ne se désolidarise de sa décision et ne lui fasse la leçon devant de simples citoyens.

— Asseyez-vous, je vous en prie, dit-il en désignant les fauteuils installés face à son bureau.

Gary Ripley les invita d'un geste à accepter la proposition. À contrecœur, Winedrove prit place, tout comme Warren. En revenant s'asseoir à son bureau, Logan redevenait un fonctionnaire d'État, et faisait de Winedrove un simple justiciable, et non plus « le grand ami de la police », jugea Warren, qui garda néanmoins le sourire.

— Monsieur Winedrove, j'ai le regret de vous annoncer la garde à vue de votre fille, commença Logan après un instant de silence.

Merci pour l'information ! ironisa Winedrove en son for intérieur. Ce bouseux de flic se prenait pour un cow-boy. Il allait vite comprendre à qui il avait affaire.

— Certes, mais nous serions très intéressés de savoir sous quel chef d'inculpation, attaqua Warren.

Immédiatement, il avait senti une animosité latente entre le capitaine et son client. Il fallait à tout prix éviter que Winedrove s'emporte et braque Logan encore davantage.

— Je n'ai jamais dit que Mlle Winedrove était inculpée de quoi que ce soit. Elle est, pour l'instant, considérée comme suspecte, parmi d'autres, dans l'affaire du meurtre de Brandon Foster.

— C'est une plaisanterie, j'espère ! fulmina Winedrove, sur le point d'exploser.

Logan prit son air le plus grave et enfonça son regard dans celui du patriarche.

— Malheureusement, non. Elle était la petite amie de la victime. Et tout, dans son comportement, particulièrement le fait d'avoir décidé de faire appel à un avocat sans vouloir répondre à aucune de nos questions, nous donne à penser qu'elle nous cache des informations. Aussi, tant que nous n'en saurons pas plus, nous allons maintenir sa garde à vue.

Winedrove se tourna vers Ripley, qui se tenait debout près de l'étagère.

— Gary, qu'est-ce que je dois comprendre ? Parce que ma fille était la petite amie de ce malheureux étudiant, elle est la coupable idéale ?

Ripley secoua négativement la tête et répondit d'une voix douce :

— Allons, ne vous en faites donc pas. Dès que votre fille aura éclairci certains points, nous vous la rendrons. Nous sommes persuadés qu'elle cache des éléments concernant les relations de Brandon, qui était son dealer par exemple, ce que nous pouvons comprendre. Mais elle n'a rien à craindre de ce côté-là. Nous enquêtons sur un meurtre, pas sur la consommation de stupéfiants.

Une version moderne du méchant et du bon flic, s'amusa Warren. Il ne put s'empêcher de trouver du panache à ces deux policiers qui osaient tenir tête à Winedrove.

— Vous insinuez que ma fille est une droguée ? s'indigna Winedrove en se retournant vivement vers Logan.

— La meilleure façon de me contredire est de laisser nos hommes se rendre au domicile de votre fille afin de vérifier qu'effectivement elle ne détient pas de drogue. Et dans ce cas, je vous promets des excuses publiques de ma part, rétorqua Logan.

La colère se lisait sur le visage de Winedrove. On pouvait nettement percevoir la pulsation de sa veine temporale. *Ce petit flic ne l'emportera pas au paradis !* Il avança son buste comme pour se jeter sur Logan, mais resta assis, agrippé aux accoudoirs de son fauteuil.

— Nous n'avons aucune raison de vous laisser faire une telle perquisition, intervint Warren plus calmement.

Il se serait bien passé de l'intervention de son client. Ne voyait-il pas qu'il jouait en défaveur de sa propre fille ?

— Non parce que nous pensons que Sandy est une droguée, poursuivit-il, mais simplement parce que nous sommes dans une démocratie et que la police n'a pas à fouiller chez les gens sur la base d'un simple soupçon ou d'une dénonciation calomnieuse. Sandy Winedrove a des droits, et nous entendons bien les faire respecter.

Ripley se racla la gorge. Les regards se tournèrent vers lui.

— Inutile de vous emballer, je vous en prie, dit-il d'un ton conciliant. Comme je vous l'ai dit, nous sommes persuadés que Sandy est innocente, mais qu'elle pourrait nous aider à trouver le meurtrier de Brandon.

Ce n'était pas exactement ce qu'avait dit Logan, mais personne ne le releva.

— Soit. Dans ce cas, laissez-moi m'entretenir avec ma cliente et nous vous parlerons ensuite, reprit Warren, moins offensif.

Le temps pour lui de lui souffler les « bonnes réponses », traduisit Logan, qui fusilla l'avocat du regard.

— Allons l'interroger ensemble, si vous le permettez, répondit Ripley.

Il avait bien conscience que les charges relevées contre la fille de Winedrove étaient extrêmement minces. N'importe quel juge la relâcherait aussitôt, si jamais ils la mettaient en détention provisoire.

— Avec tout le respect que je vous dois, cela va à l'encontre des droits de ma cliente. Je désire la voir seul à seule.

Logan ne chercha pas à argumenter. Ils n'avaient aucune carte en main. Juste des soupçons, même pas le début d'une preuve.

— Dans ce cas, je ne vous retiens pas, dit-il avec un sourire de façade.

— J'étais certain que nous arriverions à nous entendre, le nargua Winedrove, qui savait qu'il venait de gagner la partie.

Une de plus.

— Entre gens de bonne volonté, tout est possible, se força Ripley pour détendre l'atmosphère.

Il ouvrit la porte et d'un geste invita Winedrove et Warren à sortir. Il les entraîna à sa suite jusqu'à un bureau donnant sur le grand couloir central.

C'est le lieutenant Nelson qui les accueillit, s'effaçant pour les laisser passer.

— Papa ! s'écria Sandy qui se leva d'un bond.

Elle se rua dans les bras de son père.

— Allons, ma petite, c'est fini, tout va bien, la calma-t-il en lui caressant tendrement le dos.

À l'autre bout de la pièce, Rivera leva les yeux au ciel.

— Si vous voulez bien nous excuser…, dit Warren en se tournant vers les policiers.

— Bien sûr, bien sûr, répondit Ripley.

Et, à ses officiers :

— Vous pouvez disposer.

Rivera ne se le fit pas dire deux fois et sortit la première. Pour Nelson, le moment était venu de se faire connaître.

— Bonjour, monsieur Winedrove, fit-il en se postant près du couple père-fille.

Winedrove détacha son regard de celui embué de sa fille et, après un instant d'hésitation, il s'exclama, effaré :

— Dean ? Dean Nelson ?

— Oui, mes respects, monsieur Winedrove. Sachez que je suis désolé de ce qui est arrivé, mais le travail passe avant tout, s'excusa-t-il en évitant le regard de son supérieur.

Ripley connaissait tout du passé de son lieutenant, mais celui-ci se comportait si normalement qu'il avait tendance à l'oublier. Un brusque retour à la réalité.

Une fois de plus, Ripley se demanda pourquoi Nelson passait sa vie à élucider des meurtres plutôt que de profiter de sa fortune.

— Dean ? C'est toi ? dit Sandy en se détachant des bras de son père pour faire face à Nelson.

Quand il s'était présenté à elle devant sa Jaguar, l'espace d'un instant, elle avait eu le sentiment de le connaître. Mais tout s'était passé si vite qu'elle n'avait pas cherché à approfondir la question. Désormais, elle avait la réponse. Quand elle l'avait vu pour la dernière fois, elle était une petite fille de neuf ans. C'est ce souvenir qui avait resurgi.

— Tu savais qui j'étais et tu n'as même pas pris la peine de te présenter ?

— Écoutez, nous allons vous laisser, j'ai l'impression que maître Warren s'impatiente, intervint Ripley, qui ne voulait pas d'un esclandre dans ses locaux.

Il ne doutait pas que Warren utiliserait le moindre faux pas pour lui mettre un procès sur le dos et invalider toute action future contre Sandy Winedrove.

— Sandy, tu n'as plus rien à craindre, maître Warren a tout préparé, tu ne passeras pas une heure de plus ici, intervint Winedrove d'un ton rassurant.

Sandy ne quittait pas Nelson des yeux, le regard lourd de reproches. Cependant, elle s'obligea à recouvrer son sang-froid. Elle avait remarqué que son père était aussi surpris qu'elle. Nul doute qu'elle pouvait compter sur lui pour le remettre à sa place.

— D'accord, papa, merci.

Nelson sortit enfin, suivi de Winedrove.

— Je peux te parler ? lui dit ce dernier qui, après avoir jeté un regard vers Rivera, ajouta : Seul à seul.

— Bien sûr, suivez-moi.

Rivera lui envoya un regard interrogateur mais garda le silence. Elle aussi avait connaissance de la fortune de son équipier, mais n'en avait jamais discuté avec lui. Elle avait toujours mis un point d'honneur à maintenir une distance entre la zone privée et la zone professionnelle. Même si cela la démangeait à présent.

Nelson conduisit Winedrove jusqu'à son bureau et referma la porte derrière eux. Il resta debout et se tint près de la baie vitrée dominant James Street. La pluie n'était plus qu'une légère bruine.

— Je suppose que tu vas me dire que cela n'a rien à voir avec ton passé ? attaqua Winedrove d'un ton amer. Tu crois toujours que les riches sont la ruine de notre pays !

— Je n'ai jamais pensé une telle chose. Comme je vous l'ai dit, je fais juste mon travail et c'est le simple fait du hasard qui m'a conduit à Sandy.

Winedrove hocha la tête sans lâcher Nelson des yeux.

— Et tu penses que je vais te croire. Je te connais, Dean. Tu étais comme un membre de la famille. Tes parents étaient comme des frère et sœur pour moi. Je n'arrive pas à comprendre pourquoi tu veux me détruire. Ça ne te suffisait pas de me faire détester par Tyron, il faut à présent que tu m'enlèves Sandy ?

Nelson ne put supporter son regard et dévia le sien vers la rue, dix étages plus bas.

Tant de souvenirs remontaient à la surface.

Dix ans qu'il n'avait pas mis les pieds chez les Winedrove. Pourtant, il les revoyait tous comme autant de stéréotypes. Tyron, le fils rebelle, Debbie, l'ingénue au grand cœur, et Julian et Sandy, deux petits garnements débordant de candeur et d'espièglerie.

— Vous vous trompez, je n'ai jamais cherché à vous nuire, bien au contraire. J'ai tout fait pour que Tyron ne coupe pas les ponts avec vous, mais il voulait n'en faire qu'à sa tête. « Les liens du sang, un concept monarchique et antidémocratique », disait-il. Et vous pouvez me croire quand je vous dis que je donnerais tout pour retrouver mes parents.

Bien que très remonté contre lui, Winedrove n'en gardait pas moins sa perspicacité. Il discerna la vérité dans ses propos. Mais surtout, il n'avait pas oublié que Nelson n'avait jamais eu l'aura d'un leader, pas plus que les qualités d'un fin sociologue. Non, Tyron avait cédé au pire des maux sur terre : l'amour d'une femme !

— Tu n'as pas dû insister beaucoup. Je croyais que tu étais son meilleur ami, un frère.

Le coup était bas, mais était-il immérité ? Les démons de Nelson resurgirent. Qui était-il ? Que cherchait-il ?

— Je l'étais, du moins le croyais-je. Mais vous avez raison, je ne devais pas être un si bon ami après tout, dit-il, conciliant.

— Allez, je ne veux pas t'accabler. Je sais à quel point la mort de tes parents a été un traumatisme pour toi, et je peux comprendre que tu aies voulu couper tous les ponts avec ton passé. Mais de là à emprisonner Sandy… Ça dépasse l'entendement.

Et merde, pourquoi éprouvait-il tant de sympathie pour cet homme ? Tyron lui avait pourtant décrit le rapace qu'il était vraiment. Malgré cela, il se sentait attiré par le magnétisme évident qui irradiait de lui. Un ton chaleureux et paternel qui lui manquait tant.

— Juste le travail. Je ne fais que suivre une piste, se justifia-t-il une nouvelle fois. Sandy et Brandon étaient amants et faisaient tout pour que nul ne le sache. Si je voulais vraiment vous nuire, c'est vous que j'accuserais du meurtre.

À l'instant où il prononçait ces mots, Nelson prit conscience qu'il n'avait jamais envisagé une hypothèse autre que celle d'une querelle d'amoureux qui aurait mal tourné. Mais si c'était pire que cela ?

— J'aurais préféré. Moi, je sais me défendre. Mais imaginer Sandy interrogée sans relâche entre quatre murs, ça me rend malade. Elle n'a que dix-neuf ans. Tu imagines ça ?

Il voulait le culpabiliser… et il y parvenait !

Il se souvenait de la petite fille qui éclatait de rire quand il la taquinait.

— Pour dire la vérité, je ne m'inquiète aucunement de l'avenir de Sandy, avoua Winedrove. Maître Warren est l'un des meilleurs avocats de Seattle. Je peux t'assurer qu'aucun procureur ne s'aventurera à mettre ma fille en examen sur vos seules présomptions. Même si vous lui extorquiez des aveux. Sans preuve tangible, vous ne gagnerez pas le procès.

À travers cette tirade, Nelson comprit deux messages. Primo, Winedrove n'avait pas organisé la mort de Brandon, et deuzio, il pensait que c'était sa fille qui avait fait le coup !

— Nous n'avons jamais demandé sa mise en examen, elle est seulement en garde à vue.

Winedrove eut un sourire triste.

— Si tu le dis, éluda-t-il. Je vais te dire ce qui me chagrine vraiment. (Il marqua une pause, attendant que Nelson le regarde pour poursuivre.) C'est le fait que tu n'aies pas pensé une seule seconde à m'appeler pour me tenir au courant, et que tu n'aies même pas eu la décence de te présenter à Sandy quand tu as compris qu'elle ne t'avait pas reconnu. Tu n'imagines pas sa douleur quand elle a compris qu'elle avait perdu à la fois son grand frère et son « oncl'Dean ». Et vois-tu, sur ce point, je serai peut-être d'accord avec Tyron, il n'est pas besoin des liens du sang pour faire partie de la famille.

Jeu, set et match ! Nelson était KO debout. Il avait agi comme s'il pouvait faire fi du passé, comme si les gens n'étaient que des individus, et la vie qu'une suite de faits.

Le passé vous rattrape toujours, lui avait dit sa psy à sa dernière séance, avant qu'il ne lui fasse ses adieux.

— Je suis sincèrement désolé, dit-il.

— Si tu l'es vraiment, alors accepte de venir dîner à la maison. Elisabeth et moi-même aurons plaisir à te recevoir.

Nelson ouvrit de grands yeux, ne sachant quoi penser. L'homme avait l'air sérieux. Qu'attendait-il de lui ?

— Comme vous l'avez dit vous-même, sans preuve tangible, Sandy ne peut être inquiétée, répondit-il, sur la défensive.

Un soupir désolé lui fit face.

— Est-ce donc là tout le bien que tu penses de moi ? Que je cherche à t'amadouer pour avoir un allié dans la place ? (Il eut un rire ironique.) Si tant est que j'aie besoin d'aide dans cette affaire, crois bien que je m'adresserais à beaucoup plus gradé que toi. Allons, accepte ma proposition, il me plairait de t'avoir à nouveau à ma table.

À quoi bon ? Pour parler du bon vieux temps quand la vie était facile, faite d'une succession de moments de bonheur ? Le passé vous rattrape toujours… sauf si l'on court plus vite !

— J'y réfléchirai, esquiva-t-il, bien déterminé à ne jamais le rappeler.

— Si c'est le mieux que tu puisses faire, soit. Mais si tu décides de venir, amène donc ta petite sœur. Elisabeth sera ravie de la revoir.

— Je vous promets d'y penser.

Winedrove n'était pas dupe. Il n'avait pas réussi à briser le mur qui les séparait. Mais il n'avait pas dit son dernier mot. Tout mur a ses failles, il suffit de trouver le bon angle.

— Je vais te laisser. Bien que j'aurais préféré te revoir en d'autres circonstances, cela m'a fait plaisir de te parler, Dean, dit Winedrove, qui lui tendit la main.

Nelson lui tendit la sienne et d'autres souvenirs affluèrent quand leurs paumes se touchèrent. Toujours ce mélange de douceur et de fermeté.

Il le regarda sortir sans mot dire. À peine la porte refermée, il serra les poings et maudit la destinée qui avait remis cette famille sur sa route.

11

— Au fait, préviens-moi quand tu auras décidé de ne plus faire la tronche, fit Rivera alors qu'ils roulaient dans Downtown.

Nelson se tourna vers sa partenaire et lui renvoya un franc sourire.

— Ça te va ?

Rivera quitta une seconde la route des yeux pour le regarder et secoua la tête de dépit.

— Je ne te comprends pas, je t'ai dit que j'étais prête à renoncer à cette affaire. Logan est OK, alors pourquoi veux-tu qu'on continue ?

— Tu peux me rappeler combien d'enquêtes on a refilées aux collègues parce qu'on ne les sentait pas ?

Zéro. Rivera le savait aussi bien que lui. Mais justement.

— Tu es trop impliqué personnellement pour être objectif. Regarde-toi, on dirait une âme en peine ! se moqua-t-elle en s'arrêtant à un feu rouge.

— Il paraît que ça plaît aux femmes, riposta-t-il, avant d'ajouter plus sérieusement : Primo, je ne suis pas impliqué personnellement. Je n'ai aucun lien avec les Winedrove. La dernière fois que j'ai vu l'un des leurs, c'était il y a plus de dix ans, et je te jure que je n'ai plus eu un seul contact depuis. Secundo, je suis persuadé que si on refile le bébé à une autre équipe, l'enquête aura vite fait d'être enterrée.

Rivera fronça les sourcils. Qu'est-ce que c'était que ces âneries ? Croyait-il vraiment qu'il y avait des ripoux parmi eux, au premier rang desquels Mike Logan ?

— Arrête ta parano, il n'y a aucune chance que cela arrive.

— Tu ne connais pas Winedrove aussi bien que je le connais. Ce type n'a peur de rien, et je peux t'assurer qu'il fera tout son possible pour que sa fille ne soit jamais inculpée.

Le feu passa au vert. Rivera reprit la route.

— Tu parles comme si tu étais certain qu'elle est coupable. Excuse-moi, mais rien n'est moins sûr, et d'après les premières constatations du CSI, l'agresseur serait plutôt un homme qu'une femme.

— Qu'est-ce qui leur fait dire ça ? s'étonna Nelson, qui n'avait pas lu le rapport préliminaire.

— La profondeur de la blessure et son axe. Non seulement il fallait être très costaud, mais surtout, vu l'inclinaison, le tueur devait mesurer près d'un mètre quatre-vingts, voire plus.

— Sandy mesure plus d'un mètre soixante-dix. Quant à la violence du coup, tu sais très bien que les forces sont décuplées sous l'effet de la colère.

— Peut-être, mais on peut tout de même avoir des doutes.

Nelson se passa la main sous le menton. Charles Winedrove avait l'air convaincu de la culpabilité de sa fille. Mais peut-être n'était-ce qu'une impression.

— D'accord, je fais de cette affaire une histoire personnelle, mais ça ne veut pas dire que je sois incapable de rester objectif.

Enfin ! se dit Rivera. *Il était temps qu'il ouvre les yeux sur son comportement.*

— Si je tiens à cette enquête, c'est parce que je veux prouver aux yeux du monde que je ne suis pas comme eux, continua-t-il. J'ai quitté ce milieu parce qu'il me dégoûte. L'argent corrompt tout et, crois-le ou pas, je mets un point d'honneur à limiter ses excès.

Tournant sur Denny Way, Rivera eut un léger rire.

— Comme c'est mignon, je n'aurais jamais pensé qu'un justicier sommeillait en toi, se moqua-t-elle sans méchanceté.

— Comme quoi, je ne suis pas dénué de tout intérêt.

— Je dois t'avouer que, hormis le fait que tu possèdes un yacht de plus de sept millions de dollars, je t'ai toujours trouvé d'un banal !

Nelson eut un vrai sourire et se sentit soulagé. Rivera avait réussi à percer sa carapace. Cela lui faisait un bien fou.

Oui, c'était une affaire personnelle. Oui, il était temps de ne plus se voiler la face, et de ne plus faire comme si le passé n'avait jamais existé. Le moment était venu d'affronter le cadavre de son ancienne vie, un zombie prêt à le dévorer s'il n'y prenait garde.

— Merci, ça fait du bien de se sentir épaulé !

Lâchant le volant d'une main, Rivera lui pinça la joue d'un geste amical.

— À la vérité, ce n'est pas parce que tu es richissime que tu n'as que des défauts.

Nelson soupira gentiment. Même s'il ne le lui avait jamais dit, il adorait son équipière, qui dès le début de leur collaboration avait tenu à mettre les points sur les *i*, et en particulier sur le fait qu'il était si riche. Contrairement à certains qui trouvaient bizarre, pour ne pas dire indécent, qu'il soit flic, elle ne lui en avait jamais tenu grief. Du moment que le boulot était fait. Et deux années plus tard, ils formaient l'un des meilleurs binômes d'enquêteurs de la ville.

— J'essaye de m'améliorer au fil du temps. Qui sait, un jour, je serai peut-être pauvre ?

« Il est plus facile pour un chameau de passer par le trou d'une aiguille, qu'à un homme riche d'entrer au paradis », se souvint Rivera en souriant.

— Si la pauvreté était une vertu, ça se saurait ! rétorqua-t-elle.

Ce n'était pas parce qu'elle croyait en Dieu qu'elle faisait de l'angélisme primaire.

— Tu me rassures, plaisanta Nelson. Ça m'aurait fait mal de me débarrasser de mon yacht.

Il lui fit un clin d'œil, tandis que Rivera se garait près de l'immeuble de Brandon.

Sur place, ils allaient pouvoir commencer leur enquête de voisinage. Il suffirait qu'une seule personne se souvienne d'avoir vu Sandy Winedrove dimanche au soir, pour obtenir un mandat de perquisition au domicile de la jeune fille et une nouvelle garde à vue.

Sous une pluie battante, Rivera sortit de la Taurus et d'un pas vif alla se réfugier dans l'entrée de l'immeuble.

— Tu fais les numéros pairs, dit Nelson en la rejoignant.

Chacun muni d'une photo de Sandy, ils allèrent frapper aux portes.

Près d'une heure plus tard, Rivera avait terminé ses auditions. Elle appela son équipier, qui avait encore tous les numéros impairs du dernier étage à faire. *Quoi qu'on en pense, les filles sont quand même bien plus efficaces que les garçons*, se rengorgea-t-elle en allant le retrouver. Elle l'aida à terminer et, quand la dernière porte fut refermée, ils tirèrent un premier bilan en se dirigeant vers l'ascenseur.

— Personne ne l'a vue ce dimanche.

— Peut-être, mais personne non plus n'est capable de nous dire si Brandon a reçu une visite ou pas. Alors, à moins que Brandon ne soit tombé sur son couteau et l'ait fait disparaître après l'avoir retiré de sa blessure, il y a bien quelqu'un qui est venu l'assassiner.

— Certes. En tout cas, aucun des voisins n'a entendu de bruit de lutte ou de cris. Peut-être pas un accident, mais un meurtre prémédité, dit Rivera.

Nelson en était arrivé à la même hypothèse. Un tueur à gages ?

— La question est : qui pourrait préméditer un tel assassinat, et surtout, pourquoi ? renchérit Rivera, sur la même longueur d'onde.

La porte de l'ascenseur s'ouvrit.

— Quelqu'un qui ne voulait pas que sa fille sorte avec un « simple artiste », dit Nelson en s'effaçant pour laisser Rivera entrer la première.

Rivera aurait bien voulu le contredire, mais cette hypothèse avait le mérite d'avancer un mobile très valable.

— Tu aimerais tant que ça voir Charles Winedrove derrière les barreaux ?

Une nouvelle fois, ça la démangeait d'en connaître davantage sur la vie de Nelson.

— Franchement, je n'en sais rien.

Autant il pouvait comprendre que Sandy ait tué son petit copain sous le coup de la colère, autant il n'arrivait pas à imaginer Winedrove tuer ou commanditer le meurtre d'un homme uniquement parce qu'il n'était pas assez riche pour sa fille.

— Je n'en sais vraiment rien, répéta-t-il alors que la porte de l'ascenseur les libérait au rez-de-chaussée.

— Il faudrait peut-être creuser d'autres pistes. Peut-être que Brandon avait des dettes, va savoir. Ou même qu'il avait une double vie. Un petit délinquant qui se serait fait un ennemi plus fort que lui.

— Un contrat mafieux sur sa tête ?

Rivera haussa les épaules.

— On a vu des trucs bien plus tordus. Qu'est-ce qu'on connaît réellement sur ce Brandon ?

Pas grand-chose, en convint Nelson.

— On pourrait déjà vérifier son compte en banque. S'il faisait un trafic quelconque, ça apparaîtra peut-être, enchaîna-t-il.

— Pas idiot, reconnut Rivera en débloquant l'ouverture automatique de la Taurus.

La pluie avait cessé, et c'est tranquillement qu'ils s'installèrent à leurs places respectives.

— Bon, ça suffit pour aujourd'hui, on retourne au QG.

Une mission de la plus haute importance les attendait : taper le compte rendu de leur enquête de voisinage et de l'interpellation de Sandy.

Le terne quotidien bien souvent oublié du grand public, songea Nelson, qui détestait cette partie de son travail. Il fallait pourtant bien que quelqu'un s'en charge !

12

Ernesto Juarez était un homme d'une humeur toujours égale. Personne ne l'avait jamais vu s'énerver ou s'enthousiasmer outre mesure. L'employé idéal, avait tout de suite pressenti Winedrove quand il l'avait engagé comme garde du corps personnel, près de dix ans auparavant. Ancien marine, tireur d'élite, chef de la sécurité du siège de l'entreprise. Discret et efficace, il s'occupait surtout de divers petits boulots à la limite de la légalité pour le compte de Winedrove.

Même s'il ne le montrait pas, il était ravi de sa situation. Pour un fils d'immigré mexicain dont le destin était de finir avec une balle dans la tête, il estimait s'en être plutôt bien tiré. La paye était bonne, l'employeur exigeant mais reconnaissant.

Pas marié, pas d'enfant, la belle vie, songea-t-il.

Il jeta un regard discret dans le rétroviseur sur la plus jeune des sœurs Winedrove, assise à l'arrière de la limousine. Près d'une heure qu'il conduisait, et toujours pas un mot. Juste un bonjour, et puis c'est tout.

Les rares fois où il pensait à sa mère, qui avait eu la bonne idée de faire douze rejetons avec presque autant de pères différents, Ernesto avait envie de vomir. Pour lui, les enfants étaient la plaie de l'humanité. Et ce n'était pas en allant chercher Sandy au commissariat central de la police qu'il allait changer d'avis. Il n'avait aucune idée de la raison pour laquelle elle s'y trouvait et ne voulait pas la connaître. Sa première qualité était l'obéissance. Pour rien au monde, il ne changerait de comportement au risque de perdre sa place en or.

Ils traversaient le pont flottant qui reliait Seattle à Mercer Island quand Sandy quitta des yeux les eaux mouvantes pour s'adresser à son chauffeur.

— Tu pourrais me récupérer ma Jaguar ? Je compte rester quelques jours à Providence, dit-elle en captant son regard dans le rétroviseur.

— Bien sûr, mademoiselle, dit-il par simple réflexe.

Elle pouvait lui demander n'importe quoi, il répondrait toujours présent.

Sandy esquissa un léger sourire et se renfonça dans le cuir de la banquette.

Mercer Island était l'un des quartiers les plus chics et les plus chers de Seattle. Les nombreuses propriétés qui peuplaient cette île, cernée par les eaux du lac Washington, étaient habitées par une population aisée, et en particulier par des personnalités de premier plan. De valeur inégale selon qu'elles étaient situées en bordure du lac ou plus en retrait, elles avaient toutes comme avantage de bénéficier d'un cadre magnifique, au milieu de forêts majestueuses.

Ils passèrent le pont et quittèrent la voie rapide pour Mercer Way. Après avoir traversé la moitié de l'île, ils arrivèrent sur Forest Avenue. Comme leurs voisins, les Winedrove avaient donné un nom au repaire familial :

le premier des Winedrove l'avait baptisé Providence, un siècle plus tôt. Depuis, il y avait eu beaucoup d'aménagements, de transformations et particulièrement d'agrandissements, mais son nom lui était resté.

La limousine se présenta devant l'entrée. Ernesto appuya sur le biper. L'imposant portail électrique coulissa silencieusement, leur livrant passage dans l'enceinte de Providence. Une longue allée courait entre deux jardins sur près de cinquante mètres avant de se séparer en deux. L'une conduisait à une large esplanade devant la résidence, l'autre contournait un bassin sur la gauche en direction d'un garage abritant les nombreuses voitures de collection des Winedrove.

Ernesto déposa la jeune fille devant le perron de la villa. Sandy descendit, claqua la portière sans un « merci » et remonta les marches de la bâtisse, digne de Beverly Hills.

Ernesto fit le tour du bassin et se dirigea vers le garage. Il gara la voiture et, après en être descendu, il s'alluma une cigarette, restant tranquillement sous l'auvent à l'abri de la pluie. Dieu sait qu'il n'avait jamais cru aux dons de voyance des Juarez, mais il eut un mauvais pressentiment concernant Sandy. Il renifla un grand coup et cracha au sol afin de conjurer le sort.

En pénétrant dans la maison, comme chaque fois, Sandy se sentit prise d'une émotion particulière. Elle avait l'impression de retrouver de l'innocence de l'enfance, quand elle avait la certitude que la vie serait un conte de fées permanent.

— Sandy ! Quelle joie de vous revoir, dit Georgia en apparaissant dans l'immense vestibule.

Sandy s'approcha de la plus ancienne des domestiques de la famille. Elle ne connaissait pas son âge mais, pour elle, il ne faisait aucun doute que, bien qu'ayant depuis longtemps dépassé l'âge de la retraite, c'était de son plein gré qu'elle restait en fonction, sous l'œil bienveillant de ses parents.

— Ça ne fait pas si longtemps, tout de même !

En fait, près de quatre mois. Pour les fêtes de fin d'année. Comme le temps semblait s'être accéléré depuis qu'elle avait quitté le cocon familial !

— Vous nous avez manqué. Je vais prévenir madame votre mère de votre arrivée.

Évidemment, celle-ci était certainement déjà au courant. Mais, si vieux jeu que soient ces us et coutumes, Sandy était une Winedrove, et jamais elle n'oubliait de les respecter… du moins à Providence.

Sandy sourit et, effleurant d'un pas léger le sol de marbre, elle quitta le vestibule pour se rendre aux cuisines. Quelle que soit l'heure de la journée, des odeurs appétissantes s'en échappaient. Celle du bacon et des œufs qui grillaient pour un copieux petit déjeuner, celle des sauces accompagnant les viandes du déjeuner, ou les effluves d'un thé exotique et de petits gâteaux sortant du four l'après-midi, sans oublier les senteurs potagères des diverses soupes vers le crépuscule.

C'était aussi cela, Providence.

Un conte de fées, se répéta-t-elle en entrant retrouver Massimo, déjà affairé devant ses fourneaux.

— *Ma che !* Tu es de plus en plus jolie, dit-il avec un fort accent italien.

Sandy n'était pas dupe. Nul n'ignorait que l'homme n'avait jamais mis les pieds « au pays ». Mais là encore, tout le monde appréciait ce côté folklorique – et après tout, quel mal y avait-il à cela ? Les domestiques étaient tous des Noirs souriants, les précepteurs, de vieilles pies britanniques, et les cuisiniers, des Italiens gouailleurs. « Chacun à sa place et tout ira pour le mieux », avait inculqué sa mère à la petite fille avide de comprendre le monde.

— Qu'est-ce que tu nous as préparé de bon ? l'interrogea-t-elle en se penchant au-dessus des marmites posées sur les plaques à induction, pour humer les arômes qui s'en échappaient.

— Que de bonnes choses, mais si j'avais su que tu étais là ce soir, je t'aurais préparé un tiramisu en dessert. Spécialement pour toi.

La pâtisserie, son péché mignon. Heureusement qu'elle faisait sa gym trois fois par semaine !

— Demain alors, dit-elle en souriant.

— Vous allez rester ? s'étonna Massimo.

Depuis qu'elle avait emménagé dans la villa de Perkins Lane avec son frère, deux années auparavant, il pouvait compter sur les doigts d'une main les nuits où elle avait dormi ici.

— Oui, Julian m'a énervée. Je vais bouder pendant quelques jours, dit-elle avant de s'éclipser.

Personne, mis à part son père, sa mère et Julian, n'était au courant de son interpellation, et encore moins de sa relation avec Brandon. Personne ne devait savoir.

Sandy quitta les cuisines, et, prenant le grand escalier du fond, monta jusqu'au deuxième étage. Elle retrouva le moelleux de l'épaisse moquette du corridor qui menait à sa chambre.

Elle était telle qu'elle l'avait laissée à son départ. Une vraie chambre de fille, tout en dégradés de rose. Les murs, les meubles, la décoration, jusqu'aux moindres babioles. C'était son musée dédié à sa jeunesse.

Après avoir refermé la porte derrière elle et ouvert les volets, elle se jeta sur son lit à baldaquin et attrapa Yogi, son ours en peluche préféré, qu'elle serra de toutes ses forces en se recroquevillant en position fœtale. Elle se sentait complètement vidée. Incapable d'éprouver une quelconque émotion. Si, les jours précédents, elle n'avait cessé de pleurer la mort de Brandon, cette entrevue au commissariat central l'avait comme anesthésiée.

Comment Dean a-t-il pu me faire ça ? rumina-t-elle, encore effarée de la façon dont il s'était joué d'elle. Petite fille, elle jouait durant des heures avec « oncl'Dean ». Comment pouvait-il croire, ne serait-ce qu'une seconde, qu'elle avait pu tuer Brandon ?

Elle serra un peu plus fort Yogi, et sentit les larmes lui monter aux yeux.

On frappa à sa porte. Ce n'était vraiment pas le moment. Elle ne répondit pas, mais la porte s'ouvrit. C'était sa mère. D'un pas calme et mesuré, elle vint s'asseoir auprès de sa fille.

— C'est fini, Sandy, tu ne risques plus rien, dit-elle de sa voix rassurante.

Toujours allongée sur le lit, Sandy lui renvoya un regard baigné de larmes, et c'est tout naturellement qu'elle vint se blottir contre sa mère, qui la prit dans ses bras.

À cinquante et un ans, Elisabeth Winedrove, malgré quatre grossesses, avait toujours son corps de jeune fille. Ce qui était primordial, selon elle. L'apparence physique était la qualité première d'un être humain, ou tout du moins d'une femme. Et, Dieu merci, Sandy, Debbie et elle-même étaient toutes les trois des canons de beauté qui faisaient la fierté de son époux.

— Allons, c'est fini, répéta-t-elle en lui passant une main dans les cheveux.

Les deux femmes restèrent ainsi de longues minutes avant qu'un nouvel arrivant ne s'encadre dans le chambranle de la porte.

— Je peux entrer ? demanda Charles Winedrove.

Connu pour être un redoutable prédateur à sang froid, il rit de sa réputation en sentant son cœur fondre tandis qu'il découvrait la mère et la fille enlacées dans cette tendre scène de consolation.

Plus que jamais, il était persuadé que la seule chose qui comptait pour lui en ce monde était le bonheur de ses proches.

Les regards se tournèrent vers lui et il y lut un assentiment. Il s'approcha du lit mais resta debout.

— Je voulais te dire que j'ai eu ton avocat. Il n'y a aucun risque pour que tu sois mise en examen ou qu'il puisse y avoir une autre audition.

Sandy se redressa et s'essuya les yeux. Il était certain qu'elle ne remercierait jamais assez son père pour être toujours là quand il le fallait, mais il était nécessaire qu'elle mette les choses au clair.

— Je n'ai pas tué Brandon, je te le promets, fit-elle en le fixant dans les yeux.

— Je le sais, dit-il avec un sourire paternel.

Sandy ne put le supporter.

— Non, tu ne le sais pas. Je t'ai entendu parler à l'avocat, comme si peu t'importait que je sois coupable ou non, dit-elle en sentant la colère s'emparer d'elle. J'ai beau te décevoir, jamais je n'aurais tué quelqu'un. Pour qui tu me prends ?

— Ne dis pas des choses pareilles. Ton père t'adore et tu le sais, intervint Elisabeth.

Sandy la regarda avec de grands yeux tristes. Oui, il l'aimait, mais il ne l'admirait pas, comme il admirait Debbie ou Tyron. Jamais un compliment sincère. Sans compter le nombre de fois où il l'avait sermonnée pour des bêtises qu'elle n'avait faites que pour attirer son attention !

— Je voulais seulement faire comprendre à cet avocat qu'il devait te sortir de là. Coupable ou non. Le reste est une affaire entre toi et moi. Maintenant, si tu me dis que tu es innocente, alors je te crois. Point final.

Il était vrai que jusque-là, il avait douté. Mais sa fille avait un très gros défaut : elle ne savait pas lui mentir.

— Sandy, tu n'as pas idée de la bassesse des gens. Certains flicaillons seraient prêts à mettre en prison une innocente fille de riches, juste pour donner un bouc émissaire au petit peuple. Comme si nous étions responsables de leur misérable vie !

— Il paraît que c'est Dean Nelson qui t'a arrêtée, dit Elisabeth pour changer de sujet.

Avec la même rapidité qu'elle était apparue, la colère contre son père s'était évaporée quand Sandy avait lu dans ses yeux qu'il la croyait. Soulagée qu'il la sache innocente, elle se détendit et se leva.

— Oui, cet enfoiré ne s'est même pas présenté. Il m'a interrogée comme une vulgaire criminelle alors qu'il savait qui j'étais. Je n'en reviens pas qu'on puisse tomber si bas.

Elisabeth se souvenait très bien de Dean. Le meilleur ami de son aîné. Comment ces deux garçons si brillants avaient-ils pu se fourvoyer dans des chemins périlleux qui ne les mèneraient nulle part ?

— Dean est un idiot. Il croit qu'en singeant la vie d'un simple citoyen, il va devenir comme eux ! dit Winedrove, persuadé du désir d'autodestruction du jeune homme.

— Dean n'a jamais supporté la mort de ses parents. Je pense qu'il ne supporte pas davantage notre bonheur et qu'il a tout fait pour entraîner Tyron avec lui dans sa chute, renchérit Elisabeth.

Jamais elle n'avait autant détesté quelqu'un que ce Dean Nelson. Contrairement à son mari, elle était persuadée que c'était lui qui avait mis ces idées farfelues dans la tête de son fils, et à présent il était perdu à jamais dans sa secte d'hurluberlus ! Il ne voulait même plus lui parler au téléphone, ne serait-ce qu'aux anniversaires.

— Je le déteste, dit Sandy, revigorée par la proximité de ses parents.

— Ne t'inquiète pas, il ne l'emportera pas au paradis, assura Winedrove, qui avait un plan tout établi pour lui.

Elisabeth lui renvoya un sourire féroce.

C'était aussi pour ça qu'il l'aimait. Pour sa capacité à devenir une lionne quand on touchait à ses enfants.

13

Il faisait nuit noire quand Logan rentra enfin chez lui. Juste avant d'ouvrir la porte, il se retourna et jeta un regard sur Green Lake qui scintillait dans la lumière des lampadaires qui jalonnaient la promenade le long du lac. Jamais il ne se lasserait de ce spectacle. Hurley avait eu une idée de génie en choisissant ce quartier de Seattle.

Il sourit à cette pensée et rentra se mettre au chaud. Une mélodie d'un compositeur classique dont il ignorait le nom parvint à lui, assourdie. Il posa son manteau et alla saluer la maîtresse de maison, confortablement installée dans le canapé du salon.

— Bonsoir, beauté fatale, lui dit-il en venant déposer un baiser sur ses lèvres.

— Tu rentres tard, répondit-elle avec un léger ton de reproche.

— Désolé, j'aurais dû t'appeler.

Il était sincère. Mais l'après-midi avait passé si vite. De briefing en débriefing, il n'avait pas eu une seconde à lui.

— Tu as couché Roy ? dit-il, l'air penaud.

— À ton avis ?

C'était à lui de lui faire prendre son bain cette semaine. Non pas que Hurley n'en ait eu le temps, c'était par souci d'équilibre des tâches.

— OK, je te dois un soir, s'excusa-t-il.

Hurley croisa les bras sous sa poitrine, l'air toujours aussi contrarié.

— Je m'en moque que tu me doives un soir, ce que je veux, c'est que tu me préviennes quand tu rentres tard. Au-delà du fait que je me fais du souci, c'est le minimum de respect que tu nous dois à nous deux. Ton travail passe après ta famille.

— Si je te dis que je ne recommencerai plus, ça te va ?

— Oui, mais ne crois pas t'en tirer à si bon compte, dit-elle en l'attrapant par sa cravate pour l'attirer vers elle.

Une demi-heure plus tard, après des ébats langoureux, ils étaient nus, étendus l'un contre l'autre sur le canapé.

— Je t'aime, murmura Hurley en essuyant du bout du doigt les gouttes de sueur de son front.

— Pas tant que moi.

Ils se regardèrent longuement, les yeux dans les yeux. Puis Hurley se redressa et attrapa sa petite culotte.

— Tu ne devineras jamais qui j'ai revu aujourd'hui ? dit Logan.

Hurley fit la moue et enfila son sous-pull.

— Le grand Stanley Warren ! déclama-t-il d'un ton moqueur.

Heureusement, elle avait le regard baissé pour attraper son jean, car, l'espace d'une seconde, son visage se décomposa.

— Qu'est-ce qu'il te voulait ? demanda-t-elle en se reprenant.

Voilà plus de deux ans qu'elle avait trompé Logan avec cet homme. Il ne se passait pas un jour sans qu'elle y repense, priant le ciel pour qu'il n'en parle jamais.

— À moi, rien. Il est juste venu défendre une fille en garde à vue, et pas du genre veuve ou orpheline. Pauvre type !

Même si Warren avait été plutôt efficace dans l'affaire qu'il avait défendue à River Falls, Logan ne lui pardonnerait jamais la façon dont il l'avait accosté la première fois, en lui expliquant clairement qu'il ferait tout pour lui ravir le cœur de Hurley !

— Il fait son boulot, dit-elle le plus naturellement possible.

Surtout, ne pas avoir l'air coupable.

— Défendre des milliardaires, un bon boulot, tu l'as dit.

— Je peux en savoir plus ? demanda-t-elle d'un ton détaché en enfilant son jean.

Logan n'y voyait aucun inconvénient. Il avait une confiance aveugle en Hurley.

— Tu connais Charles Winedrove ?

Hurley hocha la tête.

— Sa fille a peut-être tué quelqu'un. Le hic, c'est qu'on n'a pas de preuve formelle. Rien que des présomptions.

— Debbie Winedrove ? Je n'arrive pas à le croire, s'étonna Hurley.

Debbie était à la tête de la fondation Winedrove, qui venait en aide aux plus démunis. Une jeune femme charmante, et terriblement attachante. Incroyable !

— Non, il s'agit de sa petite sœur, Sandy. Elle sortait avec Brandon Foster, l'étudiant assassiné dont je t'ai parlé lundi.

Hurley s'en souvenait. Un garçon tué d'un coup de couteau en plein cœur.

— Une simple histoire de couple ? dit-elle en finissant de s'habiller.

— Fort possible, mais sans l'ombre d'une preuve, et encore moins d'un aveu, je crains que nous n'ayons rien pour l'arrêter.

— Tu as mis qui sur l'enquête ?

— Nelson et Rivera.

Drôle de choix ? À moins qu'au contraire il ne soit excellent.

— Tu crois que Nelson connaissait les Winedrove ?

Logan lui avait tout raconté sur chacun de ses lieutenants.

— Quand je l'ai mis sur l'affaire, je ne savais même pas que Sandy Winedrove était la petite amie de la victime, et c'est seulement quand son père s'est pointé avec Warren que j'ai compris qu'ils se connaissaient.

Il se leva, s'étira et se rhabilla à la va-vite. Il n'avait pas vraiment envie de discuter et son estomac vide se rappelait à lui avec de petits gargouillis. Hurley se mit à rire et l'entraîna vers la cuisine en lui demandant :

— Et alors ? Je suppose que tu en as parlé avec Nelson.

— Oui, il m'a demandé de ne pas lui retirer l'enquête, et m'a assuré qu'il agirait en toute impartialité. Et comme je n'ai aucune raison de ne pas lui faire confiance, je la lui ai laissée.

Dans la cuisine, Logan ouvrit le frigo.

— Et c'est tout ? s'étonna Hurley. Tu ne lui as pas demandé quelles relations il entretenait avec eux ?

Depuis qu'elle avait pris son congé de maternité, sans qu'elle regrette de s'occuper de Roy à plein temps, l'excitation du terrain lui manquait. Aussi, dès qu'elle le pouvait, elle essayait de la retrouver par procuration.

— Si, mais j'ai bien senti qu'il n'avait pas envie d'en parler, alors pour une fois, je vais garder ses secrets pour moi, dit-il en sortant deux bières.

— Espèce de mufle, tu m'avais promis qu'il n'y aurait jamais de secret entre nous.

Devant son petit air malheureux, qui était pourtant totalement factice, il s'assit à table et se dit une fois de plus que l'homme était un animal bien faible devant sa femelle.

— Nelson était cul et chemise avec Tyron Winedrove, l'aîné de la famille. Toujours fourré chez eux, puis les choses ont commencé à mal tourner.

Il lui raconta comment Tyron avait fui sa famille et comment, de son côté, Nelson avait décidé de couper les ponts avec tout ce beau monde, à la mort de ses parents.

Hurley avait déjà entendu cette dernière partie de l'histoire, mais était étonnée par la première.

— Cela a dû leur rester en travers de la gorge ! fit-elle en imaginant la tête de Winedrove quand Tyron leur avait annoncé les raisons de son départ.

— Je suppose, mais à la vérité, je m'en contrefous. Moins je suis proche de ces gens-là, mieux je me porte. Et d'après ce que j'ai compris, Ripley n'a pas plus envie que moi de faire des vagues.

Hurley faillit en recracher sa gorgée de bière.

— Je le crois pas ! Tu capitules devant un homme de pouvoir ?

Logan prit un air innocent.

— Il faut savoir ce que tu veux. Tu m'as dit toi-même que pour rien au monde, tu ne souhaites quitter Seattle. Alors, si tu veux que je garde mon job, il faut faire quelques concessions.

— Tu plaisantes, j'espère ?

Logan partit d'un grand éclat de rire et reprit :

— Ai-je l'air ? se moqua-t-il. Nelson et Rivera forment une de mes meilleures équipes. Ils ont ma totale confiance et je leur laisse toute latitude pour mener l'enquête comme ils le sentent. Ne t'inquiète pas, on ne va pas enterrer cette histoire parce que des enfoirés comme Winedrove pensent que leur argent peut tout acheter. Si l'argent peut acheter l'intégrité d'un avocat, il n'est pas près d'acheter le meilleur flic de l'État de Washington !

Sacré Mike ! sourit Hurley. L'argent obtenu avec les ventes de son livre et les avantages qu'ils en tiraient ne l'avaient pas changé. C'était un incorruptible. Et si l'arrivée de Roy avait tempéré son caractère, il conservait encore en lui des parcelles du justicier qui lui plaisait tant.

— Maintenant, rien ne dit que ce soit réellement la fille Winedrove qui a fait le coup, modéra Logan. Nathan a fait une étude sur la taille de l'agresseur en fonction de l'inclinaison du coup. Il opte pour quelqu'un de près d'un mètre quatre-vingts. D'un autre côté, ce n'est pas une science exacte.

— Vous avez d'autres pistes ?

Le goulot de sa bière à la bouche, Logan haussa les épaules.

— Pas vraiment, répondit-il après avoir dégluti. Mais on a retrouvé un tas d'adresses et de mails dans son ordinateur. Nelson et Rivera vont interroger tout ce petit monde. Si jamais Brandon trafiquait dans quelque chose de louche, je leur fais confiance pour le trouver.

— Super, dit-elle, excitée par cette affaire.

Comme tout psy qui se respecte, elle en connaissait la cause. Consciemment ou inconsciemment, tout le monde détestait les puissants. Alors quelle jouissance lorsqu'il leur arrivait un malheur !

Je ne suis pas mieux qu'un Américain lambda, se dit-elle sans pour autant en éprouver la moindre honte. *Nul n'est parfait, et c'est ça qui nous rend humains.*

— On passe à table ? proposa-t-elle, satisfaite de son début de soirée.

14

— T'es vraiment le roi !

Julian se retourna vers le garçon et lui fit son sourire de vainqueur.

— Yeah ! répondit-il en levant le poing fièrement.

La fête battait son plein. Concoctée par un DJ réputé, la musique électronique résonnait aux quatre coins de la villa. Un réseau de lampes à éclairage intermittent illuminait de façon hypnotique chaque pièce.

La centaine de personnes présentes s'en donnaient à cœur joie. Dansant, riant, hurlant. Les fesses se trémoussaient, les mains s'égaraient dans une ambiance d'euphorie générale, renforcée par les litres d'alcool ingurgités.

Quittant le grand salon, Julian se fraya un passage dans le couloir bondé d'étudiants hilares en train de fumer. Une jeune fille le félicita pour cette soirée surprise, et lui tendit son joint. Il s'arrêta pour tirer une taffe, puis reprit son chemin vers le patio couvert de l'immense villa.

— Julian, vient te baigner, l'interpella Clarisse.

Julian s'approcha de la piscine intérieure et s'avança lentement sur le plancher en teck pour savourer du regard le corps de la nageuse, totalement nue.

Complètement défoncée, se dit-il en croisant son regard.

Heureusement, deux agents de sécurité, qui se tenaient discrètement dans les renfoncements du patio, veillaient à ce que tout se passe bien.

Si Julian était le roi pour organiser des soirées, ce n'était pas dû au hasard. Cela demandait une préparation intense, et un sens de l'organisation infaillible. Trouver le bon DJ et les techniciens qui pouvaient installer une sono et un éclairage en l'espace de quelques heures. Approvisionner le bar en alcool et en toasts, avec le personnel adéquat pour servir. Sans oublier, évidemment, ce qu'il fallait de poudre blanche et de marijuana. Gages d'une soirée réussie. Enfin, le plus important : des agents de sécurité, jeunes, vêtus de façon à passer inaperçus, mais dont les yeux ne rataient rien. Prompts à réagir au moindre débordement : éjecter un étudiant trop éméché, calmer un autre trop pressant auprès d'une jeune fille non consentante, et même sauver une malheureuse fille à papa bourrée en train de se noyer dans la piscine !

Julian se pencha vers la piscine du patio recouvert d'une verrière à triple vitrage.

— Ça va comme tu veux, ma belle ?

D'une brasse, Clarisse s'approcha du bord.

— Embrasse-moi ! fit-elle en tendant ses lèvres.

Comment refuser une telle proposition ! Julian se mit à genoux, tandis que Clarisse, s'appuyant sur ses bras, sortait à demi de l'eau.

Un long *french kiss* au goût de vodka.

Julian n'avait jamais été attiré par les filles qui buvaient. Mais cela ne l'empêchait pas de sortir avec certaines régulièrement. L'avantage, c'est qu'elles étaient complètement délurées une fois imbibées. Selon Julian, il n'existait que deux genres de filles : la perle rare avec qui on fait l'amour, et toutes les autres qu'on baise !

Il se détacha des lèvres bouillantes, et se promit de retrouver Clarisse plus tard dans la soirée. Au bar improvisé, il se fit servir un gin.

— Hey ! Voilà la star ! lança Henry.

Julian se retourna et reconnut le fils McGregor. Vingt-neuf ans, huit ans de plus que lui, ce qui faisait de lui le garçon le plus vieux de la soirée !

— Alors comme ça, ta sœur t'a abandonné ? demanda-t-il d'un air narquois.

Un ex de Sandy. Cet enfoiré se l'était faite, deux ans auparavant, alors qu'elle n'avait que dix-sept ans.

— Elle est malade. Je n'avais pas envie de jouer les nounous. Les parents s'en chargeront très bien, mentit-il en souriant.

N'éveiller aucun soupçon. Personne n'était au courant de l'interpellation de sa sœur quelques heures auparavant. Personne ne devait la relier au meurtre de Brandon.

— En tout cas, belle soirée, comme d'habitude, fit-il en hochant la tête d'un air connaisseur.

Henry était le fils de William McGregor, l'une des fortunes de Seattle, bâtie dans l'aviation militaire.

— Une belle brochette de salopes que tu nous as invitées.

Même si la musique était moins forte dans le patio, elle était suffisante pour couvrir leurs voix. D'un geste de la main, Henry salua les trois nageuses qui batifolaient dans la piscine un peu plus loin.

— Regarde-les. A priori, tu connais Clarisse. Moi, je connais les deux autres. On peut faire un truc à cinq.

Julian n'avait rien contre l'idée, mais jamais de la vie avec ce type. Trop sûr de lui et de son charisme.

— Te voir à poil ? Ça, jamais ! ironisa-t-il.

Il le revoyait avec sa serviette autour de la taille, sortant de la salle de bains, le lendemain du soir où il avait couché avec sa sœur. L'enfoiré avait osé le faire dans le lit de Sandy !

— Allez, ne me dis pas que tu n'as jamais essayé avec un mec ?

S'il y avait bien une pratique à laquelle il ne s'initierait jamais, c'était bien celle-là. Autant il n'avait rien contre les homos, autant l'idée d'être défloré le répugnait.

— Arrête, tu me donnes la gerbe, fit Julian, qui porta son verre de gin à la bouche.

D'autres étudiants s'approchèrent du bar. Julian ne les avait jamais vus. Et pour cause, il ne connaissait pas la moitié des gens présents.

— Gamin ! Tu verras quand tu seras plus vieux. Faut goûter pour savoir, répliqua Henry, tel un vieux sage.

Julian essaya de percer l'ironie sous le ton doctoral, mais n'en décela pas, ce qui l'écœura encore davantage. Après tout, ce n'était peut-être pas une si bonne idée, cette soirée surprise. Quand Sandy lui avait annoncé, en tout début d'après-midi, qu'elle ne rentrerait pas à la villa mais irait se réfugier à Providence pendant les prochains jours, il s'était persuadé que tout était fini pour lui, et avait décidé d'improviser cette ultime soirée.

Usant de son large réseau de connaissances dans le milieu de la nuit estudiantine huppée de Seattle, il avait vite fait circuler l'annonce de cette méga teuf au domicile de Julian et Sandy Winedrove, sur Perkins Lane. Les premiers étudiants s'étaient pointés alors même que le DJ et son équipe installaient la sono. Cela faisait plus de six heures que la fête avait démarré. Et la nuit ne faisait que commencer.

— J'ai jamais bouffé de la merde pour savoir que c'est dégueu ! dit-il enfin à Henry, qui avait reporté son regard sur les nageuses.

Un grand éclat de rire accompagné d'une tape virile mais néanmoins amicale lui répondit.

— Sacré Julian, tu es un petit malin. Même si tout le monde est persuadé que Tyron était le plus futé des enfants Winedrove, je te le dis, ton frère ne t'arrive pas à la cheville.

L'évocation de Tyron le prit par surprise. Il se sentit soudain fébrile. De sept ans son aîné, Tyron avait été bien plus qu'un grand frère, un mentor, un modèle de droiture et de gentillesse. Pourquoi avait-il pété les plombs pour se tourner vers ces dogmes ridicules et suicidaires ? Malgré tout, Julian l'idolâtrait encore. Lui avait eu le courage de ses convictions et il les vivait pleinement, en son âme et conscience. Jamais Tyron n'aurait approuvé son comportement d'enfant gâté. Julian jeta un autre regard sur sa soirée. La décadence et la débauche. La fin de l'Empire romain, aurait dit son frère !

Qui suis-je ? Caligula ?

— Allons, ne fais pas cette tête, c'est un compliment que je te fais.

Henry était-il à ce point imbu de lui-même pour ne pas voir qu'il le faisait gravement chier ?

— Personne n'arrive à la cheville de Tyron, dit Julian d'une voix implacable.

Il aurait tout donné pour redevenir l'enfant de dix ans qui jouait avec son grand frère et ses deux sœurs.

Et Sandy qui venait de le trahir…

L'alcool aidant, il sentit les larmes lui monter aux yeux.

Soudain, il se retourna. Quelqu'un le tirait par le bras. D'un geste instinctif, il faillit envoyer son poing dans la figure d'une… superbe créature.

— Salut, tu me reconnais ?

Julian se força à revenir à la réalité, mais fut incapable de mettre un nom sur ce visage. Une Black aux cheveux auburn, au brushing impeccable. Un faux air de Rihanna.

— Megan Price. Ta voisine.

Putain ! C'était à peine croyable. La petite Megan. La dernière fois qu'il l'avait vue, c'était à Providence, pour un dîner mondain donné par ses parents. C'était trois ans auparavant, elle avait à peine treize ans.

— Dis donc, tu es radieuse, admira-t-il, ébahi par ses formes voluptueuses.

— Tu me présentes ? s'imposa Henry, qui tendit un verre à la nouvelle venue.

— Non.

Julian prit Megan par le bras et l'invita à aller de l'autre côté du patio, sous le regard goguenard de Henry.

— Elle est super, ta soirée. C'est la première fois que je peux sortir en semaine, expliqua Megan, tout émoustillée.

— Comment tu as fait ?

— Je devais dormir chez une copine, et sa sœur a reçu un mail pour ta soirée. On s'est incrustées. Leurs parents sont absents !

Insouciants parents ! Ne savaient-ils pas que quand les chats sont de sortie, les souris ne font pas que danser ?

— Tu veux que je te fasse visiter ?

— C'est clair, tu as trop de la chance d'avoir une telle maison.

Il lui sourit et, tandis qu'il la poussait vers l'intérieur, il jubilait par avance de lui montrer sa chambre. Cela faisait un bail qu'il ne s'était pas tapé une Black.

La petite Megan, incroyable !

Il en oublia aussitôt ses idées noires.

Vendredi 8 avril 2011

15

La journée avait été interminable.

Des heures à auditionner des proches de Brandon que le CSI avait débusqués dans les mails de l'étudiant. Et tout ça pour un résultat très médiocre. Aucun de ses amis n'avait connaissance de sa liaison avec Sandy Winedrove, ou du moins ne l'avait avoué. Aucun ne lui connaissait d'ennemi, et encore moins de liens avec un quelconque réseau mafieux.

Si Brandon prenait un peu de cocaïne, ce n'était pas un dealer, et certainement pas un junkie. Impossible qu'il se soit fait tuer pour un mauvais deal ou un mauvais trip. Tous les avis allaient dans le même sens, et ce n'était pas faute d'avoir usé de tous les moyens d'intimidation – en particulier la méthode du bon flic, méchant flic, rôle dans lequel Rivera excellait. Malgré la terreur que la lieutenant arrivait à infliger à ses témoins (les menaçant de nombreuses années de prison pour faux témoignage, entrave à la justice, voire complicité de meurtre), aucun ne put fournir une information qui les aurait aidés à comprendre ce qu'il s'était passé.

La seule piste qui leur restait était toujours la même : une querelle d'amoureux qui avait tourné au drame.

Sandy Winedrove. Son nom revenait en boucle dans le crâne de Nelson alors qu'il roulait moteur à fond sur sa Kawasaki. Était-elle vraiment coupable ? Avait-elle pu assassiner un homme ? Tout le monde, sous l'emprise de la colère, est capable du pire. Même la petite Sandy, à qui il s'amusait à faire peur douze ans plus tôt ? La réponse était évidente mais ne lui plaisait guère. À l'inverse de ce que pouvaient en penser certains, Nelson n'avait rien contre les Winedrove, il voulait simplement faire son boulot sans se soucier du statut des suspects.

Sans s'en rendre compte, il n'avait cessé d'accélérer et, quand il arriva à l'embranchement qui menait à la marina, il faillit le rater. Il freina d'un coup sec, se reprit, et c'est d'une allure plus modérée qu'il continua sa route.

Le ciel était toujours aussi gris, mais la pluie avait cessé quand il arriva sur l'immense parking en bordure de la marina. Il allait se garer quand il remarqua une voiture qu'il n'avait jamais vue auparavant : une magnifique Porsche Cayman. Il n'était pas rare de voir de belles voitures stationner près du ponton réservé aux yachts, cependant, c'était plutôt en plein été qu'elles faisaient leur apparition.

Un mauvais pressentiment le saisit alors qu'il enlevait son casque. Remontant le ponton, il scruta les bateaux alignés les uns derrière les autres, mais ne vit pas âme qui vive.

Ça ne sentait pas bon du tout.

Quand il put enfin distinguer son yacht, il sentit les battements de son cœur s'accélérer en découvrant une silhouette debout sur le pont arrière. Quelques mètres de plus, et il reconnut l'allure d'une femme. Enfin arrivé à proximité de la passerelle, il se sentit pâlir en reconnaissant son invitée impromptue.

— Bonsoir, Dean, je peux te parler ?

Debbie Winedrove. Encore plus belle que dans ses souvenirs. Elle n'était plus la jeune fille de dix-sept ans qu'il avait aimée à l'époque, mais une vraie femme. Avec son manteau de marque, son chapeau, ses escarpins, elle avait une classe folle.

— Tu n'aurais pas dû venir, dit-il en manquant à la moindre des civilités.

Pourquoi était-elle là ? Il lui avait fallu tant de temps pour tout oublier, pourquoi venir raviver d'anciennes blessures ?

— Je suis désolée, mais il le fallait, dit-elle en lui adressant un regard troublé.

Et merde ! Forcément, ça allait mal finir. Il aurait dû lui dire de déguerpir sur-le-champ. Mais tant pis, il allait lui déballer une fois pour toutes ses quatre vérités. Ces vérités qu'il n'avait pas été foutu d'exprimer, même à son ancienne psy.

— OK, mais cinq minutes, pas plus.

Il monta sur la passerelle et, passant devant Debbie, il sentit son parfum. Il la détesta encore plus. Elle portait le même qu'il lui avait offert pour ses dix-sept ans.

La porte de la verrière était fermée. Kaleigh n'était pas encore rentrée. Tant mieux ! Il pourrait hurler si cela lui chantait !

Ils entrèrent dans le salon du pont principal, et aussitôt Nelson se sentit plus fort. Il était chez lui et allait lui montrer qui il était vraiment.

— C'est magnifique. Tu disais toujours que tu rêvais d'avoir ton yacht. Je suis contente que tu aies pu réaliser ton rêve, dit-elle d'une voix émue.

Était-elle devenue à ce point machiavélique pour tenter de le prendre par les sentiments ?

— Qu'est-ce que tu fais ici ? C'est ton père qui t'a envoyée ? attaqua-t-il sans lui proposer de s'asseoir.

Debbie se figea. Elle aussi pensait que c'était une très mauvaise idée, mais une fois de plus, elle n'avait pas su dire non.

— Oui, il a peur que tu essayes d'enfoncer Sandy. Je lui ai expliqué que jamais tu ne ferais ça, il m'a quand même suppliée de venir te voir.

Winedrove, supplier quelqu'un ? On aura tout vu ! se dit-il, décidant cependant de la croire.

— OK, si ça peut lui faire plaisir, je te fais la promesse que je serai totalement impartial dans cette affaire.

Mais Nelson était persuadé que Winedrove n'avait aucune crainte quant au devenir de Sandy. À quoi jouait le vieux Charles ?

— Merci.

Toujours debout, elle baissa le regard. Elle n'avait plus rien à faire ici, mais elle était incapable de partir. Elle devait savoir.

— Je sais que tu es soumis à l'obligation de réserve, mais j'aimerais juste avoir ton avis. Crois-tu sincèrement que Sandy soit coupable ?

Nelson se débarrassa de son blouson et le jeta sur le canapé.

— Pourquoi cette question ? Votre avocat a clairement affirmé que nous n'avions aucune preuve contre elle. Cela veut sûrement dire qu'elle est innocente.

Debbie secoua la tête. Pourquoi Dean se jouait-il d'elle ? Était-il incapable de tout pardon ?

— Tu sais très bien ce que je veux dire.

Debbie, la douce. Debbie, la pure !

— Je crois que c'est une hypothèse plus que probable. C'est la seule qui aurait pu entrer chez lui aussi facilement et la seule à avoir un mobile. La jalousie, par exemple.

C'était tout ce qu'elle redoutait. Sa petite sœur coupable d'une mort accidentelle.

Elle se sentit défaillir et, sans demander l'autorisation, s'assit dans le fauteuil face au canapé.

Nelson soupira ; il n'avait pas le courage de lui demander de foutre le camp. La voir ainsi avait quelque peu anesthésié sa colère.

— C'est juste une hypothèse, Debbie. Comme je te l'ai dit, nous n'avons pas de preuve, et ta sœur nie fermement l'avoir tué.

— Je sais, mais je n'arrive pas à imaginer Sandy derrière des barreaux. Elle ne tiendra pas une journée.

C'était clair.

D'un autre côté, il existait des prisons VIP. Avec les relations de Winedrove, nul doute que Sandy ne porterait ni tenue orange ni chaînes aux pieds.

— Écoute, Debbie, dit Nelson, se faisant compatissant. Sandy n'est inculpée de rien et, franchement, je doute que nous trouvions quoi que ce soit. D'autant plus qu'il est fort possible qu'elle soit réellement innocente.

— Tu as des éléments ? demanda-t-elle en relevant la tête, retrouvant espoir.

Ce regard… toujours aussi désirable.

— Non, mais on appelle ça l'instinct de flic, mentit-il en esquissant un sourire.

Il n'allait certainement pas lui parler de la forte présomption de la police scientifique, pour qui le coupable devait être un homme.

— Merci, dit Debbie en se reprenant.

L'espace d'un instant, elle parut ailleurs, puis elle se leva.

— Je vais y aller, mais…, dit-elle en s'interrompant brusquement.

Nelson la regarda et fut incapable de la détester une seconde de plus. Debbie avait fait un choix qui la regardait. De quel droit pouvait-il la juger ?

Pauvre idiot, touché dans son amour-propre d'adolescent attardé ! Il était temps qu'il fasse son deuil.

— Ne dis rien. Tu n'es pas obligée.

Il se sentait soulagé. Toute cette colère, cette souffrance enfouies semblaient s'être évaporées comme par magie. Oui, elle l'avait quitté au moment où il avait le plus besoin d'elle. Non, elle n'avait jamais cherché à s'expliquer. Mais tout criminel avait droit à une seconde chance, du moins tant qu'il n'y avait pas mort d'homme !

— Je voulais juste te dire que je suis contente de t'avoir vu et de constater que tout va bien pour toi.

Ça, c'était loin d'être le cas, mais ce n'était pas plus mal qu'elle le croie.

— Tout à l'air de bien aller pour toi aussi. Une belle idée que cette fondation.

Alors qu'il aurait voulu tout ignorer de ce que devenait Debbie après leur rupture, la presse se chargeait régulièrement de le lui rappeler.

— C'était mon rêve d'adolescente.

Nelson s'en souvenait très bien. Et aussi de l'avis de Charles Winedrove, qui trouvait cela puéril et ridicule. Tout le monde change.

— Bon, je vais y aller, dit Debbie en comprenant que Nelson n'en dirait pas plus.

Nelson avait bien conscience qu'elle avait envie de parler, mais que pouvait-elle lui apprendre ? Toutes les explications qu'elle lui donnerait sur la rupture ne changeraient rien au fait qu'il n'avait plus jamais été capable de s'attacher à une femme depuis lors.

Si elle a besoin d'une absolution, qu'elle aille voir un prêtre ! ironisa-t-il en lui-même.

— Dean, écoute, je… je…, bredouilla-t-elle.

Nelson se sentait de plus en plus mal à l'aise. Croyait-elle sincèrement qu'ils pouvaient prendre un nouveau départ et devenir bons amis ?

Des bruits de pas sur le ponton les firent se retourner. À la vue de la jeune fille, Debbie n'en crut pas ses yeux. Kaleigh ?

La sœur de Nelson entra, jeta un regard étonné sur Debbie, puis se retourna vers son frère.

— Je te présente une amie, elle allait partir, dit Nelson, confus.

Il était manifeste qu'elle n'avait pas reconnu Debbie. Kaleigh fut incapable de mettre un nom sur ce visage, qui lui rappelait pourtant vaguement quelqu'un.

— Bonjour et au revoir alors ! s'amusa-t-elle. Au plaisir de vous revoir.

— Au revoir, répondit Debbie, touchée par ce jeune visage si avenant.

Kaleigh avait beau avoir douze ans de plus, elle était toujours aussi espiègle.

— Je te raccompagne, insista Nelson.

Debbie comprit que ce n'était pas le moment de se rappeler à Kaleigh. Tant pis. C'était le destin.

Ils quittèrent le salon et se retrouvèrent sur le pont arrière. L'horizon s'assombrissait en cette fin de journée, donnant aux eaux du Sound une couleur sombre, un peu angoissante.

— Debbie, il faut que tu comprennes que tu appartiens au passé, et que j'ai fait une croix dessus. Alors je t'en prie, ne reviens plus jamais ici, dit Nelson alors qu'un coup de vent faisait légèrement tanguer l'embarcation.

Debbie fut incapable de soutenir son regard. Alors qu'elle avait fait un terrible effort pour venir jusqu'ici, à présent, elle n'avait plus envie de partir. Il y avait trop de non-dits entre eux. Ils devaient vider leur sac, pour leur bien-être commun.

— Je voudrais juste qu'on ait une chance de parler, dit-elle en portant son regard sur l'horizon gris.

— Malheureusement, on n'a pas toujours ce qu'on veut, dans la vie. Adieu, Debbie, porte-toi bien.

Nelson tourna les talons et remonta le pont pour rentrer dans le salon. En refermant la verrière, il vit Debbie qui descendait la passerelle.

— Dis donc, ça change des filles de d'habitude ! s'exclama Kaleigh. Elle a trop la classe !

Si seulement elle savait. Pas certain qu'elle aimerait la revoir.

— Ouais, c'est clair, fit-il en se forçant à sourire. Mais franchement, ça ne va pas coller entre nous. Trop coincée, si tu vois ce que je veux dire, improvisa-t-il.

Kaleigh le regarda comme le dernier des abrutis. Pour une fois qu'il ne ramenait pas une bimbo écervelée !

— Parce qu'elle n'a pas voulu coucher le premier jour, tu la largues ? demanda-t-elle, abasourdie. Vous, les mecs, vous êtes tous de grands malades.

— Je plaisantais, tenta de la rassurer Nelson. Mais c'est une femme mariée, et l'idée d'être un éternel amant ne fait pas partie de mes plans.

Tout en allant prendre une canette de jus d'orange dans le frigo du salon, Kaleigh continua la conversation.

— Et alors ? Peut-être qu'elle n'est pas très amoureuse de son mari, et qu'elle veut divorcer. Franchement, une fille aussi classe, ça mérite que tu te battes pour elle, ou je te le redis, tu vas finir vieux garçon ! se moqua-t-elle en allant s'asseoir dans le canapé.

Nelson eut un vrai sourire. Kaleigh n'avait pas tort, seulement elle ne connaissait rien de leur histoire passée… et ne la connaîtrait jamais.

— J'y penserai, fit-il, consensuel, avant de reprendre d'un ton jovial : Ça te dit qu'on se fasse un cinéma ce soir ?

Lundi 11 avril 2011

16

Un monde sans soleil, titrait un livre dont l'intrigue se déroulait après une apocalypse nucléaire, dans un monde où les cieux étaient couverts d'un immense nuage de cendres.

Logan sourit en repensant à ce roman lu dans sa prime jeunesse. Cela faisait six jours que le soleil n'avait pas daigné faire la plus petite apparition. Jamais Seattle n'avait aussi bien porté son nom de Rainy City !

Assis dans son fauteuil, un café à la main, il regardait l'aube blafarde avec un certain détachement. Ils avaient passé le week-end à River Falls pour fêter les quarante ans du lieutenant Ascott. Deux journées merveilleuses, à rire et à se détendre. Balade en forêt et dans les rues de la ville, puis soirée au bowling Chuck & Lara, comme au bon vieux temps.

Comme à leur habitude, Callwin et Wilson avaient accepté de garder Roy chez eux. Ils l'avaient récupéré le dimanche soir. Logan ne comprenait pas comment il avait pu détester la journaliste. Elle était adorable, pleine de délicatesse, et une vraie mère poule avec Roy. *Les gens changent, du moins l'opinion que nous avons d'eux*, songea Logan, heureux que Hurley lui ait ouvert les yeux sur les qualités de la jeune femme.

Il finit son café et se remit au travail. Il était à peine 8 heures du matin et toutes ses équipes n'étaient pas au complet. Logan aimait bien être le premier arrivé. Le calme avant la tempête.

Il alluma son ordinateur et découvrit un lot de mails. Il en prit connaissance et répondit à la plupart, renvoyant les autres à ses équipes plus habilitées à répondre aux diverses demandes. Le dernier mail attira son attention. C'était celui de la financière. Il l'ouvrit et fit la moue en comprenant les implications de ce qu'il venait de lire. Il tenait enfin la preuve qui leur manquait. Mais l'idée de mettre une gamine en prison pour de longues années suffisait à lui faire oublier la satisfaction de clore une enquête.

Le big boss sera heureux, pensa-t-il en faisant suivre son mail à l'équipe en charge du dossier.

Comme il n'avait pas complètement fermé sa porte, il avait entendu les voix de Nelson et Rivera. Il se leva et sortit leur annoncer la nouvelle de vive voix. Leur porte n'étant pas fermée, Logan frappa un léger coup pour s'annoncer, et entra.

— Bonjour, capitaine, le saluèrent les deux lieutenants assis derrière leur bureau.

— Bonjour. J'ai une bonne nouvelle à vous annoncer, dit-il en décidant d'être positif. Nous avons le mobile qui nous manquait.

Aussitôt, il sentit qu'il avait éveillé leur intérêt.

— La financière vient de m'envoyer un rapport sur l'audit des comptes de Brandon Foster, et vous ne devinerez jamais ce qu'ils ont découvert.

— Des virements suspects, dit Rivera d'un ton blasé.

Nelson rit sous cape, mais Logan garda son flegme. Il connaissait l'humour matinal de sa subordonnée.

— Certes, mais en provenance d'un compte de Sandy Winedrove. Près de cent mille dollars en deux mois.

— Si ça, ce n'est pas de l'amour ? s'étonna Nelson, effaré.

Rivera en resta muette et, à court de repartie, elle se mit à réfléchir à ce qu'impliquait une telle révélation.

— Je vais demander à un juge une nouvelle garde à vue pour Sandy Winedrove. Dès que j'ai l'accord, vous allez me la chercher. Je me charge de prévenir son avocat.

— Très bien, fit Nelson, qui commençait lui aussi à imaginer le déroulement des faits.

— À tout de suite, dit Logan en sortant.

— Qu'est-ce que tu en penses ? demanda Rivera en se tournant vers son collègue.

Nelson n'en pensait rien de bon. Il n'avait pas cessé de ressasser la visite de Debbie, qui l'avait beaucoup perturbé. Était-elle seulement venue pour intercéder en faveur de sa sœur ? Parce que son père le lui avait demandé ? Ou avait-elle profité de cette occasion pour renouer avec lui ? Mais dans quel but ? Était-elle prête à quitter son mari, comme le lui avait suggéré Kaleigh ? Était-elle…

— Hey, on se réveille ! claqua Rivera d'une voix autoritaire.

Nelson écarquilla les yeux et se rendit compte qu'il s'était muré dans ses pensées.

— Désolé, je n'ai quasiment pas dormi.

Rivera avait remarqué ses larges cernes sous les yeux.

— Tu diras à ta compagne qu'elle te laisse au repos le dimanche soir.

— Je n'ai pas de petite amie, lui rappela-t-il.

— Alors, c'est carrément pathétique, dit-elle d'un ton plein de sous-entendus.

Nelson se saisit du petit castor en peluche que lui avait offert Kaleigh à Noël et le jeta sur sa collègue.

— Saleté !

Rivera l'attrapa en plein vol, et le posa fièrement sur son bureau.

— Je savais que tu me le donnerais un jour, trop mignon, fit-elle en caressant la peluche mauve.

— Bon, si on bossait ?

— Je ne demande que ça, répliqua Rivera du tac au tac.

Se redressant dans son fauteuil, Nelson prit le stylo accroché à la poche de sa chemise et le fit tourner entre ses doigts avant de se lancer :

— De deux choses l'une. Soit elle était très amoureuse et lui versait cette somme pour l'aider dans ses études, soit il la faisait chanter.

Rivera hocha lentement la tête et ajouta :

— La question est : Sandy Winedrove avait-elle un secret à cacher ?

— Tout le monde a un secret à cacher. La bonne question est : quel prix sommes-nous prêts à payer pour qu'il ne soit pas révélé, corrigea Nelson.

— Cent mille dollars, fit Rivera, qui venait d'ouvrir le mail de la financière.

Une très grosse somme pour payer des études. Chantage, assurément. Nelson eut soudain une autre idée.

— La perte de tout ancrage dans la réalité, fit-il en se souvenant d'une séance chez sa psy.

— Quoi ?

— C'est le syndrome numéro 1 des gosses de riches : la perte du sens de la valeur des choses, de la notion d'importance. Quand on est millionnaire, cent mille dollars, c'est juste le prix d'une voiture d'occasion.

Rivera connaissait cette réalité, mais l'entendre énoncer à haute voix éveilla en elle un sentiment de colère. C'est bien parce qu'elle était une capitaliste pure et dure qu'elle croyait en certaines valeurs, celles du travail, du respect, de la conscience du prix des choses… Concepts trop souvent ignorés d'une certaine jeunesse dorée qui se croyait tout permis.

— Je suppose, fit-elle, soudain moins rieuse.

Un léger silence s'installa entre eux, chacun se perdant dans ses réflexions, avant que Rivera ne reprenne le fil de leur hypothèse.

— Les riches sont souvent la proie d'arnaqueurs professionnels qui usent de leur charme pour soutirer des fortunes à leurs pigeons.

— « Rocancourt », dit Nelson avec un fort mauvais accent français. Pas idiot.

Non seulement pas idiot, mais tout à fait plausible, se dit Rivera. Et une idée en entraînant une autre…

— Et si Sandy n'était coupable que d'aveuglement ?

Nelson l'interrogea du regard, mais, comme la suite ne vint pas, il lui fit le plaisir de l'encourager :

— Continue, tu m'intéresses.

— Et si quelqu'un avait appris que Brandon arnaquait Sandy, et si ce quelqu'un était un homme à qui on ne la faisait pas ?

Elle le regarda droit dans les yeux, lui laissant le loisir de conclure.

— Charles Winedrove.

Rivera leva les paumes vers le ciel en signe de bénédiction.

— Tu crois qu'on pourrait l'interroger lui aussi ?

Rien de moins évident.

— Sans preuve qui le relie directement à cette affaire, son avocat ne le permettra pas.

Il était loin le temps du Far West, où les hommes de loi avaient tout pouvoir sur leurs concitoyens, songea Nelson en s'imaginant vêtu d'une longue gabardine, son chapeau sur la tête et un colt à la main.

Une idée lumineuse traversa l'esprit de Rivera.

— Et si tu allais lui parler de manière informelle ?

— Ce n'est pas légal, répliqua-t-il, tout en se demandant si elle était vraiment sérieuse.

— Non, je veux dire, tu pourrais très bien aller lui poser des questions en tant que témoin. S'il y a quelqu'un qui connaît Winedrove ici, c'est bien toi. Tu es le mieux placé pour interpréter ses réponses. Bien que je ne me fasse pas d'illusions et n'attende pas des aveux spontanés, ça serait déjà pas mal si ton instinct pouvait nous dire quel est son degré d'implication.

Nelson pinça les lèvres et cessa de faire tourner son stylo. L'idée n'était pas bête, mais il n'en avait pas vraiment envie.

— Même si je lui propose un entretien uniquement en qualité de témoin, jamais son avocat n'acceptera. Pourquoi prendre le risque de nous révéler quoi que ce soit, alors que rien ne l'y oblige ?

— Parce que tu es Dean Nelson, et qu'il t'a à la bonne ! CQFD !

Nelson regretta de lui avoir parlé de l'invitation de Winedrove à venir dîner chez lui.

— Ça, c'est un coup bas !

Il dut néanmoins admettre qu'elle avait raison.

— Tiens, fit-elle en lui renvoyant sa peluche. En plus, ça t'évitera d'interpeller Sandy à son domicile.

Nelson regarda son équipière avec admiration. Avait-elle mené cette conversation dans le seul but de lui permettre, de façon délicate, de fuir une responsabilité qui le dérangeait ?

— Je t'adore !

Voyant la mine ravie de Rivera, il sut qu'il avait mis dans le mille.

17

Nelson avait demandé à Rivera de le laisser seul pour passer le coup de fil.

Il prit le fixe de son bureau et composa le numéro, mais, au moment de taper le dernier chiffre, il hésita. Ce n'était pas dans ses habitudes de mentir. Il ne se voyait pas lui faire le coup du retour du fils prodigue, tout ça pour lui soutirer des informations confidentielles.

Jamais je ne pourrais aller en infiltration, ironisa-t-il en lui-même, et il appuya sur la dernière touche.

Il régula sa respiration, et ferma les yeux.

— Allô ? fit une voix chargée d'autorité.

— Monsieur Winedrove, c'est Dean Nelson.

— Dean ! Comme ça me fait plaisir, je n'y croyais plus, dit Winedrove d'une voix instantanément chaleureuse. Mais je t'en prie, appelle-moi Charles.

Un vrai charmeur, se dit Nelson en sachant qu'il marchait sur des œufs.

— Charles, il faut que je vous voie. Il y a du nouveau dans l'enquête et j'aimerais vous en parler en tête à tête.

Un silence, puis Winedrove demanda d'un ton sarcastique :

— Aura-t-on besoin de mon avocat ?

Nelson ne put réprimer un léger rire.

— Non, juste vous et moi. Une rencontre informelle. Pas de coup fourré, je vous le promets.

Du moins pas vraiment, se dit-il en s'étonnant de son aisance.

— Alors que dirais-tu d'un déjeuner au Canlis ? J'essaye d'avoir une place au penthouse, sinon en salle.

Le Canlis. Un nom qui lui rappelait les plus belles années de sa vie. Ils y allaient en famille au moins une fois par mois. La plus belle table de la ville. Des clients triés sur le volet, dans un cadre magique. Situé en plein centre de Seattle, le restaurant était bâti sur une petite colline, ce qui offrait une vue fabuleuse sur toute la ville.

— Parfait, accepta-t-il, pris de court.

Le scélérat. Nelson était certain qu'il n'avait pas choisi ce lieu par hasard. Méfie-toi de tes amis…

— On dit midi ?

— Midi, répondit Nelson, la tête pleine de souvenirs.

— Allez, je dois raccrocher, je suis attendu pour une réunion. Je compte sur toi, Dean.

— À tout à l'heure.

Nelson raccrocha et, se grattant le front, il se rendit compte qu'il était en sueur. L'enfoiré ! Il l'avait manipulé comme un débutant. Et lui qui croyait l'interroger en finesse !

Après avoir toqué à la porte, Rivera entra dans la foulée.

— Ça ne va pas ? demanda-t-elle devant la mine défaite de son équipier.

Nelson aurait pu la jouer sur le ton de l'humour, mais jamais depuis des années le besoin de trouver une oreille attentive n'avait été si criant. Il décida de briser l'accord qu'ils avaient instauré : on ne s'épanche pas sur les problèmes personnels. C'était ça ou devenir dingue.

— Je ne vais pas être à la hauteur. Winedrove est bien plus malin que moi.

Rivera comprit qu'il avait enfin touché le fond. Il ne restait plus qu'à lui éviter de se noyer.

— C'est-à-dire ?

— Je lui ai juste demandé un rendez-vous. Je menais le jeu. Mais il s'est immédiatement attaqué à mon point faible pour tourner la situation à son avantage. J'aurais dû t'écouter et laisser l'enquête à une autre équipe.

Enfin il brisait l'armure qui l'étouffait depuis tant d'années. Rivera se sentit terriblement émue par cet aveu. Sans en rien laisser paraître, elle lui demanda :

— Qu'est-ce qu'il t'a dit ?

Nelson lui raconta comment Winedrove avait utilisé un agréable souvenir de jeunesse pour le déstabiliser et lui faire perdre tous ses moyens.

— Tu ne croyais tout de même pas qu'il pensait que tu l'appelais pour parler du bon vieux temps ? Pour ce genre de type, chaque conversation est un combat, chaque phrase un uppercut. Je croyais qu'à ton âge, tu savais ça !

Nelson n'esquissa pas le moindre sourire, le regard perdu sur Seattle qui s'offrait par les larges baies vitrées.

— Je vais annuler, je viens avec toi.

Il se sentait incapable de tenir durant tout un déjeuner face à cet homme. En dix secondes, il lui avait retourné la tête, qu'est-ce que cela donnerait après une heure ?

— Certainement pas, et laisse-moi te dire une vérité : il était temps que tu te rendes compte que tu allais droit dans le mur. On ne peut pas tirer un trait sur son passé et faire comme si tout allait bien, le sermonna-t-elle, essayant de trouver les mots justes. Ça fait des mois, si ce n'est des années, que tu souffres en silence et, crois-le ou pas, cette enquête est l'occasion que tu attendais pour enfin faire face à tes démons.

Nelson n'en croyait pas ses oreilles. L'imperturbable et pince-sans-rire Rivera lui faisait la leçon et se mêlait de sa vie privée ?

— Arrête ton char, tout va très bien pour moi ! rétorqua-t-il en sentant la colère remplacer la stupeur.

— Tu t'es tellement coupé de ton ancienne vie que tu t'es coupé du monde, Dean.

Il n'en revenait pas. Pourquoi lui disait-elle toutes ces méchancetés ?

— Si tu n'étais pas satisfaite de faire équipe avec moi, il fallait demander à en changer !

— Tu ne comprends rien. Je ne te juge pas. Sur le plan professionnel, tu assures. Mais cela fait deux ans qu'on bosse ensemble, tu ne crois tout de même pas que je ne vois pas que ta vie part en lambeaux ? dit-elle, réellement attristée. Depuis quand n'es-tu pas sorti avec une fille ? As-tu des projets d'avenir rien qu'à toi ? Invites-tu des amis sur ton yacht, ou est-ce seulement la prison que tu t'es construite ?

Depuis le temps qu'elle rêvait de tout lui balancer, sans jamais trouver le bon moment… Même si c'était elle qui avait établi la règle de ne jamais parler de sa vie privée, très vite, elle s'était prise d'affection pour cet animal blessé qui ne demandait qu'à être secouru. Mais, tel un loup pris au piège, il était peut-être plus dangereux encore. Quand ils se sentent acculés, les mâles dominants deviennent agressifs envers leur sauveteur.

— J'en reviens pas. Depuis tout ce temps, tu me prends pour un cinglé ? demanda-t-il, effaré. Quand Cranston t'a mise en équipe avec moi, ce n'était pas par hasard, mais pour que tu m'espionnes, c'est ça ?

Les recommandations de l'ancien capitaine du département homicides lui revenant en mémoire, elle comprit soudain que tel avait été son plan. Elle aussi s'était fait manipuler. Mais c'était un autre problème.

— Je ne t'ai jamais espionné, mais on passe huit à douze heures par jour ensemble, alors qu'est-ce que tu veux, j'ai appris à te connaître bien mieux que tu ne le penses. J'en sais plus sur toi que toi sur moi.

— Mais ta règle ? dit-il, devinant chez sa collègue une émotion à fleur de peau.

— Tu penses que tu t'es trompé sur mon compte ? continua-t-elle, impitoyable.

Nelson lui renvoya un regard noir, mais n'eut pas le courage de l'interrompre.

— Tu ne te trompes que sur une seule personne : toi-même ! affirma-t-elle, péremptoire. Tu ne t'intéresses pas aux gens, Dean. Du moins, tu t'y refuses de peur de t'attacher, et de risquer de tout perdre.

Prise dans son grand déballage, Rivera se sentait un peu stupide de lui parler ainsi, mais c'était nécessaire. Derrière le parfait équipier, il y avait toujours ce détachement, une certaine désinvolture qui lui était de plus en plus insupportable.

— Ta sœur s'appelle Kaleigh. Te souviens-tu du prénom de mon garçon ?

Nelson eut envie de l'envoyer balader, mais il dut reconnaître qu'il était incapable de répondre à cette simple question. Sans se raconter leurs problèmes, en deux ans, ils avaient évidemment abordé des sujets futiles du quotidien. Lui-même se souvenait d'avoir donné le nom de petites amies avec qui il sortait à l'occasion et, pour le coup, il se souvenait du nom du mari de Rivera, Will, mais il était incapable de se remémorer celui de leur fils.

Elle était persuadée qu'il ne s'en souviendrait pas, bien qu'au fond elle espérât le contraire. *Oui, Dean, on connaît bien mal les gens.* Et elle se sentit totalement idiote.

Nelson ne put supporter son regard. Après l'abattement, la stupéfaction et la colère, un sentiment de dégoût envers lui-même l'envahit.

— Tu vas aller à ton rendez-vous avec Winedrove et t'as intérêt à revenir avec de bonnes infos. Sinon, je te jure que je demande une mutation ! le sermonna Rivera en pensant à son petit Bean.

Ce n'était quand même pas sorcier de s'en souvenir, quand on s'appelait Dean !

Elle lui jeta un regard glacial et claqua la porte en sortant.

Nelson fut pris d'un rire nerveux et, pour la première fois depuis l'enterrement de ses parents, laissa couler les larmes si longtemps retenues.

18

Nelson entra au Canlis, toute fébrilité disparue. C'était un homme en colère et vindicatif qui se tenait à présent sur le perron du prestigieux restaurant.

Une jeune femme élégante l'accueillit. Il se présenta et une serveuse le prit en charge pour le conduire jusqu'à son rendez-vous. Tandis qu'ils traversaient le lounge, il se laissa toucher par la beauté du décor, alliant luxe et modernité. Sur un fond de pierres apparentes, le mobilier design créait un contraste bienvenu. Ils montèrent un escalier et se retrouvèrent dans le penthouse.

— Nous y voilà, dit la jeune femme d'un ton respectueux.

Charles Winedrove était assis dans un fauteuil et lisait le *Seattle Tribune*. Les entendant arriver, il posa le journal et se leva, tout sourires.

— La ponctualité, une des qualités que je préfère, le complimenta-t-il.

Winedrove vint lui serrer la main tout en lui donnant, de l'autre, une tape amicale sur l'épaule.

— Je suis content que tu sois venu, nous avons tant de choses à nous dire.

Nelson se sentait différent. Avoir ouvert les vannes de sa détresse l'avait vidé. Il n'éprouvait plus aucune gêne, plus aucun respect, juste une froide assurance.

— Certainement, dit-il sans le lâcher des yeux.

Winedrove sentit aussitôt la note d'agressivité, et se décida à laisser venir l'orage, plutôt que de le provoquer par mégarde.

— Tu bois quelque chose ?

— Martini bianco.

— La même chose, dit Winedrove en se tournant vers la serveuse.

La jeune femme acquiesça et s'éclipsa.

— Tu disais que tu voulais me parler. J'espère que ce ne sont pas de mauvaises nouvelles.

— Je ne sais pas encore.

Ils prirent place dans de larges fauteuils cernant une table près de la cheminée. Ils étaient seuls. Nelson s'en étonna.

— J'ai tout réservé. C'est l'avantage d'être une personnalité de la ville, répondit Winedrove d'un ton léger.

Mais une grande perplexité l'habitait. Nelson n'était pas le même que lors de leur dernier entretien.

Fais attention, mon vieux Charles, se dit-il, bien qu'il ne doutât pas de gagner la partie.

La serveuse déposa leurs boissons sur la table basse avant de s'en retourner. Winedrove saisit son verre et le leva.

— Trinquons en souvenir du bon vieux temps.

Nelson fit de même et eut un sourire ironique. Cette fois, il n'était pas pris au dépourvu. Il s'y attendait.

Winedrove n'était pas si malin que ça, après tout. Faire vibrer la corde sensible, ça ne marche qu'une fois.

— Alors, dis-moi, pourquoi voulais-tu me voir ?

Après avoir lampé une petite gorgée de son Martini, Nelson garda son verre au chaud entre ses mains.

— À vous de me le dire, commença-t-il, et il fut satisfait de déceler le doute dans le regard de son interlocuteur. Nous avons découvert que Sandy a effectué de nombreux virements pour le compte de Brandon Foster. Au total, une somme de près de cent mille dollars, et cela en l'espace de quelques semaines.

Habitué à masquer ses sentiments, Winedrove ne chercha pas à cacher sa surprise.

— Vous en êtes certains ?

D'un autre côté, c'était bien le genre d'idioties dont Sandy était capable. Jamais il n'aurait dû accepter de les laisser voler de leurs propres ailes. Sandy et Julian, bien que majeurs, étaient complètement immatures !

— Oui. La question est : pourquoi ?

Le ton était implacable. Il n'était pas venu en ami. Mais pourquoi était-il là ?

— Qu'est-ce que j'en sais ? répliqua Winedrove. L'amour, quoi d'autre ?

Disant cela, il comprit où voulait le mener Nelson.

— Le chantage ? C'est à ça que tu penses ?

Nelson avait clairement l'avantage, mais il se garda de tout triomphalisme.

— Une possibilité. C'est pour ça que je tenais à vous en parler. Si vous savez des choses, le mieux est de me les dire maintenant.

Des menaces ! Le sale petit enfoiré, et dire qu'il l'avait accueilli des années chez lui comme son fils !

— Je crois que nous allons mettre un terme à cette discussion et, dorénavant, je te prierai de passer par mon avocat pour me parler.

Le ton n'avait absolument plus rien d'amical. Nelson perçut même un léger tressaillement de la joue. Un tic nerveux ? Il savoura ce moment avant d'ajouter :

— Allons, Charles, je ne suis ici que pour sortir Sandy du guêpier dans lequel elle s'est fourrée. Si vous avez connaissance de faits qui pourraient l'innocenter, c'est le moment ou jamais de parler.

Winedrove le regarda avec un puissant mépris. Pour qui se prenait-il ? Croyait-il pouvoir l'intimider ainsi ?

— Je n'ai rien à dire, si ce n'est que Sandy fait ce qu'elle veut de son argent. Et qu'elle ait envie d'aider son petit copain à hauteur de cent mille dollars est seulement la preuve de sa générosité, dit-il en recouvrant son sang-froid. Soyons sérieux, tu ne comptes pas inculper ma fille de meurtre avec un tel argument ?

Nelson ne répondit pas. C'était lui qui posait les questions, et non l'inverse.

— Soit, et si vous me disiez pourquoi vous avez forcé Debbie à venir me supplier de tout faire pour innocenter Sandy ?

L'attaque prit Winedrove de court. *Celle-là non plus, tu ne l'as pas vue venir !* se félicita Nelson en éprouvant une sorte de jubilation à secouer ce vieux chêne.

— Qu'est-ce que tu racontes ? dit Winedrove en se retenant de se lever.

— Voyons, Charles, c'est elle-même qui me l'a dit. Alors, l'un de vous deux est un menteur, et vous comme moi savons que Debbie est incapable de mentir.

Nelson était presque désolé pour lui, mais cela lui faisait tellement de bien de trouver un bouc émissaire !

— Tu as bien changé, Dean, si tes parents t'entendaient…

— Taisez-vous, vous ne savez rien de mes parents. Répondez plutôt à ma question : pourquoi avoir envoyé Debbie ?

Pour la première fois de sa vie, Winedrove sentit le poids des ans. Rares étaient ceux qui lui résistaient, et ceux qui s'y étaient essayés avaient tous été broyés, d'une manière ou d'une autre. Malheureusement, Dean possédait le pouvoir sur lui pour une raison qu'il aurait jugée dérisoire quelques années plus tôt. Alors, soit il oubliait cette folie et partait sans plus attendre, soit il jouait la carte de la vérité.

— Je voulais seulement qu'elle te demande de renouer des liens avec Tyron, lâcha-t-il, se sentant misérable.

Nelson n'en crut pas ses oreilles. Après la petite sœur, le père et la grande sœur, voilà maintenant le grand frère ! Il porta son verre à ses lèvres et but une gorgée de Martini pour faire passer l'information.

— Qu'est-ce que vous essayez de faire ? dit-il en sentant l'alcool lui réchauffer le corps. Debbie ne m'a parlé que de Sandy. Rien d'autre.

Comme quoi, l'honnêteté ne paie pas, se dit Winedrove en revoyant le désarroi de sa fille quand elle était revenue de chez Nelson.

— Parce que tu ne lui en as pas laissé le temps. Tu l'as renvoyée comme la dernière des traînées.

Personne n'humiliait un Winedrove sans en payer le prix. Du moins en temps normal.

— Vous croyez me culpabiliser ? ironisa Nelson. Debbie m'a quitté à la mort de mes parents. Sans aucune explication. Alors, vous m'excuserez, mais je n'avais pas envie d'être conciliant.

D'autant moins qu'il n'avait pas été très dur envers elle. Au contraire !

— Vous étiez si peu assuré de l'innocence de votre fille que vous avez essayé de m'attirer dans votre camp ?

Winedrove fit la moue. Nelson méritait une leçon, mais en bon gestionnaire, il savait quand il devait faire profil bas, pour mieux frapper ensuite.

— Si tu veux savoir la vérité, oui, je crois que Sandy est peut-être coupable. Elle est tellement stupide parfois qu'il n'est pas impossible qu'elle se soit emportée pour je ne sais quelle raison, et effectivement pourquoi pas une question d'argent, avoua Winedrove, sachant pertinemment que ses propos n'avaient rien d'officiel et que bien sûr, jamais il ne les répéterait devant un jury. Mais je sais surtout qu'elle n'a aucune chance d'aller en prison sans l'arme du crime, et je la crois suffisamment intelligente pour l'avoir jetée à l'eau. Et sans arme, tu peux faire confiance à mon avocat pour que le doute, si doute il y a, lui profite. (Il y eut un lourd silence, puis il asséna une dernière sentence.) Je n'ai aucunement besoin de ton aide, Dean. Comme je te l'ai dit, je ne cherche qu'à revoir mon fils. Et tu es le seul en qui il peut encore avoir confiance.

Prêt à lâcher sa benjamine pour retrouver l'aîné ? Étrange façon de gérer la vie familiale !

— Désolé, mais si Tyron a décidé de vous fuir, je ne peux que respecter son choix, répondit Nelson, tiraillé entre diverses sensations.

Jubilation, tristesse, nostalgie, colère, pitié.

Winedrove vit qu'une fois de plus cela n'avait pas marché. Si seulement Debbie avait fait ce qu'il lui avait demandé ! *Aussi stupide que sa petite sœur !* se dit-il en essayant de garder son calme. Tout n'était pas encore perdu.

— Très bien, dans ce cas, je vais devoir y aller, dit-il, bon perdant, en se redressant. (Le voyant faire, Nelson posa les deux mains sur les accoudoirs pour se lever.) Non, reste, je t'en prie. Déjeune et ne t'inquiète pas. Je t'invite. À moins que je ne t'aie coupé l'appétit.

— Bien au contraire, j'ai une faim de loup, mentit Nelson, l'air serein.

Il avait l'estomac dans un étau et était incapable d'avaler quoi que ce soit.

Rajustant sa cravate et laissant son verre de Martini quasiment plein, Winedrove se pencha vers Nelson.

— Dean, sache que, même si notre conversation fut virile, je l'ai beaucoup appréciée. Alors, quand ta colère sera passée, n'oublie pas que la porte de Providence t'est toujours ouverte. Que ce soit demain ou dans dix ans, tu seras toujours le bienvenu.

Winedrove n'avait pas de doute sur la nature humaine. Il y avait les faibles et les puissants. Et il venait d'apprendre avec surprise, mais aussi avec respect, que Nelson faisait partie, tout comme lui, des mâles dominants. Rien n'était perdu.

— Passez le bonjour à votre épouse.

— Je n'y manquerai pas, répondit Winedrove, amusé par l'audace du jeune homme.

À présent que la bataille était terminée et qu'il venait de la perdre, il devait s'avouer qu'il avait péché par excès d'orgueil et d'assurance. Nelson n'était pas un minable, comme il l'avait supposé en le revoyant quelques jours auparavant. Non, l'homme avait un certain panache pour s'en prendre à lui avec autant de courage.

Nelson le regarda partir et, quand il eut disparu du paysage, il attrapa le verre de Winedrove et le but d'un trait. Il était totalement épuisé, vidé, sans forces. Jamais conversation ne lui avait paru aussi terrible. Bien pire que d'interroger un vrai tueur !

Il se retourna sur le panorama, et laissa son corps se détendre peu à peu. Il était temps de faire le point. Il avait beau ne plus trop savoir où il en était, une seule chose était certaine : Rivera avait bien fait de le secouer, de le réveiller, de le ramener à la vraie vie, et cela, quelles qu'en soient les conséquences. Cela faisait si longtemps qu'il ne s'était pas senti aussi éveillé, encore groggy, certes, mais conscient.

Il prit son portable, avant de se raviser. Il appellerait Rivera plus tard. Pour l'heure, il était temps de déjeuner… comme au bon vieux temps !

19

Sa hiérarchie ayant autorisé une nouvelle garde à vue, Rivera avait pris la Taurus et roulait en direction de la villa de Sandy Winedrove en suivant les indications du GPS.

Elle arriva dans Magnolia, aux superbes bâtisses bordées de jardins foisonnants. Elle s'enfonça dans le quartier et atteignit Perkins Lane, une rue dont les villas aux numéros pairs donnaient toutes sur les eaux du Sound. *Le rêve*, se dit-elle, charmée par les lieux. Il y régnait un calme luxueux. Rien à voir avec son appartement de Belltown.

« Vous êtes arrivé », fit la voix du GPS.

Comme pour les autres villas de ce quartier résidentiel, ni portail ni barrière, mais un sentier gravillonné qui menait à la maison. Rivera se gara en bordure de route. *Un petit coin de paradis*, songea-t-elle en souriant, tandis qu'elle remontait l'allée en faisant crisser les petits cailloux sous ses pas. En ce début de printemps, le jardin, débordant de fleurs, embaumait. Rivera ne put croire un instant que ce fût le fruit des efforts de Sandy Winedrove. Un jardinier devait travailler ici. Un léger sentiment d'envie la saisit, mais elle se reprit aussitôt. « Ne jamais succomber aux sirènes de la beauté ! » La phrase fétiche de son grand-père.

« Every rose has its thorn », chantonna-t-elle dans sa tête.

Elle arriva sur le perron et appuya sur la sonnette. Rapidement, une femme de ménage vint lui ouvrir.

— Bonjour. Monsieur va arriver, dit-elle avec un fort accent mexicain.

Monsieur ? Sandy était-elle mariée ? Comment se faisait-il que personne ne se soit posé la question ? Impensable qu'ils aient pu rater un tel indice. Ils tenaient enfin un mobile et un suspect idéal. Un mari jaloux !

— J'arrive ! claironna une voix masculine.

Rivera se retenait difficilement d'exprimer sa satisfaction. C'est Logan qui allait être content. Une enquête rondement menée.

La domestique s'effaça pour laisser place à un jeune homme en sweat-shirt à l'effigie de Kurt Cobain.

— Bonjour. Que puis-je pour vous ? demanda Julian d'un ton avenant.

Déçu que ce ne soit pas un gars d'UPS qui devait lui livrer de nouvelles enceintes, il ne manifesta néanmoins aucun signe de contrariété, tant il était sous le charme de la nouvelle venue. Latino, pas encore la trentaine, des courbes tout à fait appétissantes.

— Lieutenant Rivera, se présenta-t-elle en sortant sa plaque de sa veste. Je voudrais m'entretenir avec Sandy Winedrove.

Le sourire disparut aussitôt.

— Elle n'est pas là, dit-il d'un ton glacial. Depuis que vous l'avez accusée de meurtre, elle a décidé de retourner vivre chez nos parents.

Rivera fronça les sourcils, et comprit soudain qu'elle avait fait fausse route.

— Vous êtes… son frère ?

— Qui d'autre ! ironisa Julian.

Après sa fête mémorable de jeudi, il s'était attendu à l'arrivée des flics. Pourtant, rien ne s'était passé. Il commençait à croire que toute cette histoire allait vite être enterrée. Que s'était-il passé de nouveau pour que cette conne se pointe ?

— Vous connaissiez Brandon Foster ? demanda Rivera, histoire de ne pas s'être déplacée pour rien.

— L'étudiant qui s'est fait tuer ? Non.

Rivera ne l'avait pas lâché des yeux et, à cet instant, son instinct de flic lui assura que ce garçon n'était pas clair. Il se la jouait, mais il était loin d'être à l'aise. Cachait-il quelque chose ?

Si seulement Nelson avait pu lui faire un topo sur toute cette famille !

— C'était le petit ami de votre sœur. Étonnant qu'il ne soit jamais venu ici, continua-t-elle en suivant son intuition.

— Ma sœur a sa vie, moi, j'ai la mienne. Alors vous m'excuserez, mais j'ai des trucs à faire.

Ne le perds pas maintenant, retiens-le à tout prix, se dit Rivera.

— Vous pensez que votre sœur est coupable, n'est-ce pas ?

Julian se figea et ne sut quoi répondre. Il ne devait éveiller aucun soupçon.

— Ma sœur n'est pas coupable. Elle était avec moi ce dimanche-là. Nous avons regardé la télé toute la soirée, ensuite nous sommes allés nous coucher vers minuit. Bien après la mort de Brandon, si l'on en croit vos légistes.

Pour quelqu'un qui avait eu du mal à se souvenir de qui était Brandon Foster, c'était plutôt précis comme réponse. Leur avocat avait dû les briefer tous les deux.

— Saviez-vous que votre sœur lui avait fait don de plus de cent mille dollars ?

Les traits de Julian se déformèrent. Stupeur, puis rictus de haine.

— Le fils de pute, souffla-t-il entre ses dents.

Oh ! oh ! Voilà qui est assez révélateur.

— Vous l'avez dit. Nous pensons qu'il faisait chanter votre sœur. Nous n'en connaissons pas encore la raison, mais nous n'allons pas tarder à la découvrir.

Miracle de son intuition de flic, Rivera vit le visage de Julian perdre toute couleur. Et cette fois, c'était de la peur qu'il exprimait. Peut-être même de la culpabilité.

— Sandy n'a rien à cacher. Comment aurait-il pu la faire chanter ? Ça ne tient pas la route.

Comme c'est mignon, de mentir aussi mal ! Rivera n'avait plus l'ombre d'un doute : la thèse du chantage était la bonne.

— En même temps, il est possible qu'elle lui ait donné cet argent par amour. Votre sœur est-elle du genre le cœur sur la main ?

— C'est clair, fit Julian, saisissant la balle au bond. Je lui dis toujours qu'elle se fait avoir, avec tous ces pique-assiette, mais c'est plus fort qu'elle. Elle est trop généreuse.

Rivera fit semblant de le croire et ajouta :

— Gardez-le pour vous, mais moi, je ne crois pas au chantage. Je crois plutôt que quelqu'un a essayé de voler cet argent à Brandon. Votre sœur connaît peut-être des amis de faculté de Brandon peu recommandables.

Comment peut-on être si transparent ? s'amusa-t-elle. Julian était incapable de dissimuler ses émotions. Le soulagement transpirait par tous ses pores.

Inutile d'en rajouter, il risquait de comprendre qu'elle se jouait de lui.

— Je vais vous laisser. Désolée de vous avoir dérangé, dit-elle en gardant un ton chaleureux.

— Y a pas de mal. Bonne journée.

Rivera lui fit un grand sourire et s'en retourna.

Surexcitée, elle prit soin de ne pas forcer le pas au cas où le garçon la surveillerait par la fenêtre. Mais elle mourait d'envie d'appeler Nelson pour lui faire part de sa découverte.

Elle retourna à sa voiture et repartit en direction du central. Sans lâcher le volant, elle prit son portable. Elle avait reçu un message.

« Salut, Angie, je voulais m'excuser pour tout à l'heure. J'ai été odieux, c'est toi qui avais raison. » La voix était assurée, ce n'était plus le même homme. « Alors je ne sais pas où tu en es avec Sandy Winedrove, mais si tu n'es pas encore chez elle, fais un détour et passe par le Canlis, je t'invite. »

Le Canlis. Un des restaurants les plus chics de la ville. Un autre monde. Le monde de Nelson.

Prise entre la certitude d'avoir trouvé le coupable et la satisfaction d'avoir ramené son équipier à la raison, elle se permit un petit cri, et se dit qu'elle était vraiment la meilleure.

20

— Dis donc, j'espère que tu ne comptes pas reprendre ta moto ? dit Rivera en voyant une bouteille dans le seau à champagne posé sur la table.

Rivera avait décidé que Sandy pouvait attendre et était allée rejoindre Nelson.

Depuis le départ de Winedrove, le penthouse avait été rouvert à la clientèle, et la salle bruissait de conversations et de murmures.

— Non, c'est d'ailleurs pour ça que je t'interdis de boire de ce Dom Pérignon, fit-il en exhibant la bouteille glacée.

Rivera lui fit une grimace et s'assit à la table. Elle prit son verre et le lui tendit.

— Allez, et plus vite que ça.

Elle se sentait presque euphorique. Le cadre était idéal. Mobilier grand luxe, décor digne d'un palace, et vue magnifique sur Seattle. Il n'y avait pas à dire, cela n'avait pas que des inconvénients d'être riche !

— Je tiens à porter un toast, dit Nelson quand il eut rempli les coupes.

— À quoi ?

— À toi, répondit-il du tac au tac.

Rivera prit un air touché et le remercia du regard. Elle porta le fin cristal à ses lèvres et, dès la première gorgée, fut aussitôt transportée. Décidément, l'argent avait beaucoup d'avantages.

— Un peu trop fruité, peut-être ? plaisanta Nelson.

Rivera n'en revenait pas. Il semblait totalement métamorphosé.

— Tu as bu combien de verres avant d'attaquer cette bouteille ?

— Juste deux Martini, mais ne t'inquiète pas, je tiens très bien l'alcool.

— Je n'en doute pas, j'ai toujours trouvé que tu avais une tête d'alcoolique.

Nelson sourit. Il ne tenait pas l'alcool aussi bien qu'il le disait. En réalité, il en était à trois Martini et il avait la tête qui commençait à tourner.

— Tu sais, je te remercie pour ce que tu m'as dit ce matin, avoua-t-il, l'air penaud. Tu avais raison, si je suis un bon flic, c'est parce que je me raccroche à ça. Ma vie privée est un désert, avec une seule oasis.

L'alcool, l'élixir du poète ! s'amusa Rivera, qui comprit qu'il n'était pas aussi lucide qu'il le prétendait.

— Kaleigh, continua Nelson. C'est la seule femme dans ma vie. Je ne m'intéresse à personne, je ne sors quasiment jamais, et je n'ai pas réellement d'amis. Tout au plus des collègues comme toi qui me supportent. Je me demande bien pourquoi, d'ailleurs.

— Arrête ton char, ça ne marche pas avec moi, gros malin.

Nelson fit la moue avant de sourire.

— Tu n'as même pas eu un petit peu pitié ? demanda-t-il d'un air malicieux.

— Le bureau des pleurs, très peu pour moi.

Elle but une autre gorgée de champagne.

— Tant pis, j'aurai essayé, fit-il, sachant qu'ils n'étaient dupes ni l'un ni l'autre.

— Plutôt que de te lamenter sur ton sort, parle-moi des Winedrove. Tu aurais pu me dire que Sandy avait un frère qui vivait avec elle.

— Julian, dit-il en se demandant à quoi il pouvait ressembler maintenant. J'ignorais qu'ils vivaient ensemble, désolé. Quand je te disais que je ne voyais plus personne, ce n'était pas des blagues.

— Admettons, fit-elle comme si elle doutait de lui, alors écoute ça.

Elle entreprit de lui raconter sa matinée, et prit un malin plaisir à faire durer son récit, en insistant sur les détails de son arrivée dans Magnolia, jusqu'à la villa des deux jeunes gens. Ensuite, elle répéta presque mot pour mot leur petite conversation en décrivant les réactions de Julian, pour finalement conclure :

— J'en mettrais ma main au feu. C'est lui notre assassin.

Nelson posa sa coupe et, avec une lenteur calculée, l'applaudit.

— Je me demande vraiment à quoi je sers, dit-il, bluffé.

— À trouver une preuve, car pour l'heure ce ne sont que des présomptions et, franchement, mon intuition féminine ne fera guère le poids face à un avocat tel que Stanley Warren.

Un serveur qui s'était approché leur tendit les cartes. Évidemment, carte muette pour madame, remarqua Rivera, qui n'avait pas l'habitude de ce genre d'endroit.

— Prends ce que tu veux, sinon tu me fais confiance, dit Nelson.

— Si vous le permettez, je vous recommande notre dorade braisée aux pommes, proposa le serveur.

Rivera adorait le poisson. Elle acquiesça de la tête.

— Vous nous en mettrez deux. Et inutile de faire venir le sommelier. Que nous conseillez-vous ? ajouta Nelson, qui rendit sa carte au serveur.

— Si je peux me permettre, un chablis sera parfaitement en harmonie avec le plat que vous avez choisi.

— Allons-y pour un vin français.

Rivera le laissa faire, mais ne put s'empêcher de jeter un regard sur la bouteille de champagne aux trois quarts pleine.

Après une légère inclinaison de la tête, le serveur s'en retourna.

— Ne dis rien, intervint Nelson en fixant sa collègue. Tu m'as reproché de me couper du monde, alors considère tous ces excès comme le début de ma thérapie.

Rivera n'osa pas le contredire. Après tout, tant qu'elle l'avait à l'œil, il ne risquait pas de commettre quelque bêtise.

— D'accord, mais un dernier conseil, va voir un psy, ça ne peut pas te faire de mal.

Cette fois, elle était sérieuse, et Nelson le prit comme tel. Il était grand temps de déterrer le passé et de faire le tri entre ce qu'il y avait à jeter et ce qui pouvait encore être sauvé.

— J'y penserai, répondit-il avant de passer à tout autre chose. Je t'ai dit que je suis allé voir *Sucker Punch* avec Kaleigh ?

Rivera connaissait le film. Des caricatures de bimbos qui se prenaient pour Rambo dans un univers féerique. Un truc absolument ringard, que pour rien au monde elle n'irait voir.

— J'ai adoré, dit Nelson, sincère. Tu devrais y aller avec Bean.

Rivera avait ouvert la bouche pour lui faire part de son point de vue quand elle entendit la fin de la phrase. Elle en resta bouche bée, avant de répondre :

— T'es vraiment un petit con, tu sais ? dit-elle, néanmoins satisfaite qu'il s'en soit enfin souvenu. Bean a quatre ans, espèce d'idiot !

Le repas se déroula dans une atmosphère chaleureuse, la conversation tourna autour de sujets légers.

Un psychodrame par jour était amplement suffisant.

Le plat fut un véritable régal. Rivera apprécia la douceur âpre du vin qui rehaussait le goût de la chair moelleuse du poisson. La fin du repas fut parfaite, dessert, café et mignardises. Quand il fut temps de partir, Rivera fut prise d'un réel sentiment de bien-être. Nelson fit un signe au serveur, qui arriva aussitôt.

— L'addition, je vous prie.

— Vous êtes l'invité de M. Winedrove, tout est réglé d'avance, dit le serveur d'un ton agréable.

— Je sais, mais j'y tiens, précisa Nelson, qui lui présenta sa carte Gold.

Le serveur hésita, mais comme la main restait tendue devant lui, il n'osa pas insister et saisit la carte.

— Maintenant que j'y pense, tu ne m'as pas raconté ton entretien avec Winedrove. Il a essayé de t'acheter avec un repas ? ironisa-t-elle.

— Non, on a juste parlé du bon vieux temps, je n'ai rien pu en tirer. Désolé !

Il ne souhaitait pas entrer dans les détails. Elle l'avait suffisamment aidé pour qu'il évite de l'ennuyer avec sa vie privée.

Le serveur revint avec la carte et le ticket sur un petit plateau d'argent. Après avoir laissé un généreux pourboire, Nelson se leva et, d'un geste élégant, invita Rivera à passer devant lui. Ils quittèrent le penthouse, descendirent dans la grande salle et se retrouvèrent dans l'entrée.

— Bon, tu connais l'adresse des Winedrove, ou je dois appeler le bureau ? demanda Rivera.

— Mercer Island.

Rivera haussa les épaules.

— Évidemment.

L'île aux milliardaires. De vastes domaines forestiers où les habitations faisaient passer celles de Beverly Hills pour des abris de fortune.

— Je passe devant avec ma moto et tu me suis, reprit Nelson en se dirigeant vers le parking.

— Tu plaisantes ! Tu montes avec moi et dès que tu auras entré l'adresse dans le GPS, je te dépose chez toi, et tu te mets au lit, fit-elle d'un ton péremptoire. Je m'occupe de Sandy.

Nelson avait encore suffisamment de lucidité pour comprendre que bien qu'il ne fût absolument pas ivre, il ne pourrait pas donner longtemps le change. Il n'insista pas.

21

Sans surprise, ce fut Winedrove en personne qui l'accueillit devant sa demeure. Une splendide bâtisse de style colonial, perdue dans une forêt qui s'étendait à perte de vue.

— Bonjour, lieutenant Rivera, nous vous attendions.

À ses côtés, elle reconnut l'avocat de Sandy, qui la salua d'un hochement de tête.

— Je sais que votre fille est ici, et j'ai un mandat du capitaine Logan qui m'autorise à la placer en garde en vue.

— Et pour quels motifs, je vous prie ? Parce qu'elle a donné un peu de son argent de poche à son petit ami ? ironisa Warren. Voyons, ce n'est pas sérieux.

— Cent mille dollars, ce n'est pas ce que je qualifierais d'argent de poche. Certains seraient prêts à tuer pour une telle somme, répliqua-t-elle sans se démonter.

Elle regarda par-dessus leurs épaules, mais ne repéra aucune autre présence dans l'immense vestibule. Peut-être Sandy avait-elle été envoyée dans un autre État ou, pire, à l'étranger.

— Vous avez raison, approuva Warren de bon cœur. Du moins pour des gens comme vous et moi, mais pas pour Sandy Winedrove. Vous feriez une grave erreur en vous mettant à sa place, en essayant d'imaginer ce que vous feriez. Bien que ce soit difficile à concevoir, pour Sandy, cent mille dollars ne représentent absolument rien. Si Brandon tenait à faire chanter Sandy, au sujet de je ne sais quoi d'ailleurs, il aurait pu demander bien davantage.

Rivera était d'accord avec la première partie de l'argumentaire, mais pas avec la seconde.

— Comme vous le dites vous-même, pour nous, ou par exemple pour un simple étudiant, cent mille dollars sont une somme colossale. Il devait penser que c'était déjà beaucoup et n'a pas osé demander plus.

Warren eut un sourire contrit. Pris à son propre piège. Il dut s'avouer que cette flic n'était pas aussi stupide que son âge le lui avait laissé penser.

— Très bien, alors dans ce cas, je serais curieux de connaître le motif du chantage.

— Venez avec votre cliente, nous aurons tout le temps d'en discuter au commissariat central.

Warren garda le silence. Depuis le début de la conversation, il savait qu'il ne pouvait rien faire contre un mandat, mais il avait tenu à montrer, tout de suite, qu'ils ne feraient aucun effort pour lui être d'une quelconque aide.

— Très bien, mais je crains qu'elle ne soit pas très loquace. Vos insinuations sont des plus douteuses.

Winedrove jeta un regard courroucé à son avocat.

— Vous n'allez pas laisser partir Sandy ? Je vous paie assez cher pour ça.

Warren prit son air le plus conciliant.

— Allons, Charles, faites-moi confiance. Si Peter Lawrence m'a envoyé, c'est bien parce que je suis le meilleur. Sandy n'a rien à craindre et je vous la ramène le plus vite possible.

Winedrove n'aimait pas ça du tout. Et cette idiote de Sandy qui avait refusé de lui donner le mobile du chantage. Elle avait éclaté en sanglots. Il n'avait rien pu en tirer, si ce n'était qu'elle avait donné cet argent par amour, pour aider financièrement son amoureux d'étudiant. Grotesque !

— Je ne sais pas à quoi vous jouez, mademoiselle, mais je vous préviens. Faites très attention, dit-il en menaçant Rivera du doigt.

— Vous ne m'impressionnez pas, monsieur Winedrove, et, à mon tour, je vous conseille de ne pas me menacer, ou bien la prochaine fois, je vous arrête pour tentative d'intimidation envers un représentant de la loi, dit-elle sans cacher le dégoût que lui inspirait cet homme.

— Charles, rentrez, je vous prie. Je me charge de tout, intervint Warren en se postant devant son client.

Winedrove fulminait. Il aurait volontiers flanqué une paire de gifles à cette Latino pour lui apprendre les bonnes manières. Mais il entendit la recommandation de son avocat et comprit que, loin d'aider Sandy, il l'enfonçait encore davantage.

— Très bien, je vais dire à Sandy de vous suivre, dit-il d'un ton sec.

Il fit demi-tour, et retourna voir sa fille et son fils Julian, qui étaient restés avec leur mère dans le grand salon du premier étage. Quand il vit sa petite famille dans une telle détresse, la rage le reprit. Les pauvres étaient vraiment la lie de l'humanité. Non contents d'être incapables de se sortir de la fange dans laquelle ils se prélassaient, il fallait qu'ils tentent par tous les moyens d'y attirer les symboles d'une réussite qu'ils ne pouvaient atteindre à cause de leur médiocrité !

Il s'approcha de sa fille et se pencha vers elle.

— Sandy, pour la dernière fois, n'as-tu rien à me dire ?

Assise sur le canapé, lovée dans les bras de sa mère, elle se redressa et lui renvoya un regard de biche blessée.

— Je ne l'ai pas tué, papa, je te le jure. Je ne l'ai pas tué.

Winedrove pinça les lèvres.

— Très bien, écoute. Il va falloir que tu suives cette policière, mais surtout, ne t'inquiète pas. Tu ne dis rien. Tu laisses parler maître Warren. Tu as compris ? Tu ne dis strictement rien. Ils n'ont aucune preuve contre toi, et sans aveux de ta part, tu seras relâchée dans les prochaines heures.

Sandy hocha la tête, les yeux rougis d'avoir trop pleuré, mais, en fille obéissante, elle se leva et sortit du grand salon.

— Elisabeth, accompagne-la, ordonna Winedrove, avant de se tourner vers Julian.

— Charles, je t'en prie. Je ne veux plus de cris. Essaye de te calmer.

— Occupe-toi de Sandy, répondit-il simplement, toujours tourné vers son plus jeune fils.

Julian ne pouvait supporter ce regard paternel. Vautré dans un des fauteuils, il croisait et décroisait les doigts, signe de grande nervosité chez lui.

Quand Elisabeth eut quitté les lieux, Winedrove s'approcha de lui.

— Julian, lève-toi.

Comme sa sœur, il obéit et se leva.

C'est alors que, sans prévenir, son père lui asséna une claque monumentale. Julian poussa un cri de surprise et recula.

— Papa ?

— Approche, dit Winedrove en s'avançant vers son fils.

La deuxième gifle fut encore plus forte que la première, puis ce fut une claque sur la tête. Julian se courba en essayant de se protéger de ses bras. Un coup de poing l'atteignit à l'épaule. Il s'écroula sur le sol en sanglotant. Les coups de pied pleuvaient.

— Papa, je n'ai rien fait, je te le jure.

— Ah bon, alors c'est Sandy ? aboya Winedrove. Tu préfères accuser ta sœur que d'avouer tes fautes ! (Un nouveau coup de pied dans les jambes.) Pauvre minable, relève-toi !

— Papa, je t'en supplie.

La bave aux lèvres, le visage trempé de larmes, Julian aurait voulu disparaître. Plus que les coups, les mots de son père marquaient son âme au fer rouge.

Winedrove finit par se calmer et alla au bar se servir un scotch. Prostré sur le sol, Julian pleurait en silence.

Qu'ai-je fait pour avoir des enfants pareils ? rumina Winedrove en regardant sa larve de fils.

« Je t'avais bien dit de ne faire qu'un seul enfant ! » lui avait rappelé son propre père quand Julian s'était fait arrêter pour la première fois, le jour de ses quatorze ans.

À présent, le patriarche était mort, mais ses recommandations résonnaient encore dans l'esprit de Winedrove.

— Relève-toi, tu me fais honte, dit-il, incapable de supporter le regard de son misérable fils.

Julian renifla un grand coup et se redressa. Sa joue droite portait un hématome et du sang coulait de sa bouche.

— Essuie-toi, tu fais peine à voir.

Toujours sans un mot, Julian s'approcha du grand miroir qui surmontait une magnifique commode Louis XV.

Son visage lui tira un sourire dérisoire. Il avait l'impression de revenir sept ans en arrière, le jour où, pour la première fois, son père avait porté la main sur lui, après une virée fortement alcoolisée dans une des voitures de collection de son père, pour fêter ses quatorze ans.

Il passa la main sur ses lèvres, tout en avalant sa salive. Il se retourna et regarda son père, fier et hautain, dans son costume fait sur mesure, son verre de scotch à la main.

— Excuse-moi, papa.

Les mots sortirent tout seuls.

Je ne suis qu'un lâche. Si seulement j'avais le dixième du courage de Tyron.

Mais non, il était un moins-que-rien. Il détestait son père, mais était trop accro à l'argent paternel pour se permettre de rompre les ponts.

Je ne suis pas mieux qu'un junkie prêt à toutes les bassesses pour obtenir sa dose d'héroïne.

— Alors dis-moi pourquoi il vous faisait chanter, ou je te jure que je vais vraiment me fâcher, ordonna Winedrove d'une voix métallique.

Julian regarda son père et se demanda pour la première fois s'il l'avait aimé un jour.

Après chaque correction de son père, sa mère était toujours là pour le réconforter. Elle lui expliquait qu'il ne fallait pas lui en vouloir, qu'il était incapable de se contrôler quand la situation le dépassait.

« Papa t'adore. C'est pour ça qu'il perd le contrôle quand tu fais des bêtises. Il a tellement peur qu'il vous arrive malheur. »

Il avait entendu cette excuse d'innombrables fois, et il voulait y croire. Mais était-ce seulement vrai ?

Pouvait-on, sous l'emprise de la colère, prier les cieux et regretter de vous avoir enfanté ?

— Brandon ne faisait chanter personne. Sandy lui a juste refilé cet argent car elle l'aimait, dit-il, au bord du précipice.

Un pas de plus, et soit tu tombes dans un puits sans fond, soit ton père te rattrape et te sauve.

— Et ? fit Winedrove, qui comprenait que Julian était à deux doigts de parler.

Ce qui le renforça dans son idée que la force était le meilleur moyen de faire plier les gens. Au même moment, il eut une pensée pour Tyron et ses idées puériles sur la nature humaine.

— Et quand elle me l'a dit, je lui ai ordonné d'arrêter. Mais elle n'a pas voulu m'écouter, reprit Julian, qui s'approcha de son père et, le bravant pour la première fois de sa vie, se servit un verre d'alcool devant lui.

Winedrove lui trouva un certain panache. Finalement, il n'avait pas fait que des filles après la naissance de Tyron !

— Alors, ce fameux dimanche, je suis allé voir ce Brandon et je lui ai ordonné de quitter Sandy. Je lui ai dit que si elle était incapable de voir qu'il se jouait d'elle, moi, je n'étais pas dupe. (Il avala une gorgée de scotch.) Le ton est monté, il s'est moqué de moi, et c'est là que j'ai vu ce couteau qui traînait sur la table de la cuisine. Tout s'est passé très vite. J'ai attrapé le couteau et, la seconde suivante, il était planté dans son cœur.

Winedrove fut horrifié par cette révélation, et fasciné. Jamais il n'aurait imaginé Julian capable d'un meurtre.

— Il m'a observé avec un mélange de terreur et de surprise et je l'ai regardé mourir devant moi, alors qu'il me suppliait dans un râle d'appeler des secours. Je suis alors reparti et j'ai jeté le couteau dans les eaux du Sound, bien loin de nos habitations. Sans arme du crime ni témoin, aucune chance qu'ils remontent jusqu'à nous. Du moins, tant que personne ne parlera.

Julian était persuadé que son père allait rappeler les flics pour leur dire qu'ils s'étaient trompés d'enfant. Qu'il fallait qu'ils ramènent Sandy pour l'emprisonner, lui.

Mais seul un pesant silence s'installa.

— Dénonce-moi et tu n'auras plus jamais de problème, dit-il avant de boire une nouvelle gorgée de scotch.

— Tu crois vraiment qu'un père est capable de trahir son fils ? répliqua Winedrove.

Julian le connaissait donc si mal pour ignorer qu'il l'aimait tout autant que ses trois autres enfants ?

— Un père qui est capable de faire ça à son fils est capable de tout, dit-il en se touchant la joue.

— Je t'ai corrigé uniquement pour te donner une leçon. Pour que tu ne te laisses pas avoir dans la vie, Julian. Je veux simplement que tu deviennes fort, rien de plus. Crois-tu vraiment que je serais capable de donner en pâture à la vindicte populaire le sang de mon sang ?

Winedrove posa son verre et, pour la première fois depuis longtemps, il prit son fils dans ses bras et le serra très fort.

— Jamais je ne permettrai à quiconque de te faire du mal. Personne ne touche à un cheveu d'un Winedrove et, rassure-toi, personne ne te mettra en prison. Ce Brandon mérite ce que tu lui as fait. Il est hors de question que quiconque l'apprenne.

Julian était si heureux d'entendre de telles paroles, depuis le temps qu'il les attendait. Il aurait voulu relever la tête et dire à son père qu'il l'aimait, mais l'émotion lui coupa la parole et ses yeux s'embuèrent.

— Allons, mon enfant, sois un homme, dit Winedrove, qui un instant avait cru que son fils en était devenu un.

22

— Je crains que nous ne puissions plus faire grand-chose, constata Logan.

Il était dans le fauteuil de Nelson, un café à la main.

— Warren a raison, nous n'avons rien de concret et aucun juge ne la mettra en examen avec si peu d'éléments, approuva Rivera.

Ils venaient tout juste de terminer l'interrogatoire de Sandy et, malgré trois heures d'un feu roulant de questions, c'étaient toujours les mêmes réponses. Elle avait donné cet argent par amour et le soir du crime elle était avec son frère. Quant à la possibilité d'un chantage, elle niait farouchement. Warren lui soufflait la plupart de ses réponses.

— Bon, vous allez peut-être enfin me dire ce que me vaut ce petit sourire depuis que vous êtes revenue. Et aussi, j'aimerais bien savoir ce qu'est devenu Nelson.

— Je vous l'ai dit, il ne se sent pas bien. Il a dû manger quelque chose qui n'est pas passé.

Logan but une gorgée de café puis reprit :

— Donc, si j'envoie un médecin chez lui, il va le trouver au fond de son lit avec de la fièvre ?

Rivera secoua la tête. Cela ne servait à rien de mentir.

— OK, il a appris une mauvaise nouvelle et ne se sentait pas en mesure de reprendre le travail aujourd'hui. Vous lui enlèverez un jour si ça vous fait plaisir.

— Un rapport avec Winedrove ? demanda Logan, qui n'aimait pas ça du tout.

— Écoutez, avant toute chose, il faut que vous sachiez que nous avons une autre piste, et je crois qu'elle mérite que vous l'entendiez.

— C'est ça, votre petit sourire ? dit Logan, amusé malgré lui par les manières de sa subordonnée.

— Oui, en fait, nous sommes persuadés que Sandy est innocente.

Logan fronça les sourcils.

— Pourquoi avez-vous tenu à sa garde à vue, dans ce cas ?

— Parce que ce matin nous n'étions sûrs de rien. Mais si on prend pour hypothèse que Sandy ne nous ment pas, alors qui aurait pu vouloir tuer Brandon ? Quelqu'un qui voulait protéger Sandy. Quelqu'un qui ne supportait pas qu'elle dilapide son argent pour un moins-que-rien.

— Charles Winedrove, dit Logan.

L'idée lui avait traversé l'esprit, mais il l'avait aussitôt écartée. Il n'imaginait pas un seul instant cet homme d'affaires avisé se transformer soudain en tueur. Il avait bien d'autres moyens à sa disposition pour ramener son enfant à la raison que le meurtre de sang-froid de son petit ami.

— Non, un des frères de Sandy : Julian Winedrove. Il vit avec Sandy dans une villa sur Magnolia. Quand je suis allée chercher Sandy ce matin, c'est sur lui que je suis tombée. Et quand je lui ai posé des questions sur cette affaire, je vous promets que c'est un coupable que j'ai vu.

— Vous auriez pu m'en parler avant qu'on interroge Sandy.

— Je ne voulais surtout pas éveiller de soupçons, et que vous insistiez un peu trop sur son frère.

Logan écarquilla les yeux et eut un petit rire.

— Est-ce donc tout le respect que vous avez pour moi ? répliqua-t-il plus amusé que blessé.

— Non, répondit-elle, se sentant rougir. Je ne voulais pas dire ça, mais moins il y aura de gens au courant, moins il y aura de risques de fuite.

Elle se rendit compte qu'elle aggravait son cas.

— Vous croyez vraiment que Winedrove a les moyens d'acheter le silence de tout le monde dans cette ville ? se moqua gentiment Logan. Les riches ne sont pas au-dessus des lois, et ils le savent. D'ailleurs…

La porte s'ouvrit en grand et Nelson fit son apparition.

— J'ai raté quelque chose ? demanda-t-il en voyant les regards surpris fixés sur lui.

— Je vois que vous allez beaucoup mieux. Vous m'en voyez ravi, dit Logan en se levant du coin du bureau. Et surtout ne dites rien. Je préfère le silence à de fallacieuses excuses.

— Très bien, dit Nelson, sans chercher à comprendre.

— Vous allez retourner tout de suite à l'immeuble de Brandon avec la photo de Julian. Et si vous êtes certains de votre intuition, débrouillez-vous pour me trouver un témoin, qu'on puisse mettre Julian en garde à vue et l'interroger.

Rivera saisit le message. Bien que ce soit à la limite de la légalité, ils ne risquaient rien à influencer un témoin à ce niveau de l'enquête.

— Des questions ? demanda Logan.

Il reçut deux réponses négatives. Satisfait, il quitta le bureau en se promettant toutefois de faire une entorse à l'une de ses règles. Sans douter de l'intégrité de Nelson, il ne pouvait pas faire l'impasse sur une petite enquête le concernant pour connaître la nature de ses liens avec la famille Winedrove.

— Qu'est-ce que tu lui as raconté ? demanda Nelson, resté debout.

Rivera se leva de son fauteuil et s'approcha de lui pour lui faire un bref résumé.

— Tu es venu comment ?

— En taxi, et je compte sur toi pour me déposer au Canlis reprendre ma moto.

Rivera avait noté qu'il s'était changé, et ses cheveux encore légèrement humides montraient qu'il avait pris une douche.

— Tu te sens d'attaque ?

— Ça va, trois Martini n'ont jamais tué un homme.

Plus le champagne et le vin, ajouta mentalement Rivera. Mais elle ne le releva pas, Nelson ne manifestant aucun signe d'ébriété.

Moins d'une demi-heure plus tard, ils recommençaient une tournée de porte-à-porte dans l'immeuble de Brandon.

L'après-midi touchait à sa fin. Nelson commençait à désespérer d'obtenir la moindre information. Il sonna à la porte 32. Edward Banner. Pas de réponse. Il s'apprêtait à coincer un avis de passage sous la porte quand elle s'ouvrit.

Un homme dans la quarantaine, bedonnant, barbe courte, plutôt bien habillé.

— Bonjour, je suis le lieutenant Nelson, puis-je vous poser quelques questions ?

— Je l'ai déjà dit à votre collègue la semaine dernière, je n'ai jamais vu cette fille. Pourquoi venez-vous me harceler ? Il faut que j'aille travailler.

Encore un citoyen prêt à servir son pays ! s'amusa Nelson sans se départir de son sourire.

— Il ne s'agit pas d'elle, mais d'un nouveau suspect. Votre aide peut nous être précieuse, continua-t-il en sortant une photo de Julian qu'ils avaient récupérée sur sa page Facebook.

— Précieuse ! ironisa Banner. Allez, montrez-moi ça, qu'on ne perde pas plus de temps.

Nelson lui tendit la photo.

Autant par envie que par certitude de ne pas connaître le suspect, Banner comptait bien répondre par la négative, mais dès qu'il vit la tête du gamin, il fut certain de l'avoir déjà vu quelque part.

Nelson nota aussitôt son changement d'attitude.

— Vous le reconnaissez, n'est-ce pas ?

Banner détestait être en retard à son boulot, mais il détestait plus encore l'idée qu'un souvenir lui échappât. Il repensait toujours à son père et à la façon dont l'Alzheimer avait eu raison de lui. Une fin atroce.

— Ah, putain, je suis sûr que je le connais, grogna-t-il dans sa barbe.

Nelson le laissa faire. Surtout ne pas le bloquer. Il entendit une porte se refermer. Rivera sortait d'un appartement situé à l'autre bout du couloir. Elle lui fit un signe négatif de la tête avant de sonner à la porte suivante.

— Ça va me revenir, bon sang de bonsoir ! marmonna Banner, secoué par une série de tics nerveux.

Nelson commençait à se demander s'il n'était pas un peu timbré. Dans ce cas, nul doute que devant un jury, un avocat n'en ferait qu'une bouchée, mais si cela lui permettait d'interpeller Julian, c'était tout ce qui comptait pour le moment.

— Peut-être était-il mieux habillé…

— Putain ! Ça y est ! hurla Banner en serrant le poing. Ce n'est pas dans l'immeuble que je l'ai vu, c'est pour ça que j'avais du mal à faire le lien.

Et merde ! jura Nelson en lui-même. En dehors de l'immeuble, il perdait son motif d'inculpation.

— Il était au volant d'une Bugatti Veyron 16.4. Une merveille. Je vous jure. Quand je suis passé devant, et que j'ai vu la tronche du conducteur, j'ai failli en avoir une attaque. Un gamin d'à peine vingt ans ! Je vous jure, ça ne vous donne pas envie de travailler, de voir ça

Nelson était tout ouïe. Peut-être que tout n'était pas perdu.

— Vous voulez dire qu'il n'était pas en train de rouler ?

— Non, il était garé sur le trottoir d'en face, fit-il en indiquant du bras une direction. Le moteur était éteint. Je suppose qu'il attendait quelqu'un.

— Vous vous souvenez du jour ?

Banner fit la moue et se passa la main dans sa fine barbe, qu'il caressa avec attention, ce qui apparemment l'aidait dans son effort de concentration. Il ne travaillait pas ce jour-là, il venait juste de rentrer d'une visite à sa mère, à la maison de retraite…

— C'était un dimanche, la semaine dernière. À moins que ce ne soit il y a quinze jours.

Va falloir être plus précis, mon bonhomme, se dit Nelson avec nervosité.

— Était-ce la veille du meurtre de Brandon ?

— Oui, c'est ça, c'est exactement ça ! s'exclama Banner, stupéfait. Vous pensez que c'est cette petite ordure qui a fait le coup ?

— Nous n'en savons rien pour l'instant, mais il est possible qu'il soit au courant de certaines choses.

— N'hésitez surtout pas à m'appeler si vous avez encore besoin de moi. Ce genre de fils de pute se croit tout permis parce qu'il baigne dans le pognon.

Parfait, se dit Nelson. Voilà un témoin que Winedrove aurait du mal à corrompre avec son argent.

— Nous allons très vite reprendre contact avec vous.

— Bon, je vais devoir vous laisser. Je dois vraiment aller au boulot, et je n'ai pas intérêt à être en retard. Le patron est plutôt du genre à cheval sur les heures.

— Je comprends. Bonne journée à vous.

Banner referma la porte.

D'un pas rapide, Nelson remonta le couloir jusqu'à la porte derrière laquelle était entrée Rivera. Moins d'une minute plus tard, elle se rouvrait, livrant passage à la lieutenant accompagnée de la maîtresse de maison.

Quand la porte fut refermée, Nelson lui raconta tout.

— Il ne nous reste plus qu'à sortir une photo d'une Bugatti et à demander à tout le voisinage, y compris aux voisins d'en face, si quelqu'un a vu cette voiture, dit Rivera, persuadée de trouver au moins deux ou trois hommes qui se porteraient témoins.

Les hommes n'ont d'yeux que pour les belles carrosseries, de chair ou d'acier !

23

Winedrove raccrocha son téléphone, et eut envie de le jeter violemment sur le sol de son bureau. C'était un large espace qu'il avait installé au dernier étage de Providence, afin d'avoir une vue panoramique des alentours. À l'est, le parc avec ses immenses étendues arborées, à l'ouest, le lac Washington. En général, cette vue imprenable suffisait à le calmer et lui permettait de réfléchir en toute sérénité. Mais cette fois, rien ne pouvait apaiser la colère de Winedrove.

Warren venait de le joindre au téléphone, et lui avait signifié la garde à vue de son fils, ainsi qu'une perquisition à son domicile, y compris des voitures.

Comment ces flics avaient-ils compris ? Qui avait parlé ? Sandy ? Aurait-elle osé envoyer son frère à la chaise électrique ? Non, impossible. Ils étaient soudés comme les doigts de la main. Était-elle seulement au courant de la vérité ? Et si tel était le cas, pouvait-elle préférer son amant à son propre frère ?

Tremblant de rage, Winedrove n'arrivait pas à avoir de certitude. Sandy était une enfant trop gâtée et immature. Oui, il était imaginable qu'elle trahisse la famille pour satisfaire un désir puéril de vengeance.

Il arrêta de faire les cent pas, et reprit son téléphone pour appeler sa fille. Le répondeur se mit aussitôt en marche.

Winedrove maugréa des paroles inintelligibles et raccrocha. Il sortit de son bureau et descendit deux étages pour aller dans l'espace qu'il avait réservé à chacun de ses enfants. Bien qu'aucun des quatre n'y habitât plus, les choses étaient restées en l'état.

Il pénétra dans les quartiers de sa benjamine, et ne ressentit pas la douce mélancolie qu'il éprouvait habituellement quand il venait y faire un tour pour plonger dans ses souvenirs. Il parvint devant la porte de la chambre de sa fille et sans frapper l'ouvrit en grand.

Sandy était allongée sur son lit, en train de téléphoner.

— Raccroche tout de suite, il faut qu'on parle.

— Papa, ce n'est pas le moment, je t'en prie, laisse-moi, dit-elle d'un ton sec.

Elle avait les yeux rouges.

Winedrove s'avança vers elle et lui arracha des mains son portable, qu'il jeta par terre avant de l'écraser d'un coup de talon.

— À qui parlais-tu ? Ne t'ai-je pas interdit d'appeler qui que ce soit ? Ne crois-tu pas que Julian soit suffisamment dans le pétrin sans que tu l'enfonces encore davantage ?

— C'était Carrie, la fille de ton cher ami le juge Porter. Alors…

— Tais-toi ! tonna-t-il avec fureur. Ne me réponds plus jamais sur ce ton. Tu es ma fille et tu me dois le respect, ou je te promets que je te déshérite, tout comme je l'ai fait pour Tyron. Est-ce ça que tu veux ?

Sandy baissa les yeux, mais plus que de la peur, c'était de la colère qui était dans son cœur. Tout le monde pensait que c'était elle la coupable, et Julian la victime.

— Papa, je n'ai pas tué Brandon !

— Je le sais, petite idiote, c'est ton frère qui l'a fait pour te protéger, répliqua-t-il pour lui clouer le bec.

Cela fonctionna comme prévu. Sandy écarquilla les yeux. Winedrove soupira en réalisant, une fois encore, combien il était facile de manipuler ses enfants.

— Il m'a tout avoué après que cette flic est venue te chercher pour te mettre en garde à vue.

— Ce n'est pas possible, dit-elle, sous le choc.

En rentrant de sa garde à vue, elle avait été étonnée par l'absence de Julian. Il avait dû se réfugier à leur domicile, et se préparer une bonne cuite. Jamais elle n'aurait imaginé qu'il avait été interpellé, et encore moins qu'il avait pu tuer Brandon.

— Bien sûr que si, la contredit Winedrove avec véhémence. Il a juste tenté de raisonner ton petit copain pour qu'il arrête de te soutirer de l'argent, mais ils se sont battus et ton frère s'est défendu comme il a pu. Fin de l'histoire.

— Ce n'est pas possible, Julian n'a pas pu faire ça, continua Sandy, le regard perdu, incapable de prendre la mesure de ce que son père venait de lui révéler.

Comment aurait-il pu agir ainsi et, tous ces derniers jours, rester auprès d'elle à la consoler, espérant avec elle que le meurtrier soit rapidement retrouvé !

À présent, elle comprenait mieux pourquoi il avait tant insisté pour qu'elle n'assiste pas à l'enterrement et que, surtout, elle ne se fasse pas remarquer.

— Tu n'en savais rien, n'est-ce pas ? dit Winedrove, qui comprit soudain qu'il s'était fourvoyé.

Sa fille avait sans doute un quelconque talent caché, mais ce n'était certainement pas celui de comédienne.

— Non, évidemment que non, dit-elle tandis que l'image de son frère poignardant Brandon s'imposait à elle.

Elle fut prise d'un haut-le-cœur, et n'eut que le temps de se pencher de son lit pour vomir sur la moquette rose de sa chambre le maigre repas qu'elle avait avalé.

Winedrove la laissa reprendre son souffle avant de la prendre par le bras et de l'obliger à se lever.

— Allez, viens te laver. Tu en as mis partout.

Tel un pantin, elle se laissa traîner jusqu'à la salle de bains et dévêtir telle une petite fille. Peu pudique, elle l'était encore moins devant son père ou sa mère. Quand elle fut nue, elle entra docilement dans la baignoire sans faire d'histoire.

Winedrove régla la température de l'eau, ajouta un filet de gel moussant et mit le débit à fond.

Il prit un fauteuil et s'assit près de sa fille.

— Julian n'a pas voulu tuer Brandon, il faut que tu en sois bien consciente. Ce n'est qu'un accident. Un déplorable accident.

Sandy le regarda avec stupeur.

— Tu veux dire qu'il ne va pas avouer ?

L'imbécillité féminine ! Vivement qu'elle ait elle-même un enfant et qu'elle comprenne.

— Bien sûr que non. Tu sais très bien comment sont les gens. Le jury se fera un plaisir de le condamner à mort. La haine des puissants est l'une des raisons de vivre des pauvres.

— On n'est plus au Moyen Âge, papa ! s'exclama Sandy, qui ne voulait pas croire ce qu'elle entendait.

Couvrir un meurtre !

L'eau montait rapidement et la mousse recouvrait lentement le corps de Sandy.

— Moyen Âge ou pas, l'être humain est toujours le même. Ses pulsions, ses désirs, ses haines, ses jalousies n'ont pas changé. L'homme sera toujours jaloux de son voisin, c'est ainsi que vont les choses depuis Abel et Caïn.

Et la femme est le maillon faible de l'humanité, ajouta-t-il pour lui-même.

— Papa, je ne pourrai pas garder un tel secret, dit-elle, bouillant de colère.

— Oh que si, tu le garderas. Car c'est la vie de ton frère qui est en jeu. Si j'avais l'assurance qu'il serait puni à la juste valeur de cet incident, je te promets que je laisserais faire la justice. Mais tel n'est pas le cas. Alors il faut que tu me jures que tu ne diras rien.

Sandy regarda son père et eut l'impression de découvrir un étranger. Pour la première fois de sa vie, il lui sembla comprendre ce qu'avait voulu dire Tyron en niant les liens du sang. Était-il réellement son père pour lui demander de proférer un mensonge aussi révoltant ?

— Même si je parlais, je ne pourrais pas révéler grand-chose. Je ne sais rien, mis à part ce que tu viens de me dire. Et je suppose que tu ne me donneras jamais les preuves.

— Je veux simplement que tu n'ailles pas témoigner. C'est tout.

— Et comment pourrais-je l'éviter ? dit-elle alors que l'eau mousseuse lui arrivait au-dessus de la poitrine.

— Tu vas partir en voyage, et tu ne reviendras qu'après le procès.

— Ça peut durer des mois ! s'étrangla-t-elle. C'est hors de question.

Winedrove eut une impulsive envie de la gifler, mais il avait trop souffert de voir sa mère s'effondrer sous les coups de son père pour en faire autant avec les femmes de sa vie.

— Il n'y aura peut-être pas de procès, s'ils n'ont rien d'autre qu'un témoignage indiquant qu'on l'a vu rôder près du lieu du meurtre. Mais je ne veux prendre aucun risque. Tu partiras demain matin pour l'étranger, et tu reviendras seulement quand je te le dirai.

Sandy brava le regard de son père. En temps normal, elle se serait pliée docilement à ses exigences, mais cette fois, ce n'était pas possible. Elle ne se parjurerait pas devant un jury. Si Julian était coupable, eh bien, qu'il aille en prison payer pour son crime. C'était lui le coupable, et cela à plus d'un titre ! Cependant, elle lui donna la réponse qu'il attendait.

— Je ferai comme tu veux, mais c'est moi qui décide de la destination, et je ne partirai que demain soir.

Winedrove fut satisfait qu'elle ouvre enfin les yeux sur la situation.

— Tu as fait le bon choix, ma fille, dit-il en l'embrassant sur le front.

Sandy lui fit un sourire contrit, se demandant quelle tête il ferait quand, au petit matin, il s'apercevrait qu'elle avait disparu.

24

— À quoi bon nier ? demanda Nelson pour la centième fois. Tu veux que je récapitule tout ce qu'on a contre toi ?

Julian était dans un état second.

Quand les policiers étaient venus le chercher, il venait tout juste de se prendre un rail de coke et se sentait intouchable. Il avait quitté sa villa sans cesser d'insulter la flic qui était venue le matin même lui poser des questions. Quant à l'autre enfoiré de Nelson, jamais il n'aurait pu imaginer qu'on pouvait tomber si bas.

À présent, enfermé dans une salle d'interrogatoire depuis plus de trois heures, alors que l'effet de la drogue s'était dissipé, son moral touchait le fond. Un voisin assurait l'avoir vu au volant de sa voiture le jour du meurtre, et d'autres personnes affirmaient avoir aperçu la Bugatti. Mais le pire était tombé moins d'une heure plus tôt. La police scientifique avait trouvé de légères traces de sang sur le siège passager. L'analyse ADN était encore en cours, mais Julian savait qu'il était foutu. Il se revoyait déposer sur le siège le torchon enveloppant le couteau, sans penser que de minuscules gouttes le traversaient.

Il aurait dû faire changer les sièges dès le lendemain. Cela aurait sans doute paru suspect, mais au moins ils n'auraient pas eu de preuve.

Il se sentait au bord du gouffre.

— Si tu parles, le jury en tiendra compte. Ne fais pas l'erreur de croire que tu as une chance de t'en sortir, le prévint Logan.

Il avait tenu à être aux côtés de Rivera pour l'interrogatoire afin de mettre Nelson hors du coup. Tant que Logan n'aurait pas plus d'informations sur les liens entre Nelson et la famille Winedrove, il refusait qu'il les interroge.

— Je n'ai pas tué Brandon Foster. En quelle langue faut-il que je vous le dise, s'énerva Julian, assis, les bras le long du corps, les poings serrés.

— Nous avons tout notre temps, Julian, mais je te conseille de tout nous dire avant l'arrivée des résultats de l'analyse ADN. Après, tu ne pourras plus rien négocier du tout, reprit Logan, debout de l'autre côté de la table.

Assis à côté de son client, Warren ne savait plus quoi faire. Charles Winedrove lui avait ordonné de ne rien lâcher. « Ils n'ont rien contre lui. Ne leur donnez pas le moindre élément qui puisse le faire tomber », lui avait-il asséné. Mais était-ce vraiment le cas ? Et si Logan ne bluffait pas ? Et s'il y avait vraiment le sang de Brandon sur le siège passager ? *Et merde, tant pis pour Winedrove !*

— Capitaine, j'aimerais m'entretenir avec mon client.

Pas trop tôt ! Logan n'avait pas envie d'y passer la nuit.

— Bien sûr. Je vous laisse dix minutes.

Puis, se tournant vers Rivera, restée dans le fond de la pièce :

— Lieutenant, accompagnez-les dans la salle de réunion.

Warren aida son client à se redresser. Dans quelle affaire s'était-il fourré ? Il revoyait Lawrence lui expliquer que ce serait un jeu d'enfant. Le bougre devait bien se douter qu'avec ce genre de milliardaire, rien n'était aussi simple.

En silence, ils quittèrent la salle d'interrogatoire à la suite de Rivera, qui les conduisit dans une pièce à l'abri des regards.

Quand la porte fut refermée, Warren invita son client à s'asseoir.

— Julian, ici, tu peux tout me dire. Je suis ton avocat et tout ce que tu me diras restera entre toi et moi.

— Je sais, mais je n'ai rien à dire.

Jamais son père ne lui avait autant manqué. Le jour même où il lui avait enfin donné une véritable preuve d'affection, il se retrouvait embarqué pour homicide ! Le monde n'était qu'une vaste farce.

— Réponds juste à cette question : à qui appartient le sang trouvé sur le siège passager ?

Julian regarda son avocat et lut le doute dans ses yeux. Cet enfoiré n'était pas de la trempe de son père. S'il lui disait tout, il était clair qu'il le donnerait aux chiens. *Tout le monde déteste les riches, même les avocats*, se dit-il, certain que son sort serait scellé s'il parlait.

— J'en sais rien. Une copine qui avait ses règles. Une pucelle que j'ai déflorée.

Après tout, il n'était pas certain que les tests seraient positifs. Il fallait une quantité minimale pour que l'ADN puisse être révélé et Julian aurait juré que le siège était propre quand il avait repris le couteau enroulé dans le torchon.

Warren soupira et lui adressa un regard paternel.

— Julian, je ne suis pas ton ennemi. Bien au contraire. Mais si tu ne m'aides pas, tu vas tout droit dans le mur. Ne le prends pas mal, mais aucune des relations de ton père ne pourra t'aider s'il est prouvé que l'ADN de Brandon était sur le siège de ta voiture.

— Je n'ai rien à dire, dit-il en s'entêtant dans sa posture.

Warren comprit qu'il n'arriverait à rien de cette manière. Il devait trouver un autre moyen d'obtenir sa confiance. Il se posta devant la vitre qui donnait sur la rue, dix étages plus bas. La nuit était noire ; seuls les lumières des commerces et les phares des voitures trouaient l'obscurité.

— Julian, est-ce que tu te rends compte que personne ne remettra en cause le témoignage des quinze personnes jurant avoir vu ta voiture le soir du crime, garée juste en face de l'immeuble de Brandon ?

— Il n'y a qu'un seul type qui affirme que j'étais dedans.

Warren poussa un profond soupir, et regarda sa montre. Logan n'allait pas tarder à revenir. Le temps jouait contre eux.

— Écoute, as-tu bien conscience que c'est de peine de mort qu'on parle ? Ce n'est pas une bêtise d'adolescent que tu viens de commettre, mais un crime. Et rentre-toi bien ça dans le crâne : ton père ne peut rien pour toi.

Julian sentit sa mâchoire trembler et eut envie de se boucher les oreilles. Tout cela était insensé. C'était juste un putain d'accident ! On ne tue pas les gens pour un simple accident !

— Je vous jure que je n'ai jamais voulu le tuer, dit-il entre ses dents.

Warren recula et se permit de souffler tout en desserrant le nœud de sa cravate. On y était enfin. Le pire pouvait encore être évité.

— Plus tu donneras l'image d'un garçon obtus et imbu de lui-même, plus le jury te prendra en grippe. Et tu peux être certain qu'ils n'auront aucune pitié. Alors que si tu parles avec ton cœur, en expliquant que tu as simplement voulu éviter à ta sœur de se faire ruiner par un escroc qui se jouait de ses sentiments, là, tu auras leur faveur.

Les paroles entraient enfin dans la tête de Julian, qui sentait une peur panique l'envahir.

— C'était un accident. Il m'a insulté, il s'est moqué de Sandy, on s'est battus, mais je ne l'ai pas tué, dit-il en travestissant la vérité.

Ne faire confiance à personne. Ne jamais avouer est la force des grands hommes. Même pris sur le fait, toujours clamer son innocence, lui avait rappelé son père plus tôt dans l'après-midi.

— Si tu t'es battu avec lui, il doit y avoir des marques sur son corps, fit remarquer Warren, dubitatif.

— C'était il y a une semaine, elles ont dû disparaître.

Warren le regarda attentivement et sut qu'il était coupable.

— Le médecin légiste a pris de nombreuses photos de son corps avant l'autopsie. Si besoin est, nous le ferons exhumer pour un nouvel examen. Les ecchymoses des morts ne guérissent pas avec le temps, dit-il, en espérant qu'il comprendrait à quel point il faisait fausse route en niant la réalité.

— De quel côté vous êtes ? s'énerva Julian, de plus en plus désorienté. Vous voulez que j'avoue un crime que je n'ai pas commis ?

— Je veux seulement éviter les pleurs de ta famille quand ils te verront attaché en croix, une aiguille dans le bras, juste avant que tu ne meures. Sais-tu que c'est une des morts les plus cruelles qui soit ? Tu ne vas pas t'endormir comme dans un lourd sommeil, mais tu vas mourir étouffé, sans pouvoir bouger le moindre muscle.

— Foutez le camp ! hurla Julian en se levant d'un bond. Je vous vire !

Warren s'attendait à une réaction, mais pas à celle-ci.

— Julian, calme-toi, c'est…

Julian lui bondit dessus, l'attrapa par le col et le colla contre le mur.

— Vous êtes un minable, c'est tout ce que vous êtes. Mon père va vous broyer.

La porte de la pièce s'ouvrit en grand et Rivera brandit son arme, qu'elle pointa sur Julian.

— Lâchez-le tout de suite.

Julian tourna la tête et relâcha d'un mouvement sec Warren qui tomba à terre, puis, prenant un air crâne, les mains derrière la tête, il s'avança vers Rivera.

Logan arrivait en courant. Il aperçut Warren qui se relevait et rajustait son costume. Il comprit aussitôt ce qu'il s'était passé, et ne put réprimer un sourire.

— Ramenez-le-moi en salle d'interrogatoire, et appelez son père pour lui trouver un autre avocat, dit-il à Rivera, qui passait devant lui avec son suspect.

25

Nelson se gara près du ponton où était amarré son yacht. Il coupa le moteur de sa Kawasaki, enleva son casque intégral et consulta sa montre. Minuit et demi. La journée avait été interminable.

Un claquement de portière le fit se retourner. À la lumière des lampadaires, il reconnut la Porsche de Debbie qui en sortait côté conducteur, tandis que côté passager apparaissait… un revenant !

— Salut, Dean. Finalement, tu te l'es acheté cette moto ! s'exclama Tyron en venant vers lui.

— Comme tu vois, répondit Nelson, sur la défensive.

— Bonsoir, Dean. Tyron a insisté pour te voir.

Douce Debbie, incapable de dire non, à son père comme à son frère.

— Tu n'as pas à t'excuser. Si Tyron souhaitait me voir, il m'aurait trouvé de toute façon, répondit-il comme si l'intéressé n'était pas là.

Nelson descendit de sa Kawasaki et, s'appuyant sur le siège de sa moto, il croisa les bras.

— Tu as beaucoup changé en douze ans, remarqua Tyron quand il fut enfin face à lui.

Nelson aurait pu lui retourner le compliment. Le surfeur californien s'était mué en une espèce de baba cool seventie's. Barbe et cheveux longs, jean crasseux, vieux manteau et chaussures démodées.

— Qu'est-ce que tu viens faire ici ?

Il n'avait jamais accepté que Tyron coupe les ponts avec lui simplement parce qu'il avait refusé de le suivre. Pour lui, l'amitié était plus forte que les convictions. C'était du moins ce qu'il pensait jusqu'à ce que Tyron sorte définitivement de sa vie, et cela, quelques mois seulement avant la mort de ses parents.

— J'ai appris pour tes parents. Toutes mes condoléances, dit Tyron comme s'il lisait dans ses pensées.

Mieux vaut tard que jamais, ironisa Nelson, peu touché par des regrets bien trop tardifs.

— C'est la vie, tout le monde doit mourir un jour.

— Tyron, dis-lui ce que tu as à lui dire et allons-nous-en, intervint Debbie, très mal à l'aise.

Pauvre Debbie, toujours à essayer d'éviter le conflit. Une âme pure dans un monde de crapules et de faux-semblants.

— Je suis juste venu te dire ça.

Et, sans prévenir, il lui décocha une droite qui lui explosa la lèvre ; une gerbe de sang gicla sur sa moto. Sans chercher à comprendre, Nelson se redressa et lui envoya son poing dans le plexus solaire. Mais l'impact fut moindre qu'il ne l'escomptait. Apparemment, cet enfoiré n'avait pas arrêté la musculation. En réaction, une nouvelle droite l'atteignit en plein thorax. Nelson s'effondra à genoux sur le sol.

— Je ne savais pas que la police engageait des…

Mais avant que Tyron finisse sa phrase, Nelson bondit et le fit tomber à la renverse. Le maintenant plaqué au sol, il lui envoya une salve de coups de poing dans les côtes.

— Arrêtez, je vous en prie ! hurlait Debbie, au bord des larmes, tout en tournant autour d'eux.

— Pauvre mec, lança Tyron en décidant de reprendre le dessus.

Il saisit Nelson à l'épaule et appuya sur un nerf. Nelson poussa un hurlement de douleur, à la limite de perdre conscience. Tyron en profita pour se relever et, voyant son adversaire à terre, le tira par le col de son blouson et le força à se remettre debout.

— Ça ne t'a pas suffi de t'en prendre à Sandy, il a fallu que tu foutes Julian en taule.

Et avant que Nelson n'ait pu répondre, un uppercut lui souleva le menton et lui fit cracher une nouvelle salve de sang. Nelson retomba à terre.

Debbie se jeta au-devant de son frère, l'attrapant par la taille pour tenter de l'immobiliser.

— Je t'en supplie, laisse-le. Il n'y est pour rien. Tu m'avais promis que tu voulais juste lui parler.

Debbie était dépassée par une telle violence. Les yeux injectés de sang, Tyron était comme fou.

— Tu crois en tes idéaux seulement quand ça t'arrange. Je croyais que les liens du sang, c'était de la merde monarchique ! lui lança Nelson allongé sur le sol, appuyé sur un coude.

— Sandy et Julian n'ont rien à voir avec nos différends. Tu n'aurais pas dû t'en prendre à eux.

Pauvre fou ! Nelson sentit la colère le gagner.

— Je ne m'en suis pas pris à eux. Julian a tué le petit copain de sa sœur. Je fais juste mon boulot.

— Mensonge ! hurla Tyron, qui repoussa violemment Debbie.

Il se rua de nouveau sur Nelson et lui envoya deux coups de pied dans les côtes avant de se maîtriser.

— Jamais Julian n'aurait pu faire une chose pareille. Tu le sais aussi bien que moi !

Nelson souffrait terriblement, mais réussit à se retourner sur le dos.

— Que sais-tu réellement d'eux ? Toi qui les as quittés il y a plus de dix ans.

— Va te faire foutre ! cracha Tyron. Tu vois, pour une fois je suis d'accord avec mon père, tu n'es qu'une merde !

— Si « les liens du sang » était un concept aussi dépassé que tu le disais, ça fait bien longtemps que tu aurais dû foutre sa branlée à ton enfoiré de père, mais tu n'es qu'un lâche !

Tyron le regarda comme s'il eût été une larve, s'apprêtant à le rouer de coups de pied, quand une main ferme lui saisit le bras.

— Prends mes clés et va-t'en, dit Debbie, qui paraissait totalement transformée.

Plus de peur ni de larmes, mais une froide détermination.

— Debbie, tu ne restes pas avec lui.

— Tu me dois bien ça, Tyron. Alors va-t'en, si tu veux que je te pardonne un jour ce que tu viens de faire.

Il prit les clés et, ruminant dans sa barbe, retourna vers la Porsche. Il mit le contact puis les pleins phares, et démarra en trombe, laissant une trace de gomme sur le bitume.

Debbie vint s'accroupir près de Nelson et l'aida à s'asseoir.

— Comment te sens-tu ? Tu veux que j'appelle une ambulance ?

Nelson fit quelques mouvements avec précaution, se palpant le thorax. Aucune douleur irradiante.

— Non, je n'ai rien de cassé. Ça va aller.

Debbie sortit un mouchoir de sa poche et lui essuya les lèvres.

— Arrête de bouger.

Nelson se laissa faire. Il était encore groggy de la raclée qu'il venait de prendre.

— Tu devrais aller voir un médecin, s'inquiéta Debbie en découvrant sa lèvre fendue.

— Laisse tomber, je te dis que ça va aller.

Il poussa sur ses bras et tenta de se redresser, mais une douleur fulgurante dans le dos le tétanisa. Debbie passa un bras autour de lui.

— Tu veux toujours n'en faire qu'à ta tête ! soupira-t-elle d'un ton désolé. Laisse-moi t'aider.

Nelson ne la repoussa pas. S'appuyant sur elle, il parvint à se mettre debout, tant bien que mal.

— Je vais t'accompagner jusqu'à ton yacht. Ne t'inquiète pas, dès que tu seras couché et que tu auras appelé un médecin, je rentrerai et tu ne me reverras plus jamais.

Nelson voyait des étoiles scintiller dans l'obscurité. Ça n'allait pas du tout. Mais par fierté mal placée, il préféra ne rien dire.

Lentement, ils remontèrent le ponton. Par moments, Nelson laissait échapper de petits sifflements de douleur.

Debbie était terriblement malheureuse. Jamais elle n'aurait dû venir ici avec Tyron, mais comment aurait-elle pu imaginer un tel déchaînement de violence chez son frère ? *Pourquoi ne restons-nous pas dans l'innocence de notre adolescence ?* Depuis qu'elle ne croyait plus en Dieu, elle n'attendait plus de réponse à cette question, ni sur terre ni au-delà.

Au terme d'une marche laborieuse, ils atteignirent enfin la passerelle reliant le ponton à son yacht.

— Accroche-toi à la rambarde, dit Debbie.

Nelson eut un sourire amusé qui lui tira un cri de douleur quand ses lèvres s'étirèrent.

— On y est presque, encore quelques pas.

Tout était éteint sur le bateau. Seule la lumière du lampadaire le plus proche trouait la nuit.

Ils posèrent les pieds sur le pont arrière. Nelson chercha dans ses poches et trouva son trousseau de clés.

— Tiens, c'est celle-ci, dit-il en lui présentant celle qui convenait.

Debbie s'en saisit et alla ouvrir la verrière.

— Ne fais pas de bruit, je n'ai pas envie qu'on réveille Kaleigh.

Il l'avait appelée durant la garde à vue de Julian pour la prévenir qu'il risquait de rentrer très tard, et qu'elle ne l'attende pas pour manger.

— Bien sûr, dit Debbie qui passa devant à la recherche d'un interrupteur.

D'un pas mal assuré, Nelson entra à son tour, et alla allumer une lampe posée sur un petit meuble.

Puis, malgré la douleur, il réussit à s'asseoir sur le canapé avant de s'y allonger de tout son long.

Debbie avait refermé la verrière, et sortait son téléphone.

— Qu'est-ce que tu fais ? demanda Nelson, qui se sentait revivre sur les moelleux coussins du canapé.

— J'appelle un médecin.

— Raccroche, je te jure que je n'ai rien. J'ai juste besoin de repos.

Debbie était tiraillée entre mille sentiments. La honte, la colère, mais aussi l'inquiétude et la peine.

— Laisse-moi au moins regarder ton dos.

Sans chercher à refuser son aide, lentement, Nelson se retourna sur le ventre.

À la douce lumière de la petite lampe, Debbie s'approcha de lui et s'agenouilla sur le tapis. Elle tira sur la manche du blouson, et avec mille précautions le lui retira. Elle le posa sur un fauteuil à côté d'elle. Puis elle souleva lentement son pull et son maillot de corps, découvrant une musculature imposante.

— Tu me dis si ça fait mal.

Elle passa une main douce tout le long de la colonne vertébrale, arrachant à Nelson un rire nerveux.

— N'arrête pas, je t'en supplie, dit-il la tête enfoncée dans les coussins.

Debbie ferma les yeux et eut envie de pleurer. Comment avait-elle pu en arriver là ? À près de trente ans, elle avait tout raté. Et tout ça pour quoi ? Pour faire plaisir à papa !

Elle continua à masser doucement le dos de Nelson et soudain un léger ronflement la sortit de ses pensées amères. Ce fut à son tour de rire nerveusement. C'était si incongru. Elle se redressa, et ne douta plus d'avoir fait la plus grosse bêtise de sa vie en le quittant. Elle mourait d'envie de se blottir contre lui, et qu'il la prenne dans ses bras.

Elle détourna le regard et apprécia la décoration du salon. Confortable et chaleureux, sobre, fonctionnel et élégant. Cela lui ressemblait tellement. Quant à la vue sur le Sound, c'était une merveille. Un homme heureux.

Elle fouilla dans les placards mais ne trouva aucune couverture. Alors, elle monta légèrement le chauffage du radiateur.

Au moment où elle s'apprêtait à partir, elle se tourna vers Nelson et lui murmura :

— Tu me manques tant.

Les larmes coulèrent enfin. Les yeux embués, elle quitta le bateau.

Mardi 12 avril 2011

26

Winedrove était dans une colère noire. Même son vieil ami Peter Lawrence venait d'en prendre pour son grade.

Debout dans le cabinet du vieil avocat, Winedrove, hors de lui, faisait les cent pas. Tout allait de mal en pis. Qu'avait-il fait au bon Dieu pour que tout le monde décide en même temps de lui pourrir la vie ! N'avait-il pas assez de problèmes avec la gestion d'une entreprise qui pesait plus de six milliards de dollars à Wall Street ?

On frappa à la porte. Faisant comme chez lui, Winedrove alla ouvrir.

Warren fut surpris et resta sur le pas de la porte.

— Entrez. Vous ne comptez pas prendre racine ?

Warren s'avança et capta le regard de Lawrence, qui d'un simple signe de tête lui fit comprendre de ne pas s'inquiéter.

Il était tout juste 9 heures du matin, et Warren n'avait quasiment pas dormi de la nuit. Éjecté par Julian la veille au soir, Warren avait quitté le commissariat central, et appelé l'associé principal du cabinet, Peter Lawrence. L'homme lui avait dit ne pas en tenir compte et de retourner dans les locaux de la police. Moins d'une demi-heure plus tard, Winedrove père et fils le confirmaient à leur tour dans son poste d'avocat.

Les résultats d'analyse ADN étaient tombés vers minuit. C'était bien le sang de Brandon qui avait été trouvé sur le siège passager. Logan avait tenté une dernière fois d'obtenir des aveux, en vain. Julian avait été conduit sous mandat de dépôt à la prison la plus proche, dans l'attente de sa demande de liberté conditionnelle.

Warren avait enfin quitté les locaux du commissariat central en espérant qu'il serait dessaisi de cette affaire dès le matin. À présent, il était prêt à subir les foudres de Winedrove, pourvu qu'il lui retire la défense de son fils.

— Vous êtes un vrai tocard ! l'injuria Winedrove.

— Si vous le dites, c'est vous le client, répondit Warren en le toisant du regard.

— Laissez tomber ce petit air supérieur, ou je vous jure que je vais vous le faire passer moi-même ! tonna Winedrove.

Malgré le fait que l'homme ait dépassé la soixantaine, Warren sentit la folie furieuse dans les yeux de son interlocuteur. Ce n'était pas le moment de jouer au plus malin.

— Je vous présente toutes mes excuses, je n'ai jamais eu l'intention de vous blesser, dit-il d'un ton conciliant.

Winedrove le jaugea un long moment, puis sembla enfin reprendre le contrôle de ses émotions.

— Si je vous paie une fortune, ce n'est pas pour que mon fils soit inculpé de meurtre. Comment avez-vous ou merder à ce point ! reprit-il, puis, se tournant vers le vieil avocat : Et toi, Peter, tu m'avais promis de mettre le meilleur de tes avocats sur l'affaire. Que dois-je en penser ?

Lawrence se voulut diplomate, et c'est d'une voix parfaitement maîtrisée qu'il enchaîna :

— Allons, Charles, nous comprenons tout à fait que tu sois ulcéré par ce petit flic qui a fait incarcérer ton fils. Nous connaissons très bien, toi et moi, les motivations de ces gens-là. Mais de grâce, essaye de te calmer. Nous devons discuter de choses sérieuses et ta colère est la meilleure alliée de nos ennemis.

Warren, qui l'écoutait avec attention, dut reconnaître qu'il avait encore beaucoup à apprendre avant de remplacer le doyen du barreau de Seattle.

— Je suis prêt à laisser l'affaire à une personne plus qualifiée, annonça-t-il.

Jamais, en dix ans de plaidoiries, il ne s'était ainsi rabaissé. Mais jamais il n'avait eu à traiter avec une pourriture telle que Winedrove.

— Vous croyez vous en sortir comme ça, monsieur la star des médias ! se moqua Winedrove. J'ai étudié votre dossier, et j'ai appris que vous étiez allé à Harvard, mais aussi que vous aviez pris une année sabbatique au cours de votre deuxième année.

— Et alors ? dit Warren, sur le gril.

— Et alors, si vous ne voulez pas que mes sources fouillent plus avant et découvrent pourquoi un jeune homme de vingt ans promis à un bel avenir décide brutalement de partir vivre un an en Thaïlande, je vous conseille de bien m'écouter.

Warren se sentit pris au piège. Il jeta un regard de détresse vers Lawrence, qui garda le silence, vieux sage évaluant son élève.

— Ce n'était qu'une proposition, je suis tout à fait apte à défendre votre fils, capitula-t-il, se sentant misérable.

— Vous avez intérêt, mon jeune ami. Tout comme vous avez intérêt à faire sortir mon fils de prison le plus vite possible.

Warren s'efforça de garder la tête froide. Il aurait tout le temps après cet entretien de se défouler en salle de sport.

— L'audience préliminaire aura lieu vendredi. Si votre fils n'a pas d'antécédents judiciaires, je devrais pouvoir obtenir une libération sous caution.

Lawrence se racla la gorge et prit la parole.

— C'est là tout le problème, Stanley. Julian a été condamné une bonne dizaine de fois, certes pour des délits mineurs : alcoolémie au volant, tapage nocturne, bagarres. Selon le juge que nous aurons en face de nous, il risque de vouloir donner une leçon à Julian, d'autant plus que cette fois, il s'agit d'une affaire d'homicide.

— Si Julian clame son innocence, il n'a aucune raison de fuir. Le juge pourrait en prendre acte, s'avança-t-il sans trop y croire.

— Faites comme bon vous semble, mais je veux que mon fils soit libéré sous caution, vous m'entendez ?

Warren détesta la menace voilée. Si seulement il avait pu se défiler !

— Il y a bien un moyen de le faire sortir, mais Julian ne veut pas en entendre parler.

Winedrove fronça les sourcils.

— Dites, je me chargerai de le convaincre.

Derrière les vitres, un vol d'hirondelles passa au loin. Warren n'avait jamais autant rêvé être un oiseau pour s'envoler bien loin d'ici.

— Si Julian admet avoir tué Brandon par accident, je pense qu'on pourrait négocier un accord et éviter un procès.

— Vous en avez discuté avec leur avocat ?

— Non, pas encore. Je tenais à avoir votre avis.

Winedrove se passa la main sur son menton et sentit la tension baisser d'un cran.

— Combien cela pourrait nous coûter ?

— Dix millions de dollars est une somme qui me paraît honnête.

Winedrove ne tiqua pas.

— Et il s'en sortirait juste comme ça ?

— Après, ça dépendra du procureur qui suit l'affaire. Mais je pense qu'il prendra un an ferme et du sursis, au maximum.

— Un an, dit Winedrove en écho.

— Oui, mais avec les remises de peine, il ne fera pas plus de six mois, intervint Lawrence.

— On peut négocier aussi une place en quartier VIP. Ce n'est pas le grand luxe, mais cela lui évitera de se retrouver pris à partie par les bandes qui peuplent ce genre d'endroit, conclut Warren.

Winedrove eut une grimace de dégoût en imaginant son fils se faire maltraiter par des êtres tout juste sortis de la préhistoire.

— Très bien, vous avez mon accord. Obtenez-moi un parloir avec mon fils et je vous jure que je lui ferai entendre raison.

Puis il regarda sa montre, et pesta en poussant un bruyant soupir.

— Je ne vais pas pouvoir m'attarder. Vous me tenez au courant dès que vous avez du nouveau, dit-il en reprenant son manteau posé sur un fauteuil à proximité. Peter, salue ton épouse de ma part.

Et, sans un mot de plus, il quitta les deux avocats.

— Tu ne t'en es pas mal tiré, dit Lawrence en allant se rasseoir à son bureau.

— Tu parles, ce type est un sale con.

Lawrence eut un rire qui secoua sa vieille carcasse.

— Allons, du respect, je te prie. Tu parles d'un ami et surtout d'un très bon client.

Il ouvrit la boîte placée sur son bureau, et en sortit deux cigares.

— Dix millions de dollars ! Toi, tu n'y vas pas de main morte, deux ou trois auraient suffi, à mon sens.

Warren attrapa le cigare qu'il lui présentait et eut un sourire carnassier.

— C'est mon côté Robin des Bois, dit-il, en remerciant le patriarche de détendre l'atmosphère.

Il prit une longue allumette que venait d'embraser Lawrence et se sentit revivre quand les premières bouffées de fumée envahirent sa gorge.

27

Logan gara sa Cherokee sur le parking de la marina, près de la Kawasaki de Nelson. Une pluie fine tombait d'un ciel qui devenait de plus en plus sombre. Il attrapa son parapluie et sortit du véhicule.

— C'est par là, indiqua Rivera, qui était sortie côté passager.

— Venez vous abriter, lui proposa Logan en ouvrant son grand parapluie.

Rivera s'approcha de son supérieur et se glissa sous sa protection.

Même si la nuit avait été longue, l'essentiel était d'avoir clos l'enquête sur le meurtre de Brandon Foster. Ils avaient un coupable, un mobile et des preuves. Peu importaient à présent les aveux. Avec le juge Patterson aux commandes, il n'y avait guère de doute quant à l'issue du procès.

Désormais à l'abri, Rivera avançait au côté de Logan, au milieu des yachts. Elle était enchantée d'avoir cet homme comme supérieur. Bien qu'elle n'ait aucun reproche à faire à son prédécesseur, pour elle, Logan avait cette qualité inégalable : le goût de la proximité avec ses lieutenants.

— Vous comptez vraiment le mettre à pied s'il est absent ? demanda Rivera en revenant à leur sujet de préoccupation.

— Tout dépendra de son excuse. Mais si je ne suis pas convaincu, oui.

En début de matinée, Rivera avait reçu un simple mail de son équipier lui indiquant qu'il se sentait souffrant et qu'il préférait prendre un jour de repos. Elle avait essayé de le joindre, mais il n'avait répondu ni à ses appels ni à ses mails. C'est la mort dans l'âme qu'elle s'était alors résolue à en parler à sa hiérarchie.

— Vous n'avez rien à vous reprocher. Vous n'avez fait que votre devoir, la rassura Logan.

— Je sais, mais ce sont des choses qui ne se font pas.

Les eaux du Sound étaient malmenées par un courant, et malgré leur poids les yachts tanguaient légèrement.

— Vous comme moi savons que Dean traverse une mauvaise passe avec cette enquête. C'est pour son bien que nous sommes ici.

Rivera fit la moue, espérant avoir pris la bonne décision.

— C'est celui-ci, dit-elle alors qu'ils étaient arrivés en bout de ponton.

Logan ne put cacher sa surprise. Qu'un simple lieutenant habite un monstre pareil était inconcevable. Il avait beau avoir été prévenu, ce fut tout de même un choc.

— Je ne comprendrai jamais les milliardaires, fit-il en montant sur la passerelle.

Pourquoi Nelson n'utilisait-il pas sa fortune pour parcourir le monde et profiter de la vie avant qu'elle ne se termine ?

— Nelson n'est pas milliardaire, juste millionnaire, corrigea Rivera en mimant des guillemets avec ses doigts.

Logan sourit et posa un pied sur le pont arrière. Il prit son portable et fit le numéro de son lieutenant. Aucune sonnerie ne retentit à l'intérieur. Pourtant, la Kawasaki était bien en place. La boîte vocale se mit en marche. Il raccrocha et frappa alors deux coups secs contre la verrière. Toujours pas de bruit. Rivera décida de redescendre du yacht pour regarder du ponton si des lumières étaient allumées à l'intérieur.

De son côté, Logan, resté sur place, donnait des coups plus virils sur la verrière.

Une lumière s'alluma puis tout le salon s'éclaira. Le visage collé à la verrière, Logan jura tout bas en voyant l'apparence de Nelson. Celui-ci vint jusqu'à lui et lui ouvrit sans paraître surpris le moins du monde.

— Bonjour, capitaine, ce n'était pas la peine de vous déranger.

Nelson, enveloppé dans son peignoir, parvenait à dissimuler les divers hématomes de son corps, mais il ne pouvait rien pour son œil au beurre noir et sa lèvre fendue.

— Je crois que si, au contraire. Vous nous permettez d'entrer ?

— Nous ?

Rivera, qui avait vu les lumières, remontait vers eux.

— Dean ? s'exclama-t-elle en découvrant son visage tuméfié. Ne me dis pas que cela a un rapport avec Winedrove ?

— Entrez ou je vais attraper une bronchite en prime.

Logan et Rivera passèrent devant lui, et il referma la verrière.

— Vous pouvez suspendre vos manteaux dans la penderie, dit-il en la désignant d'un geste.

Puis il se dirigea vers le bar du salon.

— Un petit remontant ? Un café ?

— Café, répondirent les deux policiers.

Nelson reposa la bouteille de cognac qu'il s'apprêtait à servir et les invita à le suivre. Ils prirent l'escalier intérieur et arrivèrent dans la cuisine, qui se trouvait entre les ponts principal et inférieur. *Pratique*, jugea Logan en suivant Nelson.

— Je ne vais pas pouvoir continuer à travailler sur le meurtre de Brandon, dit Nelson en mettant la machine à café en marche.

— C'est Charles Winedrove qui vous a fait ça ? Des hommes de main à sa solde ? l'interrogea Logan.

— Non, j'ai juste eu une explication avec Tyron Winedrove.

Et à ses invités perplexes, il raconta la soirée de la veille.

— Comment peut-il croire que vous êtes derrière tout ça ? s'étonna Logan, à demi convaincu par le récit.

— Parce qu'il est paranoïaque et qu'il croit que toutes ses anciennes connaissances lui en veulent d'avoir renoncé à la voie tracée par son père.

— Mais il fait quoi, ce Tyron, dans la vie ? demanda Rivera.

Nelson lui tendit une tasse de café bouillant et, se sentant prêt à ouvrir les vannes, leur raconta l'essentiel. Logan émit un rire goguenard en entendant ce qu'était devenu l'aîné des fils Winedrove. Ça, c'était la meilleure ! Trop beau pour être vrai.

— Vous êtes sûr de ce que vous avancez ? demanda-t-il, épaté.

— Quel intérêt aurais-je à mentir, d'autant plus que c'est très facilement vérifiable.

— Oh, je vous crois, mais entre vous et moi, être fils de milliardaire vous a tous tapé sur le système, dit-il avant de finir son café d'une traite.

Nelson ne répondit pas. Aussi ironique qu'elle soit, cette remarque n'était pas dénuée de fondement. Qui pouvait rester totalement sain d'esprit quand tout votre entourage vous traitait comme le roi du monde ?

— Faites venir un médecin et qu'il vous arrête pour toute la semaine. Mais quand vous reviendrez, je ne veux plus d'histoires avec les Winedrove. Ne faites plus jamais l'erreur de laisser votre vie professionnelle empiéter sur votre vie privée, et vice versa.

— Merci, capitaine, je me souviendrai du conseil.

Nelson savait qu'il avait une chance folle de s'en tirer ainsi, sans blâme ni rappel à l'ordre. Il ne la gâcherait pas.

— Puisque nous voilà rassurés, nous allons y aller, dit Logan, qui avait un rendez-vous à 10 heures au commissariat du district Est.

— Si ça ne vous dérange pas, je voudrais lui parler seule à seul cinq minutes, dit Rivera.

Logan se demanda alors quels rapports entretenaient ces deux-là. Couchaient-ils ensemble ? Rivera ne serait pas la première femme mariée à tromper son mari, se dit-il sans vouloir en savoir davantage.

— Très bien, je vous attends à la voiture.

— Merci, capitaine, dit Nelson.

Logan jeta un regard chargé de sous-entendus à sa lieutenant avant de remonter sur le pont principal récupérer son manteau et rejoindre sa voiture.

— Si tu tiens à me faire la leçon, laisse-moi au moins m'allonger pour encaisser tes réprimandes, dit Nelson en remontant l'escalier.

Rivera eut un sourire gêné et le suivit. Arrivée dans le vaste salon, elle vit que Logan était déjà en train de descendre la passerelle. Nelson alla se servir un cognac au bar et revint s'asseoir sur le canapé qui donnait sur la baie.

— Je t'écoute, dit-il.

— Après que Tyron t'a molesté, il est reparti avec sa sœur, c'est bien ça ? demanda Rivera en répétant la version qu'il venait de leur servir.

Nelson porta son verre de cognac à la bouche, mais le contact de l'alcool avec sa lèvre tuméfiée lui arracha un léger sifflement de douleur.

— Non, Debbie m'a aidé à rentrer, puis elle est repartie. Si j'ai omis de vous en parler, c'est que je ne voulais pas que Logan se fasse des idées.

Rivera eut un air peu convaincu, mais fut heureuse de la sincérité de son équipier. Elle avait bien senti qu'il lui avait caché un détail.

— C'était ta petite amie ?

En temps normal, il aurait biaisé en répondant par une plaisanterie. Mais à présent, il n'avait plus envie de faux-fuyants.

— Oui, elle m'a quitté quand mes parents sont morts. Pas très classe, n'est-ce pas ?

Il but une nouvelle gorgée. Rivera commençait à se demander si Nelson n'avait pas été alcoolique dans une autre vie.

— Tu l'aimes toujours ?

Nelson baissa le regard sur le liquide ambré et le fit onduler dans son verre en cristal.

— Je n'en sais rien. C'est sûr qu'elle est toujours aussi attirante, mais je ne lui laisserai pas l'occasion de me briser le cœur une seconde fois.

Ce qui veut dire « oui », traduisit Rivera.

— Fais attention à toi. Tu n'as rien de commun avec ces gens-là. Tu es un type bien, Dean. Ne l'oublie pas.

Nelson eut une moue dubitative.

— Tu sais que tu peux m'appeler quand tu veux. Tu ne me dérangeras jamais, continua Rivera, prise entre deux sentiments contradictoires.

D'un côté, elle était heureuse que Nelson ait brisé son armure, de l'autre, elle craignait qu'il soit incapable de s'en sortir sans aide et qu'il s'enfonce dans une véritable dépression.

— Promis, je t'appelle pour te donner des nouvelles.

Rivera avait des doutes, mais les garda pour elle.

Elle tourna les talons, puis, ayant pris son manteau, elle lui jeta un dernier regard :

— Repose-toi, et pas d'excès, lui dit-elle avant d'ouvrir la verrière et d'affronter le déluge.

28

Sandy était hilare. Elle se sentait aussi légère qu'une plume. Roulant à tombeau ouvert dans les rues de San Francisco sous un clair de lune magnifique, elle avait envie que ce moment dure toujours.

Depuis la mort de Brandon, tout n'avait été que tristesse et désespoir. Mais, que les dieux lui en rendent grâce, Floyd avait été à la hauteur de sa réputation.

— Tu sais que toi, c'est quand tu veux où tu veux, dit Sandy en se dandinant sur le siège de la Ferrari cabriolet.

— Tu peux toujours rêver, ma poulette. Pas de bite, pas de sexe ! fit Floyd, aussi défoncé que sa passagère.

Sandy explosa d'un rire qui couvrit la voix de Keisha que crachaient les enceintes du bolide italien.

— Il existe des ustensiles très convaincants, continua-t-elle d'un air coquin.

Sans lâcher le volant, Floyd ébouriffa la masse des cheveux de Sandy. Elle était géniale. La petite sœur qu'il n'avait jamais eue. Gentille, pimpante et totalement délurée.

— Arrête, je vais gerber !

Sandy rit de plus belle, et au même instant Floyd brûla un feu rouge.

Des klaxons retentirent, auxquels il répondit par des doigts d'honneur.

Ils croisèrent l'un des fameux tramways de la ville. Sandy se demanda pour la millième fois de la journée pourquoi elle était restée si longtemps à Seattle. San Francisco était la plus belle ville du monde. Un parfum d'insouciance et de futilité, si agréable. Rien ne pouvait vous arriver à Frisco.

— Dis, ça t'embête vraiment pas de m'héberger ? demanda Sandy en retouchant légèrement terre.

— Tu plaisantes, tu es comme chez toi. Avec Andy, on a toujours rêvé d'avoir une nana à la maison !

— Et lui, tu es sûr que ça ne va pas le gêner ?

Sandy connaissait Floyd depuis son plus jeune âge, mais très peu son nouveau compagnon. Un brillant businessman qui avait fait fortune dans le green business.

— T'inquiète, Andy est le plus cool des types, tu vas l'adorer.

Quand elle avait décidé de fuir Providence, une destination s'était imposée à elle : San Francisco et l'appartement de Floyd. Une amitié qui remontait à leurs six ans, lors de la rentrée en primaire. Bien que Floyd ait quitté Seattle sept ans auparavant, quand ses parents avaient déménagé pour la ville de toutes les libertés, jamais ils n'avaient rompu le contact. Ils se revoyaient plusieurs fois par an, soit chez l'un, soit chez l'autre, pour des soirées mémorables. Un des rares amis de Sandy que Julian appréciait autant qu'elle-même. Alors qu'elle repensait à son frère emprisonné, son moral flancha, et elle se mit à pleurer sans pouvoir s'arrêter.

— Hey ? Sandy, qu'est-ce qui t'arrive ? s'inquiéta Floyd, qui gara d'un coup de volant sa Ferrari sur le bas-côté de Webster Street.

Nouveaux coups de klaxon et nouveaux doigts d'honneur de la part de Floyd.

— Pleure pas, ma belle, tout va s'arranger, dit-il en la prenant dans ses bras.

Sandy adorait le contact de son corps. Pourquoi avait-il fallu qu'elle roule plus de mille kilomètres pour trouver le réconfort d'une personne aimante ? Bien sûr, c'était injuste pour sa mère, mais c'est d'une présence masculine qu'elle avait besoin.

Ils restèrent enlacés le temps d'une chanson. Sandy renifla un grand coup et prit dans son sac un petit miroir.

Rassuré, Floyd retrouva à son tour le sourire et sortit de sa poche une dose de cocaïne qu'il donna à Sandy. Elle en fit deux lignes équivalentes et sniffa la première avant de tendre son miroir à Floyd.

— Aaaaah ! Putain, qu'est-ce que c'est bon ! s'exclama-t-il en remettant les gaz.

Le moral de Sandy remonta en flèche. Un autel devrait être bâti à la gloire des chimistes qui passaient leur vie à trouver des drogues de plus en plus sublimes.

Moins de dix minutes plus tard, Floyd garait la Ferrari sur Jackson Street, devant sa villa de Pacific Heights, l'un des quartiers les plus chics de San Francisco, connu pour ses magnifiques maisons victoriennes.

Sandy avait retrouvé le sourire. Elle s'arrêta un instant pour savourer le moment. Bâti sur une colline, Pacific Heights offrait une vision panoramique jusqu'à la baie de San Francisco. Il n'y avait pas à dire, c'était bien plus beau que Seattle.

— Allez, dépêche-toi, ça va refroidir, dit Floyd, chargé des plats achetés chez un traiteur vietnamien.

Ils s'installèrent à l'étage, dans le salon. Floyd mit de la musique électro et ils se répartirent le menu. Tout en mangeant, ils ne cessèrent de lâcher des vacheries sur leurs amies fortunées, se moquant de leur physique disgracieux ou de leur compagnon tout aussi laid ou stupide. Floyd avait le don pour tout tourner en dérision, et pour faire de la moindre anecdote une blague hilarante.

Ils avaient terminé depuis près d'une heure et étaient en train de fumer un joint quand les démons de Sandy resurgirent.

— Mon père est un enfoiré.

À la lumière tamisée de deux lampes aux ampoules rouges, Floyd fronça les sourcils. Il n'avait absolument aucune envie de se livrer à une psychothérapie nocturne.

— Laisse-le où il est et n'y pense plus. Il fait ce qu'il croit bon pour vous, même s'il est incapable de vous comprendre.

Question de génération ! Sandy en avait bien conscience, mais tout de même, il pourrait faire un effort et être moins distant et plus moderne. Les séries télé mettaient toutes en scène des familles modèles où les papas étaient aussi tendres que les mamans.

— Ouais, fit-elle, peu convaincue.

Elle repensa à Julian et à la confession qu'il avait faite à son père. Il avait tué Brandon ! Jamais il n'aurait fait cela s'ils avaient été élevés comme des personnes normales.

— Chérie, arrête de faire cette tronche. Ici, tu es dans la maison du bonheur. Alors détends-toi et fume-moi ça.

Il lui tendit le joint et se redressa dans le canapé. Assise à ses pieds sur un tapis persan, Sandy aspira une large bouffée d'herbe et ferma les yeux, se laissant bercer par les sons de la sono. Peut-être était-il temps de faire comme Tyron et de couper définitivement les ponts avec le reste de la famille. Même si elle comprenait les raisons qui avaient poussé Julian à son acte de folie, jamais elle ne pourrait lui pardonner, et encore moins revivre avec lui à Seattle.

Elle avait tout juste dix-neuf ans. Elle pouvait voler de ses propres ailes, et trouver enfin sa voie. Pourquoi pas dans le cinéma ? Floyd connaissait tellement de people, peut-être que cela pourrait l'aider. Elle allait lui faire part de son idée lumineuse quand on sonna à la porte d'entrée.

— Fais chier ! marmonna Floyd, dont l'esprit vagabondait dans les hautes sphères de l'univers.

Il resta vautré dans le canapé. Mais la sonnerie retentit de nouveau de façon insistante.

— OK, j'arrive ! cria-t-il, ulcéré.

Il se força à se lever et descendit au rez-de-chaussée. Il regarda par le judas, mais ne reconnut pas l'intrus.

— Police fédérale. J'aurais quelques questions à vous poser, dit Ernesto en montrant une fausse plaque.

Et merde ! Ce n'était vraiment pas le moment.

— Je vous ouvre tout de suite, je m'habille, dit Floyd, complètement paniqué.

Il remonta les marches quatre à quatre et, affolé, reprit le joint des doigts de Sandy et courut le jeter dans les toilettes.

— Ouvre les fenêtres ! fit-il en tirant la chasse d'eau.

— Mais c'est qui ? demanda Sandy qui l'avait suivi.

— Les stup ! Putain, Andy va en faire une crise. C'est trop la merde.

Soudain, ils entendirent un coup de feu, puis le terrible craquement d'une porte qui vole en éclats, et des pas précipités qui montaient l'escalier.

Une peur panique s'empara de Sandy, qui courut s'enfermer dans une des chambres.

Ernesto se laissa conduire par l'odeur, et se retrouva nez à nez avec un crevard aux yeux exorbités.

— Je vous jure que c'est la première fois, dit Floyd les mains en l'air.

— C'est bon. Ta gueule, fit Ernesto, dégoûté par les manières du jeune homme. Où est Sandy ?

Malgré son état de panique, Floyd se prit à douter de la véritable identité de l'homme.

— Vous pouvez me remontrer votre badge.

— Bien sûr, fit Ernesto en le lui présentant à nouveau.

Police de Seattle. Il n'avait rien à faire ici. C'était n'importe quoi !

— Vous n'êtes pas en fonction, n'est-ce pas ? C'est son père qui vous envoie ?

— On va dire ça. Allez, dis-moi où elle est, sinon…

— Barrez-vous. Jamais je ne rentrerai à Providence ! cria Sandy, qui avait reconnu la voix d'Ernesto Juarez.

Elle se tenait collée derrière la porte de la chambre qu'elle avait fermée à clé. Ernesto poussa Floyd sans ménagement et appuya sur la poignée.

— Sandy, ne m'oblige pas à employer la force. Ouvre cette porte.

— Jamais ! hurla Sandy, recroquevillée sur elle-même, entourant ses jambes avec ses bras.

Ernesto fit la grimace. Maudite jeunesse dorée !

— Maintenant, vous partez ou j'appelle mon père, ordonna Floyd.

La surprise passée, son caractère reprenait le dessus. Il n'allait tout de même pas se laisser intimider par un simple employé de Winedrove.

De son côté, Ernesto avait eu le temps de se renseigner sur ce Malcolm Floyd. Fils unique d'Edward Floyd, entrepreneur très en vue à Seattle, mais un nain comparé à Winedrove.

— Je t'ai dit de la fermer, aboya-t-il avant de donner un grand coup d'épaule dans la porte.

La serrure sauta au premier assaut, mais le corps de Sandy fit barrage.

— Vous êtes complètement dingue, dit Floyd, qui prit son portable et chercha un numéro.

Ernesto s'approcha du jeune homme. Pourquoi certaines personnes n'avaient-elles pas conscience de leur place dans les rapports de force ? Il arracha le portable de Floyd et l'écrasa sous son pied.

— Maintenant, tu arrêtes de me faire chier ou ça va très mal se passer ! hurla-t-il.

Floyd sentit un frisson de terreur lui parcourir l'échine mais, faisant bonne figure, il quitta lentement le couloir. Ernesto prit une grande inspiration et poussa la porte d'un coup puissant. Assise de l'autre côté, Sandy se sentit glisser sur le parquet, incapable de freiner l'ouverture de la porte.

Ernesto entra dans la chambre et se posta devant Sandy.

— Allez, viens, ton père se fait du souci.

— J'emmerde mon père ! Foutez le camp.

— Je t'en prie, Sandy. Ne complique pas les choses. Viens. On rentre, fit-il en lui tendant la main.

Sandy releva la tête, se racla la gorge et, avec un regard empli de tout son mépris, elle cracha sur Ernesto. Celui-ci pinça les lèvres et se baissa vers la jeune fille.

— Sandy, ton père m'a demandé de te ramener par tous les moyens. Et tu sais que je mets un point d'honneur à toujours faire le travail qu'on me demande.

Un larbin, c'était tout ce qu'il était. Elle n'avait jamais aimé ce type. Trop austère, trop distant. Il ne parlait quasiment jamais, et personne ne savait rien sur lui. Qu'avait pu lui trouver son père ?

— Vous êtes bouché ou quoi ? Allez vous faire foutre !

OK, elle l'avait bien cherché. La gifle partit d'un coup, sa trace resta inscrite sur sa joue. Sandy poussa un cri de surprise plus que de douleur. De sa vie, personne n'avait porté la main sur elle. Cet enfoiré était-il inconscient ? Jamais son père ne lui pardonnerait de l'avoir frappée.

— Vous êtes foutu. Mon père va vous détruire.

Ernesto savait qu'il venait de prendre un risque, mais à situation exceptionnelle, action exceptionnelle. On ne crachait pas impunément sur Ernesto Juarez.

— Alors, allons régler ça tout de suite, dit-il en lui tendant à nouveau la main.

Envahie par une nouvelle détermination vengeresse, Sandy se releva toute seule, et jubila par avance en pensant à la tête de cette sous-merde quand son père le briserait devant elle.

Sans un mot, Sandy le suivit dans le couloir, mais quand ils arrivèrent dans le salon, ils découvrirent Floyd qui revenait accompagné d'un voisin à la carrure impressionnante.

— Maintenant vous sortez tout de suite et vous laissez cette fille tranquille, dit le voisin.

Ernesto s'avança, les mains en avant en signe d'apaisement, avec un large sourire.

— Allons, je crois qu'il y a comme un malentendu.

Puis, s'étant suffisamment rapproché de sa cible, il se rua dessus et, d'un geste vif, sortit son pistolet qu'il colla sur la tempe du voisin.

Floyd et Sandy restèrent tétanisés sur place.

— Maintenant, mon gros, tu vas bien m'écouter. Un mot de tout à ça à quiconque et je te jure que tu peux dire adieu à ta femme, ta mère ou toutes les petites putes de ton entourage. C'est compris ?

Malgré son imposante stature, l'homme ne fit pas le poids face au métal du canon qui lui broyait la tempe.

— Oui, dit-il d'une voix tremblante.

Gardant son arme braquée sur le voisin, Ernesto tourna la tête vers Floyd et ajouta d'un ton calme :

— Ce conseil vaut aussi pour toi.

Floyd déglutit avec difficulté et réussit à acquiescer de la tête.

— Sandy, sors d'ici et attends-moi devant la Chevrolet.

Ce type est complètement dingue. Quand papa va apprendre ça, il est clair qu'il appellera la police.

Pour l'heure, le mieux était d'obéir sans faire d'histoire.

— Promettez-moi juste que vous n'allez pas les tuer.

Ernesto lui renvoya un sourire.

— Tout dépend de leur bonne coopération.

Le regard d'un fou, lut Sandy.

— Ne me tuez pas. Je vous donnerai ce que vous voulez. Je vous en supplie, pleurnicha le voisin, qui avait perdu toute sa superbe.

— Sandy, attends-moi dehors.

Elle jeta un regard navré à un Floyd figé d'effroi tandis qu'elle quittait le salon. Elle descendit l'escalier et sortit enfin de la maison.

— Bon, on s'est bien compris. Si tu ne veux pas que moi ou mes amis, nous nous en prenions à ta famille, tu la boucles, et je te fais la promesse que plus jamais tu n'entendras parler de moi, continua Ernesto à l'adresse du voisin.

— Je vous le promets, répondit l'homme, le visage ruisselant de sueur.

— Très bien, je te crois. Mais tu comprendras que j'ai juste besoin d'une assurance avant de partir.

Et sans prévenir, il frappa l'homme à la tempe avec son arme. Celui-ci s'effondra sur le sol.

— Je vous en supplie, ne me frappez pas, je vous en supplie, l'implora Floyd en se mettant à genoux.

Ernesto s'était renseigné sur Floyd durant son vol Seattle-San Francisco. Entre autres choses, il avait appris que, étant gamin, Floyd avait fait de nombreux séjours à l'hôpital pour fractures diverses. Quand un enfant tombe plus de trois fois dans l'escalier, ce ne peut plus être accidentel. Il avait tout de suite compris. Devant cette posture suppliante, il imaginait très facilement l'enfant battu implorant un père violent.

— Ta gueule, espèce de petite tarlouze de merde. C'est une chance que ton père ne t'ait pas jeté dans une décharge quand il a compris quel dégénéré tu étais.

Floyd sanglotait de plus belle. Ernesto hésita mais, préférant ne prendre aucun risque, il se baissa vers Floyd et, comme pour l'autre abruti, il l'assomma avec la crosse de son arme. Vérifiant que leur pouls battait encore, il quitta les lieux et alla retrouver Sandy qui l'attendait près de la voiture de location.

— Comment vous m'avez retrouvée ? dit-elle, préférant ignorer ce qu'il s'était passé là-haut.

— C'est mon petit secret, répondit-il en s'amusant de voir Sandy tripoter son portable.

Petite idiote ! Une simple triangulation de ton téléphone par des amis bien placés et le tour était joué.

— Quelqu'un passera reprendre ta voiture. On va à l'aéroport. Un jet nous attend.

Sandy était soulagée. Elle avait craint de devoir faire les mille kilomètres en voiture, à côté de lui.

— D'accord, mais ne parlez plus.

— Pas de problème, mademoiselle Winedrove, fit Ernesto en espérant ne pas avoir été trop loin.

29

— Debbie, tu n'as pas à t'en faire, Julian est entre de bonnes mains. Stanley Warren est l'un des meilleurs avocats de l'État, dit Peter Bogart, assis face à elle à la table du restaurant.

Bien qu'elle eût le regard fixé sur son époux, Debbie pensait à Tyron, à la soirée de la veille. Que lui était-il passé par la tête pour devenir si violent ?

— Je sais. Mais s'il était réellement coupable ?

Un rire bienveillant lui répondit. Peter recula dans son fauteuil et regarda sa femme avec tendresse.

— Qu'est-ce que tu vas chercher là ? Julian est incapable de commettre un meurtre. Et surtout, pourquoi l'aurait-il fait ? Pour récupérer les cent mille dollars que Sandy aurait versés ? Allons, voyons, que représentent cent mille dollars face à la possibilité de finir sa vie en prison ? Jamais Julian n'aurait pris un tel risque.

Peter ne souhaitait pas seulement rassurer sa femme : il le pensait sincèrement. Il était persuadé que Julian était une poule mouillée. Aucun caractère. Sa seule qualité : être le fils de Charles Winedrove.

— J'espère que tu as raison.

Une serveuse s'approcha et leur tendit les cartes.

— Merci, dit Peter avec un sourire insistant et un petit clin d'œil.

Debbie fit comme si elle n'avait rien vu et commença à consulter sa carte.

— Tu sais, c'est une bonne idée, ce petit restaurant. On devrait en faire plus souvent, dit Peter.

Il était en pleine forme. Il avait passé une journée harassante en compagnie de son chef comptable et du service juridique, à revoir les bilans de sa société au sujet d'un problème fiscal. Mais finalement, tout était rentré dans l'ordre. Ils n'auraient pas à payer d'amende, juste à régler ce qu'ils avaient « oublié » de verser.

— Ça ne dépend que de toi, répondit Debbie.

Peter avança sa main sur la table et la posa sur celle de sa femme.

— Je te promets que je vais faire des efforts pour rentrer plus tôt. Mais ton père est intraitable avec le boulot. Si je ne veux pas lui faire honte, je me dois d'être à la hauteur, s'excusa-t-il. En tout cas, super, ce restaurant. Très bon choix.

Debbie eut un petit sourire triste en laissant errer son regard sur la marina. Il ne se rappelait même pas que c'était dans ce même établissement qu'ils avaient eu leur premier rendez-vous, près de douze ans auparavant. C'était quelques semaines seulement après sa rupture avec Nelson. Elle se doutait bien que c'étaient leurs parents respectifs qui avaient tout arrangé, mais Peter avait su être à la hauteur et avait réussi à la séduire. Il était de cinq ans son aîné, il avait l'air d'un homme, un vrai, alors que Nelson n'était encore qu'un jeune garçon de dix-huit ans. Peter parlait bien, savait la complimenter et la faire rire. Elle était très vite tombée sous son charme et, moins de deux années après leur rencontre, il la demandait en mariage. Elle avait tout juste vingt ans, lui, vingt-cinq.

Si seulement tout cela n'avait pas été que de l'esbroufe, songea Debbie.

— Je suis contente qu'il te plaise, dit-elle en regardant la carte.

Pourquoi était-elle incapable de le quitter ? Elle s'était décidée bien des fois, mais n'avait jamais eu le courage d'entreprendre la moindre démarche.

La jeune serveuse revint. Ils passèrent commande et, quand elle repartit en direction de la cuisine, Debbie ne put supporter le regard de Peter qui se portait ostensiblement sur les fesses de la jeune fille. La première fois qu'elle avait compris qu'elle n'était pas la seule femme dans la vie de son mari, ce fut quatre ans après leur mariage, quand elle trouva une petite culotte dans leur propre chambre. Elle avait beaucoup pleuré. Elle n'avait pas osé en parler, voulant se persuader que ce n'était pas sérieux. Deux mois plus tard, elle en trouva une seconde, et comprit que la petite garce qui lui volait son homme se moquait d'elle. Debbie avait mis son mari face à la preuve de sa liaison.

Il avait baissé la tête et lui avait demandé pardon, lui promettant de ne plus jamais recommencer. Elle avait fait le pari de le croire. Mais quand, trois années plus tard, une maîtresse éconduite lui avait envoyé des photos d'elle en pleines galipettes avec son mari, elle dut admettre qu'il n'avait jamais arrêté. Elle tenta bien de lui rendre la pareille, allant jusqu'à le tromper avec son meilleur ami, mais n'y trouva pas l'ombre d'un plaisir. Le sexe pour le sexe n'était décidément pas fait pour elle. Tous les hommes qu'elle côtoyait ne voyaient en elle qu'un bon placement et une belle plastique. Jamais elle n'avait rencontré quelqu'un qui s'intéresse à ce qu'elle était profondément, avec ses souffrances et ses angoisses.

— À quoi tu penses ? lui demanda Peter devant son air absent.

— Tu sais que j'ai connu le policier qui a arrêté Julian.

Peter eut l'air surpris.

— Comment ça ? Toi, tu t'es déjà fait arrêter ?

Il se dit qu'il devrait peut-être lui prêter un peu plus d'attention.

Debbie secoua la tête d'un air navré. Était-ce donc impensable qu'elle ait eu une vie sexuelle avant lui ?

— « Connu » de façon biblique, corrigea-t-elle.

— Hum, je vois, fit Peter, qui avait entendu parler de ce dingue de millionnaire devenu simple flic : Dean Nelson. Son père a tué sa mère, c'est ça ?

Sacré Peter. Un raccourci bien simpliste pour définir Nelson.

— Oui, lui-même, dit-elle en jouant avec son verre.

— Et pourquoi tu me dis ça ?

Même pas l'once d'un début de jalousie, seulement une curiosité amusée. Elle n'était rien pour lui. Et depuis qu'elle savait qu'il la trompait, elle n'était même plus un objet sexuel, mais un simple tas de fric qui venait s'ajouter aux millions que possédait déjà la famille Bogart. Ne pas disperser la fortune dans de mauvais mariages. Un principe issu de l'ancienne noblesse européenne, que les forces vives de l'Amérique avaient repris à leur compte à la fondation de leur nation. Une phrase qu'aurait pu formuler Tyron, ou plutôt qu'elle avait entendue de sa bouche, se souvint-elle en portant son verre à ses lèvres.

— Je me demande si j'ai bien fait de le quitter.

Ce n'était pas parce qu'elle ne croyait plus en Dieu qu'elle ne croyait plus au destin. Peut-être n'était-ce pas le simple fait du hasard si Nelson revenait dans sa vie au moment où elle était au bord du gouffre.

— Qu'est-ce que tu racontes ? On n'est pas heureux tous les deux ?

Comment pouvait-il dire ça sans rougir ? Peter passait son temps au bureau, et ne prenait presque jamais de vacances. Et quand il quittait l'État, c'était pour des séminaires ou des congrès. Combien de femmes avait-il accrochées à son palmarès ?

— Tu trouves que notre vie de famille est un exemple de réussite ? lança-t-elle, fébrile.

Même si son couple était une ruine, elle craignait tellement de se retrouver seule. Aussi mauvais mari soit-il, Debbie se raccrochait à lui comme à une bouée de survie.

— Pourquoi devrions-nous être un exemple ? Je ne suis pas parfait, mais ai-je, une seule fois, porté la main sur toi ? T'ai-je, une seule fois, fait un reproche ?

Non, et c'était bien là le drame. Toutes ses amies passaient leur temps à parler de leurs scènes de ménage. Elle était la seule qui n'avait rien à raconter.

— Non, mais j'ai l'impression que tu ne me regardes plus comme à nos débuts, dit-elle par euphémisme.

Peter eut un hoquet de surprise.

— Qu'est-ce que c'est encore que ça ? Tu es ravissante, Debbie, et tu le sais très bien.

Oui, elle le savait. Mais le physique est une chose, le charme en est une autre. Le sien n'opérait plus depuis des années.

— Cela fait plus de quinze jours que tu ne m'as pas fait l'amour, dit-elle, se sentant d'une lâcheté pitoyable. Pourquoi ne pas lui cracher au visage qu'elle connaissait la vérité sur ses innombrables parties de jambes en l'air avec des bimbos décolorées ?

— Depuis quand tu tiens les comptes ? Moi, je ne demande qu'à t'aimer, mais sois franche avec moi, tu n'y mets pas vraiment du tien.

Et c'était peu de le dire. Même si Peter pensait toujours qu'elle était la femme au foyer idéale, elle avait perdu depuis bien longtemps son sex-appeal. Jamais de mots coquins, ni de petite lingerie aguichante, et au lit, en dehors du missionnaire, point de salut, sans le moindre gémissement de plaisir, évidemment. Elle devrait plutôt être bien contente qu'il lui fasse encore l'amour de temps en temps.

— Et si nous partions pour un week-end dans les Rocheuses ? Juste toi et moi, comme à nos débuts ? proposa-t-elle.

Peter sourit. Non, elle n'était pas près de le quitter. Les femmes adorent les mâles dominants, aussi imparfaits soient-ils.

— Oui, c'est une excellente idée, et tu vas voir si je n'ai pas envie de toi.

Cette petite conversation l'avait finalement excité, et il dut bien s'avouer que Debbie était une vraie beauté.

Si seulement elle était un peu plus délurée, comme sa sœur cadette, Sandy.

Ils passèrent le reste du repas dans une atmosphère détendue. Peter se montra des plus prévenant, laissant parler Debbie qui se remémorait avec plaisir leurs rares moments de bonheur. Le repas terminé, ils sortirent du restaurant l'esprit léger. Comme son mari, Debbie avait fait honneur à un excellent vin français et se sentait d'humeur câline. Peter n'était certes pas un ange, mais il n'était pas le diable non plus. Et après tout, quel homme ne trompait pas sa femme ?

Ils étaient sur les marches du perron.

— Attends, il faut que j'aille aux toilettes. Je ne tiendrai pas jusqu'à la maison.

Debbie le regarda et vit dans ses yeux une lueur qu'elle connaissait trop bien. Celle du mensonge. Elle le suivit de loin. Elle retourna elle aussi dans le restaurant, et put voir Peter s'approcher de la jeune serveuse, lui glisser un mot à l'oreille, ce qui la fit rire de bon cœur. Elle le vit lui tendre une carte de visite, et comprit que non, elle ne pouvait plus supporter de se faire tromper avec autant de désinvolture.

Mercredi 13 avril 2011

30

— Quoi ? s'étrangla Mme Foster. Dix millions de dollars !

Quarante et un ans. Directrice du marketing au sein d'une société forestière, elle n'aurait jamais cru entendre une horreur pareille en venant à cette médiation matinale.

— Dix millions de dollars, fit en écho M. Foster, tout aussi révolté.

Enfermés dans une pièce exiguë du palais de justice, les parents de Brandon s'attendaient à tout, et au pire. Sur ce point, ils n'étaient pas déçus.

— C'est tout ce que je peux vous proposer, dit Warren, assis en face d'eux.

Le procureur Tanner se tenait debout en retrait, mais son visage cachait difficilement son dégoût. À cinquante-six ans, il n'avait plus rien à prouver, il souhaitait simplement continuer à faire régner la justice et le droit dans cette ville.

— Et votre client plaidera coupable, intervint Charleen Arquette, l'avocate des parents de la victime.

— Homicide involontaire, nuança Warren, mal à l'aise.

Il connaissait Arquette depuis des années, et la considérait comme une amie proche. C'était la première fois qu'ils se retrouvaient l'un contre l'autre. Malheureusement, c'était lui qui tenait le mauvais rôle.

— Non, vous ne vous en sortirez pas comme ça ! dit Mme Foster, le visage déformé par la colère.

« Vous » ! Les victimes confondaient toujours l'avocat avec leur client. Il avait beau le savoir, cela le blessa dans son amour-propre.

— Je ne fais que vous dire ce qu'il s'est passé ce soir-là. C'était un accident, un terrible et dramatique accident.

Arquette le regarda d'un air méprisant. Et dire qu'elle avait couché avec lui ! Elle était écœurée.

— Vous vous croyez tout permis parce que vous baignez dans les milliards. Vous croyez que vous pouvez tuer n'importe quel innocent et qu'un simple chèque réglera l'affaire. Comment osez-vous monnayer la vie de mon fils ? N'avez-vous aucune décence ? reprit Mme Foster.

— Dix millions de dollars ! renchérit M. Foster. Qu'est-ce que vous vous êtes dit ? À partir de quelle somme des parents sont-ils prêts à sacrifier la mémoire de leur enfant ? Un million, vous aviez des doutes, cinq millions, vous étiez presque certain que n'importe qui accepterait, alors vous n'avez pas hésité à aller encore plus loin pour être sûr qu'un couple d'Américains moyens, comme nous, laisseraient leur amour-propre et leurs scrupules de côté et prendraient l'argent.

C'était peu ou prou la vérité, reconnut Warren en son for intérieur.

— Allez vous faire foutre. Julian Winedrove mérite de finir ses jours en prison.

— Madame Foster, monsieur Foster, je comprends votre colère, mais je vous en conjure, prenez le temps de réfléchir à cette proposition et surtout, essayez de faire la part des choses. Julian n'a jamais eu l'intention d'assassiner votre fils.

— Taisez-vous ! tonna Mme Foster, qui se leva furibonde et, se tournant vers son mari : Allez, on n'a plus rien à faire ici. Nous nous reverrons au procès, monsieur Warren.

Warren resta de marbre et regarda sortir les parents de Brandon en compagnie de leur avocate dans un silence tendu.

Les bras croisés sur sa poitrine, le procureur Tanner quitta sa position de retrait et s'avança vers Warren, toujours assis.

— Dix millions de dollars ? Qu'est-ce qui vous est passé par la tête ? Si j'avais voulu humilier quelqu'un, je ne m'y serais pas pris autrement.

Warren connaissait la raison de cette erreur : le souhait de faire cracher un maximum d'argent à ce connard de Winedrove. Ne jamais laisser les sentiments personnels prendre le pas sur les intérêts professionnels. Il allait en payer le prix cash.

— Ce n'est pas comme ça que je voyais les choses. Ces gens méritent d'être à l'abri du besoin jusqu'à la fin de leur existence.

Tanner eut un léger gloussement.

— Rien ne leur fera oublier leur peine, si ce n'est la justice, dit-il d'un ton professoral. Agiter le spectre de l'argent était la dernière chose à faire.

Warren savait qu'il avait merdé, mais n'avait aucune envie qu'on lui fasse la leçon.

— Nous verrons bien, dit-il en se levant.

Tanner lui jeta un regard désolé. Il aimait bien Warren. Un avocat brillant et élégant promis à un bel avenir.

— Comment un démocrate tel que vous peut-il défendre un soutien du Tea Party ?

Warren soupira en rangeant son dossier dans sa sacoche.

— Je ne défends pas Charles Winedrove, mais son fils. Un garçon totalement paumé qui ne fait plus la différence entre la réalité et le cocon doré dans lequel il a toujours vécu.

— Stanley, ne m'exposez pas votre plaidoirie, nous ne sommes pas encore au procès, l'arrêta Tanner, qui avait remarqué le malaise de Warren.

— John, ce gosse ne mérite pas la peine de mort. Il n'a pas à payer pour vos discordes avec Winedrove, contre-attaqua Warren. Si vous voulez la peau de Charles Winedrove, prenez-vous-en directement à lui, mais ne passez pas par son fils. Le garçon n'est pas coupable des crimes de son père.

Tanner fit sa moue des mauvais jours. Warren venait de le piquer au vif, mais il devait reconnaître que l'avocat n'avait pas tout à fait tort. Il détestait Winedrove depuis des années. Il était persuadé que l'homme avait les mains plus sales que le dernier des criminels enfermés dans les prisons de l'État de Washington. Malheureusement, intime conviction et preuves étaient deux choses radicalement différentes.

— Nous nous reverrons donc au procès, dit-il sans une once de sympathie.

— Comptez sur moi pour y être, conclut Warren qui se sentait étouffer entre les quatre murs de ce bureau austère.

Il n'avait pas mis un pied hors du palais de justice, qu'il se fit accoster par Charleen Arquette.

— Je n'arrive pas à croire que tu sois tombé si bas.

— Je t'en prie, arrête. Tanner vient déjà de me gonfler, alors si tu n'as rien d'autre à me dire, bonne journée.

Arquette voyait bien qu'il était embarrassé par cette affaire. Elle devait lui donner une chance de s'expliquer.

— C'est quoi, le problème ? Lawrence t'a obligé à prendre cette affaire ?

Warren jeta un regard autour de lui et, certain que ses propos ne tomberaient pas dans des oreilles indiscrètes, il lui expliqua son dilemme :

— Le truc, c'est que jamais je n'aurais imaginé qu'en défendant la petite amie de Brandon Foster, qui à l'évidence était innocente, je me retrouve à défendre le véritable coupable.

— Et pourquoi n'as-tu pas laissé tomber l'affaire ?

— Winedrove n'est qu'un sale enfoiré. Il ne m'a pas laissé le choix. Ce type est bien plus influent que je ne le pensais.

Il se souvint alors de la façon dont il l'avait menacé de fouiller dans sa vie privée et en particulier sur son année sabbatique en Thaïlande. Une année de folie passée à boire, à fumer tout et n'importe quoi et à baiser tout et n'importe qui ! Quel âge avaient les filles ? Lui-même n'avait pas la réponse.

— Je comprends, mais sache que je ne te ferai aucun cadeau au procès. Avec les preuves que nous avons, ton Julian va prendre la perpétuité.

Warren hocha gravement la tête, puis un mince sourire affleura sur ses lèvres.

— Tu me prendras dans ton cabinet si je suis viré après ça ?

— Prendre un avocat qui vient de perdre un procès ? Jamais de la vie !

Malgré le ton de la plaisanterie, Warren savait très bien qu'il y avait un parfum de vérité derrière. Perdre ce procès, qui risquait de faire la une des journaux, ce serait incontestablement un très mauvais coup porté à son image.

Une limousine se gara près du trottoir. Le chauffeur en sortit et ouvrit la dernière des nombreuses portières.

— Monsieur Warren, si vous le voulez bien, le pressa l'homme.

Warren se retourna vers Arquette.

— Souhaite-moi bonne chance.

Arquette lui renvoya un sourire triste.

— Sors-toi des griffes de ce type le plus vite possible.

Warren la regarda partir, puis remonta le col de son manteau et entra dans la limousine aux vitres teintées.

— Bonjour, monsieur Winedrove, dit-il en s'asseyant sur la banquette face à son hôte.

— Alors ?

Entre la grisaille extérieure et la quasi-obscurité de l'intérieur de la limousine, Warren eut l'impression d'être entré dans un corbillard l'emmenant à son propre enterrement.

— Ils ont refusé notre proposition, dit-il sans chercher à gagner du temps.

Le visage de Winedrove ne marqua aucun signe de déception ni de colère, mais Warren aurait pu jurer que les flammes de l'enfer brillaient dans ses yeux.

— Dans ce cas, il ne reste qu'une seule option, dit Winedrove d'une voix posée.

Warren s'attendait au pire et ne fut pas déçu.

— Vous allez plaider « non coupable ».

Warren en aurait ri, mais l'homme n'était pas du genre à se prêter à la plaisanterie.

— Monsieur Winedrove, avec tout le respect que je vous dois, il y a trop d'éléments à charge contre votre fils pour que nous puissions avoir la moindre chance de convaincre un jury de son innocence. Cela sans compter que nous étions prêts à plaider l'homicide involontaire.

Tel un rapace en pleine chasse, Winedrove ne le lâchait pas du regard.

— Julian n'a jamais fait de tels aveux. Cette médiation est nulle et non avenue, et ne pourra d'aucune façon être mentionnée à son procès.

Warren se doutait bien que Lawrence l'avait briefé sur les petits détails du système judiciaire.

— Bien sûr. Mais ça ne change rien au fait que Julian a tué Brandon, avança Warren, qui se sentait étouffer.

— Et qu'est-ce que vous en avez à foutre de savoir si Julian est un meurtrier ou pas ? O.J. Simpson avait bien plus de charges contre lui et il a été blanchi !

On y était. Warren se passa la main sur les joues. Pour la première fois de sa carrière, on lui demandait de bafouer ses règles morales. Certes, il avait déjà défendu des personnes peu recommandables, mais toujours contre une autre qui ne l'était pas davantage.

— Je ne pense pas pouvoir plaider une telle version.

Winedrove eut un rire méprisant.

— Vous pensez que vous avez le choix ? Vous êtes mon avocat et votre boulot est de défendre mes intérêts.

Jusque-là, Warren n'y trouvait rien à redire, mais faire libérer un meurtrier ?

— Je vous connais, monsieur Warren. Un démocrate bon teint, progressiste, qui défend la cause des homos et de tous les immigrés qui viennent chaque jour plus nombreux chez nous, reprit Winedrove. Mais vous êtes loin d'être le petit saint que vous prétendez être.

— Je ne vous suis pas, rétorqua Warren, qui tentait de conserver son calme.

Winedrove eut un sourire de prédateur.

— Je peux avoir le témoignage d'une demi-douzaine de Thaïlandaises qui jureront sur la Bible que vous avez eu des relations sexuelles avec elles, alors qu'elles étaient mineures.

Warren savait que personne ne pouvait avoir retrouvé les filles avec qui il avait couché. Mais il comprenait très bien le stratagème. Peu importait qu'il gagne le procès. Les médias feraient leurs choux gras d'une telle histoire : « Le brillant avocat était pédophile », « Le diable sous le masque de l'intégrité »... Même s'il n'était pas radié du barreau, sa réputation serait ternie à jamais. Adieu les grandes affaires et les grands cabinets.

— Vous êtes une ordure.

— Je ne fais que défendre mes intérêts, et tous les moyens sont bons pour y arriver.

Warren avait envie de l'attraper et de lui serrer la gorge jusqu'à ce que ses yeux se révulsent.

— Pourquoi moi ? Vous trouverez sans problème des avocats bien plus talentueux et qui seront prêts à défendre votre fils sans le moindre état d'âme.

C'était exactement ce que lui avait recommandé Peter Lawrence. Mais Winedrove en faisait une question d'honneur. Cet avocat devait prendre conscience que c'était toujours la même loi qui gérait les sociétés humaines : la loi du plus fort.

— Lawrence m'a assuré que vous étiez son meilleur élément et je le crois, dit Winedrove. Et je crois aussi que sachant qu'une épée de Damoclès est suspendue au-dessus de votre carrière, vous allez vous battre comme jamais vous ne vous êtes battu pour gagner un procès.

Des milliards d'insultes jaillirent dans le cerveau de Warren. Il avait rarement fait face à une pourriture de ce calibre.

— Ne faites pas cette tête. Je vous offre enfin la possibilité de devenir un grand avocat, reprit Winedrove. Défendre l'indéfendable est la noblesse de votre profession. Tout criminel mérite d'être défendu. Défendre des innocents est une aberration de langage.

Warren connaissait la démonstration par cœur. « Les avocats ont été créés en tout premier lieu pour humaniser les criminels, et leur éviter des peines disproportionnées par rapport à leurs méfaits, à cause de la pression de la vindicte populaire. Tout être humain a les germes du mal en lui, et juger autrui, c'est se juger soi-même… » Une bien belle théorie, mais il n'en avait rien à secouer.

— Hitler n'a-t-il pas été élu par le peuple allemand ? Où est vraiment le Mal, Hitler ou le principe même de démocratie qui permet l'accession au pouvoir d'êtres comme lui ? continua Winedrove, fier de sa rhétorique.

— Arrêtez, je ne suis pas votre étudiant, répondit Warren, qui bouillait intérieurement.

— J'essaye simplement de vous ouvrir les yeux. L'homme est un animal imparfait, et parce que telle est sa nature, on ne peut le condamner d'être ce qu'il est.

La négation de toute responsabilité personnelle. Le cynisme dans sa forme la plus extrême. Une vision du monde qui lui donnait la nausée.

— Je vais faire libérer votre fils, mais je veux votre promesse écrite que plus jamais vous ne chercherez à me nuire.

— Vous l'aurez, dit Winedrove, qui laissa un vrai sourire éclairer son visage.

Il adorait ces joutes verbales. Il venait d'en gagner une de plus, avec brio. Si seulement il pouvait revenir au temps des duels à l'épée, il se serait fait une joie d'embrocher bon nombre de ses adversaires.

— Je ne vous retiens pas plus longtemps, maître Warren, conclut Winedrove.

Warren lui jeta un dernier regard empli de venin et sortit de la limousine.

Le temps était toujours aussi lourd, mais Warren eut l'impression de respirer à nouveau. Le long véhicule se mit en marche, et Warren le regarda rejoindre le flot de véhicules qui circulaient sur l'avenue, avant de pousser un juron bien senti.

31

— Il ne reste plus qu'à attendre le procès, dit Nelson.

Seul dans son yacht, il était confortablement calé dans son canapé avec vue sur le Sound.

— C'est plié d'avance. Julian n'a aucune chance de s'en tirer. On a un mobile, des témoins de sa présence sur les lieux, et du sang de Brandon sur le siège de sa voiture, répondit Rivera à l'autre bout du fil.

Il était près de 18 heures. Assise dans son fauteuil du dixième étage du commissariat central, elle venait tout juste de finir de rédiger son rapport sur l'affaire. Elle était épuisée mais satisfaite de l'avoir bouclé.

Une forte pluie s'était mise à tomber en début d'après-midi et ne s'était pas arrêtée depuis.

— Ouais, je crois qu'on a fait du bon boulot sur ce coup-là.

Malgré les hématomes dont son corps était couvert, Nelson se sentait bien. Il avait passé la journée et celle de la veille à rouvrir tous les vieux dossiers enfouis au fond de sa mémoire. Et, étonnamment, il n'éprouvait pas la douleur qu'il avait toujours craint de faire renaître en se plongeant dans son ancienne vie. Il pouvait enfin penser à ses parents sans éprouver ni colère ni dépit. Garder uniquement les bons souvenirs.

Quelles qu'aient été les raisons qui avaient poussé son père à tuer sa mère avant de se donner la mort, ils avaient vécu de nombreuses années dans une harmonie familiale. Il repensait aux vacances à Aspen, au Mexique, dans le Grand Nord canadien, au Japon, en Inde ou en Chine. C'était l'époque du bonheur.

Il avait été sur le point de rappeler ses grands-parents maternels et paternels pour renouer le contact, mais s'était finalement abstenu. Il lui fallait se reconstruire avant d'affronter de nouveau toutes les personnes qui avaient marqué sa vie passée. Exception faite de Kaleigh.

— Tu peux le dire, on forme une super équipe, non ? dit Rivera qui, en même temps, éteignait son ordinateur.

— Oui, on est les meilleurs, et tu sais… (Il marqua une légère pause puis reprit d'un ton chargé d'émotion :) Je te remercie de ce que tu as fait pour moi.

Comme il ne pouvait pas la voir, Rivera ne chercha pas à cacher son sourire.

— On est une équipe. On est là pour s'entraider, et le jour où je flancherai, j'espère bien que tu seras là pour me remettre les idées en place.

Nelson eut un petit rire avant de lui répondre :

— Toi, flancher ? Tu es un roc que rien ne pourrait ébranler. Je peux te dire que ton mari est un sacré veinard de t'avoir épousée.

L'image de Will et de son fils Bean s'imposa à Rivera. Il était temps de partir et d'aller les retrouver dans leur confortable appartement du quartier de Belltown.

— T'inquiète, il le sait, répondit-elle, amusée. Et toi, tu devrais te trouver une gentille minette attentionnée. Ce n'est pas humain de rester seul aussi longtemps.

— Quoi ? Je ne t'entends plus. Il y a de la friture sur la ligne !

— Espèce de crétin. Profite de ces quelques jours de repos pour te remettre sur pied. Je compte sur toi dès lundi.

— Oui, maman.

— Bonne soirée, Dean, et n'oublie pas, tu m'appelles quand tu veux.

— Bonne soirée, Angie, je te revaudrai ça.

Nelson la laissa raccrocher et resta avec son portable dans la main à contempler l'horizon derrière les vitres de son salon. Le vent faisait légèrement tanguer son yacht. Il adorait cette sensation. Ce bercement. Régression in utero !

Il devait retourner chez un psy. Il se sentait prêt à tout repasser en détail, le meilleur comme le pire.

Il attrapa une des télécommandes qu'il avait pris soin de garder à portée de main, baissa les lumières et mit la musique en marche. La bande originale de *Blade Runner*. Rien de tel pour se détendre, sachant que personne n'allait l'interrompre dans ses réflexions.

Après avoir expliqué la veille à Kaleigh l'origine de ses contusions, il lui avait parlé de ses relations avec les Winedrove et du flot de souvenirs que cela avait fait remonter à la surface. Il lui avait demandé de dormir chez une amie, pendant quelques jours. Extrêmement touchée par les révélations de son grand frère, en larmes, Kaleigh lui avait ouvert son cœur, lui disant à quel point il comptait pour elle, et qu'elle l'aimait sans modération.

Sur cette pensée, il ferma les yeux et lâcha la télécommande.

Sans même s'en rendre compte, il s'endormit d'un sommeil paisible.

La sonnerie de son portable le réveilla en sursaut. Numéro inconnu. Il pensa à la copine chez qui dormait Kaleigh et préféra répondre :

— Allô ?

— Bonsoir, Dean, je te dérange ?

Debbie ! Il aurait dû s'en douter.

— Non, ça va, dit-il, l'esprit embrumé.

Il se redressa lentement sur le canapé et se frotta les yeux.

— Je voulais prendre de tes nouvelles, et m'excuser encore une fois pour l'attitude de Tyron.

Nelson jeta un œil à l'extérieur. Il faisait nuit noire et il pleuvait toujours. Il regarda sa montre. 20 h 45.

— Tu n'as pas à t'excuser. Tu n'y es pour rien. Quant à moi, rien de cassé. Quelques bleus et un magnifique œil au beurre noir, finit-il d'un ton amusé.

Un long silence que Nelson préféra couper :

— Debbie ?

Nouveau silence, puis elle répondit enfin :

— Je voulais te dire que je n'aurais jamais dû te quitter comme ça. C'est mon père qui m'y a obligée.

Quelques jours auparavant, il l'aurait rembarrée sans trop de ménagement, mais le nouveau Nelson était désormais prêt à tout entendre.

— C'est-à-dire ? fit-il, sentant son cœur battre plus vite.

Il se leva et se dirigea vers le bar.

— Quand tes parents ont disparu. Tu n'étais plus le même.

C'était un euphémisme. Il avait littéralement pété les plombs. Il avait même dû être enfermé de nombreuses semaines dans une clinique spécialisée, avant qu'on autorise sa première sortie. Au début, Debbie venait tous les jours. Puis de moins en moins. Puis plus du tout.

— Ça s'appelle une dépression, lâcha-t-il en maîtrisant la colère qui l'envahissait.

Pourquoi m'as-tu abandonné au moment où j'avais le plus besoin de toi ? Tout aurait pu être différent. Ses yeux s'embuèrent. *Calme-toi, reste zen.*

Il respira lentement et se servit un verre de cognac.

— Je sais que je n'ai pas d'excuse, mais mon père est capable de t'obliger à partager son point de vue, sans que tu t'en rendes compte.

Un manipulateur de la pire espèce. Il en avait bien conscience à présent. Nelson l'écoutait, se laissant réchauffer par le liquide ambré.

— Il n'arrêtait pas de me répéter que tu allais sombrer. Que tu risquais de m'entraîner avec toi. Que les tendances suicidaires sont héréditaires, et que, pardessus tout, il craignait, un jour, de me retrouver morte.

Elle se demandait comment elle avait pu croire de telles inepties.

Nelson préféra se taire. Il n'était pas sûr de pouvoir contrôler ses paroles s'il commençait à lui répondre.

— Et il m'a menacée à demi-mot de ne plus financer ma fondation, si je restais avec toi. Tu sais combien j'y tenais.

Après un silence, elle ajouta :

— J'étais aussi perdue que toi. Je me suis raccrochée à la seule personne qui me tendait la main.

Ces derniers mots n'étaient pas dénués de bon sens. Malgré sa colère, Nelson reconnut le parfum de la vérité. Certes, il était dans un état lamentable à la mort de ses parents. Mais au lieu de profiter de l'amour de Debbie, à chacune de ses visites, il se montrait distant, préférant ruminer son malheur. Qui aurait supporté de rester avec un type qui ne pensait qu'à la mort, du matin au soir ?

— Tu aurais pu attendre. Tu te doutais bien que ça n'allait pas durer, dit-il en se servant un deuxième verre.

— Mon père a eu vite fait de me faire rencontrer quelqu'un pour te remplacer.

— Peter Bogart, dit Nelson en se rappelant combien il avait été malheureux quand il avait appris leur mariage, par la presse.

— Oui, il était charmant, prévenant, plein d'enthousiasme. Je suis tombée amoureuse.

Bien que douze années aient passé, Nelson avait l'impression que ça datait d'hier.

— Pourquoi tu me dis tout ça ?

— Parce que j'ai enfin ouvert les yeux. Je vais quitter Peter.

Nelson fit la moue.

— Je croyais que tu étais amoureuse.

Elle poussa un léger soupir :

— Peter n'est pas le prince charmant que j'espérais. Je me suis efforcée d'y croire, m'aveuglant des années sur ses infidélités. Mais en te revoyant, j'ai pris conscience que toute ma vie n'était qu'un leurre.

Nelson voyait bien où menait cette conversation. Et il n'était pas certain de vouloir y aller.

— Debbie, toi et moi ne sommes plus les mêmes. Nous n'avons plus rien en commun.

— Je sais, mais j'avais besoin de te le dire.

Le regard de Nelson, qui flottait par-delà la verrière, fut soudain accroché par une ombre qui se détachait sur le ponton, près de la passerelle de son yacht. Une élégante silhouette sur laquelle la pluie ruisselait.

— Tu peux lever une main en l'air ? dit-il, n'osant croire ce qu'il voyait.

La silhouette leva une main.

— Oh, Debbie ! souffla-t-il.

Les ravages de *Nuits blanches à Seattle* !

Il fut néanmoins touché.

— Allez, monte, tu vas attraper froid.

Debbie grimpa sur la passerelle, puis sur le pont arrière avant de frapper à la verrière. Nelson la fit rapidement entrer. Elle était trempée et grelottait de froid.

— Tu ne vas vraiment pas bien, fit-il, épaté par son audace. Viens te changer. Tu vas attraper la crève.

En silence, ils descendirent du salon jusqu'au pont inférieur, où il lui montra la salle de bains.

— Tiens, c'est à Kaleigh. Ça devrait t'aller, dit-il en sortant un peignoir d'une armoire.

Nelson remonta le couloir jusqu'à sa chambre. Il s'assit sur le lit, les mains jointes entre ses jambes, étonné de ne plus ressentir aucune colère contre Debbie. Il se sentait apaisé. Et si c'était ça, le destin ?

Quelques instants plus tard, Debbie vint le rejoindre, en peignoir de bain. Elle le regarda tel un petit animal blessé qui demandait à être secouru.

Nelson se leva et, tout naturellement, la prit dans ses bras et dénoua la ceinture du peignoir. Elle n'avait gardé aucun de ses sous-vêtements. Nelson sentit le désir monter en lui, à la vitesse d'un éclair. Ils s'embrassèrent, puis Nelson se laissa déshabiller avant de s'allonger sur son lit. Comme par enchantement, ses ecchymoses semblèrent s'anesthésier quand Debbie commença à lui couvrir le corps de baisers, avant de s'attarder sur sa virilité.

Nelson ferma les yeux. Des milliers d'images de leurs multiples ébats lui revinrent à la mémoire. Jamais une fille ne lui avait donné autant de plaisir.

Puis Debbie se redressa et vint, avec une douceur câline, s'empaler sur lui en poussant un tendre gémissement. Allongé sur le dos, Nelson laissa faire sa partenaire, qui semblait n'avoir rien oublié de ses préférences. Leurs corps étaient comme deux aimants.

Au bout d'une vingtaine de minutes de pur plaisir, Debbie sentit monter l'orgasme tant attendu, et c'est dans une synchronie parfaite qu'ils atteignirent le septième ciel.

Si tu savais combien tu m'as manqué, pensa Nelson en lui caressant les cheveux qui cachaient en partie son visage luisant de sueur.

32

Logan n'était pas mécontent de sa journée. Johnson et Javiez avaient arrêté le tueur de l'épicerie du district Ouest, tandis que pour l'affaire du meurtre de Brandon, la demande de libération sous caution avait été refusée par le juge Patterson et le procès de Julian Winedrove fixé au mois d'août. Deux bonnes choses de réglées.

Et ce n'était pas la pluie qui allait gâcher sa bonne humeur.

Au volant de sa Cherokee, il parcourait les derniers mètres avant d'arriver chez lui quand il eut la surprise d'apercevoir la Mercedes de Barry Wilson. Il se gara juste devant, et monta rapidement les quelques marches qui menaient à sa maison. Il entendit un rire retentissant, et lui-même ne put s'empêcher de sourire.

Il l'avait souvent dit à Callwin pour la taquiner : sa plus grande qualité, c'était son homme ! Chirurgien reconnu, il pratiquait à la clinique de Saint John Hospital, près du lac Washington, et avait une clientèle des plus huppées de Seattle. Mais surtout, il possédait un sens de l'humour exceptionnel qui pouvait détendre n'importe quelle situation.

Il découvrit Hurley, Callwin et Wilson en train de discuter dans le couloir de l'entrée.

— Tiens, je crois qu'il est temps qu'on dégage, ou le shérif va nous virer à coups de pied au cul ! dit Callwin.

— Salut, Leslie. Toujours un plaisir, répliqua Logan en se débarrassant de son blouson.

— Salut, Mike, répondit la journaliste en lui faisant un clin d'œil appuyé.

— Tu vas bien ? Pas trop fatigué de rester dans un bureau du matin au soir ? le taquina Wilson.

Ils s'étaient vraiment bien trouvés, ces deux-là !

— Non, du moment que j'ai arrêté mon quota de Noirs, je suis tranquille, répliqua-t-il sur le même ton.

— Mike ! le reprit Hurley d'un air contrarié.

Même si Wilson paraissait toujours bien le prendre, Hurley détestait quand Logan sortait son humour de bas étage.

— T'inquiète, Jessica. Un jour, les petits Blancs comme vous, vous nous mangerez dans la main, fit Wilson en prenant un accent africain.

— Oh, oui, mange-moi ! fit Callwin d'un air émoustillé.

Une nouvelle salve de rires retentit. Logan se sentit bien plus en forme qu'en sortant du commissariat central.

— Et si vous restiez à dîner ? On se commande des pizzas ou un chinois. Ça vous dit ? proposa-t-il.

Wilson se tourna vers Callwin.

— Moi, ça me dit, mais c'est toi la patronne.

— Et toi, tu en penses quoi ? demanda Callwin en s'adressant à Hurley.

— Vous pensez vraiment que j'ai envie de passer la soirée en tête à tête avec cet homme-là ?

— Là, elle t'a eu ! dit Callwin en pointant elle aussi Logan du doigt.

— Et ça se croit drôle ! conclut Logan en rangeant son blouson dans la penderie de l'entrée.

Tout le monde passa au salon. Logan se dévoua pour servir les apéritifs, tandis que les autres se décidaient pour un menu chinois.

Debout derrière le bar de la cuisine, Logan n'en revenait toujours pas d'être devenu un père tranquille. Il n'y avait pas à dire, un enfant vous changeait complètement la vie. Il espérait d'ailleurs que les cieux entendraient les prières de Callwin et qu'elle tomberait rapidement enceinte.

Hurley lui avait raconté, sous le sceau du secret, le lourd passé de la journaliste. Bien qu'ils se soient déjà réconciliés au moment de l'arrestation du meurtrier de Gerald Perkins, il avait été très ému d'apprendre la blessure innommable que son père lui avait infligée dans sa jeunesse. Sans compter le fait qu'elle lui avait fait gagner le pactole grâce au livre qu'elle avait co-écrit avec Hurley. D'ailleurs, c'était pour travailler sur un deuxième tome que les deux jeunes femmes se retrouvaient tous les mercredis chez lui. Habituellement, quand il arrivait, Callwin était déjà partie retrouver son homme. Mais il arrivait que Wilson passât la prendre, et ils en profitaient pour passer la soirée tous ensemble.

— Tu crois qu'elles bossent vraiment sur leur livre ? demanda Wilson en venant aider Logan.

— Tu plaisantes. Laisse deux filles ensemble et ça ne parle que chiffons et ragots !

Wilson sourit et, faisant comme chez lui, sortit les bouteilles nécessaires pour confectionner un cocktail des plus revigorants.

— Ils ont parlé aux infos du procès à venir du fils Winedrove. Tu sais que j'ai déjà opéré le père et la mère ?

Le monde était décidément bien petit.

— Je ne sais pas pour la mère, mais Charles Winedrove est une sacrée tête de con, fit Logan, qui mit les glaçons qu'il avait sortis du congélateur dans un torchon.

Ce n'était pas le souvenir qu'en avait Wilson. Winedrove avait été prévenant avec tout le personnel, et n'avait jamais eu de remarque déplacée, malgré les rumeurs qui faisaient de lui un raciste, proche des idées du Tea Party.

— Ouais, moi, c'est plutôt la mère qui m'a gonflé. Cinquante ans et elle rêve d'avoir le visage de ses filles !

Logan commença à piler les glaçons à coups de marteau sur le bord de la table de la cuisine.

— Ah, les vieilles peaux ! Je me demande comment tu fais pour les supporter.

— À ton avis ! répliqua Wilson en frottant son pouce et son index.

Logan rit de bon cœur et versa la glace dans les verres à cocktail.

— Tu pourrais t'acheter un frigo qui fait de la glace pilée, franchement, le coup du marteau, c'est trop !

— Occupe-toi de tes bistouris et laisse-moi faire mon boulot !

— No problemo, d'ailleurs, si jamais tu veux que je te refroidisse le vieux Winedrove… Quand il reviendra se faire tirer le portrait, tu me le dis, une bulle d'air dans une seringue et le tour est joué !

Logan le regarda l'air soucieux.

— Tu sais que je suis à deux doigts de te croire.

— Si les prisons sont remplies de Noirs, je suppose que ce n'est pas par hasard, répliqua Barry avec malice.

— Ah, l'humour noir, je ne m'y ferai jamais !

Barry se fendit d'un rire, accompagné par celui de Logan.

Ils apportèrent les cocktails qu'ils avaient concoctés au salon. Hurley avait tamisé les lumières et mis un trio de Schumann en fond sonore.

— Au fait, tu n'es pas obligé de me répondre, mais tu crois que Julian Winedrove est coupable ? l'interrogea Callwin.

Décidément, tout le monde s'intéressait à son cas. Il est vrai que ce n'était pas tous les jours qu'un fils de la très haute bourgeoisie était poursuivi pour meurtre.

— Tu sais ce que signifie « secret professionnel » ? lui répondit Logan en lui tendant son cocktail.

— Arrête ton char. Tu sais bien que de toute façon Jessica me raconte tout ce que tu lui dis.

Hurley en resta bouche bée.

— Je plaisante, ma belle ! Allez, Mike, donne-moi juste ton avis. Après, on n'en parle plus.

Si Callwin avait un bon fond et des côtés très attachants, c'était parfois une vraie tête de lard. Tant qu'elle n'avait pas obtenu ce qu'elle voulait, elle ne lâchait pas sa proie. Et après tout, s'il avait suffisamment confiance en elle pour lui laisser la garde de son fils de temps à autre, Logan pouvait en avoir sur un sujet bien moins important.

— OK. Je pense qu'il s'agit d'un simple coup de folie. Une discussion qui a mal tourné.

— Mais j'ai cru comprendre que Stanley Warren allait plaider non coupable.

L'évocation de l'avocat figea Hurley. Pourquoi Callwin remettait-elle le nom de cet homme sur le tapis ? Si seulement elle n'avait jamais couché avec ce type !

— Je lui souhaite bien du courage. On a un dossier en béton contre Julian. Il n'a aucune chance de s'en tirer. D'ailleurs, la demande de remise en liberté sous caution a été refusée.

Callwin émit des réserves quant au résultat du procès.

— Ces gens-là ont bien plus de ressources que les gens ordinaires. Méfie-toi.

Un bras passé autour des épaules de Hurley, il savourait son cocktail, et ne céda pas à la provocation de Callwin.

— Mes agents sont les meilleurs, et si tu penses à un vice de forme ou à la disparition de preuves ou de témoins, c'est que tu as vu trop de mauvais films. Nos juges sont encore indépendants, et l'idée d'un grand complot…

Callwin haussa les épaules. Elle disait ça pour l'aider, mais après tout, c'était son problème.

— Si tu es si sûr de toi, parfait. Mais tu ne pourras pas dire que je ne t'avais pas prévenu.

— Amen, conclut Logan, pour qui le procès arriverait bien assez tôt.

DEUXIÈME PARTIE

Mardi 16 août 2011

33

Warren se réveilla et regarda le réveil. 6 h 10. Bien trop tôt pour se lever, mais trop tard pour se rendormir. Il avait rendez-vous à 10 heures pour la suite du procès de Julian. Largement le temps de se préparer. Il se retourna sur le dos en faisant attention de ne pas réveiller Mae, une étudiante en droit qui faisait un stage chez Lawrence & Associates.

Il la regarda en songeant que les filles avaient bien changé en quelques années. Il n'avait même pas eu à demander : elle lui avait fait la totale dès le premier soir. Et depuis un mois, ils se voyaient régulièrement pour des parties de jambes en l'air mémorables. Il lui passa une main sur les seins et savoura ce contact agréable.

Si seulement la vie pouvait être aussi simple que les rêves d'une jeune fille.

Il mit ses mains derrière sa tête et fixa le plafond, légèrement éclairé par la lumière qui passait à travers les minces interstices des volets.

Ce soir, tout sera fini.

Près de cinq mois à travailler sur ce dossier. Il n'était pas mécontent d'en finir…

Le procès avait débuté la semaine précédente.

Bien que Warren ait usé de son droit de veto pour se débarrasser d'un maximum de jurés démocrates, il en restait suffisamment pour faire de Julian un exemple des outrances des super riches.

Les premières journées avaient porté sur les preuves matérielles. Le sang de Brandon sur le siège passager de la voiture de Julian, les empreintes de ce dernier dans l'appartement de la victime. Des experts étaient montés à la barre. Les contre-expertises qu'il avait mandatées de son côté avaient sans équivoque possible validé les assertions de la partie adverse.

Warren n'avait pas cherché à nier et s'en était tenu à la thèse qu'ils avaient mise en place. Il avait reconnu que son client s'était effectivement rendu chez Brandon, mais à titre d'ami, et certainement pas dans l'intention de le tuer. Pour le sang sur le siège, Warren avait utilisé le vieil adage « plus c'est gros, plus ça passe », et affirmé que Julian n'avait aucune idée de la façon dont ce sang s'était retrouvé dans sa voiture. La défense s'était offusquée d'une telle réponse, mais Warren n'y avait pas attaché d'importance, sachant que tout se jouerait lors de la plaidoirie finale.

Puis ce fut le tour des policiers qui avaient mené l'enquête, ensuite celui des témoins, en particulier Edward Banner, qui assura avoir vu Julian dans sa voiture garée de l'autre côté du trottoir. Warren ne chercha pas à le décrédibiliser, au contraire il abonda en son sens. À quoi bon nier ? Un mensonge passe bien mieux quand il est enrobé de tout un tas de vérités.

À chaque fin d'audience, une meute de journalistes l'attendait sur le perron du palais de justice. Il leur accorda de brèves interviews, expliquant qu'il était serein quant à l'issue du procès. Les jours à venir démontreraient l'innocence de son client.

Warren avait passé une partie du week-end en compagnie de Charles Winedrove et de sa fille Sandy pour se préparer à l'audience du lundi. Journée la plus délicate entre toutes. Durant la matinée, une experte psychiatre était venue rendre compte de ses entretiens et des divers tests psychologiques pratiqués sur Julian, qui l'avaient amenée à conclure que le jeune homme ne présentait pas une personnalité psychotique et ne souffrait d'aucune pathologie mentale. En d'autres termes, Julian était tout à fait sain d'esprit. Un bon point, s'était félicité Warren, qui s'y attendait.

Enfin, l'après-midi fut le moment le plus périlleux : l'audition de Julian et surtout celle de Sandy. Comme les deux enfants Winedrove allaient devoir mentir à la barre, Warren pria pour qu'ils ne craquent pas face à la roublardise de la partie adverse menée par Charleen Arquette. Mais si cette dernière joua tous ses atouts pour tenter de les déstabiliser, Julian et Sandy tinrent bon. Ils déclamèrent avec conviction, sans jamais se contredire ni se démonter, une vérité apprise de longue date, au cours d'une intense préparation durant les nombreuses semaines précédant le procès.

Arquette essaya tous ses tours. Jouant la Confidente, puis l'Autorité, puis la Conscience. Rien n'y fit. Quelles que soient leurs qualités par ailleurs, les enfants Winedrove étaient des acteurs-nés. Quand le juge Patterson demanda en fin de séance : « Avez-vous d'autres questions, maître Arquette ? », celle-ci jeta un « non » équivoque.

Bien qu'assis près de son client de l'autre côté de la travée, Warren avait ressenti la terrible frustration de sa collègue, et s'était promis de lui parler quand toute cette histoire serait terminée, et de tenter de réparer ce qui pouvait l'être encore.

En cette matinée de dernière journée du procès, Warren s'efforça d'oublier la pression. Il attrapa le paquet de cigarettes posé sur la table de nuit, en alluma une et la fuma avec délectation. Il avait arrêté pendant six ans, avant de reprendre quand il avait compris que Hurley ne lui parlerait plus, que leur folle nuit d'amour ne serait qu'une parenthèse à jamais refermée.

Si seulement Logan pouvait disparaître, se dit-il sans vraiment le souhaiter.

À ses côtés, Mae se retourna et gémit doucement. Il la regarda et vit qu'elle le dévisageait tendrement. Les yeux de l'amour au petit matin. C'était si mignon.

— Tu me fais tirer ? demanda-t-elle d'une voix endormie.

Warren lui coinça la cigarette entre les lèvres et attendit qu'elle ait aspiré pour la lui enlever. Elle recracha lentement la fumée.

Warren regarda à nouveau l'heure, et trouva comment utiliser les dernières minutes qu'il lui restait avant de se lever.

— Bien dormi ? lui demanda-t-il en la recouvrant de son corps.

— Non, je n'ai pas arrêté de penser à Julian, dit Debbie en se mettant sur un coude.

Nelson se redressa à son tour, et s'en voulut d'avoir posé une question aussi stupide.

— Tu sais, tu n'es pas obligée d'y aller. Essaye de te rendormir.

— Non, je tiens à y aller. Julian a besoin de savoir que toute la famille est derrière lui.

Ou presque, corrigea Nelson pour lui-même. Tyron n'avait pas daigné se montrer. Le risque de rencontrer son père était plus important que le soutien à son frère.

Il se pencha vers Debbie et lui posa un tendre baiser sur les lèvres. À défaut de trouver des mots réconfortants, il espérait que sa simple présence pourrait apaiser ses angoisses. Comment allait-elle réagir si une peine de prison à vie était prononcée à l'encontre de Julian ? Qui pouvait accepter cela pour un frère ou une sœur ?

Il préféra ne pas y penser et sortit du lit.

— Je vais préparer le petit déjeuner. Ne bouge pas.

Debbie le remercia du regard, et se pelotonna confortablement sous la couette.

Nelson quitta la chambre et traversa un large corridor qui menait au grand salon de la suite royale du Fairmont Olympic Hotel. Un palace situé en plein centre-ville, à deux pas du commissariat central. La suite Cascade faisait près de trois cents mètres carrés, avec ses deux chambres royales, un immense salon bénéficiant d'une cheminée et d'un piano à queue, ainsi qu'une salle de réception pouvant contenir une vingtaine de personnes attablée. Décoration luxueuse mais très classique. Un lieu idéal pour un directeur général en transit, soucieux de passer du lit au bureau le plus vite possible, mais d'un luxe exagéré pour un couple d'amants recherchant la discrétion.

Passant par le salon, il alla dans la salle à manger, et trouva dans le coin cuisine attenant tout ce qui était nécessaire à la confection d'un petit déjeuner complet.

Tout en préparant ce petit repas matinal, il songea à la façon dont sa vie avait radicalement changé. Ce qui n'aurait dû être qu'une histoire d'un soir s'était transformé en une véritable liaison…

Au lendemain de leur première nuit d'amour, quatre mois plus tôt, Debbie était repartie au petit matin, sans attendre que Nelson se réveille. Elle lui avait juste laissé un mot avec un numéro de portable, et « rappelle-moi » écrit au rouge à lèvres.

Durant les deux jours suivants, Nelson avait plusieurs fois composé le numéro, sans être capable d'appuyer sur la touche d'appel. Il avait adoré faire l'amour à Debbie, mais pouvait-on aussi facilement effacer douze années de souffrance ? Le déclic se fit quand il décida de raconter son nouveau départ avec Debbie à sa petite sœur.

Kaleigh l'écouta avec attention et admiration. Ainsi, son grand frère avait encore la capacité d'aimer. Elle le secoua alors avec virulence, lui ordonnant de rappeler Debbie tout de suite, avant qu'il ne soit trop tard. Nelson s'était exécuté et, dès le lendemain, ils se retrouvaient dans une chambre du Fairmont Olympic, faisant le point sur leurs vies, partageant leurs états d'âme, comparant leurs désirs et leurs envies, avant de finir au fond d'un lit.

Ils se promirent de se revoir très vite et, dès la semaine suivante, ils se retrouvaient avec le même bonheur. Si ce n'est que Debbie avait vu les choses en grand et avait loué la plus grande suite du prestigieux hôtel.

Depuis, ils se voyaient en catimini deux ou trois fois par semaine. Au Fairmont ou au Edgewater, un autre hôtel de luxe dont les suites donnaient sur la baie du Sound. Debbie lui avait expliqué que son mariage avec Peter Bogart était une catastrophe et qu'elle attendait la fin du procès pour le quitter. Nelson avait voulu en savoir plus sur les raisons de l'échec de leur couple, mais c'est l'un des rares sujets dont elle ne voulait pas parler. Plus tard, lui disait-elle.

Nelson finit de tout disposer sur un plateau et, humant la bonne odeur du café chaud et des toasts, il traversa toute la suite en sens inverse, pour retrouver Debbie. Elle s'était rendormie. Il posa le plateau sur la table de nuit et, s'approchant de son amante, la réveilla tendrement.

— Réveille-toi, il est 8 heures, dit Elisabeth Winedrove en secouant doucement sa petite dernière par les épaules.

Sandy maugréa et finit par ouvrir les yeux.

— C'est bon, maman, je me lève.

Elisabeth la regarda d'un air désolé et lui passa une main affectueuse sur la joue.

— Julian compte sur ta présence, dit-elle avant d'aller ouvrir les stores.

Une lumière diffuse entra dans la chambre. Sandy ferma les yeux et se recroquevilla contre son ours rose. Elisabeth sortit et referma la porte derrière elle. Sandy resta trois minutes collée à son gigantesque doudou, avant de daigner se redresser dans le lit. Il pleuvait des cordes. Elle eut l'impression qu'on était déjà en automne.

Dès que le procès serait fini, c'était décidé, elle irait rejoindre Floyd à San Francisco, du moins, s'il acceptait de la recevoir. Il n'y avait pas un jour sans qu'elle pense à l'intrusion d'Ernesto au domicile de son ami d'enfance. Une telle violence, une telle détermination. Elle l'avait senti capable de tuer, à ce moment-là. Heureusement, les gens ordinaires savent vite rentrer dans le rang face à une autorité supérieure. Dès son retour à San Francisco, elle avait raconté avec force détails à son père l'intervention d'Ernesto et lui avait ordonné de porter plainte pour violence.

Winedrove avait eu l'air sincèrement stupéfait. Dès le lendemain, il lui annonça qu'il avait viré Ernesto et fait en sorte qu'il ne revienne jamais en ville. Sandy était persuadée que son père avait payé un homme de main pour lui mettre une raclée, et depuis ce jour pas une matinée ne passait sans qu'elle imagine la tête d'Ernesto boursouflée de bleus et d'ecchymoses.

Sandy s'étira de tout son long et, après un râle, elle fonça à la salle de bains.

Alors que les premiers jours du procès n'avaient été qu'une longue et interminable angoisse, Sandy n'éprouvait plus rien de tel. Elle se sentait comme libérée. Ce soir, tout serait fini. Elle avait la certitude que Julian serait, au pire, condamné à cinq ou dix ans de prison, et, avec les remises de peine, il n'en ferait guère que trois ou cinq. De quoi lui remettre les idées en place.

Elle n'oubliait pas qu'il était coupable et, même si elle l'aimait toujours autant, il devait payer. *Personne n'entre au paradis impuni*, se dit-elle en repensant à un passage de la Bible. Tout comme sa mère, elle croyait en Dieu. Malgré ses comportements déjantés qui n'étaient guère en rapport avec les principes de sa religion, elle savait que tout pouvait être pardonné si on le regrettait sincèrement. Et le lendemain, Sandy regrettait toujours sincèrement ses errements de la veille !

Elle se savonna, se rinça, se sécha et, nue, alla se poster devant le lavabo. Une inquiétude l'assaillit. N'était-ce pas un bouton qui était en train de pousser entre ses deux yeux ?

Non, c'est parfait, ne touche plus à rien, se félicita Julian en se regardant dans le miroir de sa cellule. Il était aussi beau qu'un avocat. Rasé de près, les cheveux bien coiffés, cravate, chemise et costume strict. On lui aurait donné le bon Dieu sans confession. « Quoi qu'en dise l'adage, l'habit fait le moine, lui avait assuré maître Warren. Habillez-vous comme les membres du jury et il leur sera difficile de vous juger autrement que comme l'un des leurs. Les préjugés ont la vie dure, même dans le cadre solennel d'un jury. Si vous saviez combien de marginaux croupissent en prison pour ne pas s'en être rendu compte.

« Et quand on est noir, on doit se frotter la peau ? » avait ironisé Julian.

Warren n'avait pas décroché un sourire.

Pauvre con ! se dit Julian en se souvenant de son trait d'esprit.

— Allez, tu vas t'en sortir, c'est fini, souffla-t-il à son reflet qui le fixait d'un regard mal assuré.

Même s'il essayait de se montrer à la hauteur, jamais de sa vie il n'avait eu si peur. Bien plus que le jour où il avait assassiné Brandon. Cela lui semblait être dans une autre vie. Les quatre mois qu'il venait de passer derrière les barreaux l'avaient radicalement changé. Après une phase d'autoflagellation suivie d'une longue phase d'apathie, il avait commencé à remonter la pente quand on l'avait changé de camarade de cellule. Allman, soixante-cinq ans, barbe et longs cheveux gris retenus par un catogan, avait été arrêté pour avoir tiré à bout portant sur sa femme, alors qu'il rentrait d'une soirée de beuverie.

L'homme connaissait un tas d'histoires plus incroyables les unes que les autres. Il avait des théories sur tout, et se moquait comme de sa dernière chaussette de la mort. S'il regrettait d'avoir tué sa femme, il était conscient que rien ne pourrait la faire revenir. Le mieux qu'il pouvait faire était d'aller la retrouver très vite. Ancien hippie, il avait brûlé la vie par tous les bouts et se demandait par quel miracle il était encore sur cette satanée terre. Julian se promit que s'il s'en sortait, il viendrait aussi souvent que possible lui rendre visite au parloir.

— T'inquiète, ce soir, t'es dehors ! fit Allman en se redressant sur sa couche.

— Me porte pas la poisse, répliqua Julian, qui sentait la pression monter.

« Aie l'air naturel, garde un air digne, et surtout, ne souris jamais », lui avait recommandé Warren.

Qui pouvait avoir envie de sourire dans l'attente d'un verdict capital ?

Il entendit les pas des gardiens claquer sur le sol du centre pénitentiaire, et se fit un dernier clin d'œil pour se donner du courage. Deux gardes se présentèrent devant la cellule.

— Julian Winedrove, vous êtes attendu au palais de justice, dit l'un d'eux, tandis que l'autre ouvrait la porte.

On lui passa les menottes et on le fit sortir.

— Au fait, si jamais on se revoit pas, prends ça, fit Allman en sautant de sa couchette.

Il allait lui donner une enveloppe quand un des gardes s'interposa et la lui prit des mains.

— On la lui fera passer plus tard, dit-il l'air narquois, puis, se retournant vers Julian : Avance.

Encadré par les deux gardiens, il longea le couloir.

Les encouragements des autres prisonniers lui firent chaud au cœur. Contrairement à ce qu'il avait pu croire, personne ne lui avait tenu rigueur de son statut social, d'autant moins que son père s'était arrangé pour faire parvenir des dons parfaitement légaux aux familles des détenus qui se trouvaient dans le même couloir que le sien.

— Ne nous oublie pas, fiston ! hurla la voix de Pat « one dollar » Helley.

— Vous en faites pas, je viendrai tous vous voir le jour où l'on vous piquera ! répondit-il, narquois.

Les rires fusèrent et les gardes poussèrent Julian avec le bout de leur bâton, pour qu'il accélère le pas. Sans s'en rendre compte, il avait ralenti sa marche, comme s'il voulait rester avec ses amis d'infortune.

Allez, ne pense plus à rien et avance.

Sous une stricte surveillance, il passa plusieurs portes et portiques et arriva au parking, où on l'embarqua dans un fourgon. Près d'une heure plus tard, ils entraient dans le parking souterrain du palais de justice. On le fit sortir du fourgon et on le conduisit dans une pièce annexe à la salle d'audience.

Il se retrouva face à son avocat.

— Comment te sens-tu ?

— Ça va aller, assura Julian alors que la sueur lui inondait le dos.

— Bien. Surtout tu ne souris pas, mais tu ne baisses pas les yeux non plus si maître Arquette veut encore t'interroger. Tu n'es pas coupable. Ne donne jamais cette impression, d'accord ?

— Ne vous en faites pas. J'ai bien l'intention de dormir chez moi ce soir.

Il avait répondu avec aplomb, bien qu'il n'en menât pas large.

Un gardien vint les chercher.

Warren demanda qu'on enlève les menottes à son client. Quand cela fut fait, ils quittèrent la petite pièce et remontèrent plusieurs couloirs avant d'entrer, par une porte dérobée, dans la salle d'audience. Elle était comble. Les murmures montèrent.

Warren l'invita à s'asseoir à la table de la défense, face à l'estrade où trônerait le juge. Le jury entra à son tour. Puis le juge et ses assesseurs. Le silence s'installa lentement.

Le juge Patterson s'assit à sa place et frappa un coup de son marteau avant de déclarer d'un ton solennel :

— L'audience peut commencer.

Julian se retourna vers le public. Comme les jours précédents, il repéra les regards émus de Sandy, Debbie, papa et maman dans la salle. Seul un membre de la famille n'avait pas daigné venir le soutenir. Il le regrettait amèrement.

34

Assis au volant d'un vieux pick-up Chevrolet Advance Design bleu délavé qui roulait dans la campagne verdoyante, Tobias avait le sourire des grands jours.

Sachant que Tyron comptait se rendre à la ville pour quelques achats, il s'était proposé de l'accompagner, et quand ils étaient arrivés au Farm's Goods, une épicerie qui ne proposait que des produits biologiques et issus du commerce équitable, il avait eu la joie de revoir Fiona, une nouvelle vendeuse qu'il avait croisée quelques jours auparavant. Timide, il avait été incapable d'amorcer une conversation, mais il était tombé raide dingue amoureux. Et depuis, il attendait l'occasion de la revoir. Cette fois, il avait réussi à obtenir son prénom. Il n'oublierait jamais le sourire qu'elle lui fit quand il lui donna le sien.

Un vieil air de banjo passait à la radio ; sans même s'en rendre compte, Tobias sifflotait en secouant la tête.

— Tu ne sais même pas si elle est libre ! fit Tyron, amusé.

— Quoi ? De qui tu parles ? réagit Tobias dont les joues devinrent cramoisies.

Le pick-up fit une petite embardée.

— Regarde la route, imbécile ! le prévint Tyron, un pied sur le tableau de bord.

Tobias baissa le son de la radio.

— Tu sais si elle a quelqu'un ? demanda-t-il sans lâcher la route des yeux.

Tyron sortit un joint de sa veste en jean et l'alluma tranquillement. Tobias était un garçon terriblement attachant. Orphelin, il avait passé toute son enfance dans des centres pour des garçons qui, comme lui, n'avaient jamais trouvé de famille d'accueil. À seize ans, il avait décidé de vivre sa vie. Il avait vécu dans la rue de mendicité et de petits larcins, deux années durant, jusqu'à ce qu'un soir de décembre, Tyron le découvre grelottant de froid sous une couverture élimée, dans une ruelle de Seattle. Il n'hésita pas un instant et le ramena à « La Ferme ». Cela faisait désormais six mois qu'il vivait avec eux, et tout le monde avait appris à l'apprécier.

— Une beauté pareille, c'est fort possible ! le taquina-t-il.

Devant la mine déconfite de Tobias, il ajouta :

— En tout cas, je serais toi, je ne perdrais pas de temps, parce que, si elle est seule, elle ne le restera pas longtemps.

— Tu crois que j'ai une chance ?

Tyron souffla une épaisse volute de fumée et sourit à son jeune protégé.

— Combien de fois il faudra que je te le dise : la chance n'existe pas. Si tu veux quelque chose, tu dois te battre pour l'avoir. Il n'y a pas d'autre choix possible, dit Tyron, qui savait que le jeune homme était trop limité pour comprendre les subtilités de la nature humaine.

Maudit système éducatif, qui laissait des millions d'enfants sur le bord de la route de la connaissance !

Il inspira une nouvelle bouffée de fumée, et se pencha vers Tobias pour lui ébouriffer les cheveux, qu'il avait déjà en bataille.

— Dès qu'on aura déposé les courses, tu retourneras en ville, et tu iras la voir pour lui proposer un dîner dans le plus beau restaurant de Seattle, dit Tyron, qui sortit de sa poche des billets de dix dollars et les glissa dans la poche extérieure de la chemise du garçon.

— C'est vrai, je peux ? demanda Tobias, profondément touché par le geste.

— L'argent n'a qu'un intérêt : faire plaisir aux gens qu'on aime.

Tobias afficha un très large sourire, remonta le son de la radio et se remit à siffloter sur l'air de banjo en imaginant sa soirée.

Alors que le pick-up continuait sa route, Tyron se demanda comment il avait pu vivre si longtemps à Seattle sans devenir fou. La petite ville de Duvall n'était située qu'à une trentaine de kilomètres à l'est de la Rainy City, mais suffisamment loin pour qu'on eût l'impression d'être en pleine nature. Au dernier recensement, elle comptait moins de cinq mille habitants. Et La Ferme se trouvait à l'extérieur de la ville, sur Big Rock Road, au beau milieu de la forêt.

Un véritable havre de paix, pensa Tyron alors qu'ils arrivaient à destination.

Jamais il n'oublierait le jour où il avait acheté le domaine dans le but de réaliser son grand projet. C'était près de sept ans auparavant. Depuis, non seulement La Ferme avait vu le jour, mais surtout, il avait prouvé que l'autogestion était viable et qu'elle était le seul modèle économique à visage humain.

Ils arrivèrent à destination et Tobias gara le pick-up sous le hangar réservé aux voitures de la communauté. Sur près de deux hectares de terrain, une vingtaine d'habitations de deux étages avaient été bâties, et logeaient à présent une quarantaine de familles. Tout le monde travaillait à La Ferme ou, plutôt, contribuait à l'épanouissement de tous. Garderie, école, élevage des animaux, construction de nouveaux hangars abritant les ateliers de menuiserie, de plomberie, d'électricité, de tissage et de couture. Chacun pouvait trouver un emploi à son goût, et surtout, tout le monde avait la possibilité d'en changer après une période de formation.

Il se souvint de la remarque du maire de Duvall quand il lui avait fait part de son projet. L'idiot les avait comparés aux amish et autres groupements sectaires rétrogrades, fervents admirateurs d'un passé fantasmé, où la religion était le centre de tout. Tyron lui avait répondu que son modèle était celui des kibboutz, et, devant l'incompréhension de l'homme, il avait ajouté : ce sont des communautés juives communistes.

Le visage du maire s'était décomposé, puis s'était transformé sous l'effet d'un puissant éclat de rire.

« Vous êtes bien le fils de votre père. J'ai failli vous croire ! » avait-il rétorqué, persuadé qu'il s'agissait d'une mauvaise blague.

Tyron n'avait pas cherché à le contredire. Du moment qu'il lui vendait le terrain, il n'était pas judicieux de préciser le fond de sa pensée. Depuis, malheureusement, le maire avait compris ce qu'était un kibboutz. Cependant, même s'il regrettait d'avoir ce groupe d'hurluberlus communistes et peut-être même juifs sur ses terres, les impôts qu'ils payaient et surtout les dons que la fondation Winedrove versait à la ville suffirent à calmer ses états d'âme de républicain bon teint. D'autant que, mis à part le fait qu'ils s'habillent comme des hippies, ils n'avaient jamais posé de problème, autre que moral, à leur petite ville.

Tyron sortit de la voiture, et fut bientôt rejoint par deux frères et sœurs de la communauté. Bien que Tyron méprisât les sectes et tout organisme religieux, il avait tenu à ce que leur communauté retrouve la vraie valeur des mots. En ce sens, tous les êtres humains étaient, de près ou de loin, frères et sœurs de sang, depuis que la vieille Lucy avait donné naissance à l'humanité, disait-il toujours en boutade aux nouveaux membres. Il tenait d'autant plus à cette appellation que dans sa vision du monde, un frère ne tuait jamais son frère.

— Dépêchez-vous. Il ne va pas tarder à pleuvoir, dit Mary en s'affairant à sortir les courses posées à l'arrière du pick-up.

Ils venaient juste de rentrer tous les sacs dans le réfectoire quand l'orage éclata. Les éclairs sillonnèrent le ciel. Tyron rendit les clés du pick-up à Tobias, lui recommandant d'être prudent sur la route. Puis il alla en cuisine, et sans faire de bruit s'approcha de la plus belle des cuisinières. Il était presque arrivé derrière Belinda, qui découpait un poulet, quand elle se retourna, le couteau à la main.

— Tu es vraiment le plus pataud des voleurs de baisers, dit-elle en posant son couteau et en attirant son homme contre elle.

Yann, Michelle et Patrick rirent de bon cœur, avant de se remettre à l'ouvrage.

— Je peux vous l'emprunter quelques instants ? demanda Tyron après avoir repris son souffle.

— Vas-y. Pour ce qu'elle nous aide ! se moqua Patrick.

Belinda leur fit une petite grimace et sortit des cuisines.

En principe, chacun pouvait manger chez soi, midi et soir. Mais au moins un jour sur deux, les repas étaient pris en commun pour renforcer les liens et dissiper toute tension qui aurait pu naître au cours de la journée de travail. Le système fonctionnait plutôt bien. La communauté n'était que rarement au complet, mais le roulement des présents faisait qu'il y avait toujours les trois quarts des familles midi et soir pour les repas pris au grand réfectoire.

— Comment tu te sens ? l'interrogea Belinda quand ils furent seuls.

Son épouse dans les bras, Tyron fit comme si de rien n'etait.

— Quand je suis près de toi, que veux-tu qu'il m'arrive ?

Belinda lui sourit, mais elle devait aller au bout des choses.

— Tu aurais dû aller au procès de ton frère. Il avait besoin de toi.

— S'il avait vraiment besoin de moi, il serait venu vivre ici, et non avec Sandy dans une villa à je ne sais combien de millions de dollars !

Belinda fronça les sourcils d'un air accusateur.

— Tu ne penses pas ce que tu dis. Tu as juste peur de croiser ton père, dit-elle avec franchise.

La règle d'or de la communauté était la loyauté. Éviter tout mensonge ou non-dit. Mettre les problèmes sur la table avant qu'ils ne pourrissent la conscience de chacun et n'explosent de façon irrémédiable.

— Pourquoi me tortures-tu ? Nous en avons déjà parlé. J'aime Julian, mais il a choisi de vivre dans cette société abjecte. Je ne peux rien faire pour l'aider.

Elle voyait bien qu'il souffrait, mais il n'y avait qu'un seul moyen pour panser cette plaie béante.

— Montre-lui simplement que tu es là. Je suis certaine que ça lui donnera du courage. Surtout si, comme le présument les journaux, il est déclaré coupable à l'issue du procès.

D'après tout ce qu'il avait pu lire sur Internet, Tyron n'avait pas vraiment de doutes quant aux véritables circonstances du drame, et maudissait son père qui avait laissé Julian s'enfoncer dans une vie dérisoire et narcissique, où les plaisirs les plus bas étaient glorifiés, et où la moindre pensée pertinente était une ignominie.

— Belinda, je sais ce que je dois faire. Ma place est ici avec vous. Mon cœur sera toujours grand ouvert pour Julian, mais c'est à lui à faire le premier pas, dit-il en prenant le visage de son épouse entre ses mains.

Il se revit alors en train de tabasser Nelson sur le ponton de la marina. Comment osait-il mentir à Belinda ? Son cœur souffrait du sort réservé à Julian. Et ce n'était pas la peur de croiser son père qui l'empêchait d'aller au procès, mais la peur de s'effondrer si Julian était condamné à la perpétuité.

— Aller vers les autres est le premier signe de l'intelligence, n'est-ce pas ? dit-elle en lui rappelant ses propres paroles.

— Je ne dois pas être si futé que ça, répliqua-t-il en espérant que Julian tiendrait le coup.

35

Élégamment vêtue d'un tailleur strict, Charleen Arquette s'arrêta un instant. Elle sentait l'adrénaline monter. Telle une tigresse se préparant à donner le coup de grâce, elle tourna la tête vers sa victime avant de reporter son regard sur le jury et de reprendre sa plaidoirie.

— Au vu de tous les éléments que je viens de vous rappeler, qui plus est corroborés par la défense elle-même, la culpabilité de Julian Winedrove et son implication directe dans le meurtre de Brandon Foster ne font pas l'ombre d'un doute, dit-elle en pointant Julian du doigt.

Après avoir parlé avec beaucoup d'émotion de Brandon, de ses sentiments, de son amour pour Sandy, elle venait de passer minutieusement en revue toutes les preuves accablant Julian, en insistant particulièrement sur les empreintes trouvées dans la cuisine et le sang sur le siège passager de sa voiture.

— Mesdames et messieurs les jurés, dit-elle en se tournant vers eux. Brandon Foster n'avait qu'un défaut aux yeux de Julian Winedrove. Ce défaut était de ne pas être riche. (Elle laissa planer un silence et reprit :)

Non qu'il soit pauvre. Mais pas assez riche pour entrer dans la famille Winedrove. C'est pour cela que Julian l'a tué. Alors, ne vous y trompez pas, derrière ce jeune homme aux allures angéliques se cache un monstre d'orgueil et de suffisance, qui ne supportait pas que sa sœur tombe amoureuse de ce jeune garçon plein de vie et d'innocence…

Assis à la table de la défense, Warren sentit son client perdre son contrôle. Il posa la main sur la cuisse de Julian et d'une forte pression lui fit comprendre de se calmer. Les jurés n'avaient d'yeux que pour eux, et scrutaient la plus infime de leurs expressions.

— … Si seulement Julian avait pu émettre le moindre remords, solliciter le pardon, peut-être aurions-nous demandé une certaine clémence. Mais non, il préfère s'enfermer dans une thèse à laquelle personne ne peut adhérer.

D'un ton moqueur, elle ajouta :

— Un inconnu serait venu déposer des gouttes de sang sur le siège de sa voiture, sans qu'il s'en rende compte, simplement parce qu'il lui en voulait !

De nouveau agressive :

— Dans ce cas, n'aurait-il pas été plus simple de tuer Julian directement ?

Warren pinça les lèvres. Effectivement, c'était l'argument le plus bancal de la défense. Mais bon, il s'était attendu à ce qu'elle en profite.

— Il n'y a que dans les romans que les tueurs massacrent dix personnes pour atteindre enfin la seule réellement visée. Dans la vraie vie, les meurtriers ne font pas dans la dentelle et s'en prennent directement à la personne qu'ils détestent. Julian Winedrove ne pouvait supporter que sa sœur dilapide leur fortune pour un « simple étudiant », dit-elle en mimant des guillemets avec ses doigts. Mais sa fortune lui donnait-elle le droit de tuer ?

Arquette cessa de marcher de long en large, reportant un regard acéré sur Julian et, d'un ton toujours empli d'une colère retenue, elle passa à la conclusion.

— Alors, même si Julian n'a pas le courage d'avouer l'atroce vérité, les preuves et les faits parlent d'eux-mêmes. Ils nous en disent bien plus qu'il n'en faut pour le reconnaître coupable du meurtre de Brandon. Mesdames et messieurs les jurés, je vous demande très solennellement, et pour que justice soit faite, de condamner Julian Winedrove à la prison à vie.

D'une démarche digne, Arquette retourna s'asseoir à la table de la partie civile.

Warren vit dans l'œil de nombre de jurés une certitude sans faille. Ça n'allait pas être facile.

— Maître Warren, c'est à vous, indiqua le juge Patterson.

Warren se leva et, rajustant sa veste, se dirigea vers le jury.

— Mesdames et messieurs les jurés, déclama-t-il en cherchant les regards les moins amicaux. Si vous êtes tous ici réunis en ce jour, c'est avant tout pour décider de condamner, ou non, ce jeune homme à la mort.

Il lut la surprise dans la plupart des regards. Cela commençait bien.

— Maître Arquette, avec beaucoup de verve et de propos particulièrement insultants, vient de nous expliquer que sans l'ombre d'un doute, Julian Winedrove a froidement tué Brandon Foster.

Ce n'était pas tout à fait ce qu'elle avait dit, mais étant donné que la défense avait toujours le dernier mot dans un procès, Warren savait qu'Arquette ne pourrait plus corriger ses propos.

— Qu'il avait tué un jeune homme innocent, aimé de tous, qui adorait la vie et avait de grandes espérances artistiques. Des rêves brisés par cet homme (il désigna Julian d'un doigt vengeur), qui n'a pas hésité à lui planter un couteau en plein cœur, et tout ça pour quoi ? Pour de l'argent !

Assis face au jury, Julian s'efforçait de garder un air impliqué, mais il mourait d'envie de hurler à son avocat de la fermer. Croyait-il le faire libérer en leur mettant de telles images en tête ?

— Que l'on tue par passion, ou par folie, ça, nous pouvons le comprendre. Ou même pour se procurer de l'argent, là aussi, c'est un mobile que nous pouvons comprendre. Mais tuer un homme simplement parce que votre sœur donne de l'argent à son amoureux ? Si tel était le cas, c'est un acte d'une ignominie sans nom, qui ne mérite aucune pitié. Julian Winedrove a plus d'argent que toute l'assemblée ici présente, et il aurait froidement tué Brandon Foster pour ne pas perdre quelques miettes du patrimoine familial ?

Il s'arrêta et vit que le jury avait du mal à le suivre. Il cacha son petit sourire et poursuivit :

— Car comprenez-moi bien, mesdames et messieurs les jurés. Jamais Julian n'a pu se sentir lésé des versements de Sandy au profit de Brandon, car si pour quiconque, cent mille dollars est une somme importante, elle ne représente rien pour une famille dont la fortune est estimée à près de six milliards de dollars.

Il laissa le temps aux jurés de prendre conscience de ce que représentait une telle richesse et reprit :

— Alors, si effectivement Julian Winedrove a assassiné Brandon Foster, ne lui donnez pas l'excuse de la peur de se voir spolié de son futur héritage. Et c'est d'ailleurs pour cette raison que la seule sentence qu'il mérite, s'il est coupable, ce n'est pas la prison à vie, mais bel et bien la peine de mort.

— Objection, votre honneur ! intervint Arquette en se levant.

À quoi jouait Warren ? Que voulait-il prouver en abordant ce sujet ?

— Je vous écoute, dit le juge Patterson, lui aussi peu friand de ce genre de propos.

— Comme je l'ai indiqué en début de plaidoirie, les parents de Brandon sont contre la peine de mort, et par respect de leur décision, je demande à maître Warren de ne plus faire mention de la possibilité de cette peine, s'expliqua Arquette.

Ça se tient, pensa le juge en se passant la main sur les joues. Mais d'un point de vue strictement légal, la défense était libre de dire tout ce qu'elle souhaitait pour plaider la cause de l'accusé.

— Objection rejetée, dit-il, contraint par la loi, mais se tournant vers Warren il ajouta : J'espère que vous avez une bonne raison d'invoquer ce sujet.

— Bien évidemment, votre honneur. J'y venais.

— Dans ce cas, continuez.

Warren était dans un état proche du dédoublement de la personnalité. Il se détestait pour la façon dont il allait agir pour tenter de faire libérer un coupable, mais il était dans une sorte de transe narcissique, jouant avec les mots afin de manipuler son auditoire.

— Ce que je veux vous faire comprendre, mesdames et messieurs les jurés, c'est que de deux choses l'une : soit Julian Winedrove est coupable et il mérite la mort, soit il ne l'est pas et il mérite de sortir libre de cette audience.

Arquette rumina une injure dans sa tête. Le salaud, jamais elle n'aurait cru qu'il s'abaisserait à une telle démarche.

— Et si contrairement à maître Arquette, je suis incapable de vous donner le nom du tueur, je vais vous prouver cependant qu'il est plus que probable que Julian ne soit pas celui qui a assassiné Brandon.

Le silence était total.

Le jury était très attentif. Warren voyait bien qu'il l'avait ébranlé en parlant de peine de mort.

Pour avoir plaidé mais aussi étudié de nombreux procès, il avait pu constater que peu d'Américains étaient enclins à donner la mort si le prévenu n'était ni noir, ni marginal, ni arrogant. Julian avait été d'une extrême politesse durant tout le procès, semblant aussi peiné de la mort de Brandon que toutes les parties présentes, et les bonnes fées de la génétique l'avaient gratifié d'un visage angélique.

Maintenant qu'il avait recadré le jury sur la sentence à donner, il ne restait plus, non pas à démontrer l'innocence de Julian, mais à faire naître un doute suffisant pour qu'entre sa mort et sa relaxe, le jury n'ait qu'un choix à faire.

Warren reprit point par point toutes les preuves mises en avant par Arquette, et les corrobora les unes après les autres. Ensuite, il donna sa version des faits.

— Effectivement, Julian s'est rendu chez son ami Brandon ce dimanche soir, puis, comme il nous l'a dit à la barre lors de son audition d'hier, il n'est pas rentré directement chez lui et a décidé de boire un verre dans un des bars du quartier. (Une courte pause.) Certes, comme l'a souligné maître Arquette, personne n'a pu témoigner l'y avoir vu. Mais savez-vous combien un barman peut servir de personnes par service ? Impossible de se rappeler chacun de ses clients. (Nouvelle pause.) Après avoir bu son verre, Julian est retourné à sa voiture garée non loin de chez Brandon, et c'est pendant ce laps de temps que le véritable tueur a assassiné Brandon. Il a ensuite profité du fait que Julian ne ferme jamais sa voiture pour déposer l'arme du crime sur le siège passager et laisser ainsi des traces de sang, avant de la récupérer. Le crime parfait.

Warren vit bien que le jury restait dubitatif, et pour cause :

— Pourquoi ne pas avoir caché l'arme du crime dans la voiture, me direz-vous ? Sous un siège par exemple ? (Nouveau silence.) Parce que Julian aurait pu la trouver et l'apporter à la police pour se disculper du crime, étant donné que ses empreintes ne pouvaient pas se trouver sur l'arme.

Warren vit que certains avaient suivi son cheminement de pensée, mais qu'une bonne partie était complètement perdue ou sceptique. Encore un petit effort !

— Autre chose encore : comme l'audition des amis de Brandon l'a montré, personne, hormis Julian, ne savait que Brandon était le petit ami de Sandy. Pourquoi, si Julian avait été le tueur, aurait-il fait disparaître l'arme et aurait-il oublié de lui prendre son téléphone portable et son ordinateur, qui étaient les seuls liens qui pouvaient permettre de remonter à Sandy et donc à lui ?

Une fois de plus, certains jurés comprirent la démonstration en opinant de la tête, d'autres pas. Warren fit quelques pas devant les bancs des jurés, passa devant l'estrade du juge, et vint se placer près de Julian.

— Un éminent penseur a dit qu'il valait mieux dix criminels en liberté qu'un innocent en prison. Alors oui, il peut sembler que Julian soit notre meurtrier, mais peut-on condamner un homme sur de simples suppositions ? Mais si tel n'était pas le cas ? (Un silence.) Comme les témoignages de ses amis étudiants l'ont démontré la semaine passée, Brandon avait beaucoup de succès auprès des filles. L'hypothèse d'une vengeance d'une ex-petite amie de Brandon qui n'aurait pas supporté que celui-ci la quitte pour sortir avec une fille de riches n'est-elle pas aussi crédible qu'une autre ?

Il refit quelques pas en direction des jurés, sans les lâcher des yeux.

— Vous ne devez avoir aucune parcelle de doute quant à la culpabilité de mon client avant de le condamner, absolument aucune, dit-il en montant d'un ton. Car je peux comprendre qu'il soit tentant de le condamner à une peine de prison et non à la plus extrême, au cas où il serait innocent. Mais entre vous et moi, aucun doute ne doit être permis.

Espèce de salaud ! Arquette comprenait qu'elle était en train de perdre certains membres du jury.

— Je voudrais conclure, mesdames et messieurs les jurés, en vous posant la seule question qui compte. (Il les regarda dans le fond des yeux.) Si quelqu'un venait accuser l'un de vos enfants d'un meurtre qu'il n'a pas commis, et qu'aucune preuve directe, à savoir l'arme du crime ou des aveux, n'ait pu être trouvée, que penseriez-vous d'un jury qui le déclarerait coupable de meurtre ?

Tous les jurés, d'une façon ou d'une autre, montrèrent qu'ils avaient compris la leçon. Arquette secoua la tête, dégoûtée.

— Le doute profite toujours à l'accusé, tel est le fondement de notre justice. Je vous conjure, mesdames et messieurs, de trouver, au plus profond de vous-mêmes, la force de ne pas laisser la place à la colère et au besoin de trouver à tout prix un coupable, mais bien au contraire de ne pas ajouter une injustice à un drame déjà terrible.

Warren resta debout, le visage grave, à regarder les divers membres du jury avant de retourner s'asseoir.

Le juge Patterson reprit son marteau et frappa un coup avant de prononcer :

— L'audience est levée.

36

Warren passa son après-midi enfermé dans son bureau au siège de Lawrence & Associates, ne répondant à aucune interview, ni mail, ni message téléphonique. Il avait besoin d'être seul.

En temps normal, il restait auprès de la famille de son client, mais il lui répugnait de passer ne serait-ce qu'une minute en compagnie de Charles Winedrove.

Il était près de 20 heures quand un texto de Peter Lawrence lui annonça que le jury avait fini de délibérer. Aussitôt, il sortit de son bureau et se rendit au palais de justice en voiture.

Après avoir réussi à se frayer un passage au milieu d'une meute de journalistes et parcouru de nombreux couloirs, il parvint enfin dans la salle d'audience où la cour venait de prendre place.

Comme lors de tout procès pour homicide, la tension était palpable. D'un côté, la famille de la victime, certaine de son bon droit, n'osant envisager une injustice. De l'autre, la famille du suspect, regroupée en un seul bloc, campée sur les mêmes positions.

Warren revint s'asseoir auprès de Julian. Le jeune homme semblait absent. Les yeux rougis. Trop de pression. Il avait craqué.

— Ça va aller, Julian, ça va aller, dit-il, ému pour la première fois par son client.

Julian hocha la tête, mais il était définitivement ailleurs…

Après la séance du matin, de retour dans une pièce close du palais de justice, Julian avait retrouvé un faible espoir. Stanley Warren avait été brillant. Au-delà de sa rhétorique, c'était surtout sa façon de parler, de bouger qui l'avait fasciné.

Les jurés, plutôt réticents à son égard, avaient, semblait-il, manifesté un changement d'attitude, au fur et à mesure que Warren s'adressait à eux. Celui-ci avait bien pris soin de ne pas les lâcher des yeux, et surtout de leur mettre une pression considérable sur les épaules.

Les heures passant, Julian avait trouvé un peu de confiance en se remémorant la phrase que lui avait dite Warren, en tout début du procès. « S'ils décident la condamnation, cela ne durera pas moins d'une heure. »

Alors, même si la présence permanente à ses côtés des deux policiers et les menottes qu'on lui avait remises aux poignets indiquaient qu'il était toujours un condamné en sursis, la boule qui lui tordait les boyaux avait légèrement diminué. Du moins, jusqu'à ce que l'un des gardes se souvienne d'une chose.

— Tiens, je crois que c'est à toi, fit l'homme en lui tendant la lettre d'Allman.

Julian revit son vieux compagnon de cellule et ébaucha un sourire tandis qu'il décachetait l'enveloppe. Quand il eut fini de lire le message qu'elle contenait, les larmes coulèrent toutes seules.

Le garde récupéra la lettre, et appela aussitôt sa hiérarchie.

« Je compte sur toi pour venir à mon enterrement » étaient les derniers mots inscrits.

Moins d'une quinzaine de minutes plus tard, ils avaient la confirmation du suicide par pendaison de George Allman, dans sa cellule…

Le jury fit son entrée. Chacun reprit sa place. Le juge Patterson demanda le silence, puis se tourna vers les douze jurés.

— Monsieur le président du jury, êtes-vous tombés d'accord sur un verdict ?

L'homme en question, un quadragénaire au physique sympathique, se leva.

— Oui, votre honneur.

Il quitta le banc et, dans une atmosphère s'alourdissant de seconde en seconde, il s'approcha de l'estrade du juge et lui tendit une feuille de papier avant de retourner s'asseoir. Le juge Patterson, sans perdre de temps, la déplia avant de la lire au micro.

— Pour le chef d'accusation d'homicide, le suspect est déclaré non coupable.

Un brouhaha marquant l'incompréhension monta de l'assistance. Le juge, imperturbable, continua l'énoncé du verdict :

— Aucune charge n'ayant été retenue contre Julian Winedrove, il est autorisé à sortir libre de ce tribunal. (Un coup de marteau et il conclut :) La séance est levée.

Cette fois, ce fut un véritable tollé qui envahit la salle d'audience. Des hurlements de douleur, mais aussi des cris de colère et de haine. Warren ressentit un sentiment de triomphe, avant de se souvenir qu'il venait seulement de faire libérer un meurtrier.

— Allez, venez, ne restons pas là, dit-il en prenant Julian par le bras.

Ce dernier était sous le choc. Quelques minutes plus tôt, il pleurait la mort de son ami, et maintenant il était lavé de tout soupçon. Plus aucune nuit à passer en prison.

— C'est un scandale. Cette cour est pourrie !

— Vendu !

— C'est une honte ! Nous n'en resterons pas là !

La famille de Brandon était anéantie. Comment avait-on pu innocenter Julian Winedrove alors que les faits l'accablaient ?

Les forces de police durent faire barrage de leur corps pour empêcher les proches de Brandon de se ruer avec rage sur la famille de Julian. Les insultes pleuvaient.

— Vous êtes une ordure. Vous avez payé ce jury corrompu ! hurla la sœur aînée de Brandon, qui essayait de se dégager de l'emprise d'un garde.

Charles Winedrove lui renvoya un sourire narquois. Il avait bien fait de suivre son instinct et de garder cet avocat démocrate. « La force des grands hommes est de savoir utiliser les qualités de leurs ennemis », avait-il lu quelque part. Il fallait reconnaître que les démocrates n'étaient pas tous de sombres crétins.

La salle d'audience se vida lentement. Bientôt, il ne resta plus que la famille Winedrove et une avocate écœurée.

— Stanley, regarde-moi bien dans les yeux, et dis-moi que tu es content d'avoir gagné ce procès, l'interpella Charleen Arquette, qui ne cherchait pas à cacher son émotion.

Tenant toujours Julian par le bras, Warren n'hésita pas une seconde.

— Je n'ai fait que mon travail. Qu'est-ce que j'y peux si tu as mal fait le tien ? répliqua-t-il dans un réflexe défensif.

D'un même réflexe, une gifle claqua, et Arquette quitta à son tour la salle.

— Les femmes ne sont décidément pas faites pour les combats. Trop émotives, et si mauvaises perdantes, s'amusa Winedrove, qui venait de le rejoindre.

Warren n'avait que faire de ses remarques. Il regrettait déjà ce qu'il venait de dire. Il pensa courir le long de la travée centrale et rattraper Arquette pour lui dire combien il se détestait, mais sa fierté l'en empêcha et il resta là, sans bouger.

— Je savais que vous étiez l'homme de la situation, le félicita Winedrove. Sachez que je serais honoré de vous avoir comme avocat personnel.

Warren le regarda dans le blanc des yeux. Si seulement il avait la force de caractère d'Arquette, il aurait balancé une gifle mémorable sur cette peau vieillissante.

— J'ai respecté ma part du marché. Respecterez-vous la vôtre ? répondit-il simplement.

Julian venait de prendre Debbie dans ses bras ; Sandy et Elisabeth Winedrove étaient émues aux larmes.

— Je n'ai qu'une parole, maître Warren. Sachez seulement que je n'aurais jamais révélé ce que j'ai appris sur vous. J'aurais eu bien trop peur de ce que vous auriez pu trouver sur moi, dit-il d'un ton sarcastique.

Warren sentit un froid glacial le paralyser.

— Votre fils va avoir besoin de vous, monsieur Winedrove.

Il se détourna de Winedrove et d'un pas rapide sortit de la salle d'audience. Puis, en courant presque, il se rendit jusqu'aux toilettes où, plié en deux, il vomit tout son déjeuner, et se vida jusqu'à en avoir des spasmes. À bout de souffle, les yeux larmoyants, il se redressa et alla se rafraîchir le visage. Il était livide.

« Ne dansez jamais avec le diable, vous y perdriez votre âme », tel était l'un des nombreux conseils d'un de ses professeurs à Harvard. Il n'aurait jamais cru qu'il parlait au sens littéral du terme.

À l'autre bout du palais de justice, la famille Winedrove avait décidé de quitter les lieux par un accès secondaire afin d'éviter la presse, la famille de la victime et ses nombreux soutiens.

Une limousine les attendait, qui les ramena à Providence.

37

— Je n'en reviens toujours pas, dit Rivera.

Seule avec Logan dans son bureau du commissariat central, elle discutait avec lui de la sentence.

— Warren a tout dit : le doute profite toujours à l'accusé. Ce n'est ni la première ni la dernière fois qu'on aura relâché un coupable faute de preuve tangible : pas d'arme ni d'aveu, conclut Logan, fataliste.

Lui aussi était persuadé de la culpabilité de Julian Winedrove, mais que pouvaient-ils faire contre un jury populaire ?

— Je sais, mais ce n'est quand même pas normal. Il va s'en tirer comme ça, alors que vous et moi savons qu'il a tué Brandon.

— Qui a des doutes sur la culpabilité d'O.J. Simpson ? Et je ne vous parle pas de Phil Spector qui a été acquitté lors de son premier procès, tout comme Julian.

— Vous pensez qu'il y aura une suite ?

Logan n'y croyait guère. Mais en Amérique, tout était possible.

— Allez savoir ! En tout cas, et comme l'a fait remarquer Warren, il vaut mieux dix criminels en liberté qu'un seul innocent en prison.

— Mouais, ça se discute, dit-elle avec une mauvaise foi absolue. Moi, ce que j'en pense, des grands penseurs français !

Logan eut un rire franc.

— Rentrez chez vous. Il se fait tard, et je n'ai pas envie d'un divorce de plus dans l'équipe, dit-il en sortant du bureau de Rivera.

D'un mouvement de tête elle balaya son argument, mais prit son téléphone pour prévenir son mari de son retard.

Nelson avait passé la journée chez lui, dans l'attente du verdict. Il s'était senti incapable de travailler, et n'avait eu aucune envie d'être un poids pour Rivera.

Le sort de Julian ne le concernait pas directement, mais pour Debbie, c'était capital. Malheureusement, il ne voyait pas comment le jeune homme pouvait s'en sortir.

Le fait d'être à l'origine de son arrestation ajoutait à son malaise. Il avait ressassé cette idée durant ces dernières semaines. Certes, il n'avait rien à se reprocher, mais il était persuadé que, malgré tout, Debbie lui en tiendrait rigueur si Julian était condamné à perpétuité.

— Tu crois qu'il a une chance de s'en sortir ? l'interrogea Kaleigh.

Il était près de 20 heures et elle mangeait dans le salon en regardant la télévision.

Il allait répondre quand la journaliste prit la parole et indiqua que le jury avait fini ses délibérations et que le verdict allait être prononcé dans les secondes suivantes. Nelson but une gorgée de bière en se préparant au pire.

Le verdict tomba. Il n'en crut pas ses oreilles. Julian était acquitté !

— Putain, y a pas de justice ! dit Kaleigh.

— À toute chose malheur est bon, répliqua Nelson, profondément soulagé.

Peter Bogart savait qu'il avait abusé, mais ce n'était pas tous les jours qu'Ashley l'appelait. Évidemment, il aurait dû rester auprès de son épouse en cette journée cruciale, mais il avait succombé à l'appel d'une soirée torride entre les cuisses de cette nymphomane. Il était près de minuit quand il rentra, en essayant de faire le moins de bruit possible. Mais quand il alluma une des petites lampes du salon, il découvrit sa femme assise sur le canapé.

— Qu'est-ce que tu fais dans le noir ? s'étonna-t-il bêtement.

— Je t'attendais. Je réfléchissais.

Bogart hocha la tête et retrouva sa confiance naturelle.

— J'ai fait le plus vite que j'ai pu, mais tu sais, ces réunions sont interminables. Tu ne peux pas imaginer combien je suis soulagé pour Julian. J'étais certain qu'il était innocent.

Debbie prit une cigarette et l'alluma.

— Tu aurais pu appeler et me prévenir pour ta réunion.

Le ton n'était pas accusateur, juste un peu déçu.

— Je me suis dit que tu devais être avec toute ta famille pour fêter la libération de Julian…

— Enfin une parole de vérité, le coupa Debbie.

Bogart posa sa veste et vint s'asseoir à côté de sa femme.

— Qu'est-ce que tu racontes ?

— Comme tu viens de le dire, je suis restée auprès de ma famille, et toi, tu n'es pas de la famille.

Bogart comprit l'impair qu'il venait de commettre.

— Ce n'est pas ce que je voulais dire, tu le sais bien.

— Arrête, Peter, tu pues encore le parfum de ta pute. Tu aurais au moins pu prendre une douche avant de rentrer, dit-elle en le regardant dans les yeux.

Debbie ne s'était pas sentie aussi forte depuis longtemps. Entre le véritable amour que lui portait Nelson et la fin de ce maudit procès, elle sentait que sa vie allait enfin pouvoir redémarrer.

— Debbie, arrête, je peux tout t'expliquer.

— Ça ne sera pas la peine, Peter. J'ai préparé mes bagages et je vais vivre à l'hôtel pour un temps. Mon avocat réglera avec le tien les formalités de notre divorce.

Ce coup-là, Bogart ne l'avait pas vu venir, et il en resta bouche bée.

— Mon amour, tu ne peux pas faire ça.

— Tu me dégoûtes, dit-elle en écrasant sa cigarette dans le cendrier de la table basse.

Elle se leva, prit son manteau et, quand Bogart tenta de la retenir, elle se dégagea et le prévint de ne plus jamais la toucher.

Abattu, Bogart regarda partir sa femme et retourna s'affaler sur le canapé, tout en se jurant que cela ne se passerait pas comme ça.

— Tu dors ? demanda Belinda en se retournant vers son mari.

— Non, répondit Tyron, allongé dans son lit, les yeux grands ouverts dans l'obscurité de la chambre.

— Tu penses à Julian ?

— Oui.

Ils avaient évité d'en parler toute la journée devant les autres membres de La Ferme. Même quand ils s'étaient enfin retrouvés seuls, Tyron avait refusé d'aborder le sujet. Mais Belinda savait que le moment viendrait.

— Tu regrettes de ne pas être allé le voir ?

Tyron se tourna sur le côté et caressa l'épaule de son épouse.

— Je ne sais plus où j'en suis avec ma famille. Je devrais les oublier et pourtant ils me hantent toujours.

— « Les liens du sang » est un concept créé par la noblesse pour perpétuer de façon héréditaire son pouvoir sur le peuple, dit-elle en le citant.

— Je sais, mais je n'arrive pas à m'en défaire. Alors que nous n'avons rien en commun, et que j'exècre ce qu'elle fait avec sa fondation, j'aime toujours Debbie.

Il s'arrêta et ajouta, la mort dans l'âme :

— J'ai beau être sûr que Julian est un meurtrier, je lui pardonne et je l'aime tout autant que Sandy.

Belinda lui passa une main apaisante sur le torse.

— À mon tour de t'avouer quelque chose, et répudie-moi si tu le souhaites, mais je crois aux liens du sang, le réconforta-t-elle.

— Quoi ?

— Je mourrais pour Paul et Ricardo et cela, quoi qu'il advienne.

Tyron pensa à ses deux garçons qui dormaient dans la chambre d'à côté. Oui, Belinda avait raison. Aussi artificiel que soit le concept de « liens du sang », il était trop ancré dans la société pour qu'on puisse s'en détacher par la seule volonté de son esprit. À quoi bon résister ?

— Moi aussi, je mourrais pour vous, dit-il en embrassant Belinda.

— Non, c'est décidé, je pars pour San Francisco, dit Sandy.

La nuit était tombée depuis bien longtemps et tout le monde était couché à Providence. Mais, incapable de trouver le sommeil, Julian était allé retrouver sa sœur dans sa chambre.

— Arrête avec ça. Tu vas te faire chier à Frisco, y a que des pédales et des lesbos !

— Très drôle ! répliqua Sandy, assise dans son lit, le dos calé contre un oreiller, les bras croisés sur la poitrine.

— Non, mais sans déconner, reviens vivre à la villa. J'ai besoin de toi. Je viens de passer quatre mois en prison pour rien…

— Tais-toi, le coupa-t-elle abruptement. N'en parle plus jamais. Je sais très bien ce que tu as fait, et même si c'était un accident, n'essaye jamais de te faire passer pour un innocent devant moi.

Allongé près d'elle, Julian ne chercha pas à se défendre. Après tout, quelle importance.

— OK, pardon, mais je t'en prie, ne pars pas. Qu'est-ce que je vais faire dans cette villa sans toi ?

— Tu pourras dire ce que tu veux, je ne reviendrai pas sur ma décision, dit Sandy sans oser lui faire face.

C'était plus facile à dire qu'à faire. Ils avaient tout partagé depuis qu'ils étaient enfants, et même si le moment n'avait jamais été aussi opportun de prendre ses distances avec son frère, elle se rendait compte que sa présence lui avait terriblement manqué durant ses mois d'incarcération. Malgré tous ses défauts, il était le seul qui la comprenait. Ils partageaient tous leurs secrets. Des plus banals aux inavouables. Rien ne pouvait être plus fort que le lien qui les unissait.

— Sandy, laisse-moi au moins le temps de m'y préparer. Finis au moins l'année à la villa. Promis, après les fêtes, je te laisserai pour de bon.

Il était tellement attendrissant, avec sa petite gueule d'ange. Il était unique.

— Laisse-moi dormir. Je vais y réfléchir, fit-elle, connaissant déjà la réponse.

Julian vit qu'il avait gagné, et se dit qu'après tout, la vie pouvait reprendre exactement là où il l'avait laissée. Adieu toutes les bonnes résolutions qu'il avait prises en prison. Et si elles l'avaient aidé à tenir le coup à ce moment-là, il n'en avait plus besoin à présent.

TROISIÈME PARTIE

Samedi 20 août 2011

38

— Je te jure que tu es superbe, un vrai gentleman, apprécia Debbie, qui l'enlaça par-derrière et vint lui poser un baiser dans la nuque.

Debout devant la psyché de la suite Cascade du Fairmont Olympic, Nelson observait son reflet, dubitatif. Habituellement en perfecto et santiags, il n'aimait pas du tout ce look de cadre dynamique aux dents blanches.

— Si mes collègues me voyaient, je te jure que je serais bon pour une année de blagues pourries !

Il esquissa un sourire. Le résultat fut encore pire. Debbie ne put se retenir de rire en voyant sa tête.

— Arrête. De toute façon, tu n'as pas le choix. C'est une soirée sélecte et je n'ai pas envie que tu me fasses honte.

— Je n'étais pas obligé de venir, se défendit Nelson, qui avait l'impression d'étouffer dans ce costume.

— Oh que si ! Je ne veux plus qu'on se cache. On a déjà perdu douze ans de notre vie, et je tiens à ce que tout le monde sache que je suis avec toi.

Nelson se retourna et la serra dans ses bras.

Il ne l'avait pas prise au sérieux quand elle lui avait affirmé qu'elle quitterait son mari à la fin du procès de Julian. Mais le soir même, elle lui avait envoyé un texto sur le coup de 1 heure du matin pour lui demander si elle pouvait venir dormir à la marina avec lui.

— Tu sais que ça va faire jaser toute la soirée ?

— J'espère bien. Tu n'imagines même pas le nombre de jalouses que je vais faire, dit-elle, fière de lui. Un flic à l'ancienne, au regard ténébreux. Le fantasme de toutes les femmes !

— Moi qui croyais que c'étaient les pompiers.

Debbie regarda sa montre et redressa la tête d'un sourire coquin.

— Tu crois qu'on a le temps ?

— Et comment ! rétorqua Nelson, tout heureux de pouvoir se débarrasser, ne serait-ce qu'un moment, de tous ses vêtements.

La soirée avait lieu dans la suite penthouse du Sorrento Hotel, qui pouvait réunir plus d'une centaine de convives. Cela faisait six ans que Debbie organisait le gala annuel de sa fondation dans ce prestigieux palace, apprécié des stars de passage dans la ville. D'ailleurs, à chaque gala, elle pouvait compter sur la présence de deux ou trois célébrités du show-business.

Comme à son habitude, Debbie sentit monter la panique à mesure que l'heure approchait. Elle avait laissé Nelson au Fairmont Olympic, et s'était dépêchée de rejoindre les bénévoles et les intérimaires de sa fondation pour que tout soit prêt quand les invités arriveraient.

— Non, non, non ! Ce n'est pas possible ! hurla Simon Achard. Vous le faites exprès ou quoi !

Petit homme d'une cinquantaine d'années, fine moustache et ventre débordant d'un pantalon retenu par de larges bretelles, il était le plus couru des régisseurs de Seattle.

Debbie passa derrière lui et fit un signe de solidarité aux malheureux manutentionnaires occupés à régler les éclairages. Comme dans une fourmilière, des dizaines de petites mains s'affairaient en tous sens dans la grande salle de réception pour que tout soit prêt en temps et en heure. Chaque table devait être décorée à la perfection et, surtout, aucun nom ne devait être oublié.

Une jeune serveuse, voyant la patronne s'approcher d'elle, fit tomber une fourchette. Rouge de confusion, elle allait se baisser pour la ramasser, quand Debbie la devança et lui posa une main délicate sur l'épaule.

— Ce n'est rien, mais si je vous vois la reposer sur une table, vous aurez affaire à moi.

La jeune fille devint encore plus confuse.

— Jamais je ne me permettrais, madame Winedrove.

— Je plaisantais. Ne vous en faites pas et détendez-vous.

Comprenant que plus elle lui parlait, plus elle aggravait son stress, Debbie lui sourit et partit en cuisine vérifier que tout se passait sans encombre. Dès qu'elle entra, mille délicieuses odeurs l'assaillirent. Une fois de plus, Jean-François avait fait des merveilles. Le grand chef québécois venait tout exprès de Montréal une fois l'an pour organiser le repas de gala. Debbie passa devant un escadron de marmitons, aides-cuisiniers et cuisiniers pour faire face au chef de cette troupe en mouvement.

— Chère Debbie, venez que je vous embrasse, dit Jean-François Pratlong dans un anglais irréprochable.

— S'il vous plaît, en français, répondit Debbie qui avait enfin trouvé un intérêt à avoir appris cette langue.

— *Je vous ai préparé un menu dont vous me direz des nouvelles. Uniquement des produits frais de notre terroir*, dit-il en exagérant son accent québécois.

— Moins vite ! C'est à croire que vous ne parlez pas très bien le français.

— *J'suis québécois, me parlez pas de ce peuple d'indigènes sales et poilus.*

Debbie rit de bon cœur. Pratlong lui fit alors faire le tour des cuisines, énumérant de façon haute en couleur la liste des plats, dont il lui détailla avec emphase les secrets de préparation.

Elle ressortit de la cuisine enchantée. Encore sous le charme, elle retourna vers l'entrée pour s'assurer que le service de sécurité était en place.

— Tout est en ordre, madame Winedrove, la rassura Clarence Fawley. Nous allons avoir encore une soirée merveilleuse.

L'homme était un ancien policier de la ville qui, après avoir démissionné, avait monté sa propre boîte et, depuis, roulait en Porsche. Qui disait que les Noirs étaient des incapables en affaires ? *Pauvre papa !* songea-t-elle, tout en souriant à l'Afro-Américain.

Il l'amena dans une pièce annexe, transformée pour l'occasion en salle de surveillance. Debbie put constater, sur les divers écrans, que pas un recoin n'était à l'abri de leurs caméras. Parfait. Comme chaque fois.

— Du bon travail, Clarence. Je vous adore.

— Ne me portez pas la poisse. On en reparle après les festivités.

Debbie croisa les doigts de ses deux mains à son adresse et lui fit un clin d'œil complice. La porte de la pièce s'ouvrit en grand, livrant passage à Gabrielle Porter, la tête pensante de Debbie.

— Debbie, la voiture du maire est annoncée.

— Très bien, j'arrive.

L'homme était en avance, mais elle n'allait sûrement pas lui en faire le reproche. Bien au contraire. Elle avait réellement besoin de son soutien pour l'obtention de bâtiments délabrés qu'elle voulait transformer en école de soutien scolaire pour les enfants de familles défavorisées.

Il était à peine 19 heures et la soirée allait être très longue, mais tellement exaltante.

Assis à la table d'honneur, Nelson n'en pouvait plus. Les conversations étaient d'un ennui mortel. Entre le maire (en bout de table), qui n'arrêtait pas de se vanter et de clamer haut et fort tout le bien qu'il prodiguait à sa ville, sa voisine de droite qui ne parlait que de ses vacances passées, présentes et futures, et son voisin de gauche qui ne cessait de pontifier sur la situation économique du pays, il avait la tête comme une citrouille.

Personne n'était donc capable d'écouter quelqu'un ? Ces gens étaient-ils bien seuls pour être pris d'une frénésie de paroles quand ils se retrouvaient avec d'autres membres de leur espèce ? Des mégalo-narcissiques.

Au début, Nelson avait pris le parti d'en rire, mais plus le repas avançait, moins il les supportait. S'il avait oublié la raison pour laquelle il avait quitté ce monde aux ego démesurés, cette piqûre de rappel allait l'immuniser pour longtemps.

— Savez-vous que je suis allée faire un trek au Kenya le mois dernier ? lui demanda sa voisine de droite. Un pays magnifique, et un peuple si chaleureux.

Nelson lui adressa un sourire, tandis que son voisin de gauche continuait à discourir alors même qu'il ne lui prêtait plus attention.

Seigneur, pardonnez-moi de n'avoir pas cru en vous. Je vous en supplie, à l'aide ! pria-t-il, s'imaginant cogner l'une contre l'autre ces deux têtes qui ne cessaient de pérorer.

Il détourna les yeux et capta le regard de Debbie, assise à la droite du maire, qui lui fit un clin d'œil. Il soupira subrepticement et c'est avec un sourire qu'il interrompit sa voisine, toujours en train de vanter les charmes du Kenya.

— C'est un magnifique collier que vous avez là !

La voisine, ne se sentant plus de joie, embraya sur « l'incroyable histoire de ce bijou ». Toujours mieux que ses poncifs paternalistes sur les Africains.

— Et maintenant, celle que vous attendez tous, notre hôtesse, sans qui Seattle ne serait pas Seattle : Debbie Winedrove, annonça Mark Cooper.

L'homme animait la matinale de la première radio locale et était le journaliste vedette de Seattle.

Une salve d'applaudissements lui répondit.

Simon Achard, qui surveillait toutes les opérations, fit envoyer une poursuite sur la table de Debbie, tandis qu'il faisait baisser les autres lumières de la salle.

Quand Debbie se leva, le faisceau lumineux l'accompagna jusqu'à l'estrade où elle retrouva Cooper. Elle se plaça derrière le micro et, avec l'aisance due à son éducation, elle prit la parole et rappela à son auditoire la raison de la présence de chacun d'entre eux : aider les pauvres gens qui n'avaient pas leur chance d'avoir une situation avantageuse dans la vie.

À la fin de son discours, et après une salve d'applaudissements, elle remercia tous ses invités pour leur générosité et les convia à passer dans l'autre salle.

— Vous dansez ? demanda la voisine de Nelson.

Il eut envie de rire. Croyait-elle vraiment l'avoir charmé ? Certes, elle était mignonne, mais ô combien assommante !

— Oui, mais ma première danse est déjà réservée.

— Allons, vous oseriez refuser mon invitation ? dit-elle d'un air faussement vexé.

— Je crains que oui, répondit Nelson en souriant.

Les convives se levaient de table dans un brouhaha général.

— Mais qui êtes-vous, au fait ? commença à s'interroger sa voisine.

Tellement soûlé par le flot de paroles diverses, il ne s'était pas rendu compte qu'il n'avait même pas pris la peine de se présenter.

— Le voleur de beauté, dit-il en se levant de table.

La voisine ne sourit plus du tout, et son visage se décomposa quand elle le vit rejoindre Debbie Winedrove et la prendre dans ses bras.

Une version réduite de l'orchestre philharmonique de Seattle avait été installée sur une large estrade de la seconde salle de réception. Dirigé par un jeune chef d'orchestre renommé, il ouvrit le bal par une valse de Johann Strauss.

Vêtus de leurs plus beaux habits de soirée, les membres de la haute société de Seattle et des alentours s'avancèrent sur la piste.

Dès les premières mesures, le rythme entraînant créa une atmosphère romantique, accentuée par un jeu de lumières élaboré.

— Alors, tu ne t'es pas trop ennuyé ? demanda Debbie, heureuse de retrouver son homme.

— Ton discours a été parfait. Si seulement la moitié des gens présents étaient venus pour l'entendre !

Évoluant au milieu des autres invités, il se sentait à l'abri de toute oreille indiscrète. Ce qui n'empêchait pas de nombreux regards interrogateurs de se porter sur Nelson. Qui était ce danseur au charme mystérieux ?

— Du moment qu'ils payent, je me moque de leurs motivations. Je pense à tous les enfants que nous allons aider, et cela suffit à me faire tout oublier.

Le cœur sur la main. Elle n'avait pas changé.

— Je t'aime, lui souffla-t-il dans l'oreille.

C'était la première fois qu'il le lui disait depuis qu'ils s'étaient revus. La gorge soudainement serrée, Debbie fut incapable de répondre. Laissant ses pas valser pour elle, elle se sentit transportée ailleurs. De fines larmes coulèrent de ses yeux.

— Je peux vous l'emprunter ?

La deuxième valse venait de finir, et Nelson aurait bien enchaîné sur une troisième, mais le nouveau venu n'était autre que Mark Cooper, le journaliste vedette.

— Si vous me promettez de me la rendre.

L'homme sourit mais ne répondit pas. Nelson s'éloigna et retourna dans la première salle.

Les employés commençaient à ranger les tables, alors que le bar avait été ouvert. Un bruit de vaisselle cassée suivi d'un cri d'effroi fut couvert par une voix haut perchée :

— Espèce de connasse ! Je vais te faire retourner dans ton pays ! Ça, tu peux me croire.

Les regards convergèrent sur une jeune femme, outrageusement maquillée, qui venait de bousculer une domestique, les bras chargés des assiettes du repas.

— Je vous demande pardon, mais c'est vous qui…

Une gifle partit. Si certains s'en amusèrent, la plupart furent outrés. Le sang de Nelson ne fit qu'un tour. Il se rua sur la pimbêche.

Il sortit sa plaque de lieutenant et la mit sous les yeux de la jeune femme, qui eut un sourire diabolique, croyant son vœu réalisé. Elle était certaine que cette petite Mexicaine de merde avait fait exprès de lui pourrir sa superbe robe. Elle allait le payer cher.

— Vous pouvez vérifier ses papiers. Elle n'a pas la tête de quelqu'un d'ici, dénonça la fille, hors d'elle.

Nelson dévisagea l'accusatrice. Il regarda sa robe. Juste une petite tache de chocolat. Pas de quoi faire un drame.

— Je vois, dit Nelson, l'air soucieux.

Il se baissa, ramassa une part de gâteau tombée d'une des assiettes, et l'écrasa sur le visage de la jeune fille.

— Et maintenant, tu dégages ! dit-il avec un air de tueur.

Cette fois, tout le monde rit. Les mêmes qui s'étaient moqués de l'employée latino rirent encore plus fort du dépit de la grande blonde. Nelson retourna vers le bar sous les regards complices de la plupart des invités, mais aussi des serveurs, qui le gratifièrent d'un large sourire.

Moins d'une minute plus tard, la jeune fille revenait, accompagnée de son père et du chef de la sécurité. Celui-ci, dès qu'il eut reconnu Nelson, dut user de toute sa diplomatie pour expliquer à la jeune fille et à son millionnaire de père qu'il ne pouvait rien faire. L'homme le prit de haut et jura qu'il retirait aussitôt son aide à la fondation, et qu'on allait entendre parler de lui !

— Ce n'est pas grave. J'expliquerai tout à Debbie, dit Nelson au chef de la sécurité. Ne vous en faites pas pour les menaces de ce type. Personne n'est plus puissant dans cette ville que Charles Winedrove.

Rassuré, le chef de la sécurité repartit, et Nelson put enfin s'installer sur une des chaises hautes du bar.

Il avait à peine avalé une gorgée de sa tequila sunrise qu'un homme, dans les soixante-dix ans, particulièrement élégant, s'approcha de lui.

— Félicitations, jeune homme. J'ai adoré votre intervention.

Le ton était sincère, mais un tantinet maniéré.

— Merci, mais on n'allait pas laisser une petite peste gâcher ce gala de *charité*, dit-il en insistant sur le dernier mot.

L'homme sourit et, tirant une chaise haute, demanda :

— Vous permettez que je m'asseye à vos côtés ?

— Si vous le souhaitez. Mais en vérité, je ne suis pas d'humeur très loquace.

La musique provenant de derrière le comptoir prenait le pas sur les mélodies viennoises. Nelson reconnut My Darkest Days. Il adorait ce jeune groupe. Dommage.

— Ce n'est pas grave, je parlerai pour deux. Vous m'êtes très sympathique.

Et merde ! Il ne manquait plus que ça. Se faire draguer par un vieil homo.

— Écoutez, je crains que vous ne vous trompiez de personne. Je ne suis pas gay.

— Et alors ? Cela ne vous empêche pas de me parler, répondit l'homme, d'un ton peiné. Je me souviens de l'époque où je te faisais sauter sur mes genoux, tu étais bien moins craintif.

Surpris, Nelson plissa les yeux. Une vague réminiscence fit surface.

— Mais peut-être devrais-je me présenter. Vernon Klein, dit-il en lui tendant la main.

Nelson la lui serra. Une poigne amicale.

— J'ai bien connu ton père à l'époque. Et s'il est une chose dont je me souviens, c'est qu'il était la seule de mes connaissances à accepter que je joue avec son fils. Qu'on le veuille ou non, un pédé qui s'amuse à faire sauter des petits garçons sur ses genoux reste toujours suspect pour bon nombre de soi-disant défenseurs des droits homosexuels.

Nelson s'en voulut de l'avoir mal jugé. D'un signe, il appela le barman, qui vint prendre commande.

— Un scotch, s'il vous plaît, dit Klein. Ton père serait fier de toi. Même si je n'habite plus Seattle et ai préféré l'appel du soleil, je ne rate jamais un des galas de Debbie, une fille adorable. Je suis heureux que vous soyez de nouveau ensemble.

Plus tout jeune, mais toujours le regard affûté.

— Quel rapport aviez-vous avec mon père ?

— Oh, le travail. J'étais dans la finance. Gestion de portefeuilles, hedge founds, etc., des choses pas vraiment intéressantes mais qui m'ont permis de gagner un véritable trésor de guerre en moins d'années qu'il n'en a fallu à Ford pour toucher son premier milliard.

L'homme devait être quadragénaire dans les années quatre-vingt. L'image de Michael Douglas dans *Wall Street* s'imposa à Nelson.

— Je parie que vous êtes bien plus conciliant qu'autrefois, dit-il, sachant que la vieillesse accentuait les traits de caractère, aigrissant certains tandis que d'autres devenaient plus doux.

— Tu l'as dit, mon garçon, approuva-t-il alors que le barman lui apportait son scotch. Il y a une chose que je voudrais que tu saches : ton père était un type bien. Pas facile en affaires, mais un type bien.

Alors que les morceaux s'enchaînaient dans la salle voisine, Nelson commença à se détendre. Sirotant sa tequila sunrise, il se dit que finalement, cette soirée ne serait peut-être pas aussi ennuyeuse qu'il l'avait craint.

— Parlez-moi de lui. Des trucs que je ne connaîtrais pas.

D'humeur nostalgique, le vieil homme ne se fit pas prier. Il se lança dans une série d'anecdotes qui firent sourire Nelson. Un pan de la vie de ses parents qu'il ignorait ou qu'il avait oublié.

La soirée touchait à sa fin. L'orchestre avait laissé place à un DJ depuis plus d'une heure quand Klein se laissa aller à une dernière confidence.

— Je ne devrais pas te dire ça, mais je crois que ça te fera du bien de savoir.

Nelson avait été enchanté par ce long monologue. Des scènes souriantes, pleines de fraîcheur et de vie, étaient venues remplacer l'obsédante image d'un père et d'une mère fauchés d'une balle en pleine tête.

— Ton père n'a pas tué ta mère, articula-t-il, à moitié ivre.

Aussitôt avait-il lâché sa bombe que Klein se sentit aspiré par un grand vide. Mais après tout, que risquait-il ? Il était vieux, et sans enfant. Son véritable amour était mort douze années auparavant. Au moins partirait-il la conscience tranquille.

— Malheureusement, vous vous trompez. C'est la première chose que j'ai vérifiée, dès mon entrée dans la police. Le test de la paraffine confirmait la présence de traces de poudre sur ses doigts.

Il but une gorgée de sa quatrième tequila sunrise, peiné que l'homme finisse sur un tel sujet.

— Non, ton père n'a pas tué ta mère, Dean. Ou plutôt, on l'a obligé à la tuer, puis à se suicider. Sinon, c'étaient eux qui le faisaient et, en bonus, ils vous auraient tués, toi et ta sœur.

La légère ébriété de Nelson se dissipa. L'homme avait l'air tellement sincère.

— Avez-vous conscience de ce que vous dites ? le rabroua-t-il avec une sérieuse envie de le secouer, malgré son âge.

— Je ne vais pas tarder à dire adieu à ce monde, et tu vois, je ne crois pas au hasard. Si le Seigneur t'a remis sur mon chemin, c'est pour que je te livre la vérité : ton père aimait ta mère et n'a jamais voulu la tuer.

Nelson se passa nerveusement la main sur les lèvres, son pied tapant convulsivement un barreau de sa chaise haute.

— Comment vous pouvez savoir ça ? demanda-t-il, sentant l'émotion et l'alcool faire un étrange mélange.

— Peu importe, le principal est que tu le saches.

Il avait passé ces douze dernières années persuadé de n'avoir rien vu venir, de n'avoir pas su comprendre que son père devenait dingue, de ne pas avoir su sauver sa mère. Ce type se rendait-il compte du bouleversement qu'il créait dans sa vie ?

— Écoutez, vieux ou pas, je vous jure que je vous fous la raclée de votre vie si vous ne m'en dites pas plus.

— Même si je le voulais, je ne le pourrais pas, car je n'en sais pas plus, mentit-il.

Nelson eut un rire dérisoire et dans un éclair de lucidité se demanda si tout cela n'était pas un jeu cruel.

— Qu'est-ce qui me prouve que ce que vous dites est vrai ?

Klein n'avait aucunement l'intention de tout lui révéler, car alors, la mort de Dean Nelson serait au bout du chemin. Il ne livra que le minimum.

— « Je fais ça parce que je vous aime », lança-t-il avant de se lever de sa chaise haute. Au revoir, Dean, j'ai été ravi de discuter avec toi.

Nelson était cloué sur place. Le vieil homme venait de prononcer, mot pour mot, la phrase que son père avait écrite sur une simple feuille de papier, avant de se tuer. Une feuille que Nelson avait déchirée en mille morceaux et jetée aux toilettes bien avant l'arrivée des flics. Personne ne pouvait être au courant si ce n'était le tueur lui-même.

Il regarda l'homme s'en aller et se rua sur lui. Il l'attrapa par le col et le souleva du sol.

— C'est vous qui avez tué mes parents ?

— Dean, je n'ai plus rien à te dire. Allez, lâche-moi avant de faire une bêtise.

Des agents de la sécurité intervinrent.

— Il y a un problème ?

— Non, tout va bien, n'est-ce pas, Dean ?

Nelson le relâcha lentement et le laissa partir. Il avait envie de vomir. Il fit deux pas et réalisa qu'il avait bu plus que de raison. Il tomba à genoux et s'effondra sur le sol.

Il eut juste le temps de voir Debbie accourir vers lui avant de s'évanouir.

Dimanche 21 août 2011

39

— Alors, qui veut commencer ? demanda Tyron.

En ce dimanche matin, le comité rédactionnel de *La Voix du peuple* était réuni autour d'une table pour débattre du sujet du jour et de son traitement.

— Moi, je veux bien, intervint Stephen.

Les cinq autres personnes présentes n'y virent pas d'objection.

— Je pensais dénoncer cette saloperie de gala de charité qui a eu lieu, hier.

Tout le monde opina de la tête de façon concernée, avant que Tyron ne reprenne la parole :

— Qui est pour ?

Six mains, dont la sienne, se levèrent.

— Très bien, on part là-dessus.

Ayant été élu coordinateur de la gazette révolutionnaire, c'était à lui de mener les débats. Un rôle qu'il appréciait et qui lui prenait une grande partie de son temps au sein de La Ferme.

Cela faisait près de trois ans qu'ils avaient lancé ce magazine hebdomadaire d'une dizaine de pages, distribué dans toutes sortes de lieux ouverts à la contestation, mais aussi sur abonnement. Au total, cela représentait une moyenne de quatre mille ventes par numéro. Une goutte d'eau, en regard des trois cents millions d'Américains. Mais viendrait le jour où la goutte d'eau ferait déborder le vase. Ils en étaient tous profondément persuadés.

— Qui veut être du côté capitaliste ? demanda-t-il.

Chacun croyait très fort au débat et à la nécessaire confrontation des idées. « L'esprit ne s'élève que dans l'adversité. Aucune guerre ne peut se gagner sans comprendre son ennemi. »

— Allez, ça fait un moment que je ne l'ai pas fait, se proposa Lily.

— Va pour moi, bande de sales communistes ! s'amusa Christopher d'une voix sadique.

— Et moi aussi, ajouta Tyron, qui n'avait pas envie d'être du côté de Stephen et voulait éviter un acharnement contre Debbie.

Stephen, Allison et Chelsea se retrouvèrent de facto dans la position des révolutionnaires.

Puisque c'est Stephen qui a proposé le sujet, autant qu'il commence, se dit Tyron, qui avait toujours un peu de mal avec ce « frère ». La quarantaine, il était arrivé récemment dans La Ferme, avec sa femme et ses trois enfants. Il était l'un des plus ardents défenseurs d'une position radicale.

Stephen posa les coudes sur la table et, se passant la main dans sa barbe bien fournie, proposa d'emblée :

— La charité est une honte, un moyen supplémentaire d'individualiser les hommes et de créer des castes. Ceux qui donnent contre ceux qui reçoivent.

— C'est surtout d'une injustice rare. Selon que vous paraîtrez plus pitoyable qu'un autre malheureux, vous aurez droit à une meilleure considération de la part des puissants. Si le délit de sale gueule n'est pas toléré dans les entreprises, il ne doit pas l'être dans la rue, intervint Allison.

Cinquante ans, membre de la communauté depuis la création de La Ferme, elle adorait ces jeux de rôle, qui pouvaient durer des heures.

— Qui plus est, c'est tout de même lamentable qu'on en arrive là. L'État devrait prendre en charge la totalité des miséreux et ne pas compter sur la charité, dévia légèrement Chelsea.

Ancien professeur dans un lycée difficile, elle avait tout abandonné pour venir vivre avec sa famille au sein de La Ferme.

— La question de la charité n'a rien à voir avec un État providence, mais juste avec un rapport à nous-mêmes, la contra Lily.

Vingt ans, Texane de souche qui avait fait le tour du monde à dix-huit ans pour atterrir à Seattle. Elle avait fait tout son possible pour entrer à La Ferme quand elle avait découvert *La Voix du peuple*.

— La question est de savoir si l'on doit aider son prochain dans le besoin ou, au contraire, ne pas s'en soucier en s'en remettant à l'État, reprit-elle.

— Ce n'est pas ce que je dis, rectifia Christopher. Évidemment que je ne demande pas l'interdiction de la charité. Mais il faudrait un État qui permette d'éradiquer la pauvreté et qu'on n'ait plus à s'en occuper.

— Moi, je suis totalement contre la charité, s'imposa Stephen, qui n'aimait pas la demi-mesure de ses partisans. Le simple fait de donner de l'argent à un pauvre est un acte d'une condescendance infamante.

J'ai le pouvoir. Toi, tu n'es rien et tu ne vis que par la grâce de mon bon vouloir.

Tout le monde se tut un instant. Chacun était occupé à taper cette phrase sur son ordinateur portable.

— La charité maintient un rapport de classe, ajouta-t-il fermement.

Tyron éprouvait le besoin de le contredire, mais n'arrivait pas à trouver le bon angle.

— En théorie, je suis prêt à te suivre. Mais dans les faits, il y a des milliers d'Américains qui sont dans le besoin, et comme notre gouvernement ne fait rien pour eux, il est salutaire que des personnes bien intentionnées donnent de leur temps et de leur argent pour les aider, intervint Christopher.

Un ancien agriculteur dont l'exploitation avait été mise en faillite deux ans plus tôt. Très doué pour les plantations de La Ferme.

— Tu te trompes, répliqua Stephen. Les riches ne donnent que pour s'acheter une bonne conscience. Conscients d'être à la base de la pauvreté du monde, ils essayent en quelque sorte d'acheter leur place au paradis.

Tyron venait enfin de trouver l'ouverture.

— Tu viens de le dire toi-même, la charité est critiquable seulement quand elle est faite par les riches, mais quand ce sont des gens ordinaires, c'est simplement de la solidarité. Rien à voir avec un quelconque rapport de classes ou de bonne conscience.

Là aussi, tout le monde trouva la remarque judicieuse. Stephen, n'ayant pas prévu de parade, garda le silence. Allison intervint :

— Justement, quand un pauvre aide un pauvre, c'est de la solidarité. Rien à voir avec la charité. Tu t'éloignes du sujet !

Bien vu, se délecta Stephen qui trouva enfin comment porter l'estocade.

— De toute façon, même entre pauvres, ce rapport de classes existe. La société est ainsi faite que tout s'achète. Le pauvre ne donne pas gratuitement à son semblable. Il attend un merci. En d'autres termes, un signe de soumission.

— Les pauvres s'achètent un dérisoire sentiment de grandeur et de puissance en donnant à plus miséreux qu'eux, valida Chelsea, sur la même longueur d'onde.

Tyron, Christopher et Lily en perdirent leurs reparties ; cela semblait tomber sous le sens. Stephen les nargua de son sourire narquois.

— La charité a été créée justement pour persuader tout être humain qu'à un moment ou à un autre, il peut avoir du pouvoir sur un autre être humain. N'avez-vous jamais entendu cette phrase : « Je vous donne de l'argent, mais ne le dépensez pas en boisson ! » De quel droit dire à quelqu'un ce qu'il doit faire de l'argent qu'il reçoit ? reprit Stephen, pas peu fier de voir l'embarras de Tyron.

Ce dernier se devait d'improviser une réplique sanglante, question de fierté !

— Ne prends pas un cas pour en faire une généralité. La plupart des donateurs le font par simple souci d'humanité. On ne laisse pas mourir quelqu'un dans le besoin. Point final ! dit-il en sentant qu'il touchait à quelque chose d'essentiel.

Stephen eut un petit rire méprisant.

— Tu essayes de défendre ta sœur Debbie. Mais excuse-moi, elle me débecte. Tu sais combien d'argent ça coûte d'organiser une telle soirée, soi-disant pour le bonheur des pauvres gens ?

Tyron se crispa, mais il fallait qu'il se maîtrise. Il faisait croire depuis des années qu'il avait définitivement coupé les ponts avec sa famille ; personne ne devait savoir qu'il voyait encore Debbie.

— Pour pêcher certains gros poissons, il faut les attirer en se servant d'un autre poisson comme appât.

Des sourires illuminèrent les visages. Comme souvent, un combat de coqs était en train de naître, au grand plaisir de tous les participants.

— Mais a-t-on seulement besoin d'aller à la pêche ? le rembarra Stephen. Qu'est-ce qui empêche tes gros requins de donner leur argent sans passer par un gala de charité ? Non, ces gens-là aiment se sentir puissants, et quand ils donnent, il faut qu'ils en profitent d'une manière ou d'une autre.

— Tu aurais raison si on admettait que tout être humain est fondamentalement un monstre d'ego narcissique. Mais il me semble me rappeler que toi-même, tu assures que l'humain est bon à la naissance, mais que la société de consommation le pourrit et le rend individualiste. Prêt à tout pour défendre son pré carré, voire prendre celui du voisin.

— Je n'ai pas changé d'avis sur la question.

— Alors dans ce cas, reconnais qu'aussi riche soit-il, derrière chaque être humain, il reste une part de cette identité naturelle qu'on appelle « bonne conscience ». Les riches ne méritent pas tous d'être pendus.

Le rire de Lily explosa avant qu'elle ne s'explique :

— Arrête tes conneries. Quand je vois cet enfoiré de Bill Gates dire qu'il va donner la moitié de sa fortune à des associations, ça me donne la gerbe. Tu te rends compte que même après ça, il lui restera des milliards de dollars pour finir ses jours ! Tu ne crois pas qu'il pourrait donner 99 % de sa fortune ? Même si les temps sont durs, avec seulement quelques millions de dollars par an, ça doit être tout de même possible de manger à sa faim !

Tyron haussa les épaules. Cela allait trop loin. Pour qui le prenaient-ils ? La discussion avait pris un tour un peu trop personnel.

— Hey, Lily, tu prêches un convaincu !

— Moi, je propose qu'on fasse une pause et qu'on aille se boire un café, bande de sales réactionnaires de base ! les apostropha Christopher.

L'assemblée se détendit aussitôt. Tout le monde pouvait comprendre que Tyron soit mal à l'aise par rapport à sa sœur. Ce n'était pas très loyal de la part de Stephen de le pousser dans ses retranchements.

Tyron sortit le dernier et se força à rire aux blagues d'Allison et de Christopher, mais toutes ses pensées allaient vers Stephen. Pourquoi le cherchait-il sans cesse ? Ce n'était qu'un jeu de rôle, un débat constructif. Pas un combat à mort.

Il soupira et, prenant le café qu'on lui tendait, espéra qu'à leur retour en salle de rédaction, un papier valable en sortirait.

40

Nelson se réveilla dans les draps soyeux de la suite du Fairmont Olympic. Un instant, il se demanda où il était et, quand tout lui revint en mémoire, il eut soudain honte de son comportement.

Il regarda l'heure. Midi et quart ! Plus que temps de se lever.

Il alla ouvrir les rideaux et, bien qu'encore un peu vaseux, se dirigea aussitôt vers la salle de bains. Pas un bruit. Debbie était sûrement au Sorrento Hotel pour faire le point sur l'après-gala avec les membres du directoire de la fondation Winedrove.

Il prit une douche rapide et s'habilla en vitesse, dans l'espoir de lui échapper. Mais à peine venait-il de mettre ses chaussures qu'il entendit la porte d'entrée claquer.

Il n'échapperait pas à une scène.

Il sortit de la chambre, l'air penaud.

— Dean ? Tu devrais rester au lit, le docteur a…

— Quel docteur ?

Debbie croisa les bras sur sa poitrine.

— Tu ne te souviens vraiment de rien ? Tu as vomi tout ce que tu avais ingurgité. Heureusement, le docteur Preston est arrivé et a réussi à te faire avaler un médicament. Puis deux membres de notre service d'ordre ont dû te porter et te ramener jusqu'à la voiture pour te conduire ici, dit-elle, le regard sévère. Tu m'as fait une de ces peurs. À l'avenir, les cocktails, c'est fini pour toi. Jus d'orange et Perrier, jusqu'à la fin de ta vie.

— Je suis désolé. Je ne sais pas ce qu'il m'est arrivé. D'habitude, je tiens très bien l'alcool.

Debbie resta en retrait et continua sur le même ton.

— D'habitude, tu n'agresses pas les jeunes filles, ni les vieux messieurs. Qu'est-ce qu'il s'est passé dans ta tête ?

Nelson fit une moue désolée.

— Tu veux bien que je t'explique tout ça devant un café ?

Debbie acquiesça.

Ils allèrent jusqu'à la cuisine où Nelson mit la machine à café en marche. Tout en s'affairant, il commença par lui dire que la soirée avait été parfaite et combien il avait aimé danser avec elle devant le gratin de Seattle. Debbie n'était pas dupe, mais fut touchée par le compliment.

Les cafés prêts, ils s'installèrent à table et Nelson en vint à son altercation avec la jeune pimbêche.

— Je n'allais tout de même pas laisser cette serveuse se faire humilier sans réagir ! conclut-il.

Deux versions différentes lui étaient déjà parvenues aux oreilles, mais pour Debbie, de toute évidence, celle-ci était l'authentique.

— Je te crois. Entre nous, Paige est une sale petite peste qui se croit tout permis. L'idée qu'elle soit désormais la risée de tout le monde ne me déplaît pas, admit-elle. Mais tu aurais pu lui faire la leçon sans l'humilier à son tour. Tu sais combien tu as fait perdre à la fondation ?

Nelson haussa les épaules.

— Peu importe. Je comblerai la perte.

— Six cent mille dollars !

— Un million de dollars, ça te va ?

C'est le genre de réponse que Debbie attendait. Quel amour !

— Bon, et si tu me parlais de ce cher Vernon Klein ? Il a essayé de te draguer, c'est ça ?

Comme elle est loin du compte, songea-t-il, hésitant à tout lui raconter.

Debbie prit son silence pour un assentiment.

— D'accord, je peux comprendre qu'il te répugne. Mais Dean, il a soixante-quinze ans ! Tu aurais pu le tuer !

Il se revit le soulever du sol. S'il ne s'était pas évanoui, il aurait effectivement pu le tuer.

— Combien pour lui ?

— Rien, il est parti choqué, mais il a tenu à me rassurer sur un point. Sa promesse de don reste inchangée. Dix millions de dollars.

— Je ne suis pas sûr que Kaleigh aurait vu d'un très bon œil que je prélève une telle somme sur le magot familial, plaisanta Nelson.

Il but une gorgée de café et porta son regard sur la ville. Le ciel était gris, avec quelques trouées de bleu.

— Ça n'a rien à voir avec son penchant pour les beaux mecs.

Quand il s'était réveillé, les effets de l'alcool s'étant dissipés, il avait trouvé complètement ridicules les assertions de Klein selon lesquelles son père avait été forcé de tuer sa mère puis de mettre fin à ses jours. Qui aurait eu intérêt à faire une chose pareille ? Aussi dur que soit le milieu des affaires, il existait bien d'autres méthodes pour mettre sur la touche des concurrents trop zélés. Pourquoi prendre le risque d'un double homicide, alors qu'il était légal et bien moins dangereux – mais moins rapide, certes – d'organiser leur faillite ?

— Il ne t'a pas proposé de l'argent pour coucher avec lui ? s'étonna-t-elle.

Tout le monde savait que Klein était amateur de jeunes éphèbes aux corps athlétiques. *Homo ou pas, tous les vieux hommes aimaient la chair fraîche*, se dit Debbie en ayant une pensée particulière pour Hugh Hefner, qui était reparti en compagnie de deux jeunes serveuses.

— Non, il a voulu me déculpabiliser de façon très maladroite, commença-t-il avant de tout lui raconter.

Debbie l'écouta avec attention, effarée par un tel manque de tact.

— C'était stupide ! Pourquoi a-t-il fait ça ? Il a vraiment pensé que tu le croirais ?

— Sur le moment, j'y ai cru, car il m'a cité la phrase du message qu'avait laissé mon père sur la table de nuit de sa chambre à coucher. Un message que j'ai découvert en même temps que les cadavres de mes parents. Et que j'ai immédiatement déchiré et jeté aux toilettes.

— Alors, comment pouvait-il le connaître, à moins d'être le tueur ?

— C'est ce que j'ai pensé et ce qui a provoqué ma colère, mais quand je me suis réveillé ce matin, la réponse m'est apparue clairement.

Il s'était souvenu du principe de base de toute enquête. La piste la plus logique est toujours la bonne. Du moins, dans l'immense majorité des cas.

— Une autre personne était au courant. Mon psy de l'époque. Je lui ai tout raconté durant l'une de mes séances. Il a dû lâcher le morceau à une de ses connaissances.

— Tu as essayé de l'appeler pour vérifier ?

Nelson eut un sourire triste.

— C'était le docteur Cleveland. Il est mort dans un accident de voiture il y a près de trois ans.

— Tout crime mérite châtiment, dit-elle, n'osant imaginer que son propre psy pourrait raconter sa vie à n'importe qui.

Nelson trouva la punition disproportionnée, mais si telles étaient les voies du Seigneur…

— Alors, pardonné ?

Il reçut un baiser pour toute réponse. La vie pouvait reprendre son cours.

41

Julian fut réveillé par le chant des oiseaux. Cela faisait des années qu'il n'avait pas campé en pleine nature, loin de la ville et du béton. Un bonheur.

À ses côtés, Sandy dormait toujours. Il était si heureux. Elle lui avait tout pardonné et avait accepté de rester à Seattle, au moins jusqu'aux fêtes de Noël.

Il attrapa son paquet de cigarettes et, tout en restant dans son duvet, il s'en alluma une, la tête reposant sur ses vêtements roulés en boule. Il prit son iPhone, mit les écouteurs et lança le dernier album des Maroon 5.

Voilà cinq jours qu'il était en liberté. Ce n'est pas seulement qu'il se sentait revivre : il avait l'impression d'être un nouvel homme. Les discussions qu'il avait eues avec les délinquants de sa prison, et surtout avec Allman, lui avaient donné une nouvelle vision de la vie. Il ne serait plus le petit toutou à son papa. Il allait devenir un homme, un vrai, et si jamais son père tentait de lui flanquer une nouvelle raclée, il risquait d'être surpris !

Étirant les bras devant lui, il fut satisfait de voir les tatouages qu'il avait commencé à se faire dessiner. Deux symboles tribaux représentant la force et la sagesse, et un dragon s'enroulant autour d'un château sur le biceps droit. Souvenir de lectures de jeunesse. Il avait bien l'intention de s'en faire tatouer d'autres dès que ceux-là seraient terminés. Notamment sur le torse. Mais il craignait la douleur. Chaque chose en son temps. Il replia les bras et passa une main sur ses cheveux coupés ras, qui lui donnaient un air de bandit quand il plissait les yeux. L'ancien Julian était mort entre les murs de la prison. Un homme nouveau en était ressorti.

Ses quatre mois d'abstinence l'avaient totalement sevré de la drogue. Il s'était bien promis de ne plus jamais y toucher. Sandy lui avait juré de suivre son exemple. C'était après cette discussion qu'il avait eu cette idée géniale d'une escapade en forêt, près de River Falls. « La nature est la plus belle des salopes », disait toujours le vieil Allman. Paix à son âme.

Sandy renifla et, à la lumière qui passait à travers la toile de la tente, elle ouvrit les yeux.

— Ça fait longtemps que tu es réveillé ? demanda-t-elle en tendant la main.

Julian lui passa sa cigarette et arracha ses écouteurs.

— À l'instant. J'ai dormi comme un bébé, dit-il, pas mécontent de l'analogie.

Sandy tira une taffe et répondit d'un ton grincheux, tandis qu'elle se redressait dans son duvet :

— Tu as bien de la chance. Y avait une putain de pierre sous moi. J'ai eu beau me tourner, elle m'a labouré le dos.

— Jamais contente, la princesse au petit pois ! dit Julian en lui reprenant la cigarette.

— Je suis une fille ! répliqua-t-elle en retrouvant le sourire.

Elle avait l'impression de revenir des années en arrière. Quand ils partaient camper à la montagne avec leur oncle maternel. Tout cela était si vieux, et pourtant ces souvenirs étaient aussi indélébiles que les nouveaux tatouages de son frère.

— Tu as eu une très bonne idée de venir ici. Merci.

Julian lui fit un clin d'œil et finit la cigarette avant d'entrouvrir la fermeture de la tente et d'écraser le mégot sur le sol moussu.

— Tu n'as pas eu trop froid ? s'inquiéta-t-il.

— Non, on a un super été. On a vraiment de la chance.

Ils s'habillèrent et sortirent à l'air libre. Il était à peine 7 heures du matin. Le soleil n'était pas encore passé par-dessus les montagnes, mais l'aube éclairait les alentours d'un clair-obscur plein de promesses.

— Quand je te disais que je ne supportais plus Seattle, dit Sandy.

Elle s'étira en poussant un petit cri qui se répercuta dans la vallée.

Au loin, on pouvait apercevoir River Falls.

Julian commençait à se demander si, après tout, une existence loin d'une mégalopole n'était pas idéale pour une renaissance.

— On déménage pour vivre ici quand tu veux, dit-il.

— Tu veux ma mort. Il y a plus de meurtres par habitant qu'à Seattle ! se moqua-t-elle en faisant référence aux sombres années de la petite ville.

— Et il paraît qu'on n'a jamais retrouvé le corps de Jack Mitchell, compléta Julian d'un ton lugubre.

Il attrapa sa sœur par les hanches et la pinça vigoureusement. Sandy hurla en riant et se laissa tomber à terre. Julian ne s'arrêta que lorsque, à bout de souffle, elle le supplia d'arrêter.

— Tu sais, parfois il me semble que je pourrais tout quitter. La famille, l'argent. Pour vivre une simple vie d'Américain moyen, avec mon petit mari et mes enfants.

Julian fit la moue. Toujours à demi couché sur le sol recouvert de mousse, il regardait le ciel qui s'éclaircissait alors que le soleil passait enfin au-dessus des montagnes.

— Ouais, ou encore, on pourrait faire le tour du monde, revisiter la Chine, l'Inde, l'Australie, avec comme seul moyen de paiement un pouce en l'air, continua Julian, d'humeur légère. Après tout, l'argent, c'est surfait. Moi, je me vois bien conduire une petite voiture coréenne, habiter un pavillon de cent mètres carrés avec de gros voisins qui passent leurs dimanches devant la télé ou dans le jardin avec des bières à la main et un bob sur la tête !

— À quoi bon faire de la gym ? surenchérit Sandy. Je suis sûre que je serais aussi jolie avec des bourrelets partout et un deuxième menton !

Julian rit de bon cœur. Cela faisait longtemps qu'il n'avait pas été aussi heureux. Pourquoi la vie était-elle si dure parfois, alors que tout pouvait être simple ?

— Tu sais ce que je me dis ? C'est que notre destin n'est pas tracé. On peut en faire ce qu'on veut.

Personne ne pourra nous obliger à suivre une voie qui ne nous convient pas, déclara-t-il très sérieusement.

Sandy se tourna vers lui. Il n'était plus le Julian qu'elle avait toujours connu. Son séjour en prison semblait l'avoir apaisé. Il était moins excité, et il avait arrêté la coke et même l'herbe. Il devenait un homme. Elle trouva ça charmant.

— Tu crois qu'on deviendra comme papa et maman en vieillissant ? lui demanda-t-elle, en le regardant droit dans les yeux.

— Certainement pas. Jamais je ne frapperai un seul de mes enfants, répondit-il d'un ton calme.

Aussitôt, Sandy regretta d'avoir posé la question. Seuls Tyron et Julian avaient subi les corrections paternelles. Sandy et Debbie ne recevaient pour leur part que du mépris.

— Tu seras un bon père, Julian. Je n'en doute pas un seul instant, le rassura-t-elle, sincère.

— Et toi une mère modèle, si seulement…

Il ne termina pas sa phrase. Il ressentit dans tout son être ce que Sandy tentait de lui faire comprendre depuis son retour à Providence. Tout avait changé, rien ne pourrait recommencer comme avant.

— Tu vas partir pour Frisco, n'est-ce pas ?

Il avait dit cela d'un ton badin qui ne pouvait cacher une terrible souffrance. Sandy ne voulut pas lui mentir.

— On ne peut plus vivre ensemble. Il est temps que chacun de nous vole de ses propres ailes. La villa a été notre cocon doré, je crois que maintenant nous devons nous transformer en papillons et nous envoler au loin.

Une famille est faite pour s'éparpiller. Les enfants doivent vivre leur vie, chacun de leur côté. Tyron, le premier, avait montré le chemin. Debbie avait suivi. Désormais, c'était leur tour de faire le deuil de leur relation fusionnelle.

— Ma sœur est une poétesse. Je te vois bien en Grèce, déclamer des vers face à la mer. Ça te dirait qu'on se fasse un voyage là-bas ?

— Pourquoi pas ? On a toute la vie devant nous.

— Oui, toute la vie.

Mais quelle vie ? garda-t-il pour lui, sentant le précipice toujours proche.

42

— Ça ne va pas, mon amour ? s'inquiéta Elisabeth.

En cette douce journée d'été, Charles Winedrove et son épouse prenaient le soleil dans le parc de Providence. Confortablement installés dans des fauteuils moelleux, ils prenaient le thé comme tous les dimanches et savouraient ce pur moment de paix. Les jardiniers avaient fait un travail formidable. Les feuillages en camaïeu de roux des arbres du parc contrastaient avec les teintes encore vives des arbustes et des fleurs. L'air était chargé de suaves senteurs mêlées.

— Je dois faire partie d'un autre monde, dit-il en regardant l'immense demeure familiale qui s'étalait devant eux.

Elisabeth posa sa tasse en porcelaine sur la table recouverte d'une nappe blanche. Elle avait bien remarqué qu'il était soucieux.

— Qu'est-ce que c'est que ces sottises ?

Winedrove porta sa tasse à ses lèvres et en but lentement une gorgée.

— Je ne comprends plus ce monde. J'ai parfois l'impression d'être un dinosaure qui arrive en bout de course.

— Allons, qu'est-ce qui t'a mis pareille idée en tête ? lui demanda-t-elle en posant une main rassurante sur son bras.

Un vol d'oiseaux passa dans le ciel. Ce n'était vraiment pas une journée pour déprimer.

— Toute cette génération de branleurs incapables de se prendre en main. Leur seul but dans la vie, c'est de s'amuser. Aucun effort, aucun travail, juste du plaisir.

Elisabeth était plutôt d'accord, mais cela ne cachait-il pas autre chose ?

— Allons, tu ne penses pas que tu exagères ? Même si cela remonte à longtemps, très très longtemps, s'amusa-t-elle, tu as été jeune, un jour. Tu ne me feras pas croire que toi, à leur âge, tu ne t'amusais pas.

Winedrove eut un sourire triste.

— À cette époque, tout le monde avait envie de réussir sa vie, de devenir quelqu'un, dit-il en serrant le poing. Regarde où nous en sommes à présent, avec cet abruti d'Obama qui veut nous transformer en assistés socialistes ! À l'heure où les communistes chinois ont compris que seul le capitalisme peut libérer l'individu, lui est en train de créer une société de fainéants, qui vont passer leur temps à pleurer pour obtenir toujours plus d'allocations.

— Ne t'en fais pas, il ne fera pas de second mandat. C'est certain !

— Y a intérêt ! grogna Winedrove, qui se resservit une tasse de thé. Quand tu vois les difficultés qu'on a pour recruter de bons employés, j'ai envie d'étrangler tous ces parasites qui vivent de nos impôts.

Il lui avait déjà, à maintes reprises, tenu ce discours. Chaque fois, Elisabeth tentait de le modérer. Son cardiologue l'avait prévenu que la colère était l'un des facteurs déclenchant des infarctus.

— Ce n'est pas leur faute. La plupart d'entre eux ont reçu une mauvaise éducation. On ne leur a jamais appris le goût du travail et de l'effort, le besoin de se sentir autonome et capable d'assumer sa vie sans demander d'aide à autrui.

Winedrove ne voulait rien entendre. Son propre père n'avait pas été un exemple de pédagogie et, pourtant, il avait encore mieux réussi que lui. Multipliant au centuple la fortune familiale.

— Des branleurs, je te dis. Rien à voir avec l'éducation.

On y était. *Les enfants*, se dit Elisabeth, qui détestait cette éternelle conversation.

— Les chiens ne font pas des chats, le contra-t-elle.

Ce n'est pas faux, mais alors…

— Qu'est-ce que j'ai fait au bon Dieu pour avoir un fils meurtrier et un autre qui me fuit comme la peste !

— Ne dis pas une chose pareille. Julian est innocent.

Craignait-elle qu'il y ait des micros dans le parc ? Winedrove sourit.

— Tu sais bien que non. Mais là n'est pas le problème. Qu'avons-nous raté ?

Elisabeth prit un air sévère, sous lequel perçait beaucoup de fierté.

— Nous n'avons rien raté. Regarde Debbie. Encore hier soir, sa soirée de gala a rapporté plus de trente millions de dollars. Des écoles seront construites, des professeurs seront payés avec cet argent. Toi qui parlais de valeurs, Debbie fait tout pour les pérenniser.

Winedrove émit un « hum » conciliant, mais pas très convaincu. Certes, Debbie se débrouillait très bien avec sa fondation, mais c'était le principe même de la charité qui lui était insupportable. Les gens feraient mieux de se bouger les fesses à chercher du boulot plutôt qu'à mendier auprès de ceux qui avaient eu ce courage.

— Ne prends pas cet air. Je suis extrêmement fière de Debbie, et si tu avais pris la peine de lire la presse de ce matin, tu saurais que je suis loin d'être la seule à penser du bien d'elle. Un jour, Debbie aura une place de choix à la mairie. Si ce n'est la première.

— Tout sauf ça ! rugit Winedrove en se redressant dans son fauteuil. Les politiques vivent à cent pour cent de nos impôts, comme des tiques sur le dos d'un chien. Ils ne produisent rien et, qui plus est, ils passent leur temps à nous mettre des bâtons dans les roues et à nous donner des leçons ! Combien de projets ont avorté à cause de fonctionnaires trop zélés, ou à cause de l'écologie ? Qu'est-ce qu'on peut en avoir à foutre de trois canards et de six castors ? Ce ne sont pas ces putains d'animaux qui vont créer de l'emploi !

— Calme-toi, Charles, je t'en prie. Je sais tout ça. Je te parlais seulement de Debbie. Essaye d'arrêter de ne penser qu'à toi ! ajouta-t-elle avec une pointe d'aigreur.

Winedrove maugréa un assentiment, sans parvenir à chasser ses idées noires.

— Et Sandy. N'est-elle pas la plus merveilleuse des filles ? Elle a tant de projets en tête. C'est une très bonne idée qu'elle aille à San Francisco. C'est une ville très vivante et tonifiante pour une jeune fille comme elle.

— Tu as raison, excuse-moi.

Rassurée par les pensées qu'elle lisait sur le visage de son époux, Elisabeth aborda son sujet de préoccupation personnelle.

— Quant à Julian, comment veux-tu qu'il aille bien après avoir passé quatre mois pour rien derrière les barreaux ? Tu ne crois pas que ça démontre une force de caractère peu commune, de tenir dans de telles conditions ?

Sur ce point, Winedrove était d'accord avec elle. Sa grande crainte avait été d'apprendre une tentative de suicide. Bien que peu fier du parcours de son plus jeune fils, il l'aimait autant que ses autres enfants.

— Non, la seule chose qui m'inquiète, c'est cette nouvelle coupe de cheveux, dit Elisabeth.

Un euphémisme, se dit Winedrove, qui appréciait ce changement de look.

— Je vais lui parler. Aussi terrible que ce soit, je crois que ces semaines passées en prison lui ont fait du bien. Il a l'air plus dur, plus sûr de lui.

Les garçons n'étaient pas faits pour avoir les cheveux longs. À tout prendre, il les préférait rasés comme des militaires : même si ces derniers étaient aussi stupides que du bétail, au moins étaient-ils des guerriers, prêts à tout pour sauvegarder leur idéal.

— J'espère, mais je me fais du souci pour lui.

Puis, se rappelant la promesse faite à Julian, elle ajouta :

— Au fait, tu as fait le virement pour la famille d'Allman ?

— Oui, évidemment.

C'était l'une des premières choses qu'il avait faites pour fêter la libération de son fils cadet. Le vieil Allman lui avait paru être un type étrange – il avait demandé à le rencontrer et avait partagé un moment de conversation avec lui au parloir. Il aurait dû détester ce vieux hippie sur le retour, mais quand il lui avait parlé de Julian, il avait vite compris qu'il s'en occuperait du mieux possible et qu'il serait là quand le moral flancherait.

Cet idiot s'était suicidé le jour même de la libération de Julian. Ayant l'assurance que ses enfants recevraient un chèque d'un montant non négligeable, il n'avait plus eu la force d'attendre la fin de ses jours enfermé dans sa prison.

Par association d'idées, Winedrove en vint tout naturellement à son fils aîné.

— Et pour Tyron, tu en penses quoi ? Tout est parfait ?

— Bien sûr que non. Mais là non plus, ne noircis pas le tableau. On sait tous deux qu'il est heureux, et n'est-ce pas le plus important ?

Des années auparavant, Debbie avait fait promettre à sa mère de ne jamais révéler qu'elle continuait à voir Tyron en cachette. En contrepartie, elle lui racontait comment il allait. Aussitôt, Elisabeth s'était empressée de tout répéter à son mari, en lui faisant jurer de tenir la même promesse !

— Non. À quoi bon faire des enfants si c'est pour n'avoir aucun lien avec eux ?

Il avait eu tant d'espoir avec Tyron. Les plus beaux moments de sa vie. Tous ces après-midi à jouer au base-ball avec lui, ces années passées à l'encourager. Jamais un père et un fils ne furent si proches. Même quand il lui arrivait de s'énerver et de devenir violent, c'était dans l'intérêt de Tyron, qui le comprenait très bien.

Pourquoi es-tu parti ? Tu avais tout pour toi, le physique, l'intelligence, le charme, et l'argent.

Pour l'amour d'une femme. Mais la passion n'avait qu'un temps. Il aurait dû revenir au bercail depuis longtemps. Cela faisait plus de dix ans à présent. Pouvait-on se couper des siens juste par orgueil mal placé ? Oui, évidemment. Car de son côté, il n'avait jamais cherché à renouer le dialogue. Mais les temps avaient changé. Il avait désormais soixante-quatre ans, et était persuadé qu'il ne vivrait guère plus de quinze ans encore. Il voulait profiter du mieux possible de ses dernières années sur cette terre.

— Où en es-tu avec Dean ? Tu voulais qu'il reprenne contact avec lui ? demanda Elisabeth.

C'était effectivement son idée quand il l'avait revu quelques mois plus tôt, au commissariat central de Seattle. Mais très vite, il avait décidé d'oublier ce projet, quand il avait appris par Elisabeth, qui le tenait de Debbie, que Tyron avait tabassé Dean, le laissant dans un sale état à proximité de son yacht.

— Tu penses à Debbie ? dit-il en s'étonnant de ne pas y avoir pensé plus tôt.

— Maintenant que c'est officiel et qu'elle n'a plus à se cacher, nul doute que Tyron va l'apprendre. Cela le rendra peut-être un peu plus conciliant, d'autant plus que Julian est en liberté et que, contrairement à ce qu'il a pu penser, Dean ne s'est pas acharné sur son frère.

Dans la lumière déclinante qui donnait au parc un aspect féerique,Winedrove regarda le beau visage d'Elisabeth. C'était bien son âme sœur. Si attentive, toujours présente dans les moments les plus durs, et toujours là pour trouver une solution quand son moral était au plus bas.

— Ça vaut le coup d'essayer, dit-il en retrouvant espoir.

Elisabeth lui prit la main. Elle partageait avec son homme une chose rare qu'on appelle le grand amour.

Samedi 27 août 2011

43

— Je ne sais pas, mais j'ai l'impression que je fonce tout droit dans un guet-apens, dit Nelson.

Au volant de sa Porsche, Debbie prit un air mystérieux.

— Va savoir. Peut-être n'es-tu pas l'invité d'honneur, mais le plat principal, répondit-elle en se léchant les babines.

Nelson jeta un regard par-delà les vitres teintées. Ils venaient juste de traverser le Memorial Bridge et étaient à présent sur Mercer Island. Un autre monde. Son ancien monde.

— La Veuve noire, dit-il.

Ils sourirent tous deux et la Porsche bifurqua sur Mercer Way.

— Bon, tu me promets de ne pas boire plus que de raison ? Je n'ai pas envie que tu gifles Sandy et que tu accroches mon père au plafond.

Nelson prit un air distant.

— J'sais pas. Ça pourrait égayer la soirée, au cas où les choses deviendraient sinistres.

— Il n'y a aucune raison pour que les choses deviennent sinistres. Maman a toujours eu une très bonne image de toi, et elle m'a avoué qu'elle te préférait à Peter.

Vrai ou faux, c'était mieux que l'inverse.

— Tu n'as toujours pas de nouvelles de lui ?

Debbie avait quitté le domicile conjugal depuis dix jours, et Peter n'avait pas cherché une seule fois à la revoir. Leurs avocats respectifs s'étaient rencontrés. Le couple n'ayant pas d'enfant, les deux parties étaient tombées d'accord pour une séparation suivant scrupuleusement les termes de leur contrat de mariage.

— Non, et même si ce n'est pas très flatteur, je pense qu'il m'a oubliée à la seconde même où je l'ai quitté.

Nelson était ravi, mais il garda son flegme.

— Moi, je ne t'ai jamais oubliée. Et une chose est certaine, c'est que si tu me quittes à nouveau, tu es morte !

Elle quitta la route des yeux un instant et lui envoya un baiser silencieux avant de répondre :

— Puisque tu ne me laisses pas le choix, je resterai donc avec toi, dit-elle sur un ton de tragédienne.

Nelson ne put réprimer un rire joyeux. Cela faisait tant d'années qu'il ne riait plus avec les femmes. Dieu que cela était bon !

— Moi, j'ai rien à lui dire, j'ai juste envie de le tuer ! lança Julian, qui avait l'impression d'être tombé dans un traquenard.

Leurs parents avaient demandé à Julian et à Sandy de venir dîner ce samedi soir. À peine étaient-ils arrivés qu'on leur avait annoncé que Dean Nelson serait l'invité d'honneur.

— Vous avez l'air d'oublier que cet enfoiré nous a coffrés tous les deux ! s'offusqua Sandy, qui n'en revenait pas d'une telle manœuvre.

— Du calme, mon trésor, répondit Elisabeth, qui marchait sur des œufs.

Dans le grand salon du premier étage de Providence, l'ambiance était électrique.

— Je te rappelle que ce n'est pas Dean qui a arrêté ton frère, mais un autre flic, corrigea Winedrove.

Julian fit la moue et croisa les bras sur son torse.

— Nous sommes une famille, et si Debbie est amoureuse de Dean, nous devons l'accueillir comme il se doit, renchérit Elisabeth.

— Tout comme on a accueilli Peter à l'époque. On a vu ce que ça a donné ! répliqua Sandy d'un ton narquois.

— Tout le monde sait qu'elle avait les cornes plus grosses que celles de n'importe quel buffle de tout le continent ! ajouta Julian.

Il détestait Peter Bogart plus encore que Nelson.

— Julian, s'il te plaît ! le recadra Elisabeth.

— Non, il a raison, intervint Winedrove. Au moins, Dean n'a jamais trompé ta sœur, et tu étais trop jeune pour t'en souvenir, mais c'est Debbie qui l'a quitté, à l'époque. Pas l'inverse. Dean est quelqu'un de bien. Si vous étiez tous les deux de bonne foi, vous vous rappelleriez que vous l'adoriez, « oncl'Dean ».

Sandy baissa les yeux. C'est vrai que ce n'était pas un mauvais bougre. Après tout, du moment que Debbie était heureuse…

— OK, je ferai un effort.

Père et mère sourirent et interrogèrent Julian du regard. Au bout d'un long silence, il soupira et capitula :

— Moi aussi. Mais c'est juste pour vous faire plaisir.

Elisabeth était aux anges.

Était-il possible que ce soit un nouveau départ pour la famille ?

Aussitôt arrivé, Nelson s'était excusé auprès de Sandy et de Julian pour son rôle dans leur arrestation. Bien qu'il ne doutât pas de la culpabilité réelle de Julian, il avait promis à Debbie d'être irréprochable. Il le serait. Les deux plus jeunes enfants Winedrove avaient accepté sa demande de pardon. Charles Winedrove avait alors imposé qu'on ne parle plus de ce fâcheux incident et l'on était passé à des sujets bien plus légers. Quand il le voulait bien, il avait ce don de paraître le plus sympathique des hommes.

Ils s'étaient installés dans l'immense patio, avec vue sur le parc artistiquement éclairé. Quand les domestiques vinrent leur apporter les apéritifs, l'atmosphère était sereine.

Nelson avait tant de bons souvenirs à Providence. Comment oublier les longues promenades à cheval, avec la famille Winedrove au grand complet ?

— Regarde ce que j'ai retrouvé, dit Winedrove, satisfait de la façon dont se déroulait la soirée.

Ignorant les regards contrariés de Debbie, il proposait à Nelson de lui remplir son verre dès qu'il avait fini le précédent. L'alcool est le meilleur allié pour une soirée décontractée.

Au signe de son maître, un domestique baissa les lumières et un écran descendit sur l'un des murs du patio, sur lequel apparurent les images tirées de vieilles vidéos. On y voyait au premier plan Sandy et Julian, âgés de sept et neuf ans, et plus loin Debbie et Nelson, tout juste majeurs, qui jouaient avec eux dans le parc.

Une vive émotion s'empara des spectateurs.

« Attention, je vais vous manger ! » hurla la voix d'un garçon au moment où il entrait dans le champ de la caméra. C'était Tyron, sans barbe ni cheveux longs. *Un magnifique adolescent*, s'émut Elisabeth, dont le visage était baigné de larmes. Charles ! Il aurait dû la prévenir.

Sur l'écran, Sandy et Julian se jetaient dans les bras de Debbie et Nelson, qui les portaient sur leurs épaules et se mettaient à courir pour échapper au monstre.

— Papa, arrête, dit Julian.

Aussi ému que les autres, il exécrait la manœuvre. L'adhésion par le pathos ! aurait dit Tyron. Le pire, c'est que ça fonctionnait.

— Attends, ça vient à peine de commencer. Tu ne veux pas revoir nos vacances en Espagne ?

Bien sûr que si. L'un des plus beaux voyages de sa jeunesse. Le soleil, les plages, et cette joie de vivre qui semblait imprégner tous les Barcelonais. Il eut envie d'y retourner sur-le-champ. Seattle était une ville bien terne en comparaison de cette cité catalane à l'architecture hétéroclite.

Plus tard dans la soirée, ils s'étaient tous retrouvés dans la salle à manger.

— Non, merci, je n'en peux plus, Massimo, dit Nelson au cuisinier, qui avait tenu à apporter lui-même le dessert à l'invité d'honneur.

— À l'époque, tu en redemandais toujours, fit remarquer l'Italo-Américain en forçant son accent.

— À l'époque, je faisais bien plus de sport, répondit Nelson d'un ton désolé.

Des sourires de connivence apparurent sur les visages des autres convives. À écouter Massimo, ils étaient tous maigres à faire peur.

Le cuisinier quitta la salle à manger en sifflotant un vieil air napolitain.

— C'était un excellent repas, dit Nelson à l'adresse de ses hôtes.

Et à sa propre surprise, cela avait aussi été une très bonne soirée. L'alcool aidant, tout le monde s'était montré détendu. Aucune fausse note n'était venue troubler ces retrouvailles.

— Tu remarqueras qu'on a mis les petits plats dans les grands pour te recevoir, dit Winedrove, qui lui aussi avait abusé du bon vin.

— J'ai vu ça, et je vous en remercie.

Debbie n'aurait jamais imaginé que cela se passerait aussi bien. Si les convenances ne le lui avaient pas interdit, elle se serait volontiers jetée dans les bras de son père pour le remercier d'un tel accueil.

— On ne va pas pouvoir rester plus longtemps, papa, dit-elle en posant sa serviette sur la table.

— Allons, vous prendrez bien un digestif avant de partir.

Debbie n'était pas contre. Elle regarda Nelson, qui approuva de la tête. L'idiot n'avait pas tenu toutes ses promesses. Heureusement que c'était elle qui conduisait. Que seraient les hommes sans leur femme !

— Juste un verre et on y va.

Sandy s'approcha de Nelson.

— Je vais aller me coucher. Je suis crevée. Mais je voulais te dire que je suis contente que tu te sois remis avec ma sœur.

Nelson lui fit un baiser sur la joue.

— Merci, Sandy, et encore une fois, excuse-moi.

Sandy balaya ses excuses d'un geste et ajouta :

— N'en parlons plus. Ne pensons plus qu'au futur.

— Bon, je vais me coucher, moi aussi, intervint Julian. Salut, la compagnie.

À l'inverse de Debbie, il n'avait pas été impressionné par la bonne tenue de Nelson. Il n'était pas prêt à lui pardonner d'avoir arrêté sa sœur et, indirectement, de lui avoir fait passer à lui quatre mois derrière les barreaux.

Elisabeth, gênée par l'attitude grossière de son fils, se tourna vers Nelson.

— Excuse-le. Même s'il n'en parle pas, il est encore très marqué par son séjour en prison.

— Je n'en doute pas, répondit Nelson, compréhensif.

Ils se retrouvèrent à quatre dans le salon, une pièce décorée avec goût, et qui dégageait une chaleur à laquelle Elisabeth ne devait pas être étrangère. Les grandes baies vitrées offraient une vue panoramique sur les jardins.

Winedrove proposa de faire le service. Trois whiskies, et un jus d'orange pour Debbie.

Quand Winedrove se fut assis auprès de sa femme, sur le canapé, il attaqua :

— Maintenant que Sandy et Julian sont couchés, il est temps de mettre les choses à plat. Je suppose que tu sais pourquoi Debbie t'a quitté à l'époque.

Nelson avait toujours à l'esprit l'explication récente de Debbie. Voulait-il faire amende honorable ?

— Vous le lui aviez fortement suggéré, dit-il sans manifester de colère.

« Ce qui ne te tue pas te rend plus fort. » Avec le recul, il se demandait si ce n'était pas mieux ainsi. Nul doute désormais qu'il ne quitterait jamais Debbie ; qui pouvait dire ce qu'il en aurait été, s'il n'y avait pas eu cette rupture ?

— C'est très aimable à toi de dire ça, reconnut Winedrove. En vérité, je le lui ai imposé. Elle n'a pas eu le choix, même si elle l'a cru sur le moment.

Nelson était convaincu que Winedrove était le roi des manipulateurs. Où voulait-il en venir ?

— Tu te souviens, sans doute, que je suis venu te voir plusieurs fois à l'hôpital, durant ta dépression. Plus le temps passait, plus tu me rejetais. En fait, je comprends aujourd'hui que c'était l'image paternelle que tu fuyais, mais à l'époque, j'étais trop vexé pour m'en rendre compte. J'ai eu peur pour Debbie. Je le regrette et m'en excuse à présent.

Après avoir arrangé le mariage de Debbie avec Peter Bogart, il avait très vite compris que son fichu mari était un coureur invétéré, mais, pris entre l'intérêt d'avoir un Bogart dans la famille et le bonheur de sa fille qui, de son côté, semblait ne pas s'en rendre compte, il avait décidé de s'en accommoder. Il le regrettait sincèrement.

— Le passé appartient au passé, répondit Nelson. Qui peut dire ce qu'aurait été notre vie ? Peut-être nous aurais-je tous conduits à notre perte, alors qu'à présent je vous promets de faire de Debbie la plus heureuse des femmes.

À son propre étonnement, Winedrove fut touché par la confession de Nelson. Dean n'était pas un raté ; il l'avait méjugé. En fait, il paraissait avoir un regard très lucide sur sa vie. Il s'en voulait presque de l'avoir laissé s'enfoncer seul dans sa dépression.

— Tu sais ce qui me rendrait heureux, Dean ?

Le grand moment était arrivé, et cela allait venir naturellement. Comme la suite normale d'une conversation.

— Des petits-enfants ? répondit Nelson, amusé.

Elisabeth se sentit soudain mal à l'aise. À l'évidence, il n'était pas au courant.

Nelson nota aussitôt le changement d'attitude de la mère de Debbie.

— Non, je voudrais que Tyron revienne à la maison. De façon imagée. Tu me comprends, répondit Winedrove.

— Le retour du fils prodigue, compléta Nelson en reportant son regard sur lui.

— Exactement.

Winedrove lampa une gorgée de son whisky, fébrile. Rarement il s'était ouvert à quelqu'un avec autant de sincérité.

— Vous l'ignorez peut-être, mais je l'ai revu il y a quelques semaines, et…

— Je sais, je sais. Debbie m'a tout raconté. Mais comme tu l'as dit toi-même, les temps ont changé. Depuis, il a dû apprendre que Julian avait été innocenté et que tu vis avec sa sœur. Peut-être n'attend-il qu'un signe pour revenir ?

De belles paroles. Si tout pouvait recommencer comme avant… Mais non. Quelle que soit la vérité, son père et sa mère resteraient à tout jamais enfouis six pieds sous terre, pensa Nelson.

— Qu'attendez-vous pour lui faire ce signe ?

— J'attendais le bon moment. Je suis certain qu'il est arrivé. Moi, il ne m'écoutera pas, mais toi, je suis sûr que tu arriveras à le convaincre de renouer le dialogue avec la famille.

Nelson eut une petite moue peu convaincue.

— Je crains que vous ne surestimiez mes talents de persuasion.

— Et moi, je crois que tu sous-estimes l'amitié qui vous a liés dans le passé. Une amitié aussi forte ne meurt jamais.

Nelson finit son verre d'un trait et, jetant un regard vers Debbie, se dit qu'ils feraient mieux de partir avant que la soirée ne perde en magie.

— Très bien, je vous promets que je vais essayer. Mais entre nous, ne mettez pas trop d'espoir là-dessus. Tyron est le pire entêté que je connaisse. Je crains qu'il n'écoute plus personne, en dehors de ses nouveaux amis.

Winedrove reposa son verre à peine entamé. Il se leva et lui tendit une poigne ferme.

— Cela m'ira très bien. Je te demande seulement d'essayer.

Nelson lui serra la main, et soudain une idée saugrenue lui traversa l'esprit.

— Pensez-vous que quelqu'un ait pu tuer mes parents ?

Le silence se fit dans la pièce, avant que Winedrove n'éclate de rire.

— Voyons, te rends-tu compte de ce que tu dis ?

— Dean, tes parents n'avaient aucun ennemi. Tu ne devrais plus penser à ça, ajouta Elisabeth.

Nelson n'aurait su dire pourquoi, mais il avait l'impression que ces deux-là lui mentaient, ou, pour le moins, lui cachaient quelque chose.

— Allez, on rentre. Ma mère a raison, ne pense plus à ça, conclut Debbie en lui prenant le bras.

Nelson pinça les lèvres et comprit que le moment était mal choisi pour éclaircir ses doutes. Mais ce moment viendrait où il lui faudrait avoir des réponses, et qui mieux que les Winedrove connaissait ses parents ?

44

Assis à la terrasse d'un bar de Canyon Creek qui donnait sur l'immense étendue du désert du sud du Colorado, l'homme décrocha son portable :

— Salut, sœurette, ça fait un bail !

— Fallait que les choses se calment, mais, finalement, ce n'est pas plus mal.

L'homme y comptait bien. Il lui tardait de recevoir les millions de dollars attendus.

— Tu es au courant que Julian est sorti de prison ?

— Je sais, fit l'homme, épaté. Décidément, je ne vois que des avantages à avoir du pognon.

Il était là, ce fameux dimanche soir, à guetter Julian, quand il l'avait vu ressortir de l'immeuble de Brandon Foster avec un objet enveloppé dans un chiffon. À ce moment-là, il ignorait de quoi il s'agissait. Mais il n'avait pas oublié son visage luisant de sueur, de folie et de peur.

— Tu as un nouveau plan ? demanda l'homme.

— Oui, bien meilleur que le précédent. Cette fois, personne ne remontera jusqu'à moi.

L'homme n'en doutait pas. Il était le meilleur et ne laissait jamais aucune trace derrière lui. La sœurette n'avait pas à s'en faire. Mais après tout, c'était elle qui payait. Les ordres étaient les ordres.

— Il n'est plus question d'assassiner Julian, mais de lui faire tuer quelqu'un.

Le regard perdu dans la nuit noire du désert, l'homme se demanda à quoi jouait sa sœur. Si tous les deux avaient pris des chemins différents, au final, le goût du sang coulait dans leurs veines. *On ne peut rien contre sa nature profonde*, se dit-il en écoutant les explications de sa sœur. *Et pourquoi faire simple quand on peut faire compliqué !*

— OK, pas de problème. J'attends ton coup de fil.

L'homme raccrocha, et siffla la fin de sa bière avant de retourner en commander une autre à l'intérieur du bar.

Dimanche 28 août 2011

45

Malgré une pluie torrentielle, Stanley Warren n'aurait manqué son rendez-vous pour rien au monde. Il avait presque cessé d'y croire quand Charleen Arquette avait enfin daigné répondre à l'un de ses innombrables textos. Elle lui proposait un rendez-vous au Tiny Bigs Lounge, l'un des meilleurs bars à cocktails de la ville.

Les bourrasques de vent ayant réduit à néant l'utilité de son parapluie, Warren entra ruisselant dans le bar. Il chercha Arquette du regard. Ne la voyant pas, il alla s'asseoir sur une banquette face au comptoir en zinc.

Elle ne va pas venir, songea-t-il en regardant au-delà des baies vitrées les trombes d'eau qui continuaient à tomber du ciel.

Pas un passant dans la rue.

Un serveur s'approcha et lui tendit la carte. Warren commanda un Mint Julep, avant de prendre son smartphone. 11 h 21. Pas de messages. Il avait neuf minutes d'avance, certes, mais un étrange pressentiment lui faisait penser qu'elle ne viendrait pas. Le bar était presque vide. Il se trouva pathétique. Où était passée son inébranlable confiance en soi ? Depuis la fin du procès de Julian Winedrove, il avait repris ses habitudes au cabinet d'avocats, ayant même reçu les félicitations de ses collègues pour avoir réussi l'impossible. Mais il ne pouvait oublier le regard d'Arquette à la sortie du tribunal. Un regard de haine.

Il ne supportait pas l'image qu'elle lui renvoyait de lui.

— Tu es stupide, chuchota-t-il en secouant la tête, mais c'était plus fort que lui, il fallait qu'il en parle.

Le serveur revint avec son cocktail. Warren savoura une première gorgée. Il sentit ses idées noires disparaître dès qu'il vit son rendez-vous arriver en courant sous la pluie. Un léger sourire éclaira son visage, alors qu'il se levait pour aller à sa rencontre.

— Je suis vraiment de bonne composition pour venir malgré un temps pareil, dit-elle en rabattant sa capuche.

— Je te remercie d'être venue, dit-il. Je me suis installé là-bas. On sera tranquilles.

— OK, je commande un chocolat et je te rejoins.

Warren observa Arquette au comptoir, en se demandant pour la énième fois ce qui ne tournait pas rond chez lui. Charleen était plutôt jolie, très stylée, cultivée et passionnée de politique. Pourquoi leur relation n'avait-elle jamais dépassé le stade des parties de jambes en l'air ?

Le chocolat servi, Arquette vint s'asseoir face à lui.

— Félicitations ! J'ai vu que vous aviez récupéré le dossier Frampton, dit Arquette avant de porter son mug à ses lèvres.

Samuel Frampton était un riche armateur qui avait été accusé de viol par l'une des femmes de ménage qui travaillaient au siège de sa société.

— Ce n'est pas moi qui gère ce dossier. Mais contrairement à ce que tu sous-entends, c'est un bon dossier, dit-il, redevenant maître de ses émotions.

Arquette reposa son mug. Une fine moustache de crème ornait sa lèvre supérieure. Elle la fit disparaître en la léchant discrètement du bout de la langue.

— Après avoir libéré un meurtrier, pourquoi ne pas laisser sortir un violeur ?

Elle avait bien d'autres choses à faire en cette matinée, mais elle en avait plus qu'assez d'être harcelée par des textos et des messages sur son répondeur.

— Tu es injuste, répliqua Warren, décontenancé. Primo, il est fort probable que cette fille soit une mytho. L'examen médical n'a décelé aucune lésion vaginale ou anale. Aucune trace de sperme n'a été trouvée sur ses affaires personnelles. Secundo, ce n'est pas mon affaire, mais celle de Chase Amble.

— Mais si on te l'avait proposée, tu l'aurais prise ?

Cette agressivité… Avait-elle oublié tout ce qui les liait ?

— Peut-être. J'aurais demandé au préalable à parler avec Frampton. Comme tu le sais, je suis plutôt doué pour détecter les menteurs. Si j'avais été persuadé qu'il est bien un violeur, je t'affirme que non, évidemment, je ne l'aurais pas défendu.

Arquette le scruta d'un regard sévère, cherchant la moindre trace de malice.

— Je te crois. Mais dans ce cas, pourquoi avoir fait libérer un assassin ? l'interrogea-t-elle d'un ton légèrement moins agressif.

— Parce que je n'ai pas eu le choix.

Il choisit de jouer sa seule carte maîtresse : la vérité.

— On a tous un cadavre dans son placard, Charleen. Cette ordure de Winedrove a trouvé le mien.

Arquette savoura une autre gorgée de chocolat et, aussi futile que fût cette pensée, se réjouit d'avoir choisi ce lieu de rendez-vous.

— Est-ce que tu es en train de me dire qu'il t'a fait chanter ? demanda-t-elle dubitative.

— Oui, mais laisse-moi t'expliquer, dit-il, avant de tout lui raconter.

Ce n'était pas dans ses habitudes de se livrer et encore moins d'exposer ses points faibles, mais il avait besoin d'une oreille attentive. Si seulement Jessica Hurley ne vivait pas avec Mike Logan ! Elle, elle l'aurait compris. *À défaut de merles, on mange des grives !* songea-t-il sans sourire.

— Tu te rends compte de ce que tu viens de me dire ?

Il lui avouait qu'il avait couché avec des mineures, et il espérait qu'elle lui donne l'absolution !

— Avant de me juger, n'oublie pas que j'avais vingt ans, qu'on passait les soirées à boire et à prendre de l'ecstasy. Qui plus est, c'étaient les filles qui venaient nous rejoindre, et je peux t'assurer que ce n'était pas des gamines, dit-il, tout en commençant à regretter de lui avoir fait confiance. Je ne leur ai jamais demandé leur âge, mais elles avaient au minimum seize ans. Faut pas déconner ! Même dans notre pays, je défendrais un garçon de vingt ans qui coucherait avec une fille de seize !

Arquette avait fini son chocolat. Elle eut soudain envie de quelque chose de beaucoup plus fort. Elle fit signe au serveur, et montra le cocktail de Warren.

— OK, je ne t'accuse pas de viol sur mineure.

Warren eut un hoquet de surprise. Il n'aurait manqué plus que ça !

— Mais tu sais très bien pourquoi ces filles couchaient avec vous.

— Tu ne m'as pas écouté. Je te jure que je ne les ai jamais payées. On faisait la fête et ça finissait au lit. Point final. Cet enfoiré de Winedrove prétend avoir retrouvé des filles qui seraient prêtes à jurer le contraire. Mais c'est faux.

Comme Warren, Arquette savait déceler la vérité d'après le ton, le débit d'une voix, les tics et les expressions du visage. Elle sut qu'il ne mentait pas.

— Je veux bien te croire, Stanley. Mais comme tu as changé ! Tu as préféré faire libérer un meurtrier plutôt que de risquer un procès dont, je suis certaine, tu serais sorti lavé de tout soupçon. Franchement, si tu m'en avais parlé, je me serais aussitôt proposée pour être ton avocate sur ce coup-là, et je te jure qu'on ne serait pas allés au procès. Tu as peut-être des cadavres dans le placard, mais, en fouillant un peu, je n'aurais pas tardé à déterrer ceux de Winedrove.

Le serveur posa le cocktail et repartit derrière son comptoir.

— Je sais, j'ai déconné.

Elle avait mille fois raison. À sa décharge, il avait eu tellement peur pour son image d'avocat intègre ! Dans ce milieu, les rumeurs ne pardonnent pas. Mais qu'en savait-il au fond ?

— Tu veux quoi, Stanley ? Tu veux mon absolution ? demanda Arquette d'un ton ironique.

— Je ne sais pas. J'aimerais tant revenir en arrière.

Arquette ne put réprimer un soupir. Combien de fois elle avait entendu cette phrase dans la bouche des accusés qu'elle défendait ! Elle n'avait qu'une seule réponse :

— Ce n'est pas possible. Ce qui est fait est fait.

Warren réalisa qu'elle était loin de l'avoir compris. Il s'en voulut d'y avoir cru, ne serait-ce qu'une seconde. Tant pis, il avait essayé.

— Laisse tomber. Je suis désolé de t'avoir fait perdre ton temps.

— Tu ne me l'as pas fait perdre. Et ça faisait longtemps que je n'étais pas venue au Tiny Bigs.

Alors qu'Arquette n'avait pas encore bu son cocktail, il préféra partir. Il se leva et reprit son manteau.

— Merci d'être venue. À un de ces jours.

— Stanley, va voir un psy. Sinon, un jour ou l'autre, tout va t'éclater à la figure.

Warren la regarda d'un drôle d'air. Cette manie qu'ils avaient tous de croire aux vertus quasi magiques de la psychanalyse. À l'inverse de Jim Morrison, il n'avait jamais eu envie de tuer son père et encore moins de… ! se dit-il en faisant la grimace.

— J'y penserai, répondit-il diplomate, puis d'un ton léger il lui demanda : Toi, tu en vois un ?

— Pourquoi crois-tu que je suis en parfaite osmose avec mon moi profond ? répondit-elle d'un ton espiègle.

Ce qui arracha un sourire à Warren. Cette conversation lui aurait au moins apporté un peu de détente.

46

Debbie vit d'abord des phares foncer dans sa direction, puis la carcasse du vieux pick-up se dessina dans l'obscurité de ce début de soirée. Elle éteignit la musique de son autoradio, sortit de sa Porsche et s'avança dans le parking jusqu'à la Chevrolet. Elle s'installa à côté de son frère, côté passager.

— Bonsoir, Tyron, dit-elle en savourant le confort du vieux cuir élimé. Tu es sûr que personne ne t'a suivi ?

— Quoi ?

Debbie sourit. Cela devenait ridicule. Il était si soucieux que personne ne sache qu'il la voyait encore, qu'ils se donnaient rendez-vous sur le parking d'un centre commercial à plus de vingt kilomètres au sud de Seattle.

— Je ne sais pas. Le FBI, les hommes en noir, ou peut-être même les Martiens ! se moqua-t-elle tendrement.

Tyron eut un petit rire, et sortit un joint de sa veste.

— Rigole pas avec ça. Je suis persuadé qu'ils savent tout sur nous.

Il coinça son joint entre ses lèvres et craqua une allumette qui illumina un instant l'habitacle usé.

— Je n'en doute pas, mais, dans ce cas, pourquoi laissent-ils en liberté un dangereux activiste comme toi, amateur de drogues diverses qui plus est ?

— Parce qu'ils nous croient inoffensifs. Mais t'inquiète, le jour viendra où ça commencera à chauffer pour nos fesses, et dans ce cas, je peux te jurer que tu verras ce qu'est capable de faire un État totalitaire contre de libres citoyens qui demandent seulement que le pouvoir soit rendu au peuple.

— Tyron, on n'est pas à un meeting !

Il lui tendit le joint. Elle se grisa du sentiment d'interdit qui mettait du piment à leurs rencontres.

— Je ne te parlais pas à toi, mais aux connards enfermés comme des rats dans un sous-sol du Pentagone, et qui n'ont rien d'autre à foutre qu'espionner d'honnêtes citoyens ! dit-il en s'adressant à un mouchard imaginaire.

Debbie recracha vivement la fumée qu'elle venait d'aspirer et explosa de rire.

— Si c'était vrai, je serais dans une sacrée merde !

Aux côtés de Tyron, les plus belles années de sa vie lui revenaient en mémoire. Une jeunesse insouciante, riche de découvertes.

— Je ne les laisserai pas faire. Qu'ils viennent te chercher et ils comprendront qui est Tyron Winedrove ! dit-il en levant un poing vengeur.

— Mon héros !

Elle tira une taffe sur le joint avant que Tyron le lui reprenne. Il alluma la radio, branchée sur sa station préférée, WKSE. « The chain » des Fleetwood Mac résonna dans l'habitacle.

— Je donnerais tout pour avoir vécu les années soixante-dix : sex, drug and rock'n roll !

— Tu me l'as déjà dit mille fois, mais à moins qu'un jour tu rencontres Doc et sa DeLorean, je crois que tu ferais bien de te faire une raison.

Tyron s'avachit dans le siège du conducteur et posa les pieds sur le tableau de bord du pick-up.

— C'était avant l'abrutissement des masses et l'arrivée du câble et de toutes ces séries débiles, cette télé-réalité de merde. Les gens avaient une réelle conscience politique, à l'époque.

— C'était la guerre, c'est un peu normal, non ?

La politique n'était pas sa tasse de thé. Elle n'y comprenait rien, et n'avait aucune envie de s'y intéresser.

— Lennon, Baez, Fonda… tous les artistes se mobilisaient contre le massacre d'un peuple innocent, et regarde la situation de nos jours. Il y a non pas une, mais deux guerres. Que ce soit en Afghanistan ou en Irak, des milliers de civils perdent la vie, année après année, par notre faute. Ce n'est pas avec des Lady Gaga et des Usher qu'on va éveiller les consciences !

— DiCaprio et Clooney sont très bien.

Tyron souffla de mépris.

— Depuis quand ils savent chanter ?

— Parce que Jane Fonda, elle chantait peut-être ?

Tyron prit un air inspiré et rétorqua d'un ton sans appel :

— Non, mais elle avait un putain de cul !

Debbie leva les yeux au ciel.

— Vaut mieux être sourde qu'entendre ça…

Tyron sortit une flasque de whisky de la poche de sa veste et en avala une rasade.

— Bon, c'est pas tout ça, alors tu me dis pourquoi tu tenais à me voir en urgence ? fit-il en tapant du pied au rythme de la batterie de Mick Fleetwood.

Debbie invoqua mentalement tous les saints du paradis pour que Tyron ne s'énerve pas.

— C'est Dean.

— Quoi, Dean ?

— J'adore ce passage. « You doooon't looove me now… »

— Debbie !

— OK, se reprit-elle. Tu sais que je me suis remise avec lui.

Tyron fit la moue.

— Si tu es mieux qu'avec Peter, ça ne me pose pas de problème.

Elle lui avait tout raconté le lendemain du jour où elle avait quitté son mari.

— Il veut te parler. Il est en pleine reconstruction. Il a besoin de faire le point sur sa vie, et sur ses erreurs.

— On en est tous là, ma pauvre Debbie.

— Dis-moi que tu vas y réfléchir sérieusement.

Tyron n'en avait aucune envie. Le passé appartenait au passé.

— Soit ! J'y penserai, mais maintenant, on parle d'autre chose. Tu as des nouvelles de ton mari ?

— Ex ! le corrigea Debbie, même si le divorce n'était pas encore prononcé.

Tyron se glissa entre les draps en faisant bien attention de ne pas réveiller Belinda. Il pensait y être parvenu quand il sentit une main se poser sur son torse.

— Où étais-tu ? demanda Belinda.

Le ton n'était pas accusateur, plutôt inquiet.

— Avec Debbie. Elle voulait me parler.

Si à La Ferme personne ne savait qu'il la voyait toujours, il n'avait pu se résoudre à mentir à Belinda. Elle ne l'avait pas jugé. Au contraire, elle lui avait assuré qu'il ne fallait pas se couper complètement des gens qui vous aiment. Peu importent leurs défauts.

— Elle a des problèmes avec son ex-mari ?

— Non, c'est son nouveau petit copain. Il veut me voir. Tu sais, c'est le type qui a arrêté Julian.

— Et que tu as failli tuer devant son yacht, sourit Belinda.

Qui pouvait éprouver de la peine pour un millionnaire qui se prenait une raclée ?

— Lui-même. Je ne sais pas ce qu'il me veut. Aussi bien, il veut se venger, dit Tyron sans trop y croire.

— Ta sœur ne le lui permettrait pas, peut-être qu'il veut juste créer un environnement qui lui donne l'impression de revivre une époque bénie.

Tyron fit la grimace. Il avait beau se dire que ces années-là étaient de la merde, qu'il était entouré de petits cons parvenus, puants de suffisance et aveugles aux réalités du monde, il devait reconnaître qu'ils se marraient bien à l'époque.

— Je crois que tu devrais y aller, ajouta Belinda en se lovant contre lui. Va savoir. Si tu pouvais lui faire rejoindre La Ferme, ses millions ne feraient pas de mal à la cause.

Tyron hocha la tête. Anticapitaliste ou pas, l'argent était le nerf de la guerre, du moins jusqu'à ce que la révolution arrive. Et après, fini le pouvoir du billet vert !

— En plus, j'aimerais bien qu'il me raconte ta jeunesse, qui était le petit Tyron Winedrove.

Un enfant en adoration devant une figure paternelle idéalisée, devant un père capable de passer d'une minute à l'autre d'une grande tendresse à une violence sauvage.

— Allez, rendors-toi. Il faut qu'on se lève tôt demain.

Dimanche 4 septembre 2011

47

— Tu es certain qu'ils vont venir ? demanda Kaleigh en regardant sa montre. Moi, je crève de faim.

Leurs invités avaient près d'une heure de retard.

— Si tu veux commencer sans nous, ne te prive pas, dit Nelson, anxieux.

Il avait essayé de faire comprendre à Kaleigh qu'elle n'était pas obligée de rester avec eux pour cette soirée, mais elle avait tenu à revoir Tyron, et à lui dire ce qu'elle pensait de lui.

— Non, non, mais peut-être qu'il s'est dégonflé et qu'il a préféré rentrer chez lui.

Nelson aurait été soulagé que tel ait été le cas, mais il avait reçu un texto lui assurant qu'ils n'allaient pas tarder.

— Tu m'as promis de ne pas faire d'esclandre. Ce qui s'est passé entre moi et Tyron ne te regarde pas. D'ailleurs, je n'aurais jamais dû t'en parler.

— Une promesse est une promesse, dit-elle, l'air trop sincère pour être honnête.

Nelson avait des doutes. En son for intérieur, il pria pour que tout se passe sans anicroche. Quand il avait promis à Charles Winedrove de reprendre contact avec son fils, il était persuadé que ce dernier n'accepterait jamais de le revoir. Mais Debbie avait réussi à convaincre Tyron de venir dîner avec elle sur son yacht. Il devait donc faire bonne figure, même si le cœur n'y était pas.

— Tiens, quand on parle du loup, fit-il en apercevant deux silhouettes sur le ponton.

Tyron se sentait stupide. Il n'avait rien à faire là.

— Allez, avance, l'encouragea Debbie en le poussant légèrement. Et surtout, tu ne fais pas de scandale.

Durant tout le trajet en voiture, Tyron n'avait pas cessé de râler, répétant que c'était une très mauvaise idée. Mais il ne pouvait plus reculer.

— OK, ça va. Une promesse est une promesse.

Il détestait ce genre d'adage, fabriqué dans l'unique but d'aliéner un homme à un autre. Le même genre de saloperie que les contrats. Tout contrat entraîne une perte de la liberté d'action d'un homme au profit d'un autre. À croire que personne n'avait lu Faust !

Passant de la passerelle au pont arrière, Tyron s'efforça de mettre de côté ses pensées habituelles et c'est avec un sourire forcé qu'il salua Nelson, qui venait à leur rencontre.

— Salut, Dean, excuse-moi pour l'autre fois, dit-il en lui tendant la main.

Comme la dernière fois, Nelson fut stupéfait par le look de Tyron, avec sa barbe touffue, ses cheveux longs et ses vêtements tout droit sortis d'*Easy Rider*. *Born to be wild !*

— Salut, Tyron, dit-il en lui serrant la main.

Une main amicale, franche et ferme.

— Mais ce ne serait pas la petite Kaleigh ? s'exclama Tyron en la découvrant collée derrière la verrière, le regard sévère.

Incroyable, elle était une petite fille de quatre ans la dernière fois qu'il l'avait portée sur ses épaules. C'était désormais une adolescente affirmée. En d'autres circonstances, il ne l'aurait jamais reconnue.

— C'est vous qui avez frappé mon frère ?

Nelson ferma subrepticement les yeux et serra les dents.

— Kaleigh, tu m'avais promis ! dit-il en se retournant vers sa sœur.

— Y a pas de lézard, Dean. Je crois qu'on lui doit la vérité. Aussi jeunes soient-ils, on ne doit jamais mentir aux enfants, intervint Tyron.

— Je ne suis plus une enfant, rétorqua-t-elle, vexée.

— Oh, ça, je le vois bien.

Mais sous le regard outré de Kaleigh, il se tourna vers Nelson.

— Je te jure que je voulais parler de son caractère. Jamais je ne me serais permis, dit-il avec sincérité.

Nelson était à deux doigts de lui foutre son poing dans la figure.

— Je te le promets sur la tête de mes enfants, ajouta-t-il en espérant l'avoir convaincu. Je voulais juste parler de son caractère.

Debbie maudit les cieux. Cela ne pouvait pas plus mal démarrer.

— Si vous aviez maté mes seins, j'aurais eu des doutes, mais je vous crois, sur ce coup-là, dit Kaleigh.

Elle avait été aussi choquée que son frère par l'allusion, mais elle avait vu le visage de Tyron se décomposer quand il avait compris sa bourde. Elle se devait de le reconnaître, aussi peu sympathique que lui soit cet homme.

— Tu peux. Et si Dean me le permet, je t'expliquerai mon point de vue sur la sexualité et la décadence de notre société, qui tend à transformer dès leur plus jeune âge les jeunes filles en objet de luxure.

Nelson regarda Debbie. Tous deux eurent un sourire de connivence face à l'incongruité du propos. Le repas risquait d'être étrange. Nelson sentit sa colère s'évanouir.

— Allez, entrez tous.

Tyron et Debbie s'installèrent dans les canapés du salon.

— Combien as-tu payé cette petite merveille ? demanda Tyron.

Debbie lui jeta un regard noir, mais Nelson répondit d'un ton naturel.

— Huit millions.

Tyron hocha la tête. Combien d'enfants handicapés aurait-on pu opérer avec une telle somme ? Combien de béquilles pour les enfants victimes des mines antipersonnel ?

— Et si vous me disiez maintenant pourquoi vous avez agressé mon frère ? attaqua Kaleigh, pas du tout impressionnée par la carrure du bonhomme.

— Je pensais qu'il voulait faire griller Julian sur la chaise électrique et je ne trouvais pas ça très sympa de la part d'un vieil ami.

Julian pas plus que Tyron ou les autres Winedrove n'évoquaient de souvenirs pour Kaleigh. Difficile de croire que Nelson ait pu être ami avec ce type.

— On est dans l'État de Washington, on ne grille plus personne depuis longtemps. Et de toute façon, mon frère n'a fait que son travail.

— Je sais, je me suis laissé emporter. Je le regrette à présent.

Kaleigh se dit qu'il avait l'air sincère, mais surtout complètement à côté de la plaque.

— Dean m'a dit que vous viviez dans une secte ?

— Kaleigh, si c'est pour dire des âneries, tu aurais mieux fait d'aller chez tes copines, la reprit Nelson, qui venait de sortir les apéritifs. Je lui ai juste dit que tu fais partie d'une communauté qui vit à l'écart du monde.

— Te bile pas, j'ai compris à qui j'avais affaire. Une sacrée tête de lard ! osa-t-il la provoquer d'un ton amusé.

Kaleigh explosa de rire. Ce type venu d'un autre âge avait l'air complètement cinglé. Debbie se détendit enfin et attrapa la bouteille de jus d'orange.

— Pour répondre à ta question, je fais partie d'un mouvement politique qui a pour but de rendre le pouvoir au peuple.

— J'avais pas l'impression qu'on vivait dans une dictature.

— Bien sûr que si, Kaleigh. La dictature de l'argent.

— On ne va peut-être pas l'embêter avec ça tout de suite, intervint Debbie.

Tyron s'enfonça dans le coussin, son verre à portée de main, et répondit d'un ton tranquille :

— Elle l'a dit elle-même, Kaleigh n'est plus une enfant. Sinon, de quoi veux-tu qu'on parle ? Du bon vieux temps ? De la météo, des ragots sur nos voisins ou, encore mieux, de nos petits malheurs personnels ?

— Tyron, tu n'es pas obligé d'être agressif, s'interposa Nelson.

— Je ne suis pas agressif. C'était juste de l'ironie. La transformation du sens des mots, Dean, le début de la manipulation des masses.

— Faut pas pousser, tout de même, dit Kaleigh, amusée.

— Tu plaisantes, j'espère, répliqua Tyron en prenant un air grave. Je crois que tu n'as pas idée du monde dans lequel nous vivons. As-tu lu *1984*, *Le Meilleur des mondes*, ou encore *Un bonheur insoutenable* ? Ou peut-être as-tu vu *Matrix* ? (Kaleigh hocha la tête à cette référence.) Eh bien, on va tout droit dans ce genre d'univers. Te rends-tu seulement compte que la propagande militaro-industrielle a réussi à gommer du langage le mot « bavure » pour le remplacer par « dommage collatéral » ? Et tous les journaux jouent le jeu !

— Tyron ! fit Debbie. Laisse-la tranquille.

— Non, laisse-moi terminer, je n'ai pas fini. Ces mêmes intérêts ont transformé le sens du mot « communisme » pour lui donner la signification d'« enfer sur terre » ! Une hérésie.

Kaleigh n'en crut pas ses oreilles. Elle se trouvait face à un communiste, une espèce aussi improbable que l'alien de Roswell !

— Vous êtes communistes ? dit-elle, horrifiée autant que fascinée.

Bien qu'elle ait souvent séché les rares cours d'histoire auxquels elle devait assister dans le secondaire, elle savait au moins une chose : la Russie et la Chine avaient tué largement plus de gens que l'Allemagne nazie.

— Et fier de l'être, ma petite. (Tyron sortit un joint d'une poche de sa chemise.) Je peux, ou c'est non fumeur comme partout, dans ce pays antilibertaire ?

— Je préfère que tu évites, répondit Nelson.

Quoi que puisse en penser Tyron, il avait l'impression de revenir dix années en arrière. C'est ce genre de discussions qui les avait progressivement éloignés l'un de l'autre. Comment pouvait-il encore croire à toutes ces inepties ?

— Des cigarettes, je peux ?

— Oui, mais si je peux aussi ! dit Kaleigh, sentant que c'était le moment ou jamais de faire son coming out.

— Tu fumes ? s'étrangla Nelson.

Cramoisie, Kaleigh enfonça la tête dans les épaules, mais tint bon :

— Et alors ? J'ai le droit. Toi aussi, tu fumais quand tu étais plus jeune.

Nelson se souvenait surtout du calvaire qu'il avait subi pour arrêter. Mais que dire sans passer pour un frère tyrannique ?

— Très bien, mais allez fumer dehors. Il n'est pas question que vous me polluiez l'air, dit Nelson qui se promit d'avoir avec sa sœur une conversation autrement plus importante que la politique.

Suivi de Kaleigh, Tyron alla prendre son manteau et extraire de sa poche un paquet de cigarettes. Puis ils sortirent sur le pont arrière. Le vent était frais, mais, au moins, il ne pleuvait pas.

— Tu sais, ton frère était un type bien. Je ne comprendrai jamais pourquoi il n'a pas voulu ouvrir complètement les yeux, pourquoi il s'est arrêté en chemin, dit-il, se souvenant des recommandations de Belinda.

Leur mouvement avait besoin de sang neuf, fortuné de préférence, pour mener à bien la révolution.

— Qu'est-ce que vous voulez dire par là ?

— Il t'a dit que nous vivions à l'écart du monde. C'est en partie vrai. Plus exactement, nous nous tenons à l'écart de ce monde consumériste. (Devant le regard perdu de Kaleigh, il précisa :) De la société de consommation, si tu préfères.

— Hum, dit Kaleigh pas sûre de bien connaître la définition d'une telle société.

Tyron sortit une cigarette et la lui tendit, avant de la lui allumer avec une allumette, puis de s'en griller une à son tour.

— Mais Dean a fait à peu près la même chose en se coupant de l'univers d'où nous venons tous, reprit-il. Pourquoi crois-tu qu'il a décidé de quitter tous ses anciens amis millionnaires ? Parce qu'il a bien conscience que ce sont tous des pourris. Sans exception.

Kaleigh se garda bien de lui dire que de son côté, elle n'avait que des amies super riches !

— Le problème avec ton frère, c'est qu'il est accro à l'argent et qu'il n'a pas pu s'en défaire totalement. Regarde ce que ça donne. Un caprice de millionnaire, dit-il en montrant le yacht d'un geste circulaire.

Kaleigh ne voyait pas où était le problème. Il l'avait acheté avec l'argent qu'avaient gagné ses parents. De quel droit on le leur enlèverait ? Elle exprima tout haut sa pensée.

Après avoir recraché une volute de fumée, Tyron sortit l'artillerie lourde.

— Le principe même du capitalisme est le vol organisé de la force de travail de millions de travailleurs par un petit nombre de personnes qui détiennent les moyens de production. Un système parfaitement rodé qui se perpétue de père en fils. Tout comme les rois et les seigneurs du Moyen Âge héritaient du pouvoir et des terres de père en fils. Le capitalisme est simplement un autre nom du féodalisme. Souviens-toi du sens des mots, dit-il avant de revenir au sujet principal de sa démonstration. La meilleure preuve de ce que j'avance est le cas de l'esclavagisme, qui est le cas extrême de l'exploitation d'un peuple par un petit groupe de privilégiés. D'immenses fortunes se sont bâties sur le dos du peuple noir. Et avant d'être raciste, je peux t'affirmer que la guerre de Sécession était avant tout une guerre pour la survie d'un modèle économique imparable. Les Chinois l'ont bien compris, en faisant travailler les enfants et les prisonniers.

— Mais les Chinois sont communistes comme vous !

Tyron soupira et se demanda s'il aurait la patience de l'amener sur les voies du savoir.

— Le sens des mots, petite tête ! dit-il en lui tapant le front avec son index. Les Chinois, tout comme l'ancienne URSS, n'avaient de communiste que le nom. C'était des saloperies de dictatures népotiques, ni plus ni moins, tenues par une oligarchie… OK, j'arrête, fit-il en se rendant compte qu'il s'était emballé. Écoute, je veux juste te faire comprendre que dans quelques siècles, quand nos idées auront convaincu le plus grand nombre, les gens, quand ils se retourneront sur leur passé, jetteront un regard horrifié sur l'égoïsme de leurs prédécesseurs. Tous ces Américains qui préfèrent croire qu'on ne peut rien faire contre la misère humaine et qui gaspillent des milliards de dollars chaque année pour leurs animaux domestiques, une somme qui suffirait largement à éradiquer la faim dans le monde.

— Mais le capitalisme est le meilleur système. C'est un fait, rétorqua Kaleigh qui malgré elle était attirée par l'enthousiasme contagieux de ce hippie sur le retour.

— C'est exactement les propos que tenaient les pro-esclavagistes du temps où quelques fous voulaient l'interdire : « Notre modèle économique s'effondrera si on nous enlève nos esclaves. » Les faits ont prouvé le contraire, ma petite princesse !

Kaleigh se sentit stupide, et opta pour la plus raisonnable des voies de secours :

— C'est très bien tout ça, mais est-ce que vous aimez le dernier album de Britney Spears ? demanda-t-elle très sérieusement.

Tyron faillit en lâcher sa cigarette. Mais il reconnut dans l'œil de Kaleigh une étincelle de malice. Cette fille était loin d'être stupide.

— Une vraie tête de lard, dit-il en sortant de sa poche un exemplaire de *La Voix du peuple*. Tiens, si jamais ça te dit d'en savoir plus, tu appelles à ce numéro et tu me demandes.

Kaleigh se dit que ça pourrait être amusant. Tyron tira un dernier coup sur sa cigarette et la jeta par-dessus bord.

— Il m'a épuisée ! s'exclama Debbie en rentrant dans la chambre à coucher du pont inférieur.

Nelson était déjà dans le lit, adossé à un oreiller.

— J'avais l'impression qu'il était en représentation, continua-t-elle en se débarrassant de son peignoir pour se glisser sous les draps.

Nelson éteignit la lampe de chevet, l'obscurité fut totale.

— J'ai cru que j'allais lui fracasser le plat de pâtes sur la tête pour qu'il se taise ! dit Nelson. Qu'est-ce qu'il est soûlant !

Le ton n'était pas méchant, seulement effaré.

— Pourtant, quand on se voit, rien que tous les deux, on ne parle que du passé, de nos souvenirs, de nos vies. Là, je ne sais pas pourquoi il n'a pas arrêté une seconde de parler politique.

— Il a voulu mettre en valeur la facette de sa personnalité qu'il estime la plus importante. Il a voulu nous montrer qu'il était différent de nous, meilleur, en somme.

Debbie posa la tête sur le torse de Nelson et lui caressa le ventre.

— Il n'a pas à faire ça. On ne le juge pas. D'ailleurs, je te remercie d'avoir joué le jeu et de ne pas l'avoir repris sur ses théories farfelues.

Nelson n'était pas tout à fait d'accord sur ce point. Ses théories n'étaient pas toutes idiotes. Mais le problème avec les gens comme Tyron, c'était qu'ils oubliaient un élément essentiel : entre la théorie et la pratique, il y avait un monde de subtilités. Ne serait-ce que le simple fait que, par essence, l'homme était un animal égocentrique, jaloux de son confort, mais aussi envieux de celui des autres.

— Tyron est un idéaliste. On ne peut pas lui reprocher de vouloir sauver la planète, le défendit-il.

Debbie apprécia qu'il ne l'enfonce pas. Après tout, c'était son frère, elle seule avait le droit d'être dure avec lui.

— Même s'ils font plus de mal que de bien ?

Nelson repensa à certaines figures de l'histoire qui, menées par un idéal humaniste, avaient conduit des millions d'humains à la mort.

— Oui, car même s'il y a eu des tragédies, l'immense majorité des idéalistes ont fait plus de bien que de mal à l'humanité.

— Tu crois que Tyron va sauver le monde ? s'amusa Debbie, la joue posée près du cœur de son homme.

— Qui sommes-nous pour le juger ? Peut-être qu'il y a trois siècles, des Américains idéalistes juraient qu'un jour le président serait noir et qu'il fallait abolir l'esclavage. Tout le monde a dû leur rire au nez, en leur expliquant qu'ils devaient voir la réalité en face, que ce n'était pas possible, que le monde était ainsi fait. Mais au final, qui a eu raison ? Les soi-disant réalistes ou les idéalistes ?

Debbie apprécia cette vision des choses.

— Je t'aime, dit-elle avant de s'enfoncer sous les draps.

Dans la nuit noire, tandis qu'il conduisait son pick-up en direction de Duvall, Tyron ruminait un sentiment mitigé sur la soirée. Tout s'était bien passé. Pas de ripostes violentes ni d'invectives contre lui ou ses propos. Mais très peu de réactions positives, sans parler d'adhésion.

Dean et Debbie ne comprenaient rien à ce qu'il disait et se taisaient pour ne pas montrer leur incapacité à appréhender des concepts qui pourtant n'avaient rien de complexe. Il aurait pu s'arrêter, trouver un autre sujet de conversation. Mais il n'avait aucune envie d'une banale discussion entre amis qui se retrouvent après s'être perdus de vue. Il n'avait plus aucune amitié pour Dean.

Il avait eu l'impression d'être face à un étranger. Un faux cul qui croyait pouvoir singer la vie d'un flic ordinaire, mais qui gardait jalousement les millions que papa et maman avaient rackettés sur le dos de citoyens américains incapables de comprendre qu'on leur vendait des produits trop cher. Pire que la plus-value, la sur-value était la ruine du bon peuple. Une fois de plus, il en conclut que l'amitié était la plus surfaite des relations humaines.

La seule qualité qu'il trouvait à Dean, c'est qu'il paraissait sincèrement amoureux de sa sœur. Les regards qu'ils s'échangeaient durant le repas étaient plus qu'explicites. Tyron espérait seulement qu'il ne la quitterait pas quand il apprendrait, au sujet des enfants. Mais après tout, cela ne le regardait pas.

Et la bonne surprise de la soirée, c'était la petite Kaleigh qui, bien qu'elle s'en défende, n'était qu'une enfant de seize ans en pleine construction. Il avait senti en elle cette envie de rébellion, ce plaisir de la controverse, de la contradiction, voire de la provocation, qui étaient le commencement de toute idée révolutionnaire. La volonté de ne pas faire partie du troupeau comme base de toute prise de conscience politique. Kaleigh n'en avait certainement pas encore idée, mais elle était mûre pour écouter un autre discours que celui du totalitarisme économique, relayé par une bande d'oligarques imbus d'eux-mêmes et de leur pouvoir.

Non, la soirée n'a pas été perdue, se dit-il en montant le son de la radio alors que « More than a feeling » de Boston commençait.

QUATRIÈME PARTIE

Dimanche 2 octobre 2011

48

Sandy avait une pêche d'enfer. Le soleil brillait haut dans le ciel au-dessus des frondaisons écarlates et rousses des arbres alentour. La température était digne d'une belle journée d'été.

Une matinée parfaite pour un jogging sur les sentiers de Carkeek Park. Comme Katy Perry qui chantait à ses oreilles, Sandy avait l'impression qu'un feu d'artifice explosait en elle, alors qu'un filet de sueur salutaire coulait le long de son dos.

— Et merde ! s'écria Logan en voyant sa balle foncer tout droit vers un bunker.

Le rire explosif de Barry Wilson résonna comme une craie sur un tableau noir aux oreilles de Logan.

— La ferme, ou je te jure que Leslie sera libre de se trouver un autre mec ce soir, dit-il en le menaçant de son club.

— Ah, ces Blancs ! Quelle bande de mauvais perdants ! se moqua Wilson, enchanté de la bévue de son ami.

— Je n'ai pas encore perdu. Trois « eagle » et un « birdie » et je te rattrape, rétorqua Logan, sûr de lui.

— Si tant est que je ne fasse que « par » à tous les trous !

Aucun des deux n'y croyait.

Logan laissa échapper un sourire amusé et tapa sur l'épaule de Wilson.

Trop cool ! se réjouit Sandy en entendant Jessie J sur son MP3. Elle adorait cette fille et se trouvait beaucoup de ressemblances avec elle. Ne serait-ce que physiquement. Une coupe au carré et le tour était joué. De vraies jumelles. Peut-être la rencontrerait-elle un jour. Elles pourraient devenir les meilleures amies du monde, songea-t-elle en choisissant le sentier de droite. La forêt alentour sentait bon l'herbe et la terre. La vie était belle.

Logan sentait Wilson dans son dos. Il était certain qu'il se retenait de rire. Cela faisait deux coups qu'il ne frappait que du sable, et sa balle ne sortait pas du bunker !

Il fit son possible pour se concentrer et après un « swing » parfait, il vit sa balle décoller et prendre la direction idéale pour retomber quelques mètres plus loin sur le green du quinzième trou. Son calvaire allait enfin se terminer. Il avait dix points de retard face à

Wilson, et n'avait fait aucun trou sous le « par ». La honte !

Sandy s'arrêta un instant, se pencha en avant, posa les mains sur ses cuisses et souffla profondément pour récupérer au maximum. Elle avait éteint son MP3 et savourait le chant des oiseaux cachés dans les arbres. Elle regrettait que Julian ait refusé de l'accompagner. Après le week-end merveilleux qu'ils avaient passé ensemble, un mois plus tôt, dans la forêt de River Falls, elle avait besoin de retrouver la nature le plus souvent possible et, sans renoncer à sa salle de gym, avait décidé de faire un jogging tous les dimanches matin. Mais son frère avait repris ses mauvaises habitudes et se levait bien trop tard pour cette balade matinale.

Tu ne sais pas ce que tu perds, lui dit-elle en pensée, avant de se redresser. Elle remit ses écouteurs et reprit son jogging sous le couvert des arbres.

— Et voilà ! s'exclama Logan.

D'un « putt », sa balle alla directement dans le dix-huitième trou.

Il partit la récupérer, pas mécontent que tout soit fini. Cela faisait à peine un an qu'il s'était mis au golf, sur l'insistance de Wilson, grand amateur de ce sport. Mais il avait l'impression de ne pas progresser.

— Bon, pas la peine de compter les points, dit Wilson d'un air débonnaire.

— Non, car tu as triché, alors à quoi bon, le nargua Logan, qui rangea son club dans le caddie.

Wilson éclata une nouvelle fois de rire, et marcha en direction du country club.

— Bonjour, docteur Wilson, l'accueillit une quadragénaire refaite des pieds à la tête.

Logan pria pour que Hurley n'ait jamais recours à la chirurgie esthétique.

Sans cesser de courir, Sandy regarda sa montre et se dit qu'il était temps de rentrer. Elle était épuisée mais, habituée aux efforts physiques, elle était déterminée à ne pas s'arrêter avant d'être arrivée au parking. Elle avait couru plus d'une heure et se réjouissait par avance du bain qu'elle allait prendre en arrivant à la villa.

Peut-être bien que, dans quelques années, elle ferait son jogging à Central Park avec le gratin du show business de Manhattan. Si Hollywood était La Mecque du cinéma, elle se voyait bien faire ses débuts sur Broadway. Et du moment qu'on prenait des cours, la chanson et la danse, ça ne devait pas être si dur que ça.

Elle avait envie de faire partie d'une troupe d'artistes, de recevoir les acclamations d'un public. Le cinéma, aussi attirant soit-il, c'était avant tout passer des heures à attendre à l'hôtel ou dans des caravanes que le réalisateur daigne vous faire tourner votre scène.

Hollywood attendra, à moi Broadway !

Elle s'y croyait déjà.

Dans l'instant qui suivit, une silhouette passa près d'elle et ses rêves se déchirèrent alors qu'une lame s'enfonçait sous ses côtes.

Elle tomba à la renverse, et alla cogner un rocher de la tête.

— Je te répète que ce n'est pas de ma faute, dit Wilson, déjà installé dans la voiture, au téléphone.

Montant à son tour dans la Cherokee, Logan mit le contact et démarra. Il avait une faim de loup.

— C'est Mike, il a tenu à boire un verre au country club pour fêter sa défaite, mais je te jure qu'on est là dans dix minutes, assura Wilson. Moi aussi, je t'embrasse. À tout de suite.

— Ah, ces femmes ! Toujours en retard et, quand, pour une fois, c'est nous, faut qu'elles se plaignent ! dit Logan en secouant la tête, amusé.

— Tu l'as dit, elles ont vraiment de la chance qu'on les aime.

La Cherokee sortit de l'enceinte du golf et prit la Troisième Avenue. En cette fin de matinée, la circulation était plutôt fluide et Logan ne doutait pas de rejoindre très rapidement Green Lake et sa petite famille.

Ils roulaient depuis moins d'un kilomètre en direction du sud quand ils entendirent la sirène d'une ambulance. Logan regarda dans le rétro et vit le véhicule foncer à vive allure sur la Troisième Avenue.

— Pauvre gars, dit Wilson en pensant à la victime qui attendait d'être secourue.

— C’est peut-être une fille, le reprit Logan, qui ralentit et se serra le plus près possible du bord de la route.

L’ambulance les dépassa à toute vitesse dans un hurlement de sirène.

— Non. Mon instinct de chirurgien ne me trompe jamais. Avec le temps, on sent ces choses-là, affirma Wilson.

— Si tu le dis.

Logan mourait d’envie d’allumer la CB. Son propre sixième sens lui disait que cela pouvait être autre chose qu’un infarctus ou un AVC. Mais pensant à Hurley, Roy et Callwin qui les attendaient pour déjeuner, il s’abstint. C’était dimanche, il n’allait pas gâcher ce jour de repos.

Il reposa la main droite sur le volant, quand soudain une voiture de police arriva à son tour par-derrière, sirène en action.

— Et merde, souffla-t-il en allumant la CB.

Sans plus attendre, il se mit en contact avec le central. La voix d’un agent de garde lui répondit aussitôt.

— Une jeune femme agressée sur Carkeek Park. Apparemment un coup de couteau dans les côtes et une blessure à l’arrière du crâne.

— Merci, fit-il en raccrochant.

Logan se tourna vers Wilson. Il n’avait pas à lui imposer ça, et était prêt à le ramener.

— Fais pas cette tête, évidemment qu’on y va. On est à deux pas du parc, dit Wilson, qui n’avait plus du tout envie de rire.

— Merci.

Logan accéléra, et moins de deux minutes plus tard il retrouvait l'ambulance et la voiture de police garées sur le parking du parc. Une foule de joggeurs et de promeneurs était rassemblée, dans un brouhaha inquiet.

Logan fonça sur le premier groupe de personnes qu'il vit.

— Capitaine Logan, police de Seattle, se présenta-t-il. Est-ce que quelqu'un sait où se trouve la…

— Capitaine ! Par ici, cria un sergent qui était resté sur le parking pour interdire l'accès au parc.

Logan le rejoignit au pas de course.

— Bonjour, sergent, où est la victime ?

— Vous prenez le sentier de gauche et vous remontez sur cinquante mètres.

— Très bien. Empêchez quiconque de passer, et surtout, aucun journaliste.

Le sergent hocha la tête en signe d'assentiment.

Accompagné de Wilson, Logan partit à petites foulées dans la direction indiquée. Ils allongèrent le pas et arrivèrent près de la victime.

Sandy était étendue par terre. Des infirmiers s'affairaient autour d'elle.

Wilson remarqua la mare de sang. Il regarda le personnel médical et eut soudain un doute. Il apostropha un jeune homme qui posait des bandages :

— Vous êtes chirurgien ?

— S'il vous plaît, écartez-vous et laissez-nous travailler, répondit le jeune homme.

Trente ans, maximum. Un jeune chirurgien d'astreinte ce dimanche-là. Ça n'allait pas.

— Je suis le docteur Barry Wilson. Je suis chirurgien au Saint John Hospital. Laissez-moi m'en occuper, il faut l'opérer sur place. Elle ne tiendra pas jusqu'à l'hôpital, dit-il, sûr de lui.

S'étant présenté au sergent Cole, Logan s'approcha du corps inanimé. Il reconnut Sandy Winedrove, au moment même où le jeune médecin jetait un regard dédaigneux sur Wilson.

— Je sais ce que je fais, poussez-vous, répondit-il.

— Non, le docteur Wilson est l'un des meilleurs praticiens de la ville, désormais c'est lui qui prend les choses en main, et vous tous, obéissez-lui, dit Logan aux infirmiers.

— Cela fait vingt ans que j'exerce. Faites-moi confiance, je veux lui sauver la vie, tout comme vous, dit Barry, conciliant.

Le jeune chirurgien fit une moue de dépit et s'écarta, tandis qu'un infirmier tendait une paire de gants stériles à Wilson.

— Allez à l'ambulance et rapportez tout le matériel nécessaire. Et appelez un hélicoptère.

Wilson prit le pouls de la jeune fille. Il battait faiblement.

Mon Dieu, donnez-moi la force, pria-t-il avant de se mettre au travail.

Logan préféra s'écarter. Se passant la main sur le visage, il prit conscience du problème. Pour toute autre victime, il aurait parié sur une agression sexuelle, ou un simple vol à l'arraché qui avait mal tourné. Mais cette affaire avait forcément un rapport avec le meurtre de Brandon Foster.

Il prit son portable et, faisant fi du repos dominical, appela sa hiérarchie. Si c'était possible, il préférait que quelqu'un d'autre se charge d'appeler Charles Winedrove pour lui annoncer l'agression contre sa fille.

— Dites, on peut y aller, maintenant ? demanda l'un des joggeurs présents sur la scène de crime.

Pris entre l'intervention chirurgicale et ses propres pensées, il en avait oublié les deux civils qui attendaient avec le sergent Cole.

— C'est vous qui avez appelé les secours ?

— Oui, comme je l'ai dit à votre collègue, j'étais en train de faire mon jogging avec Adam, quand nous avons entendu un cri. Nous avons couru le plus vite possible, mais nous n'avons vu qu'une silhouette partir en courant. Adam est resté près de la pauvre fille, tandis que j'essayais de le rattraper. Mais soudain, il s'est retourné et m'a braqué avec un pistolet. Je me suis jeté au sol et j'ai roulé dans les fourrés. Quand je me suis relevé, il avait disparu.

— Vous avez vu son visage ?

— Non, il avait la capuche de son jogging sur la tête. En plus, il avait une vingtaine de mètres d'avance sur moi. Je serais incapable de vous le décrire, à part qu'il devait mesurer dans les un mètre quatre-vingts ou quatre-vingt-cinq.

— Très bien, vous avez laissé vos coordonnées au sergent ?

— Oui.

— Dans ce cas, vous pouvez y aller. Nous vous contacterons très vite. Et surtout, n'hésitez pas à nous rappeler si un détail vous revient.

— Nous n'y manquerons pas.

Logan regarda les deux jeunes gens s'éloigner et reprit son portable. Après quelques minutes de conversation, son chef l'assura qu'il allait lui-même prévenir les Winedrove. Il lui demanda cependant d'appeler le CSI et de commencer à chercher des indices, ainsi que l'arme du crime.

Jetant un regard circulaire sur la forêt alentour, Logan voulut croire que le couteau n'était pas loin. Si le tueur avait entendu les joggeurs arriver, peut-être avait-il paniqué et s'était-il débarrassé de l'arme dans un fourré. Avec encore plus de chance, une empreinte s'y trouverait.

Il appela la police scientifique, alors qu'on entendait un hélicoptère se rapprocher.

49

Réunie dans une des salles d'attente du Northwest Hospital, la famille Winedrove au complet patientait dans un silence angoissé. Charles était assis sur un petit canapé, un bras passé autour des épaules d'Elisabeth, le regard perdu sur le mur en face de lui. Julian ne tenait pas en place. Il faisait les cent pas, tournant en rond sans cesser de remâcher sa colère. Nelson était assis sur une chaise à côté de Debbie, effondrée, pliée en deux, la tête entre ses bras posés sur ses cuisses. Elle pleurait comme si elle ne devait jamais s'arrêter.

— Je vous supplie de la sauver, marmonna Julian, qui s'était immobilisé.

Les poings serrés, les yeux rougis, le regard tourné vers un ciel imaginaire, comme le reste de la famille, il ne parvenait pas à y croire. Sandy ne pouvait pas mourir. Elle était si jeune, si gentille. Pourquoi avait-on cherché à la tuer ?

En voyant le frère de Sandy dans un tel état, Nelson ne pouvait pas penser une seule seconde qu'il était coupable – l'une des hypothèses de Logan.

— Si jamais on le retrouve, je jure que je lui ferai la peau, grogna Julian.

Nelson se fit la même réflexion. Il n'était pas partisan de la peine capitale, mais « exception ne fait pas loi », se dit-il. Il n'hésiterait pas à tirer si l'homme tentait quoi que ce soit le jour de son arrestation.

La porte s'ouvrit. Tous les regards se braquèrent dans la même direction. À la stupéfaction générale, ce fut Tyron qui apparut. D'un pas sûr de lui, il se dirigea vers sa mère, qui se leva aussitôt et alla se jeter dans ses bras.

— Tyron, Tyron, dit-elle en éclatant en sanglots.

Nelson en avait vu d'autres, mais en témoin impuissant de la scène, il fut saisi d'une émotion particulière. Il détourna le regard et croisa celui de Winedrove, interloqué. Il restait assis sur le canapé, incapable de bouger ou de prononcer la moindre parole.

— Tyron, tu n'as rien à foutre ici, dégage !

Tenant sa mère toujours serrée contre lui, Tyron tourna la tête vers Julian et lui adressa un regard désolé :

— Je comprends que tu m'en veuilles, mais le moment n'est pas venu pour les règlements de comptes, Julian. Essaye de te calmer, va faire un tour, mais surtout, pas de crise hystérique ici.

Avec sa barbe, ses cheveux longs et son phrasé empreint de maturité, Winedrove avait du mal à reconnaître son propre fils.

— Julian, ton frère a raison, calme-toi. Sandy a besoin de notre amour. Pas de colère ni de haine, dit-il.

Julian se passa nerveusement la main sur son crâne rasé et, après avoir marmonné un juron, sortit de la salle d'attente en claquant la porte.

— Merci, dit Tyron à l'adresse de son père.

Les deux hommes se regardèrent. Voilà dix ans que cela ne leur était pas arrivé. Winedrove était fasciné. Son fils était un homme. Il avait l'air si sûr de lui ! Les rôles étaient maintenant inversés : c'était Tyron qui réconfortait Elisabeth.

Passage de relais ? Ce moment qu'il avait tant attendu était-il venu ?

— Tu as beau me renier, tu resteras toujours mon fils, que tu le veuilles ou non.

À sa propre surprise, Tyron ne ressentait plus aucune haine envers son père. L'homme qu'il avait en face de lui n'était plus le quinquagénaire dans la force de l'âge, fort de son pouvoir, mais un homme vieillissant dont les rides commençaient à creuser le visage, les cernes à alourdir le regard, et les cheveux à devenir plus sel que poivre.

— Un jour, il faudra que tu apprennes le sens du mot « fils », le tança Tyron d'un ton sans appel.

Winedrove ne chercha pas à se défendre.

— Comment va Sandy ? demanda Tyron, qui doucement aida sa mère à se rasseoir sur le canapé.

— Les médecins ne se prononçaient pas sur ses chances de survie quand elle est arrivée ici. Mais il y a une heure, le plus grand chirurgien de Seattle est arrivé. Depuis, nous attendons.

Pour une fois, Tyron ne se perdit pas dans un discours sur les inégalités d'accès aux soins médicaux. Aussi égoïste que soit cette pensée, il était heureux que son père ait usé de toutes ses relations pour déranger un éminent médecin en ce jour de repos dominical.

— Qu'est-ce que vous savez sur les conditions de l'agression ? interrogea Tyron en braquant son regard sur Nelson.

— Nous n'avons pas grand-chose. Les rares témoins ont vu l'agresseur s'enfuir en courant. Il portait un vêtement de sport à capuche qui lui cachait en grande partie le visage.

Tyron s'assit de l'autre côté du canapé, à l'opposé de son père.

— Vous pensez à quoi ? Un vol, un viol ?

Debbie eut un frisson à l'énoncé de ce dernier mot.

— Quelles que soient les intentions de cet homme, il n'a pas eu le temps de les mettre à exécution.

— Se pourrait-il qu'il ait eu uniquement l'intention de la tuer ?

C'était là toute la question. La seule dont la réponse risquait de provoquer dans la famille une vague digne d'un tsunami.

— Il est trop tôt pour le dire. Mais peut-être qu'effectivement quelqu'un en voulait à Brandon et à Sandy.

— Une ex-petite amie de Brandon, peut-être.

Nelson en avait bien l'impression et se maudit de ne pas avoir creusé cette piste. Plus il y pensait, plus il se demandait si Stanley Warren n'avait pas eu raison de plaider l'innocence de Julian. Et si tout cela n'avait été qu'un complot fomenté contre lui, pour éloigner la police du véritable coupable ? Une ex-petite amie de Brandon folle de jalousie ?

— Nous allons suivre toutes les pistes. Je peux te l'assurer.

— Vous allez travailler personnellement sur l'enquête, n'est-ce pas ? intervint Winedrove, qui n'avait pas raté un mot de la conversation.

Nelson savait que Logan ne le permettrait pas, mais que pouvait-il répondre à la douleur de son futur beau-père ?

— Je vous promets de tout faire pour arrêter l'agresseur de votre fille, dit-il avec conviction.

Au pire, il travaillerait en sous-marin avec Rivera, si celle-ci était d'accord, ou carrément en solo, si elle ne le suivait pas.

— Si c'est vous qui l'arrêtez, promettez-moi de lui mettre une balle entre les deux yeux, dit Winedrove.

Que répondre ?

— S'il m'en donne l'occasion, je n'hésiterai pas une seule seconde.

Winedrove fut satisfait de la réponse et eut un sourire carnassier.

Tyron avait l'habitude d'excuser les tueurs, prétextant qu'ils étaient avant tout les victimes d'une société malade qui incitait les enfants à la violence, par le biais de jeux vidéo ou de films et qui permettait à quiconque de posséder une arme à feu avec le deuxième amendement. Aujourd'hui, Tyron ne ressentait qu'une haine pure envers l'homme qui avait agressé sa sœur.

La porte s'ouvrit à nouveau. Le professeur Carter entra dans la salle d'attente. Il jeta un œil désapprobateur à l'accoutrement de hippie de Tyron, et leur livra ses conclusions sans perdre de temps en commentaires futiles.

— L'état de votre fille est stabilisé. Le chirurgien qui l'a opérée sur place lui a sauvé la vie. Du très bon travail. Elle serait morte si on avait attendu son admission à l'hôpital.

Winedrove se promit de donner au docteur Wilson un chèque à la hauteur de sa reconnaissance.

— L'hématome cérébral est résorbé. Même si le choc a été très violent, il n'y a apparemment pas eu destruction de la masse cérébrale. Néanmoins, en l'état actuel, je ne peux pas me prononcer sur les séquelles éventuelles, tant motrices que psychiques ou intellectuelles.

Les visages accusèrent le choc.

— Cependant, rien non plus n'indique qu'il y en aura. Elle est toujours dans un coma stable. Nous avons bon espoir qu'elle se réveille d'ici à quelques jours, conclut Carter.

— Qu'est-ce que vous allez faire maintenant ? demanda Elisabeth, suspendue à ses lèvres.

— Attendre, répondit-il laconiquement.

Winedrove regarda l'éminent spécialiste, et le trouva bien moins sympathique que le docteur Wilson, qui avait pris soin de le rassurer du mieux possible.

— Très bien, nous désirons aller la voir à présent, affirma Winedrove d'un ton péremptoire.

Carter le regarda de haut mais acquiesça. Ils traversèrent plusieurs couloirs et montèrent d'un étage avant d'entrer dans la chambre de Sandy.

— Je vous remercie, vous pouvez nous laisser, dit Winedrove, toujours aussi sec.

Le médecin ressortit et les laissa entre eux.

Sandy était recouverte d'un drap blanc, la tête bandée. Son visage paraissait serein.

— Elle n'a pas l'air de souffrir, dit Debbie, profondément soulagée de voir sa sœur respirer régulièrement.

— Elle va s'en sortir, dit Elisabeth.

— Oui, c'est une Winedrove. Elle va se battre et bientôt elle sera de nouveau sur pied.

Tyron s'approcha d'elle, le plus près possible, et à voix basse, il lui parla comme si elle pouvait l'entendre :

— Sandy, tu ne vas pas nous laisser. On a tous besoin de toi, petite sœur. Je t'aime.

Nelson était le seul à n'avoir rien dit. Il se sentait de trop dans cette chambre. Il s'éclipsa en silence, pour attendre dans le couloir.

Il n'avait pu s'empêcher de penser à Kaleigh. Il avait ressenti une véritable boule de haine à l'idée que quelqu'un puisse l'assassiner. Aussi étonnant que cela lui paraisse, c'était de Julian qu'il se sentait le plus proche. Il avait du mal à comprendre comment Tyron et Charles Winedrove arrivaient à contenir leur fureur.

Au bout de cinq minutes, un infirmier approcha. Nelson s'écarta pour le laisser entrer.

La visite était terminée. Tel un cortège funèbre, le petit groupe sortit de l'hôpital dans un silence mortuaire, chacun perdu dans ses réflexions ou ses prières.

Arrivé sur le parking, Winedrove s'adressa à son fils :

— La porte de Providence t'est toujours ouverte. Ça nous ferait immensément plaisir si tu venais manger avec ta femme et nos petits-enfants.

Tyron lui jeta un regard distant.

— Ne dis pas non, je t'en supplie, intervint Elisabeth, en proie à une terrible émotion.

La peur de perdre sa fille. L'espoir de retrouver son fils.

— J'y réfléchirai. Pour l'instant, seule Sandy compte. Au revoir.

Tyron se dirigea vers son vieux pick-up. Winedrove secoua la tête en découvrant dans quoi roulait son fils. Comment pouvait-il être à la fois si mature et si juvénile ?

— Monsieur Winedrove, pourrais-je vous parler seul à seul ? intervint Nelson.

— C'est en rapport avec l'enquête ? Vous avez des nouvelles ?

— Vous pouvez parler devant nous. Nous n'avons pas de secret entre nous, dit Elisabeth, impatiente de savoir.

Nelson se racla la gorge et se lança :

— Comme je vous l'ai dit, nous n'avons aucune piste pour l'instant. L'hypothèse privilégiée est celle d'une tentative de vol ou de viol qui a mal tourné. Mais si toutefois il s'agissait d'un crime prémédité, il serait bon que vous engagiez un garde en faction à l'entrée de sa chambre. De jour comme de nuit.

Les visages se crispèrent. Personne n'avait pensé à une telle hypothèse. Mais si tel était le cas ?

— Pourquoi ne pas mettre des policiers ? On ne paie pas suffisamment d'impôts pour notre protection ? répliqua Winedrove d'un ton cinglant.

— J'ai fait tout ce que j'ai pu pour obtenir une surveillance permanente, mais sans le début d'une preuve démontrant le risque de récidive de son agresseur et donc la préméditation contre votre fille, les crédits ne seront pas alloués.

Winedrove hocha gravement la tête. Son esprit rationnel reprit le dessus.

— Je vois. Vous avez bien fait de m'en parler. Je m'en occupe tout de suite.

— Tu penses réellement qu'il y a un risque que quelqu'un en veuille précisément à Sandy ? demanda Debbie, incrédule.

Il n'en avait strictement aucune idée, mais tout était possible.

— Même si le risque est de un pour un million, il est préférable de ne pas le prendre, non ?

— Bien sûr, dit-elle, rassurée.

Julian réapparut sur le parking. Nelson comprit qu'il avait attendu le départ de son frère aîné.

— Bon, je vais aller rejoindre le CSI. Je t'appelle si on a du nouveau. De toute manière, je rentre pour dîner, dit-il en passant une main câline sur le visage de Debbie.

— OK, à ce soir, dit-elle en le regardant partir.

Nelson gara sa Kawasaki sur le parking de Carkeek Park. Il était tout juste 17 heures et le soleil commençait à décliner derrière les immenses conifères. Un périmètre de sécurité délimité par des bandes marquées *« Do not crossing »* interdisait l'accès au public et aux promeneurs. Nelson montra sa plaque à un sergent et entra dans le parc. Il remonta le sentier et aperçut Logan en discussion au téléphone. Il s'approcha de son supérieur qui, le reconnaissant, fronça les sourcils, sans cesser de parler à son interlocuteur.

— Qu'est-ce que vous faites ici ? Je ne me rappelle pas vous avoir appelé, dit Logan d'un ton particulièrement désagréable, quand il eut raccroché.

— Je veux cette enquête, répliqua Nelson sans se démonter.

— Trop tard, Berg et Darnell sont dessus. Rentrez chez vous.

Logan lui tourna le dos et reprit son portable.

— Capitaine, laissez-moi faire équipe avec eux.

Logan tourna la tête et le foudroya du regard.

— Vous êtes bouché ou quoi ? Vous n'avez rien à faire ici. Vous êtes bien trop proche de cette famille pour que je vous laisse mener l'enquête.

Jamais Logan ne lui avait parlé sur ce ton, mais c'était la seule façon de le faire déguerpir rapidement. Il n'avait pas le temps de prendre des gants avec un agent trop zélé.

— Justement, de deux choses l'une. Soit nous avons affaire à un crime de rôdeur et dans ce cas effectivement je ne serai pas plus utile que Berg ou Darnell. Soit cette agression a un rapport avec la mort de Brandon, et vous devez nous redonner l'enquête.

— J'ai demandé au lieutenant Rivera de faire passer le dossier complet à vos collègues. Alors, ne m'obligez pas à prendre des sanctions.

— J'insiste, dit Nelson, connaissant les risques qu'il prenait.

Logan comprit qu'il ne le lâcherait pas, mais il préféra opter pour une ultime conciliation.

— Imaginez que vous arrêtiez le meurtrier. Quel sera le premier argument de l'avocat de la défense ?

Nelson n'y avait pas réfléchi.

— Il vous fera appeler à la barre et tentera par tous les moyens de démontrer que vous avez perdu votre impartialité, peut-être même que vous avez falsifié des preuves, par amitié pour la famille Winedrove dont vous faite désormais partie. Vous comprenez maintenant ?

Nelson tiqua. Il aurait dû y penser tout seul. D'un autre côté, lui aussi était sous le choc.

— Désolé, je vous laisse, dit-il, gêné.

Il tourna les talons et partit en direction du parking en se promettant tout de même de jeter un œil attentif sur l'avancée de l'enquête. Alors qu'il n'avait aucun atome crochu avec Darnell, il s'entendait à merveille avec la lieutenant Berg, une femme dans la cinquantaine, qui malgré un abord cynique était plutôt sympathique avec ses collègues plus jeunes.

Lundi 3 octobre 2011

50

Logan avait passé une bonne partie de la soirée de la veille à examiner avec soin toutes les hypothèses imaginables concernant l'agression dont Sandy Winedrove avait été victime. Quelles que soient les théories, chaque fois, il retombait sur Julian Winedrove. Il s'en était longuement entretenu avec Hurley, mais celle-ci restait dubitative pour la simple raison que Logan était incapable de lui trouver un mobile. Pourtant, son instinct de flic lui hurlait que Julian était l'agresseur, ou pour le moins le commanditaire.

Si Hurley trouva le sommeil rapidement, de son côté, Logan, allongé sur le dos, fut incapable de s'endormir. Il avait l'impression qu'il ne lui manquait qu'un seul élément pour tout comprendre, mais il n'arrivait pas à le saisir. Il était prêt à croire que Julian n'avait pas l'intention d'assassiner sa sœur, qu'il voulait simplement lui faire peur et que la discussion avait dégénéré, ou alors que son homme de main avait paniqué. Il aurait plutôt penché pour la seconde version, compte tenu du témoignage des deux joggeurs. D'un autre côté, il avait quelques doutes quant à la fiabilité du jeune témoin quand il affirmait que l'agresseur avait dirigé son pistolet vers lui avant de s'enfuir. Si tel avait été le cas, l'homme aurait tiré au moins une balle pour montrer sa détermination et protéger sa fuite. Peut-être qu'aucun des deux jeunes gens n'avait osé le poursuivre et ils avaient trouvé cette excuse pour ne pas passer pour des trouillards.

Combien de fois Logan avait-il entendu des témoins se faire passer pour les héros qu'ils n'étaient pas ?

Il avait tout de même fini par s'endormir, et venait tout juste de se faire réveiller à coups de coude dans les côtes.

— Allez, lève-toi ! dit Hurley. Il est 7 h 05.

Logan se tourna de l'autre côté. Il était encore plus fatigué qu'avant de se coucher.

— Laisse-moi encore cinq minutes, la supplia-t-il.

— C'est ce que je viens de faire, mais tu t'es rendormi aussitôt.

Soudain, cela lui revint en mémoire. Il eut un petit rire, s'obligea à se redresser dans le lit, et se massa les tempes.

— À quelle heure tu t'es endormi ? lui demanda Hurley, qui était déjà debout.

— Vers 3 heures, répondit-il en revoyant l'horloge à quartz du radio-réveil. Mais ça va aller. J'ai l'habitude.

Il sauta du lit et s'étira en poussant un râle salvateur, avant de se courber en avant et de retomber sur le lit, essoufflé.

Hurley leva les yeux au ciel, et sortit de la chambre pour aller s'occuper de Roy.

Stimulé par une douche glacée, deux cafés serrés et un baiser langoureux de Hurley, Logan se sentait parfaitement réveillé quand il sortit de chez lui et monta dans sa Cherokee.

Il avait appelé Blake, qui lui avait assuré que les équipes du CSI étaient sur place et reprenaient les recherches qu'ils avaient dû interrompre la veille au soir en raison de la nuit. Mais le chef de la police avait accédé à la demande de Logan de laisser des hommes sur place pour empêcher quiconque de venir récupérer l'arme du crime – si elle était encore là. Dix hommes et autant de chiens avaient fait le guet toute la nuit. Ils n'avaient intercepté que deux malheureux clochards qui espéraient dormir dans le parc. On les avait tout de même envoyés au poste le plus proche pour vérification d'identité. Telles étaient les informations dont Logan avait pris connaissance avant de partir de chez lui.

Il prit la direction de Carkeek Park.

Très vite, ses hypothèses de la veille revinrent le hanter. Il ne pouvait s'empêcher de penser à Julian Winedrove. Il fallait que, d'une façon ou d'une autre, il interroge ce garçon pour éclaircir différents points. Et d'abord pour déterminer s'il avait un alibi.

Perdu dans ses pensées, il se retrouva bientôt sur le lieu de l'agression. Toute l'équipe de recherche du CSI était en plein travail d'inspection.

— Salut, Mike. Je sais que Jessica est très mignonne, mais tu devrais dormir la nuit, se moqua Blake.

— Très drôle, maugréa Logan, qui lui renvoya un sourire forcé. Alors, du nouveau ?

L'agent du CSI haussa les épaules.

— Des mégots et encore des mégots. À croire que personne ne sait qu'il ne faut pas fumer dans un parc.

— Et sinon, est-ce que…, commença Logan, interrompu par la sonnerie de son portable professionnel. Le sergent Davis.

— Oui, sergent ?

— On a trouvé un couteau. À moins de cinquante mètres du lieu de l'agression. Il y a du sang dessus, et…

— Retrouvez-moi sur le sentier principal, je suis sur le parking. Je vous rejoins tout de suite, le coupa-t-il en raccrochant.

Accompagné de Blake, ils partirent à petites foulées vers le sentier.

Quelques rayons du soleil matinal perçaient avec peine à travers les conifères.

Le sergent Davis les attendait, leur faisant des signes de la main pour se faire repérer.

— C'est par là, suivez-moi.

Ils s'enfoncèrent dans un fourré et retrouvèrent la police scientifique qui avait pris le relais. L'un des policiers emballait avec d'infinies précautions le couteau dans un sachet en plastique, tandis qu'un autre demandait à tout le monde de reculer pour inspecter la zone de façon plus approfondie.

Logan s'approcha de Freeman, qui venait d'enfermer le sachet contenant le couteau dans une caisse prévue à cet effet.

— Comment avons-nous pu passer à côté ?

Cette zone avait été fouillée la veille.

— Le couteau était enterré sous une couche de terre. Ce sont les chiens qui ont reniflé sa trace.

La veille aussi, il y avait les chiens. Fallait croire que ceux-ci étaient particulièrement doués.

— OK, et tu penses qu'il y a des empreintes ?

— S'il vous plaît, reculez, dit Blake, qui s'adressait aux agents de police curieux de voir l'arme du crime.

— Je n'en sais rien, mais j'en doute, répondit Freeman, amusé par l'attitude de ses collègues.

N'importe quel flic de base était curieux de voir comment travaillait la scientifique sur le terrain.

— Pourquoi ?

— Parce que si notre agresseur a pris soin de cacher l'arme, on peut supposer qu'il aura également pensé à effacer ses traces.

— À moins que, pris par le temps, sachant qu'il avait été vu, il ait paniqué et ait simplement voulu se débarrasser du couteau sans imaginer que nous retournerions tout le sol alentour pour le retrouver, dit-il en observant le chien renifleur.

— De toute façon, on va savoir ça tout de suite. Je fonce au labo et je t'appelle.

— Non, je viens.

Maintenant qu'ils avaient l'arme du crime en leur possession, Logan n'attendait plus grand-chose de cette inspection, il préférait laisser le soin à sa hiérarchie de faire cesser les recherches.

Moins d'une demi-heure plus tard, ils arrivaient sur le parking du laboratoire du CSI. Ils foncèrent directement en salle d'analyses. Freeman se chargea de la recherche d'empreintes, tandis que Blake et Logan restaient en retrait à le regarder faire. L'opération ne prit pas plus de cinq minutes avant que, miracle de la métallisation sous vide, une empreinte partielle n'apparaisse clairement sur le couteau vaporisé d'or et de zinc.

— Et voilà, dit Freeman, fier de lui.

Logan se détendit enfin, remerciant la science pour son aide précieuse.

— On n'a plus qu'à espérer que ce soit suffisant, tempéra Blake, qui attendait de savoir si ce fragment d'empreinte serait assez grand pour obtenir le nombre requis de points de concordance.

— Et surtout que notre homme soit déjà fiché, ajouta Logan.

Aussi important que soit cet indice, il ne valait rien tant qu'ils n'avaient pas un nom à mettre dessus.

— On ne va pas tarder à le savoir, dit Freeman, qui se remit au travail.

— Tu prends un café ? demanda Blake à Logan.

— Avec plaisir.

Ils sortirent de la pièce et se rendirent en salle de pause.

— Express sucré ?

Logan hocha la tête. La montée d'adrénaline consécutive à la découverte de ce qui semblait être l'arme du crime avait vidé ses dernières réserves.

— Tu as des suspects en tête ? s'enquit Blake en lui tendant son café.

— J'ai bien une idée, mais attendons les résultats de comparaison des fichiers.

Quand ils retournèrent en salle d'analyses, Freeman avait déjà photographié l'empreinte et l'avait envoyée dans leur base de données.

— Tiens, dit Blake en tendant le troisième café à son collègue.

Les trois hommes restèrent debout, les yeux fixés sur l'écran qui faisait défiler à vitesse grand V des centaines d'empreintes accolées à un visage.

C'est alors que Logan nota que seules les lampes de travail étaient allumées. Un impératif professionnel ou l'influence des séries télé ?

Au moment où il allait en faire la remarque, la recherche s'arrêta et un visage apparut.

— C'est pas le gamin qui a été libéré faute de preuve ? s'exclama Freeman.

— Julian Winedrove, renchérit Blake en lisant l'état civil inscrit au-dessus du visage. C'est le frère de la victime, non ?

— Ouais, dit Logan en répondant d'un mot aux deux questions.

Il ne restait plus qu'à identifier le sang sur le couteau et, cette fois, Julian était bon pour un très long séjour en prison.

51

Julian se réveilla en sueur et sentit son estomac se retourner. Il sauta du lit et eut juste le temps de courir jusqu'à la salle de bains pour vomir dans les toilettes. Haletant, la tête penchée au-dessus de la cuvette, il fut pris d'un nouveau spasme et régurgita les excès de la veille. La bave aux lèvres, il resta de longues secondes avant de reprendre son souffle, au moment où un dernier spasme le libéra complètement. Les yeux larmoyants, il s'essuya la bouche. Le souffle court, il se redressa, alla au lavabo et avala de grandes gorgées d'eau avant de recracher une épaisse glaire au goût salé.

— Julian, ça va ? lui demanda Melody en entrant nue dans la salle de bains.

— Ça va aller.

— Tu devrais prendre une aspirine, dit-elle en allant ouvrir l'armoire à pharmacie.

Julian regarda le petit postérieur de Melody dans le reflet du miroir et, se sentant pris d'une excitation subite, il alla se coller contre son dos alors qu'elle était sur la pointe des pieds, à fouiller parmi les divers médicaments.

— Arrête, idiot ! dit-elle en le repoussant gentiment.

— S'il te plaît, fais pas ta farouche, insista-t-il en l'embrassant dans le cou.

— Je t'ai dit non, tu comprends ça ? dit-elle avec plus de fermeté.

De huit ans son aînée, Melody avait rencontré Julian quand elle s'était occupée de la décoration de la villa, deux ans auparavant. Architecte d'intérieur, divorcée, mère d'une petite fille de sept ans dont elle avait la garde alternée, elle aimait être libre de ses envies. Elle avait bien un faible pour Julian, mais n'était pas prête à se laisser imposer quoi que ce soit par un homme.

— Et merde, tu as l'air d'oublier que j'ai fait quatre mois de prison, et ma pauvre bite se languissait tant de toi !

— Ne sois pas vulgaire, s'il te plaît, ou je te jure que je m'en vais, dit-elle avant d'ajouter d'un ton définitif : Non, c'est non, OK ?

Elle avait trop souvent fait l'amour avec son mari sans en avoir la moindre envie, pour recommencer avec une simple relation épisodique.

— Alors casse-toi ! dit-il, son sexe toujours fièrement dressé.

Melody fit la moue et lui jeta un regard maternel.

Dès qu'elle avait appris, aux informations, l'agression de Sandy, elle avait appelé Julian pour lui faire part de son soutien dans cette épreuve. C'est lui qui avait insisté pour qu'ils passent la soirée ensemble. Il avait bu plus que de raison, mais elle l'avait laissé faire. Il paraissait tellement désemparé.

— Je sais ce que tu endures, mais ne rejette pas ta colère sur moi. Je n'y suis pour rien.

Julian la regarda. Ce n'était plus la jeune femme attirante et pleine de délicatesse qui lui avait plu, mais une pauvre fille de trente ans, incapable de se trouver un nouveau mari !

— Fous le camp, je ne veux plus jamais te voir ! dit-il avec hargne.

Melody fut effrayée. Il se dégageait de Julian une colère si puissante qu'elle n'osait imaginer ce qu'il se passerait si elle se déversait. Elle sortit sans un mot de la salle de bains et se dépêcha de se rhabiller. Posté dans l'encadrement de la porte, Julian l'observait. Il l'aurait bien prise de force, mais de sa vie il n'avait porté la main sur une fille. De toute façon, il aurait été incapable de bander. Son excitation était déjà retombée.

Habillée, prête à partir, Melody lui jeta un ultime regard et fut soulagée de voir que la haine avait quitté ses yeux, remplacée par un grand vide. Mais cela ne lui inspira aucune pitié.

— Pas la peine de me rappeler, lança-t-elle.

Il y avait suffisamment d'hommes dans sa vie pour qu'elle s'embarrasse d'un adolescent attardé et désœuvré.

Elle repassa dans le salon récupérer son manteau et son sac. Arrivée dans l'entrée, elle prit son parapluie, qu'elle avait posé dans un pot, et c'est sous une pluie fine qu'elle sortit de la villa. Elle fit crisser d'un pas rapide le chemin gravillonné et s'engouffra dans sa voiture. Elle venait tout juste de mettre le moteur en marche quand elle vit des voitures de police arriver dans sa direction.

Elle hésita, puis décida de les attendre.

— Au fait, merci de ne pas m'avoir mise sur la touche, dit Rivera, au volant de sa Ford Taurus.

Assis à ses côtés, Logan prit un air satisfait. Depuis que ses doutes s'étaient mués en certitude, il comprenait qu'il était totalement stupide de séparer l'enquête sur Brandon de celle concernant Sandy. Néanmoins, Nelson devait en être écarté pour cause de conflit d'intérêts.

— Nous sommes bien d'accord. Mais vous n'êtes là que pour aider Berg et Darnell. Vous ne prenez aucune initiative sans leur en parler au préalable, et en aucun cas vous ne devez divulguer à Nelson quoi que ce soit sur l'avancement de l'enquête.

Sans quitter des yeux la Taurus qui la devançait, Rivera fit un large sourire et répondit :

— Oui, mon capitaine.

— Capitaine suffira. On n'est pas à l'armée, s'amusa Logan, qui avait bien compris qu'elle l'avait fait exprès.

Ils continuèrent de rouler sur Magnolia, puis la Taurus de Berg et Darnell tourna et ils arrivèrent enfin sur Perkins Lane.

— Et s'il n'est pas chez lui ? demanda Rivera.

— Dans ce cas, on lance un mandat d'arrêt et on envoie sa photo à tous les aéroports.

— Vous croyez qu'il a un complice ?

— Ça m'étonnerait. En tout cas pas une fille, dit-il, se souvenant du témoignage des jeunes joggeurs qui affirmaient avoir vu un homme encapuchonné.

Ils passèrent devant de nombreuses villas, se rapprochant ainsi de leur cible. La Taurus de Berg et Darnell s'arrêta sur le bas-côté. Rivera se colla à leur train.

— Allez, surtout pas de conneries. Vous restez en retrait, dit Logan qui enleva la sécurité de son arme.

— Vous ne comptez pas vous servir de ça ? s'inquiéta Rivera.

Elle n'avait aucun doute quant à la culpabilité de Julian, mais, pour elle, il s'agissait d'un accident. Une brouille entre frère et sœur, pas une tentative de meurtre.

— Si l'on en croit nos témoins, il a un pistolet. Qui peut dire ce qui peut passer dans la tête d'un individu capable de poignarder sa sœur ?

Logan alla rejoindre Berg et Darnell, qui parlaient avec la conductrice d'une Ford Escort.

— Ça ne vous regarde pas ! répondit la jeune femme adossée à sa portière, les bras croisés sur la poitrine.

— Qu'est-ce qui ne nous regarde pas ? s'enquit Logan en montrant sa plaque de capitaine.

— Avec qui je couche, rétorqua-t-elle.

Logan dévisagea Darnell, qui prit un air outré :

— Je vous ai simplement demandé quels étaient vos rapports avec Julian Winedrove.

Cette fois, Melody suggéra seulement :

— Demandez-le-lui. Je vous ai dit qu'il était à l'intérieur.

Soulagé de ne pas avoir besoin de lancer un plan de recherche nationale, Logan sentit néanmoins la tension monter d'un cran. Un homme aux abois était capable de tout.

— Vous n'êtes pas très coopérative et, pour votre gouverne, sachez que nous venons arrêter Julian Winedrove pour tentative de meurtre sur la personne de

Sandy Winedrove. Ignorant les raisons de votre présence au domicile de la victime, nous vous considérons comme suspecte. Lieutenant Berg, passez-lui les menottes et énoncez-lui ses droits.

Melody n'en crut pas ses oreilles. Julian, coupable ! Et dire qu'elle se trouvait ridicule d'avoir eu peur de lui dans la salle de bains. Il avait failli la tuer !

— Je n'ai rien fait. On se voit juste pour coucher ensemble de temps en temps. C'est tout, déballa-t-elle.

— On verra ça au commissariat, dit Logan. Pour l'heure, vous êtes toujours une suspecte.

Il n'avait pas la moindre compassion pour elle. Cette jeune femme pouvait aussi bien être l'instigatrice de toute l'affaire.

— Darnell, tu viens avec moi. (Et, pointant du doigt Berg et Rivera, il ajouta :) Vous, vous me surveillez le garage. N'hésitez pas à faire feu s'il tente de s'enfuir.

Berg faillit lui dire ce qu'elle pensait de son machisme, malheureusement, il n'était pas envisageable de régler ses comptes en présence d'un suspect. Logan sourit en la voyant bouillir. Tant qu'il pouvait l'éviter, il n'envoyait jamais aucune femme en première ligne. Et tant pis si ça faisait de lui un flic de la vieille école.

Darnell lui fit un clin d'œil. Entre hommes aux valeurs communes, ils remontèrent l'allée de gravier et se postèrent devant la porte. Darnell sonna. Logan avait la main sur la crosse de son arme.

Ils attendirent quelques secondes. Pas de réponse.

— On sonne encore une fois ? proposa Darnell, qui se demanda soudain si la femme qu'ils venaient d'arrêter n'avait pas tué Julian.

— Entre le mandat d'arrêt et celui de perquisition, on ne va pas se gêner, dit Logan, qui ouvrit lentement la porte.

Darnell sortit son arme, prêt à faire feu.

Passant devant, Logan entra dans le vestibule. De la musique provenait du fond de l'habitation.

— Julian, montre-toi ! ordonna Logan, certain qu'il avait dû les apercevoir d'une fenêtre.

— Et s'il s'est échappé par le rivage ? s'inquiéta Darnell en désignant le jardin qui s'étendait jusqu'aux berges du Sound.

— T'as raison, va voir dehors. Moi, je finis la visite des lieux.

Ce n'était pas très malin de se séparer, mais comment faire autrement ? Darnell ouvrit la porte-fenêtre et sortit en courant vers le rivage. Logan avança précautionneusement. Conduit par le son de la musique, il arriva jusqu'à une chambre dont la porte était grande ouverte. À travers le concert de guitares, il perçut un bruit d'eau coulant à profusion. Julian prenait une douche.

Très bien, tu te calmes et tu reprends ton sang-froid, se dit-il en gardant toujours son arme braquée vers le plafond.

Il entra dans la pièce et éteignit la musique.

Il avança de quelques pas vers la salle de bains quand il entendit :

— Melody, c'est toi ?

Ayant la confirmation que ces deux-là se connaissaient, Logan eut un vague sourire tout en continuant à avancer.

— Allez, viens me rejoindre. Même si tu n'as pas été très gentille, je suis quand même prêt à te pardonner.

Logan entra dans la salle de bains, s'approcha de la porte de douche, et l'ouvrit brutalement. Julian poussa un cri de fausset en découvrant l'arme braquée sur lui.

— Julian Winedrove, vous êtes en état d'arrestation pour tentative de meurtre.

52

Nelson raccrocha le téléphone. Enfermé dans son bureau du commissariat central, il était sous le choc des révélations de Rivera. Il remercia mentalement Logan de l'avoir mis à l'écart, la veille. S'il avait dû lui-même passer les menottes à Julian, ses bonnes relations avec les Winedrove se seraient immédiatement refroidies.

Il attrapa un trombone et, commençant à le déplier, essaya de comprendre ce qui avait pu se passer dans la tête de Julian. Pourquoi tenter de tuer sa propre sœur ? Et quel était le rapport avec le meurtre de Brandon ?

L'image de Debbie s'imposa à lui. Là était sa priorité. Il ne fallait surtout pas qu'elle l'apprenne par la presse, elle croirait qu'il lui cachait des choses sur son rôle dans cette arrestation.

Il composa le numéro et, au bout de deux sonneries, Debbie décrocha :

— Salut, toi, dit-elle d'une voix souriante. Je suis désolée, mais je suis en réunion. Je peux te rappeler plus tard ?

Enfoncé dans son fauteuil, le regard perdu sur Seattle, Nelson songea qu'il n'y avait jamais de bon moment pour annoncer une mauvaise nouvelle.

— Debbie, on vient d'arrêter ton frère.

Le combiné du téléphone à la main, Winedrove en resta sans voix. Les yeux hagards, il était incapable de réaliser ce que son fils venait de lui dire.

— Ça ne va pas ? lui demanda sa secrétaire particulière, debout à ses côtés.

Affalé dans son fauteuil, il n'était que l'ombre de lui-même. Il n'avait jamais cru en Dieu, mais était désormais prêt à croire en des forces supérieures. Pourquoi s'acharnait-on sur sa famille ? Qu'avait-il fait pour mettre en rage les créateurs de l'univers ?

— Monsieur Winedrove, voulez-vous que j'appelle un médecin ?

Winedrove tourna la tête et ce qu'il lut dans le regard de sa secrétaire le fit enfin réagir.

— Non, non. Tout va bien, dit-il d'une voix raffermie. Sortez, j'ai besoin de rester seul. Je vous rappelle.

La secrétaire comprit qu'on venait de lui annoncer une mauvaise nouvelle, et n'insista pas. Elle connaissait les colères de son patron et préférait éviter d'en faire les frais.

Winedrove la regarda sortir. Il n'y avait qu'une seule chose à faire. Il avait encore dans l'oreille la voix suppliante de Julian qui à travers ses sanglots lui lançait un bouleversant : « Papa, aide-moi ! » Il composa le numéro de Lawrence & Associates.

— Stanley, j'ai quelqu'un pour toi, dit Peter Lawrence sur la ligne intérieure.

— OK, je le prends, répondit Warren en regardant sa montre.

Il avait un rendez-vous dans moins de dix minutes. Cela devrait aller.

Lawrence fit basculer la ligne, et Warren lâcha un juron dans sa tête quand il entendit la voix de Charles Winedrove :

— Bonjour, maître Warren. Est-ce que vous êtes au courant ?

Qui ne l'était pas ? L'agression de Sandy avait fait la une de tous les médias.

— Je suis désolé pour votre fille, mais il ne faut pas perdre espoir…

— Non, pas de ça ! s'énerva Winedrove. Je veux parler de l'arrestation de mon fils. Ils osent accuser Julian d'avoir commis cette monstruosité !

Warren était stupéfait. Qu'est-ce que c'était que ces conneries ?

— Expliquez-moi.

Winedrove lui raconta d'un ton haché ce que venait de lui dire Julian au téléphone.

Pas plus que Winedrove, Warren ne put imaginer que Julian fût l'agresseur de sa sœur. Pour s'être entretenu durant de longues semaines avec lui, il connaissait les faiblesses du jeune homme, ses principaux défauts, et pouvait affirmer sans crainte de se tromper qu'il n'était pas un malade mental. Cela dit, il n'avait aucune envie de retourner dans le giron des Winedrove. Plus il se tenait loin d'eux, mieux il se portait.

— Je suis désolé, mais je ne peux pas prendre cette affaire. Je suis déjà surchargé, et…

— Foutaises ! hurla Winedrove à l'autre bout du fil. C'est vous qui l'avez fait sortir. Alors, de deux choses l'une, soit vous avez fait libérer un meurtrier, soit mon fils est innocent et emprisonné à tort. Ne me dites pas que cela ne vous perturbe pas ?

L'idée de travailler pour Winedrove le perturbait encore davantage.

— Pourquoi moi ? demanda-t-il, sentant l'étau se resserrer autour de lui.

— Parce que je veux que vous alliez lui parler, et que vous me fassiez part de votre intime conviction. Si vous êtes persuadé qu'il est coupable, nous n'aurons alors plus jamais à nous revoir, assura Winedrove.

Pourvu qu'il soit coupable ! pria-t-il alors en son for intérieur, alors qu'il acceptait d'aller voir Julian en prison.

Tyron resta devant l'ordinateur, les bras posés sur le bureau, à contempler l'article du *Seattle Tribune*. Belinda, comprenant la souffrance de son mari, était restée en retrait. Soudain, avec une rage foudroyante, il envoya valser le moniteur de l'ordinateur, qui s'écrasa sur le sol. Belinda recula doucement vers la porte de leur chambre. Tyron se leva, attrapa la chaise sur laquelle il était assis, et la cogna aussi fort qu'il le put contre les murs, puis contre les étagères chargées de livres. Son cœur et son esprit n'étaient que souffrance. La douleur était insupportable. Pourquoi ?

Belinda ouvrit la porte, prête à sortir.

— Qu'est-ce qui se passe ? fit Ricardo en passant sa petite tête.

— Laissez-moi ! Allez-vous-en ! hurla Tyron.

Ricardo lui jeta un regard interrogateur mais, craignant que cela ne dégénère, Belinda lui posa une main sur l'épaule et l'incita à sortir avec elle.

Quand il fut enfin seul, Tyron s'assit sur le sol, dos au mur, et ferma les yeux. Il se mit à pleurer et maudit l'humanité dans son ensemble. *À quoi bon vivre, si tout n'est que souffrance ? Pourquoi sommes-nous là ? Depuis la nuit des temps, les êtres humains sont en proie à toutes sortes de tourments, misère, famine, épidémie, asservissement, humiliation… Cela ne s'arrêtera donc jamais !*

L'image de la Terre explosant en mille morceaux lui arracha un triste sourire qui disparut quand il repensa à son malheureux frère, accusé une nouvelle fois d'un meurtre qu'il n'avait pas commis. Le pire, c'est qu'ils avaient eu l'occasion de se réconcilier, à l'hôpital, mais il n'avait pas su trouver les mots. Il aurait dû l'accompagner lorsqu'il était parti, et lui parler.

Désormais, ce serait derrière la vitre d'un parloir qu'il pourrait le voir.

Il resta de longues minutes prostré sur le sol.

Quand les larmes se tarirent, il s'efforça de se calmer, s'obligeant à chercher une solution. Aussi corrompu et injuste que soit le système judiciaire, il devait bien y avoir un moyen de faire sortir Julian, par voie légale ou pas. Il fallait qu'il reprenne contact avec Dean. Ce n'était peut-être pas plus mal d'avoir un allié dans la place.

La porte se rouvrit et Paul passa sa petite tête.

— Papa, tu es malade ?

Tyron eut soudain honte de son comportement, et se rapprocha pour aller rassurer ses enfants.

53

— J'ai besoin de blé, dit l'homme.

Il était de retour à Canyon Creek, dans son bar préféré. L'adrénaline de la veille commençait tout juste à se dissiper.

— Écoute, je t'avais dit que je te contacterais, le réprimanda sa sœur.

— De quoi tu as peur ? se moqua-t-il. L'enquête est bouclée. Tu ne regardes pas la télé ?

— Julian n'est qu'inculpé pour l'instant. Et seulement pour tentative de meurtre. Comment as-tu pu la rater ?

Assis dans son coin, un œil sur la fenêtre qui donnait sur le désert, l'homme tiqua et tapota la table du bout des doigts.

— T'inquiète, même si elle s'en sort, elle ne me reconnaîtra pas, se défendit-il.

Cependant, il devait s'avouer qu'il avait totalement foiré. N'ayant pas réussi à planter le couteau assez profondément pour la tuer, il avait voulu finir le travail le soir même à l'hôpital. Mais après s'être discrètement faufilé jusqu'à la chambre, il était tombé sur des vigiles installés devant la porte. Courageux mais pas téméraire, vêtu d'une tenue d'interne, il avait pris une position de repli, et avait quitté les lieux le plus vite possible.

— Oui, mais elle innocentera son frère. Non seulement on devra tout recommencer, mais, surtout, ils comprendront que quelqu'un d'extérieur à leur famille leur en veut.

C'était ça le plus gênant. Cela allait devenir de plus en plus difficile. Et de plus en plus risqué. Quel dommage ! Tout s'était si bien déroulé. Il avait passé des jours et des nuits à espionner Sandy et Julian. Quand le jour était venu, il avait usé de techniques éprouvées pour s'introduire chez eux pendant qu'ils dormaient et récupérer dans la cuisine un couteau dont Julian s'était servi. Trop facile !

— Ne t'en fais pas. Ils ne sont pas aussi paranos que toi, fit-il en sachant pourtant qu'elle avait raison. En plus, rien ne dit que cette conne va se réveiller un jour.

La sœur espéra que tel serait le cas.

— Je t'envoie cinq mille dollars, mais tu ne me rappelles plus et tu attends que ce soit moi qui te contacte, dit-elle d'un ton péremptoire.

L'homme eut un vrai sourire. Pour une demi-sœur, elle était tout de même formidable.

54

Tandis qu'il avançait dans les couloirs de la prison, Warren se sentait telle une souris prise au piège. D'un côté, il espérait que Julian était coupable et qu'ainsi il n'aurait pas à le défendre, de l'autre, il ne pouvait accepter d'avoir fait libérer un véritable psychopathe. Et si Julian était innocent, c'était presque encore pire. Il devrait tenir sa promesse, défendre le fils Winedrove et de fait rester en contact avec son ordure de père.

Dans une salle très dépouillée, Julian était assis devant une table vide. Warren eut l'impression de faire un bond de cinq mois en arrière. Puis la corrigea aussitôt quand il découvrit le regard éteint de Julian. Ce n'était plus du tout le même garçon, et cela ne tenait pas qu'à ses cheveux coupés ras et au tatouage qui dépassait de sa manche. Où était passée cette attitude méprisante et hautaine, cette certitude d'être au-dessus des lois ?

Warren tira la chaise face à lui et s'assit lentement.

— Bonsoir, Julian.

Julian le salua légèrement de la tête.

— Je suis envoyé par ton père. Sache que tout ce que tu diras dans cette salle restera entre nous, continua-t-il en essayant de détendre l'atmosphère.

Nouveau hochement de tête.

Warren lui fit un sourire amical et enleva sa veste pour se mettre à l'aise et surtout pour donner à l'entretien la forme d'une banale conversation entre amis.

— Julian, je suis là pour t'aider, pas pour t'enfoncer, dit-il en se carrant dans son siège.

Le front de Julian se plissa, son regard se fit plus dur. Warren garda un air détendu et attendit qu'il fasse le premier pas.

— Ma sœur est entre la vie et la mort, qu'est-ce que j'en ai à foutre de mon propre sort !

Warren secoua la tête. Il s'attendait à cette réaction et allait pouvoir lancer son interrogatoire.

— Ce n'est pas de ton sort que je suis venu te parler, mais bien de celui de Sandy.

Il vit la surprise s'allumer dans les yeux de Julian.

— Je ne comprends pas.

— Si ce n'est pas toi qui l'as agressée, mais qu'un jury te déclare tout de même coupable, te rends-tu compte que cela laisse le tueur en liberté, prêt à tuer Sandy ? dit Warren en scrutant chaque muscle du visage de Julian, puis il ajouta : Et si cette fois, il l'a ratée, tu peux être certain que la prochaine sera la bonne.

Warren vit la stupéfaction, puis une terrible anxiété se peindre sur ses traits. Julian se passa une main fébrile sur le menton et se maudit de sa bêtise.

— Je dois à tout prix sortir d'ici. Vous devez arrêter l'ordure qui a fait ça à ma sœur ! hurla-t-il.

Julian se leva d'un bond et se mit à marcher en long et en large d'un pas nerveux dans la pièce.

— Il faut que je sorte, il faut que j'appelle mon père, répéta-t-il en se parlant à voix haute.

Puis, revenant près de la table, il pointa un index tremblant vers Warren et lui ordonna :

— Vous devez joindre mon père tout de suite et lui dire qu'il fasse surveiller sa chambre.

Warren ne bougea pas d'un pouce, et prit un air narquois avant de répondre :

— Allons, Julian, c'était une plaisanterie. Toi et moi savons très bien que Sandy ne risque rien, puisque c'est toi qui as tenté de la tuer, bluffa-t-il.

Julian sentit son sang bouillir et, sans réfléchir, il attrapa Warren par le col de sa chemise et le souleva de sa chaise :

— Vous allez appeler mon père, ou je vous jure que je vous bousille la gueule !

Warren cessa de jouer la comédie. Il avait la réponse qu'il était venu chercher.

— Julian, ta sœur a immédiatement été mise sous protection. Je voulais m'assurer que tu étais innocent, c'est maintenant chose faite. Mais si tu tiens à ce que je te défende, il va falloir que tu m'expliques certaines choses.

Julian ne savait quoi penser.

Maudits avocats !

— Il était hors de question que je te défende si je pensais que tu étais coupable. À présent, je n'ai qu'un seul but, arrêter l'ordure qui a tenté de tuer ta sœur.

— Vous n'êtes pas flic. Que pouvez-vous faire ? ironisa Julian dont la tension était retombée quand il avait compris que sa sœur ne courait plus de danger immédiat.

— Si nous prouvons ton innocence, la police sera obligée de rouvrir l'enquête, et de chercher toutes les pistes possibles.

— Quoi ? Vous voulez dire qu'ils ont arrêté de chercher ?

Comme il était naïf ! Warren était toujours surpris de constater que l'immense majorité des gens ne savaient pas mentir, ni cacher leurs émotions, ce qui, pour le coup, facilitait largement la tâche de la police, et de la justice dans son ensemble.

— Pourquoi chercheraient-ils plus loin ? Ils ont des témoins qui affirment avoir vu un homme de ta taille, ils ont l'arme du crime avec tes empreintes et, pour finir, tu n'as aucun alibi pour ta matinée de dimanche.

— Je dormais ! Qu'est-ce que vous voulez que je dise de plus ?

— Je sais, mais tout te désigne comme le coupable.

Julian secoua la tête et fut de nouveau submergé par un sentiment de rage en repensant à celui qui voulait la mort de sa sœur.

— Mais pourquoi l'aurais-je tuée ?

Enfin une pensée intelligente.

— C'est justement là que le bât blesse. Tu n'as aucun mobile. C'est pourquoi, si tu es d'accord, nous allons tout mettre en œuvre pour trouver qui peut en avoir un.

— Qu'est-ce que je dois faire ? demanda Julian en recouvrant son calme.

— Tout me dire. Il n'y a pas d'autre choix.

— Alors ? demanda Charles Winedrove qui, sous des dehors impassibles, était terriblement tendu.

— Alors, mon sentiment est qu'il est innocent, lâcha Warren.

L'avocat ressentit clairement le profond soulagement que provoqua son affirmation.

— Je le savais ! s'exclama Elisabeth, qui se détesta d'avoir pu douter.

— Vous en êtes certain ? insista Winedrove.

Assis près de sa femme dans le grand salon de Providence, il ne parvenait pas à se départir d'un léger doute. Le couteau portait l'empreinte de Julian. Un couteau qui lui appartenait : il faisait partie d'une série, dont il manquait précisément celui-ci.

— Tant que nous n'aurons pas le vrai coupable, je ne parlerai que d'intuition, pas de certitude.

— Comment explique-t-il la disparition de son couteau ? l'interrogea Winedrove.

— Il parle de complot. Il pense que quelqu'un leur en veut, à lui et à Sandy. Mais il est incapable d'émettre la moindre hypothèse en ce qui concerne leur ennemi commun.

Même si l'innocence de Julian était une très bonne chose, l'idée que quelqu'un était décidé à supprimer deux de ses enfants était tout simplement abominable pour Elisabeth.

— Charles, est-il possible que, sans m'en avoir rien dit, tu aies reçu des lettres de menaces concernant nos enfants ?

Assis face au couple, Warren fut étonné de la perspicacité de cette femme. Pas aussi superficielle que son allure pouvait le laisser supposer.

— Jamais, mentit-il avec une froide assurance.

Elisabeth sembla rassurée, contrairement à Warren, qui n'y crut pas une seconde. Tous les milliardaires attiraient haine et convoitise. Un employé licencié ou simplement insatisfait de sa position dans l'entreprise, ou encore un inconnu envieux de la richesse de Julian et de Sandy, qui n'avaient rien fait pour la mériter.

— Vous me permettrez d'en douter. Sans vouloir vous commander, je pense qu'il serait judicieux de demander à votre secrétaire de retrouver ce genre de courrier, qu'elle a peut-être jugé préférable de mettre de côté.

Winedrove détestait être contredit, mais il dut s'avouer que l'homme avait du flair. Une fois de plus, il ne regretta pas de l'avoir gardé.

— Vous avez peut-être raison. Nicole a tendance à régler elle-même les questions épineuses. Si ça se trouve, elle aura mené elle-même des enquêtes là-dessus, sans jamais m'en informer.

— Bien. Il faudrait également que vous engagiez un spécialiste de la sécurité pour découvrir si quelqu'un s'est introduit par effraction chez Julian et Sandy pour dérober le couteau.

— La police ne l'a-t-elle pas fait ?

— Dans un monde parfait, elle l'aurait fait, mais là, elle n'a aucun doute quant à la culpabilité de votre fils. D'autant moins que la police est persuadée que Julian a tué Brandon Foster et qu'il a seulement tenté d'éliminer le deuxième élément du couple.

— Ça ne tient pas debout. Pourquoi croiraient-ils une chose pareille ?

— Parce que vous comme moi savons que Julian a tué Brandon, lâcha-t-il.

Ni Winedrove ni son épouse ne tentèrent de le contredire.

— Et même si son mobile reste obscur, on sait que sous l'empire de la colère, votre fils est capable du pire. Je peux vous assurer que le capitaine Logan pense la même chose, conclut Warren.

Logan avait demandé à lui parler en privé après son entretien avec Julian. Warren n'avait pas lâché un mot, mais l'avait écouté attentivement. Pour Logan, la culpabilité de Julian ne faisait aucun doute.

— Très bien. Mais avant de lancer un détective, je vais essayer de convaincre le chef de la police de vérifier qu'il n'y a pas eu effraction, dit Winedrove. Je suppose qu'une preuve trouvée par eux-mêmes sera plus recevable à leurs yeux que si c'est un détective qui la leur apporte.

C'était évident, cependant Warren préféra ajouter :

— Oui, à moins que la police n'ait toujours pas digéré la libération de Julian et soit capable d'ignorer toute preuve pouvant l'innocenter.

Winedrove fut surpris que des policiers puissent agir ainsi. Mis à part dans les films ou dans les romans, pour lui, les flics étaient des gens ordinaires qui faisaient leur boulot et qui n'en avait rien à secouer de mettre en prison l'un plutôt que l'autre, et qui surtout auraient eu trop peur de finir en prison pour destruction de preuves ou falsification.

Néanmoins, ébranlé par la réaction de Warren, il prit sa décision.

— Je connais une personne de confiance. Je suis certain qu'elle ne cherchera pas à cacher les faits. Je ne vous retiens pas. Je vous contacte très vite pour vous tenir au courant.

— Juste une dernière chose, dit Warren en regardant Winedrove dans les yeux. Votre fils nous cache quelque chose au sujet de Sandy. Je ne saurais vous dire quoi, peut-être est-ce insignifiant, mais peut-être est-ce la clé de l'énigme. Alors, si vous avez encore du pouvoir sur lui, tâchez de savoir.

Winedrove ne voyait pas du tout de quoi il parlait, mais avait bien l'intention d'en apprendre davantage.

— Entendu, j'essayerai, dit Winedrove, qui se leva pour le raccompagner.

Warren sortit de sa salle de bains en peignoir. Il était trop fatigué pour se rhabiller. Il était à peine 20 heures, mais cette journée l'avait épuisé. Il alla dans la cuisine et ouvrit le réfrigérateur pour prendre une bière qu'il alla boire tranquillement dans son salon. Son appartement était situé au onzième étage d'une élégante tour. Enfoncé dans son fauteuil préféré, il avait une vue panoramique sur Seattle et les eaux du Sound.

À la première gorgée, il se sentit revivre. À la deuxième, il entendit sonner à sa porte.

Il soupira. Il savait très bien qui était derrière la porte, mais s'il n'avait répondu ni à ses messages ni à ses textos, c'était pour qu'on le laisse tranquille. Il ne bougea pas. La sonnette de l'entrée résonna de nouveau. Elle allait bien finir par se lasser. Il but une troisième gorgée. Ce fut son portable qui sonna. Tant pis. De mauvaise grâce, il se leva et alla ouvrir.

— Ôte-moi un doute, tu ne chercherais pas à m'éviter, par hasard ? demanda Arquette.

— À ton avis, répondit-il d'un ton las. Allez, entre.

Il allait avoir droit à une nouvelle diatribe contre son manque de rigueur dans le choix de sa clientèle, et ça, il n'avait aucune envie de l'entendre. Mais ce que femme veut…

— Tu prends une bière ?

— Sil te plaît, dit Arquette d'un ton amical.

Au moins ne manifestait-elle pas d'emblée son agressivité.

— Il y en a plein le frigo, dit-il en allant se rasseoir dans son fauteuil.

Arquette resta clouée sur place, mais préféra en sourire. Elle alla chercher une bière et retrouva Warren confortablement installé, les jambes croisées sur son peignoir de bain.

— Je peux savoir pourquoi tu m'évites ?

— Et moi, je peux savoir pourquoi tu me harcèles ?

— Tu auras du mal à plaider le harcèlement sexuel dans ta tenue.

Warren sourit et se détendit. Elle était décidément de bonne humeur. Tant mieux.

— Je voulais juste savoir où tu en étais avec Julian. J'ai cru comprendre que tu assures à nouveau sa défense, alors que cette fois, il n'y a pas l'ombre d'un doute qu'il soit coupable. Nous avons l'arme du crime.

Warren ne répondit pas et attendit la suite.

— Je suppose que Winedrove n'a pas tenu sa promesse et te fait encore chanter avec ton passé. Je suis simplement venue te dire de ne pas te laisser faire. Si tu as un minimum d'amour-propre, refuse ce chantage. Et puis, au cas où il tenterait de te salir, tu peux me faire confiance, j'épinglerais ce salaud à mon palmarès.

— C'est gentil à toi, mais c'est de mon plein gré que je le défends, cette fois.

Arquette marmonna un juron, s'en voulant d'y avoir cru.

— Pourquoi tu fais ça ? Tu as tant besoin d'argent ? Combien il te paye ?

Warren détesta ce regard. Le pire était qu'elle était foutrement attirante. Elle s'était habillée avec soin pour venir le voir, et lui était en peignoir !

— Julian est innocent, aussi dingue que cela paraisse, il l'est vraiment. Et avant de hurler, laisse-moi te raconter l'entretien que j'ai eu avec lui.

Il lui en fit un résumé très détaillé et, à la fin de son exposé, il vit qu'il avait fait vaciller ses certitudes.

— Même si je te crois, il n'empêche qu'il a tué Brandon Foster.

— Je sais, mais que veux-tu que je fasse ? Le laisser aller en prison pour un crime qu'il n'a pas commis, pour compenser celui pour lequel il aurait dû être condamné ?

Arquette reconnut que la situation était particulièrement complexe. Si seulement il ne s'était pas fourré dans une telle galère !

— Franchement, je n'en sais rien, reconnut-elle et, portant sa bouteille de bière à ses lèvres, elle s'aperçut qu'elle était vide. Tu veux que je t'en rapporte une autre ?

— Laisse, je vais y aller.

Le temps qu'il revienne de la cuisine avec deux nouvelles bières, Arquette avait réfléchi à la question :

— Et s'il te manipulait, et si tout était faux chez lui ?

— Non, je te jure. Il croit sincèrement qu'un assassin rôde autour de Sandy. Il est innocent.

Arquette se souvint d'une phrase du plus grand spécialiste de tueurs en série qu'elle avait lue dans le bouquin de cette journaliste de River Falls :

— « Ce que les innocents ont en commun avec les plus grands psychopathes, c'est le fait de hurler leur innocence », cita-t-elle de mémoire.

— Tu ne crois tout de même pas que c'est un tueur en série ? Il a été vu par des psys qui n'ont rien remarqué de tel.

— Justement, parce qu'il est très intelligent. Ceux qui tuent au cours d'une folie passagère ou par passion craquent toujours et ne demandent qu'à passer aux aveux si l'interrogatoire est suffisamment bien mené. Mais les vrais psychopathes n'avouent jamais, et même du fond de leur prison clament haut et fort leur innocence.

— Tu crois vraiment ce que tu dis ou tu me fais marcher ? demanda Warren, qui commençait à douter.

— Tu m'as dit toi-même qu'il te cache quelque chose. Et si c'étaient des dizaines de cadavres, de vrais cadavres, qu'il avait dans son placard ?

Warren ne souriait plus du tout.

— Dans ce cas, je le découvrirai, dit-il, certain d'y arriver. Et ce n'est pas la prison à vie qu'il aura, mais bien la peine de mort.

— Je te croyais contre ce châtiment inhumain.

— Et moi, je croyais que tu me faisais irrémédiablement la tête, répliqua-t-il en retrouvant de sa vigueur.

— Oh, je te fais la tête, dit-elle en se rapprochant de lui. Mais moi, les hommes en peignoir…

Leurs bouches se rapprochèrent, et ils n'eurent plus besoin de parler pour se comprendre.

Mardi 4 octobre 2011

55

— Je pourrais vous parler ? demanda Nelson après avoir frappé à la porte ouverte de Logan.

— Bien sûr, asseyez-vous, dit Logan en lui désignant un siège face à son bureau.

Nelson avait passé toute la nuit à réfléchir. La veille, il avait donné sa parole à Winedrove de tout faire pour réintégrer l'enquête. Le moment était venu de tester son pouvoir de persuasion.

— Saleté de temps ! Regardez-moi ça, on dirait que la nuit va tomber, grogna Logan.

Il était 9 heures du matin. Le ciel était noir de nuages sur le point d'exploser.

— Capitaine, j'ai une faveur à vous demander, dit Nelson, un peu pataud.

— Je vous le dis tout de suite, c'est non, répondit Logan en venant appuyer ses coudes sur son bureau. Autre chose ?

Nelson fit la moue. Ça allait être plus coton que prévu.

— Capitaine, s'il vous plaît…

Logan le regarda.

Pas de doute, il allait devoir remettre les points sur les *i*.

— Je vous écoute, mais rien ne me fera changer d'avis, dit-il d'un ton définitif.

— Je voulais seulement savoir où vous en étiez au sujet des vérifications, sur la possibilité d'un complot contre Julian Winedrove.

Logan partit d'un rire moqueur.

— C'est une plaisanterie, j'espère ? La théorie du complot ! ironisa-t-il, mais devant l'air sérieux de Nelson, il continua : Si quelqu'un en voulait à Julian Winedrove, il aurait tué Julian Winedrove. Nous en avons bien plus qu'il n'en faut pour le mettre au trou pour de nombreuses années, surtout que, ne l'oublions pas, il a tué Brandon Foster. Quand tous les faits convergent vers un suspect, c'est tout simplement parce qu'il est le coupable.

Nelson ne l'ignorait pas. Quatre-vingt-dix-neuf pour cent des homicides corroboraient cette théorie. Mais que faisait-on du un pour cent restant ?

— Tous les faits convergeaient vers Larry Brooks, dit-il, en sachant qu'il prenait un très gros risque.

Larry Brooks, le jeune délinquant que tout le monde avait pris pour le tueur d'Emy Paich et de Lucy Barton. Un malheureux garçon désormais enterré six pieds sous terre. Aussitôt, Logan revit le visage du jeune homme et baissa les yeux. Cet idiot de Nelson avait frappé là où ça faisait mal. Ça lui apprendrait à travailler avec de bons flics ! Mais il connaissait son devoir.

— Qu'est-ce que vous voulez précisément vérifier ?

Nelson se retint de manifester son soulagement. Combien de chefs avoueraient s'être trompés, sans craindre de perdre la face ?

— On pourrait commencer par vérifier tous les accès à la villa. Si quelqu'un a dérobé le couteau, il a dû surveiller leurs allées et venues durant plusieurs jours. Il a peut-être laissé des traces.

— « La Dent vicelarde », fit Logan en repensant à un célèbre tueur en série.

Nelson ne comprit pas la référence et continua :

— Puis vérifier les portes. Si elles ont été forcées, relever des empreintes, ce genre de choses.

Le pire était qu'il n'y croyait pas du tout. Pour lui aussi, Julian avait agressé sa sœur. Mais Debbie et tous les Winedrove faisaient bloc autour de Julian et refusaient de voir la réalité en face. Une fois qu'il aurait prouvé que personne ne complotait contre eux, ils pourraient enfin prendre conscience que Julian était devenu un monstre.

— Très bien, mais vous n'allez pas sur le terrain.

Et, avant que Nelson ne le supplie :

— Si j'envoie la lieutenant Rivera, ça vous rassurera ?

— À croire que vous lisez dans mes pensées, dit Nelson, satisfait de ce compromis.

Rivera avait l'impression de perdre son temps. La thèse de Nelson était ridicule. Il n'y avait pas plus de complot contre Julian que de petits hommes verts à Roswell. Postée à l'écart de l'équipe de la police scientifique, qui cherchait le moindre indice suspect dans les parages, elle jeta un œil aux épais cumulus et pria pour qu'ils n'éclatent pas.

À l'intérieur de la villa, l'agent Blake commençait à faire le tri de tous les éléments qu'ils avaient récupérés : chewing-gums, mégots, papiers de barres chocolatées… Des débris qui avaient pu être ramenés de la berge du Sound jusque dans l'épaisse haie végétale entourant la villa. L'agent Silver, l'air dégoûté, arriva avec un nouveau sachet en plastique.

— Bien du plaisir à qui voudra l'analyser, dit-il en le déposant du bout des doigts sur la grande table de la salle à manger.

Rivera s'approcha et découvrit un préservatif usagé.

— Le jardin des merveilles, ironisa-t-elle.

— Tu l'as dit ! C'est bien la peine d'avoir une aussi belle maison, si c'est pour baiser au milieu des ronces et des mauvaises herbes, plaisanta Blake.

— Je suis vraiment désolée. Il n'en tiendrait qu'à moi, jamais je ne vous aurais embêtés avec ça. Mais Dean est persuadé de l'innocence de son futur beau-frère.

— En même temps, s'il existe une chance pour que ce Julian dise vrai, ça vaut le coup de la tenter.

Rivera le regarda et, comprenant qu'il était sérieux, elle se retint de rire. Si la police devait étudier toutes les pistes, aussi farfelues soient-elles, le budget aurait vite fait d'exploser, et le chef de la police pourrait dire adieu à son mandat à la prochaine élection. Elle détestait l'idée qu'on gaspille les deniers publics. Il y avait tant d'autres affaires qui mériteraient plus de moyens, qu'il était dommage de les perdre pour invalider les dires d'un milliardaire qui ne savait plus quoi inventer pour se sortir du trou.

— Si tu le dis.

Elle regarda la grande horloge de la salle à manger et se laissa encore une heure avant de quitter les lieux. Mais à peine un quart d'heure plus tard, l'agent Caruso rentrait dans la villa et vint vers Blake.

— On vient de trouver ça, fit-il en tendant un mégot de cigarette enfermé dans un sachet en plastique.

— Et ? dit Blake, qui se doutait bien qu'il était particulier.

— Il était sur le toit.

Rivera s'approcha et tendit l'oreille.

— OK, essayez de voir s'il est possible d'entrer dans la maison en enlevant des tuiles.

— Pas la peine, répondit Freeman, qui arrivait à son tour.

— Il y a une fenêtre de toit qui donne sur une mansarde. Des marques montrent qu'elle a été forcée avant d'être refermée. Notre voleur est entré par là-haut et a dû ressortir par l'entrée.

— Au fait, Angie, qu'est-ce que tu disais au sujet de Dean ? ironisa Blake en se tournant vers Rivera.

— Merci, tu es un ange, dit Nelson en raccrochant.

Il n'en revenait pas. Était-il possible que Julian soit innocent ? Dans ce cas, qui aurait eu intérêt à agresser Sandy ? Il resta un long moment à réfléchir à toutes les hypothèses, aussi absurdes soient-elles, avant que l'une d'elles lui semble être la plus probable.

Il décida d'aller voir si Logan était dans son bureau pour lui donner l'information.

— Encore vous ! s'amusa Logan, qui détacha les yeux de son ordinateur.

— Je viens d'avoir Angie. Le CSI assure que quelqu'un s'est introduit chez Julian Winedrove par effraction.

Logan se carra dans son fauteuil et croisa les bras sur son torse.

— Primo, je suis au courant, deuzio, votre collègue n'aurait pas dû vous en parler, tertio, combien de fois devrai-je vous répéter de ne pas vous en occuper ?

— Je voulais seulement vous donner mon point de vue.

— Donnez-le à Berg, Darnell ou Rivera. Ce sont eux qui gèrent l'affaire.

Ce n'était pas que Nelson voulût passer outre ses collègues, mais il était persuadé qu'aucun des trois n'accepterait de l'écouter. Alors il insista :

— Et si les parents de Brandon Foster avaient payé un tueur à gages pour venger leur fils ? lâcha-t-il.

Logan le regarda avec de grands yeux. Pour avoir discuté longuement avec les parents de Brandon, il ne pouvait l'imaginer une seule seconde.

— Blake et son équipe ont relevé un tas d'empreintes et de traces d'ADN sur les divers objets qu'ils ont ramassés, alors, avant de débiter des inepties, je vous prierai d'attendre les résultats du labo. Maintenant, vous sortez. Si jamais vous parlez à quiconque, y compris à votre petite amie, de ce qu'on a trouvé, je vous jure que je fais une demande au big boss pour vous mettre à la circulation.

Nelson prit un air concerné et sortit prestement, plutôt satisfait. Logan avait tendance à râler, mais il réfléchirait quand même à sa théorie avant de la balayer, comme il venait de le laisser entendre.

— Alors ? demanda Winedrove, son portable collé à l'oreille.

— Alors, premièrement, si vous voulez que Julian ait une chance de s'en sortir, il faut que vous me promettiez de ne rien révéler de ce que je vais vous dire, répondit Nelson, qui venait de garer sa Kawasaki sur le parking de la marina.

— Je vous le promets.

— Deuxièmement, dès que cette histoire sera réglée, je veux votre parole que vous me direz tout ce que vous savez sur mes parents, les rumeurs qui couraient sur eux, leurs amis, leurs ennemis, tout.

Nelson n'était pas très fier de bafouer ses principes, mais la vérité sur la mort de ses parents imposait quelques sacrifices.

— Je vous le promets, mais un conseil, oubliez tout ça et vivez votre vie.

— On verra, fit Nelson.

En remontant le ponton jusqu'à son yacht, Nelson lui raconta tout en détail. À un moment, il crut que la ligne avait été coupée car le silence était total du côté de son interlocuteur, mais, quand il eut terminé, il entendit un rapide « merci ».

— Surtout, vous ne dites rien. La partie adverse pourrait parler de vice de procédure, et toutes les preuves que nous aurons trouvées contre le véritable coupable seront inutilisables, le prévint-il.

Ce n'était pas tout à fait exact, mais autant lui mettre la pression. Nelson connaissait le caractère impulsif de Winedrove.

— Croyez bien que c'est la dernière chose que je souhaite. Je saurai tenir ma langue. Juste une chose, quand vous aurez les résultats d'ADN, prévenez-moi. Quels qu'ils soient.

— Je le ferai, répondit Nelson, qui venait de mettre un pied sur la passerelle menant à son yacht. Je vais devoir vous quitter. Bonne soirée, Charles, et n'oubliez pas votre promesse, je veux tout savoir.

— Je n'ai qu'une parole. Bonne soirée, Dean.

Nelson rangea son portable dans la poche de son blouson, et entra dans son salon. Il allait s'efforcer de ne plus penser à cette histoire, au moins jusqu'au petit matin.

Mercredi 5 octobre 2011

56

Quand il vit le nom de Blake s'afficher sur son portable, Logan sentit une légère montée d'adrénaline. Il venait à peine de rentrer de déjeuner.

— Salut, Nathan, dit-il, tout en roulant sur la voie express qui traversait Seattle du nord au sud.

Il avait rendez-vous avec un lieutenant du district Nord qui avait postulé pour un poste au département homicides.

— Salut, Mike, on a les résultats, annonça le chef du CSI. La plupart des empreintes et des ADN appartiennent à Sandy et à Julian Winedrove. D'autres n'ont encore aucune identification. Mais nous avons un gagnant.

Logan se déporta sur la voie de droite pour prendre la prochaine sortie.

— Vas-y, dit-il, s'attendant à tout.

— Acosta Bracho, trente ans, arrêté plusieurs fois pour des délits mineurs. L'homme est en conditionnelle et doit pointer tous les mois chez son agent de probation.

Un homme de main ? Il repensa à ce que lui avait dit Nelson. Et si cet idiot avait eu raison ? S'il s'agissait d'une vengeance perpétrée par des proches de Brandon ?

— Rien d'autre ?

— Non, mais l'ADN sur le mégot retrouvé sur le toit est le sien, ainsi que celui d'un chewing-gum, dans la haie entourant le jardin.

— Des empreintes ?

— Non.

— OK, je te remercie, envoie tout ce que tu as à Berg et Darnell, et dis-leur que je les rejoins tout de suite.

Logan raccrocha et, quittant la voie express, il en fit le tour pour reprendre l'accès menant dans la direction opposée. Une fois sur les rails, il reprit son portable et appela le district Nord pour annuler son rendez-vous.

Il se concentra alors sur ce qu'il venait d'apprendre. En premier lieu, cela validait en partie la thèse du complot, chère à Julian Winedrove. Logan imaginait très bien ce Bracho en planque. Guettant des jours, patientant des heures, en mâchant ses chewing-gums. Puis, le grand soir, se postant sur le toit. Il avait entendu du bruit dans la villa et avait décidé d'attendre avant de forcer la fenêtre de toit. Nerveux, il s'était allumé une cigarette sans imaginer une seule seconde qu'on irait le chercher là-haut. *L'idiot !* se réjouit Logan. La première cause, et de loin, qui menait à l'arrestation d'un criminel était sa stupidité.

Les questions se bousculaient dans la tête de Logan. Bracho avait-il agi seul ? Qui l'avait contacté ? La mère, le père, les deux, ou un parent plus ou moins proche de Brandon ? Et surtout, comment ces gens avaient-ils déniché l'adresse d'un tueur à gages ?

Bracho avait-il tenté de tuer Sandy ou avait-il seulement dérobé le couteau et remis à son commanditaire ? Ou encore, le mégot n'avait-il pas été déposé là dans le seul but de faire accuser ce type ?

Un quart d'heure après, alors qu'il se garait à sa place de stationnement, il était toujours incapable de faire le point. Il fonça au dixième étage retrouver Berg et Darnell, qui s'étaient dépêchés de finir de déjeuner.

— Vous avez eu Blake ?

— Oui. On a l'adresse d'Acosta Bracho. Il habite avec sa mère, indiqua Darnell.

— Qu'est-ce qu'on a sur lui exactement ? demanda Logan en allant se servir un café à la machine que la lieutenant Berg avait offerte à Darnell pour ses cinquante ans.

— Conduite en état d'ivresse dans une voiture volée, revente de cocaïne, pour les plus récents. Mais aussi diverses condamnations pour troubles à l'ordre public quand il était adolescent. Un délinquant certainement, mais il n'a pas le profil d'un homme de main, ni d'un tueur au sang froid.

Berg était persuadée qu'il y avait une explication rationnelle à sa présence chez Julian. Car pour elle, ce dernier était toujours le suspect numéro 1.

— Et si Bracho était tout simplement venu réparer ce fameux Velux ? Un travail au black pour arrondir ses fins de mois.

Logan et Darnell la regardèrent.

— C'est qu'il y en a là-dedans ! la félicita Darnell.

Un fait apparemment objectif pouvait conduire aux pires erreurs, se maudit Logan. Il était évident qu'il n'y avait pas de complot. Julian avait dû se souvenir de ce pauvre type venu réparer son Velux, et avait trouvé très malin de lui coller le crime sur le dos.

— Tous les Latinos sont des coupables potentiels, c'est bien connu, reprit Darnell, ironique, qui s'en voulait d'être tombé dans ce préjugé aussi facilement.

— OK, allons chez lui.

Berg plissa les yeux.

— Capitaine, avec tout le respect que je vous dois, c'est notre affaire. On est capables d'aller l'interroger à deux.

Elle aimait bien Logan, mais elle respectait les règles et un capitaine n'avait pas à aller sur le terrain, tant que l'urgence ne le commandait pas. Elle voyait bien qu'il voulait résoudre l'affaire tout seul pour se vanter de sa résolution.

— D'accord, mais vous m'appelez…

La porte s'ouvrit soudain, et Rivera fit son apparition.

— Je viens d'avoir Blake. Ils ont le nom, dit-elle en passant de l'excitation à la suspicion. Vous vous apprêtiez à partir le chercher ?

— J'allais justement t'appeler, dit Darnell.

Personne n'y crut. Rivera préféra ne rien dire. Néanmoins, elle comptait bien dire à Logan ce qu'elle pensait de cette piteuse tentative d'éviction.

— Allez, dépêchez-vous, et n'oubliez pas de briefer Angelina sur votre théorie, dit Logan en se tournant vers Berg.

Il était aussi mal à l'aise que ses lieutenants, et comprenait la colère rentrée de Rivera. Cependant, dans l'immédiat, l'important était de démolir la théorie de Julian. Ce qui n'allait pas tarder.

Une vingtaine de minutes plus tard, Berg garait sa Ford Taurus au pied d'une tour à l'angle de la Troisième Avenue et de Blanchard Street. Les trois lieutenants entrèrent. Darnell appuya sur l'interphone de Mme Bracho. Pas de réponse. Darnell insista, quand enfin une voix se fit entendre :

— *¿ Quien es ?*

— C'est la police. Nous voudrions vous parler quelques instants, rien de grave, dit Darnell, qui criait presque dans l'interphone.

Pas de réponse. Comprenait-elle l'anglais ? Mais un cliquetis caractéristique déclencha l'ouverture de la porte.

— Merci, dit Darnell, et se tournant vers ses collègues : On a le numéro de l'étage ?

Berg était sur son smartphone. Elle retrouva le mail de Logan sur lequel il était indiqué. Elle le lui donna alors qu'ils s'engouffraient dans le hall d'entrée de la tour.

— Au fait, tu parles espagnol ? demanda Darnell à Rivera.

— À ton avis ?

— Ne le prends pas mal. C'est juste que moi, j'y connais que dalle. Il n'y a pas à dire, vous, les Latinos, vous êtes bien plus fortiches que nous : deux langues, ça laisse rêveur !

— Ta gueule, Bob, l'arrêta Berg, qui n'avait pas envie de rire.

L'ascenseur arrivait.

— Pour ta gouverne, je suis américaine, rétorqua Rivera en se jurant que, au moindre faux pas, elle ne le raterait pas.

Darnell lui sourit l'air de rien et entra le premier dans la cabine de l'ascenseur, qui les conduisit en quelques secondes au vingtième étage.

— On a l'air malin, dit Darnell. Trois lieutenants. Si elle n'a pas une crise cardiaque en nous voyant, c'est qu'elle a quelque chose à se reprocher.

Sachant que Darnell refuserait de rester en retrait, Berg croisa le regard de Rivera et comprit qu'elle ne lâcherait pas.

— OK, je reste là. Allez-y, dit-elle en leur donnant le numéro de la porte.

Darnell la remercia et d'un pas tranquille foula la vieille moquette élimée du couloir, jusqu'à l'appartement numéro 7.

Il sonna. La porte s'entrouvrit, retenue par une chaîne en acier, laissant apparaître le visage d'une femme d'une cinquantaine d'années.

— Montre-moi papiers ? dit-elle avec un terrible accent mexicain.

Darnell se retint de sourire et lui montra sa plaque.

— Lieutenants Darnell et Rivera. Nous n'en aurons pas pour longtemps. Juste quelques questions. Votre fils est là ?

Mme Bracho ne répondit pas. Elle referma la porte, ôta la chaîne et laissa entrer la police.

— Acosta pas là. Quoi vous lui voulez ?

— Nous voulons juste savoir où nous pouvons le joindre. Vous avez son numéro de téléphone, ou celui de son travail ?

Elle haussa les épaules en signe d'ignorance.

— Il est pas là. Il est vacances.

— Il ne vous a pas donné d'adresse ? s'étonna Darnell, qui commençait à douter de la bonne volonté de cette femme.

Nouveau haussement d'épaules. Darnell et Rivera la suivirent dans un petit salon. Une belle vue sur Seattle et en particulier sur le mont Rainier, dont on distinguait la masse rocheuse, à plusieurs dizaines de kilomètres de là.

— Mon fils me doit rien. J'ai pas toujours été une bonne mère, dit-elle en allant se servir à boire.

Rivera laissa à Darnell le soin de mener l'interrogatoire, et en profita pour étudier les lieux. Rien de luxueux. Beaucoup d'objets mexicains. Depuis combien de temps n'avait-elle pas mis les pieds au pays ? Y avait-elle encore de la famille ?

— Les enfants sont ingrats, dit Darnell, compréhensif. Alors, vous êtes certaine de n'avoir aucun numéro de téléphone ?

Darnell et Berg avaient joint, au préalable, une secrétaire du juge qui suivait la conditionnelle d'Acosta. Le seul numéro qu'ils avaient était le fixe de cet appartement.

— Non, mon fils est quelqu'un de bien. Il aide sa pauvre mère comme il peut. Vous savez, la vie n'a pas été facile pour moi, dit-elle en se dirigeant vers la cuisine.

Darnell la suivit et s'amusa de voir qu'elle parlait de mieux en mieux l'américain. *Petite maligne !* Rivera, restée en retrait, comprit à qui ils avaient affaire. Une femme seule, délaissée, avec son fils comme seule bouée de secours.

— Quand je suis arrivée ici, on m'a tout de suite mise sur le trottoir. Je m'en souviens comme si c'était hier. À cette époque, j'étais une très belle femme. Beaucoup de flics, comme vous, me payaient pour que je remplace leur femme frigide.

Rivera entendait parfaitement ces propos depuis le salon. Elle sentit une boule de colère lui nouer les tripes. Quoi qu'ils en laissent paraître, les Blancs avaient toujours considéré les Latinos comme une race inférieure. Encore aujourd'hui, les choses ne s'étaient guère améliorées.

— Allons, vous êtes toujours une très belle femme, la flatta Darnell.

Rivera leva les yeux au ciel et remercia les dieux de ne jamais lui avoir collé un con pareil comme équipier ! Elle se rapprocha d'un mur couvert de photos. Des portraits de Mme Bracho à des âges différents, et de plusieurs hommes. Elle reconnut une photo d'Acosta, qu'elle avait vue dans le fichier de la police.

Darnell et Mme Bracho revinrent au salon, un verre de vin à la main.

— C'est mon fils. Il est beau comme un ange.

— Et elle, c'est qui ? demanda Rivera en désignant une jeune fille au sourire franc.

Mme Bracho perdit de son entrain.

— Ma fille. La sœur d'Acosta. Elle a disparu il y a des années. J'ai aucune idée de ce qu'elle est devenue.

Une pute, comme sa mère, se dit Darnell, tout en prenant un air compatissant.

— Bon, savez-vous si votre fils faisait des travaux de réparation, de bricolage ?

— Oui, Acosta est très doué de ses mains. C'est pour ça que vous voulez le voir ? Vous voulez le mettre en prison parce qu'il travaille au noir ? s'indigna-t-elle. Sortez d'ici, j'ai rien à vous dire, et rendez-moi ça.

Elle prit le verre des mains de Darnell, et poussa fermement le policier dehors. Rivera s'éclipsa à son tour. Outre un fichu macho, Darnell était aussi un piètre diplomate. La porte se referma en claquant. Du fond du couloir, Berg les regardait d'un air navré. Avant de s'éloigner, Rivera colla son oreille contre la porte et maudit Darnell en entendant Mme Bracho dire au téléphone :

— Acosta, les flics te cherchent. Tu dois te cacher !

— S'il n'a rien à se reprocher, il ne va pas tarder à réapparaître, dit Darnell pour sa défense.

— Mais si sa mère dit vrai, il travaille au noir. Et comme il ne sait pas pourquoi on le recherche, il est peut-être parti refaire sa vie dans un autre État, répliqua Rivera.

Logan sentait l'animosité entre ses deux lieutenants. Ils venaient de rentrer de chez Mme Bracho et lui avaient fait un briefing de leur visite.

— Son téléphone est sur écoute. Je n'imagine pas un fils n'appelant plus sa mère sous prétexte qu'il a peur que le fisc lui réclame quelques dollars, fit remarquer Logan, finalement soulagé.

Avec le recul, la thèse de Berg était la plus crédible : un pauvre Latino qui se faisait un peu d'argent au black pour gagner sa vie. Beaucoup plus plausible que celle d'un homme de main payé par les Foster.

— Elle a peut-être un téléphone jetable, dit Rivera.

— Peut-être. De toute façon, on va lancer un appel à témoins dans tout l'État et l'on verra ce que ça donne.

— Et pendant ce temps, Julian Winedrove va croupir en prison, intervint la lieutenant Berg.

Logan haussa les épaules.

— Avec ses empreintes sur l'arme du crime et notre certitude qu'il a déjà tué une fois, je n'envisage pas de le relâcher, convint Logan.

— Imagine, il sort et finit le boulot. On aura l'air malin, appuya Darnell.

Berg le regarda et secoua la tête avec une moue de dénigrement. Elle était certaine de son sixième sens. Ce garçon ne mentait pas ; il n'avait pas tenté de tuer sa sœur.

— Son père a posté des flics ratés pour la surveiller, dit-elle, avant d'ajouter avec malice : Tu n'as jamais pensé à postuler pour un poste à la sécurité ?

— C'est bon, pas de ça ici. Si vous n'avez plus rien à dire, vous pouvez y aller, intervint Logan.

Berg et Darnell se levèrent. Rivera resta assise et dut subir les regards soupçonneux que ses deux collègues lui jetèrent avant de sortir du bureau du capitaine.

— Qu'est-ce qu'il y a encore ? s'enquit Logan.

— Déchargez-moi de l'enquête. Incompatibilité d'humeur.

— Oui, j'avais remarqué, dit sobrement Logan. Requête acceptée. Mais je vous préviens, à partir de cet instant, seuls Berg et Darnell sont habilités à traiter l'affaire Winedrove. Si vous revenez, vous ou Nelson, me demander où en est l'enquête ou me parler de nouvelles pistes, je vous envoie trois étages en dessous.

La section administrative. En d'autres termes : le placard !

— Comptez sur moi. Et ne vous inquiétez pas, je crois que Dean a compris le message, lui aussi.

Je l'espère, se dit Logan, qui attrapa un stylo et en frappa la table, tel un juge avec son marteau. L'entretien était terminé. Rivera se leva et sortit.

De son côté, Logan se replongea dans la sordide affaire d'un routier qui avait violé et tué la fille de sa nouvelle épouse.

57

— Tu peux m'expliquer ?

Le ton péremptoire de sa sœur montrait une colère retenue. Acosta n'en menait pas large. Jamais il n'aurait cru que ces empaffés de flics déploieraient autant de moyens pour inspecter la villa, alors que tout accablait Julian Winedrove. Il se revit écraser sa cigarette sur le toit, certain que personne ne viendrait y poser les pieds avant des lustres.

— J'en sais rien, moi. Pendant mes planques, j'ai dû pisser, cracher un mollard, et ils l'ont analysé.

La sœur n'avait aucune idée du principe des recherches d'ADN. Elle décida de le croire. Mais cela n'expliquait pas tout.

— Pourquoi auraient-ils dépensé autant d'argent pour analyser les moindres recoins des alentours, alors qu'ils ont le couteau et les empreintes ? Ça ne tient pas debout ! Quelqu'un a dû te repérer. Un voisin, peut-être.

Acosta en doutait. Il était certain d'avoir pris toutes les précautions, et les villas étaient suffisamment espacées dans ce quartier rupin pour pouvoir fureter tranquillement, à l'abri des regards.

— Peut-être que ça n'a rien à voir avec l'affaire de Julian, dit-il sans trop y croire.

Un rire méprisant accompagna la réponse.

— Maman est une conne. Surtout, tu ne la rappelles pas. Elle doit être sur écoute.

Plus guère habitué au rôle de la proie, il avait oublié toutes les règles de prudence.

— Évidemment, répondit-il, alors qu'il avait compté le faire.

— Les Winedrove ont le bras long, et l'argent nécessaire pour faire avancer cette enquête. Surtout, tu ne tentes pas de passer les frontières. Si ça se trouve, tu es fiché sur Interpol. Tu restes planqué là où tu es, et tu attends la fin du procès de Julian et sa condamnation. Après, on se débrouillera pour te faire quitter le pays et tu auras ton argent.

Acosta n'aurait jamais imaginé que les choses en arriveraient là. Lui qui avait prévu de toucher le pactole et de couler des jours paisibles, entouré de petites garces dans une superbe villa de Los Angeles, ne se voyait pas vivre au Mexique, un pays qu'il ne connaissait que par les souvenirs de sa mère.

— OK, mais t'inquiète pas. Ça va se calmer, et même s'ils me trouvent, qu'ont-ils contre moi ? Au pire, je dirai que je repérais cette maison pour la cambrioler. Ça leur paraîtra crédible, pour eux, tous les Latinos sont des voleurs. Repérer une maison, même avec de mauvaises intentions, ce n'est pas un crime, tant qu'on n'a rien fait, dit-il, fier d'avoir trouvé une échappatoire.

— Idiot ! Un avocat aura vite fait de créer le doute dans l'esprit des jurés, entre ton supposé projet de cambriolage et la disparition du couteau avec les empreintes.

Acosta dut admettre que sa sœur avait raison. Il n'y avait pas à dire, il était l'exécutant, elle était le cerveau.

— D'accord, je disparais et j'attends que tu me contactes, accepta-t-il docilement.

Sa sœur préférait de loin ce ton.

— Pas de bêtise, promis ?

— T'inquiète, sœurette, je tiens autant que toi aux millions, dit-il avant de raccrocher.

Il regarda le désert du Colorado. Terminé, Canyon Creek. Il allait devoir trouver un nouvel endroit où se faire oublier.

58

Incapable de trouver le sommeil, Charles Winedrove alluma la petite lampe de chevet. Il se leva sans bruit, en prenant soin de ne pas réveiller son épouse. Après avoir enfilé une robe de chambre en cachemire, il sortit de la pièce.

Après les révélations que Nelson lui avait faites en fin de journée, il était obnubilé par cet Acosta Bracho.

Il avait essayé de tuer sa fille !

Il serra le poing. Il était prêt à tuer cet homme sans la moindre hésitation, s'il en avait l'occasion. Winedrove descendit au rez-de-chaussée, traversa le grand salon et alla directement aux cuisines. Il sortit deux œufs du réfrigérateur, les cassa au-dessus de l'évier pour ne garder que les jaunes, qu'il mixa avec un grand verre de lait.

Puis il retourna s'asseoir dans le salon.

Dans une lumière tamisée, il dégusta sa boisson, avec le souvenir aigu de son père qui le forçait à boire cette mixture, qu'il n'arriva à apprécier que bien des années plus tard. Cet homme n'avait jamais eu un mot gentil pour lui, n'était là que pour le réprimander, le rabaisser ; il n'avait d'yeux que pour son fils aîné.

Winedrove avait souvent fait le rapprochement entre la façon dont ils avaient été élevés, son frère et lui, et la façon dont lui-même avait élevé ses propres fils, Tyron et Julian. Charles Winedrove s'était évertué à ne pas faire de différence entre eux, mais n'y était pas parvenu. Tyron était à l'évidence bien plus doué que son jeune frère et méritait de loin tous ses espoirs. Mais, à la différence de son père, il les aimait tous les deux. Aussi stupide que soit Julian, il donnerait sa vie pour le sauver.

La mort de son frère aîné lui revint en mémoire. Charles Winedrove n'oublierait jamais le visage de son père quand on leur avait annoncé que Henry s'était tué en faisant une mauvaise chute de cheval. Charles n'avait que douze ans. Pour la première et la dernière fois de sa vie, il vit son père pleurer. Puis, pris d'une rage incontrôlée, il l'avait battu, comme s'il avait été responsable en quoi que ce soit. Au souvenir de cette funeste soirée, Winedrove sentit ses yeux s'embuer de colère et de souffrance. Il revoyait son père qui le frappait et le frappait encore, en lui disant ces mots terribles : « Si seulement tu avais pu mourir à la place de ton frère ! »

Un bruit de verre brisé sortit Winedrove de ses pensées. Il ne ressentait aucune douleur. Pourtant, de fines rigoles de sang coulaient de sa main. Il regarda de plus près. Des entailles superficielles provoquées par la pression inconsciente de sa main sur le verre délicat. Espérant n'avoir pas réveillé Elisabeth, il abandonna les débris et se rendit à la salle de bains pour se soigner.

Acosta Bracho avait essayé de tuer sa fille !

Pourquoi ? Était-il possible qu'il ait été payé par la famille de Brandon, comme l'avait suggéré Warren ? Winedrove avait du mal à le croire. C'était un fantasme de croire que n'importe qui pouvait payer des hommes de main pour éliminer un ennemi. Même si on trouvait un homme capable de faire ce genre de « travail », comment s'assurer qu'il accomplirait sa besogne une fois l'argent empoché ? Un homme respectable n'irait jamais porter plainte contre son arnaqueur.

Winedrove passa sa main ensanglantée sous l'eau et découvrit de petits éclats de verre plantés dans sa peau. Il commença à ressentir un léger picotement.

— Tu deviens complètement insensible, mon vieux ! s'amusa-t-il à s'apostropher en les retirant un à un.

La douleur étant plus vive, il désinfecta la plaie avant de se bander la main. Il grimaça de douleur et eut un plaisir masochiste à se sentir définitivement vivant.

Pour la première fois de sa vie, Winedrove allait avoir du sang sur les mains. Acosta Bracho était un homme mort.

Samedi 8 octobre 2011

59

Dès que Nelson entra dans la loge, l'odeur de cigare lui agressa les narines. Les fameux cubains de Charles Winedrove.

— Salut, Dean, dit Tyron, qui se leva.

— Salut, Tyron, répondit Nelson en lui serrant la main.

Il détourna le regard et tomba nez à nez avec deux petits métis.

— Paul, Ricardo, je vous présente Dean, votre oncle par alliance.

Les deux garçonnets de six ans s'avancèrent et Dean se pencha vers eux pour les embrasser. À l'inverse de ce qu'il avait souvent remarqué chez les jumeaux, ceux-ci étaient coiffés et habillés de façon très distincte.

— C'est qui le plus grand ? s'amusa Nelson.

— C'est moi qui suis né en premier, se vanta Paul, dans son joli costume beige.

— On a le même âge, idiot ! répliqua Ricardo en croisant les bras.

Nelson ne put s'empêcher d'ébouriffer la petite tête bouclée, saisi d'un puissant sentiment de sympathie envers eux.

— Bien. Allez vous rasseoir. Je dois discuter avec votre oncle de questions d'adultes, dit Tyron, qui avait pris soin de s'habiller normalement. Et surtout, je ne voudrais pas que vous manquiez la parade.

C'était le dernier match de la saison régulière des Seattle Mariners, l'équipe de base-ball de la ville. Ils rencontraient aujourd'hui les Chicago White Sox, et s'ils voulaient participer aux play-off, les joueurs de Seattle devaient l'emporter. Le stade était plein à craquer. Par chance, le ciel s'était dégagé en fin de matinée, et un franc soleil baignait le stade.

Depuis leur loge VIP réservée à l'année par la famille Winedrove, Nelson entendait les clameurs d'un public familial déchaîné, chacun portant casquette, maillot et gant à l'effigie de son équipe fétiche. Sur la pelouse triangulaire, les pom-pom girls faisaient leur show avant l'entrée des combattants.

— Ça fait bizarre de te voir avec tes gamins, dit Nelson, qui s'assit deux rangées derrière les enfants, collés à la rambarde qui surplombait le stade.

— Ouais. C'est plus le fruit du hasard que d'une volonté affirmée. Belinda prenait la pilule, mais elles sont de moins en moins efficaces. Ces produits sont faits à l'économie et il y a de plus en plus de grossesses non désirées.

Nelson hocha la tête, mais pria pour qu'il ne reparte pas dans une de ses interminables diatribes anticapitalistes.

— Mais je tiens à te rassurer, c'est la seule et unique fois que je remercierai les laboratoires pharmaceutiques de mettre des produits pourris sur le marché. D'ailleurs, je suis sûr que c'est ça qui a bousillé Deb…

Il s'arrêta en pleine phrase, ferma les yeux et, se pinçant l'arête du nez, lança un « Et merde ! » sincère.

C'est quoi ces conneries ? se demanda Nelson, fébrile.

— Qu'est-ce que tu racontes ? Qu'est-ce qu'elle a, Debbie ?

— Je suis désolé, ça m'a échappé. Le mieux est que tu en parles avec elle.

— Parler de quoi ? Dis-moi ce qui arrive à Debbie ou je me tire.

Déjà qu'il ne connaissait pas la raison de ce rendez-vous au stade du Safeco Field, il ne resterait pas une seconde de plus s'il devait imaginer le pire. Avait-elle un cancer ? Était-ce ce qu'il avait voulu dire ?

— Elle ne peut pas avoir d'enfant, répondit Tyron. Les médecins sont incapables de dire pourquoi. Elle a tout essayé, rien à faire.

Nelson fut soulagé. L'idée de perdre Debbie lui était insupportable.

— C'est pour me dire ça que tu voulais me voir ? demanda-t-il, encore sous le choc.

— Non, je voulais savoir où vous en étiez avec Julian. J'ai cru comprendre que vous recherchiez un certain Acosta Bracho. C'est ce type qui se serait introduit chez eux et aurait dérobé le couteau ?

Depuis que Logan l'avait recadré, Nelson avait décidé de rester en retrait. En outre, Charles Winedrove n'avait plus cherché à le joindre, et, d'un commun accord, Debbie et lui avaient décidé d'éviter le sujet, qui déclenchait chaque fois une nouvelle crise de larmes.

— C'est fort possible, mais rien n'est prouvé. Tant que nous n'aurons pas mis la main sur lui, nous n'en saurons pas plus.

— Et pendant ce temps, mon frère végète en prison. Elle est belle, ta justice ! Je croyais qu'on était innocent tant qu'on n'était pas jugé, fit Tyron, qui regardait d'un œil distrait les pom-pom girls quitter la pelouse.

La fanfare s'arrêta. Le speaker prit le micro pour annoncer l'entrée des deux équipes sur le terrain.

— Ce n'est pas « ma » justice, Tyron, mais tout un système judiciaire qui, aussi imparfait soit-il, est le meilleur qu'on connaisse.

Une clameur assourdissante envahit le stade quand les Seattle Mariners firent leur entrée. Le public, dans un même élan, se leva et Paul et Ricardo brandirent leur gant en mousse, tout heureux d'assister à un tel spectacle.

Tyron sortit deux cigares de la poche de sa veste. Les mêmes que fumait Charles Winedrove.

— Des cubains. La seule chose que mon père aime du communisme ! s'amusa-t-il.

Nelson le refusa d'un geste de la main tandis que Tyron coupait avec ses dents l'extrémité du sien. Il en recracha le bout sur le sol avant de le renifler puis de l'allumer. Nelson, qui le regardait faire, comprit que Julian n'était qu'un prétexte pour l'attirer en ce lieu qui leur rappelait tant de souvenirs.

Malgré ses airs bravaches, Tyron semblait perdu. Peut-être cherchait-il à renouer le contact de façon détournée ? Ou au contraire à raffermir ses croyances en les confrontant à celles de « vrais capitalistes » ! Dans le doute, Nelson décida de jouer le jeu, alors que le speaker faisait acclamer chaque joueur de l'équipe des Mariners.

— Pourquoi on est ici ?

Tyron tira sur son cigare et, prenant une pose nonchalante, lui répondit :

— Debbie croit qu'on peut redevenir amis. Elle aimerait tant que la famille se retrouve comme au bon vieux temps.

— Et tu en penses quoi ?

— J'en pense que c'est des conneries. Toi et moi n'avons plus rien à voir, dit Tyron tandis que les équipes se mettaient en place sur le terrain. Tu es le bon petit soldat d'un système liberticide. Franchement, je ne me vois pas passer des journées avec toi, à discuter comme si de rien n'était.

— Liberticide. Rien que ça ! Il me semble que tu as le droit de t'exprimer. Le premier amendement, qu'est-ce que tu en penses ?

— Un leurre, répondit Tyron, sûr de lui. Les puissants ont vite compris que le peuple avait besoin d'un sentiment de liberté et non d'une réelle liberté pour accepter toutes les souffrances qu'on lui inflige. Les élections ne sont qu'un leurre de cette prétendue liberté. Car tu sais, aussi bien que moi, que peu importe le gagnant, le sort des pauvres gens ne changera pas pour autant. L'argent restera toujours dans les mêmes mains.

— Et Gates, Zuckerberg, Soros ? Sans parler des artistes qui ont fait fortune en partant de rien ?

— Le self-made man ! La bonne blague ! C'est la plus grande arnaque de notre civilisation. Le principe même de faire croire qu'à force d'abnégation et de volonté, n'importe qui peut atteindre les sommets ! Comment peux-tu être aussi naïf ?

— Parce que ça marche, tout simplement.

— Évidemment que ça marche ! riposta Tyron, qui avait failli ajouter « imbécile ». Je viens de te le dire, le but est de faire croire que tout est possible. Et pour ça, quoi de mieux que de porter au pinacle des symboles de réussite. Mais pour la centaine de self-made-men issus des milieux populaires, combien de millions de personnes se sont cassé les dents ? Combien de dizaines de millions d'ouvriers subissent jour après jour le diktat de leur patron ?

Et voilà, c'est reparti ! se dit Nelson, désolé de ne pouvoir avoir une simple conversation avec Tyron.

— Il y a quarante millions de pauvres dans notre pays. Comment oses-tu encore me dire que le système capitaliste est un bon système ? Comment peux-tu accepter de baigner dans ton pognon, alors qu'avec ton argent tu pourrais aider tellement de monde ?

— Qui te dit que je ne le fais pas ?

— Quand on possède un bateau à plus de huit millions de dollars, on ne doit pas être si généreux que ça ! rétorqua Tyron, qui enchaîna : Avec le prix de ton foutu yacht, sais-tu combien de prothèses tu pourrais acheter aux enfants victimes de mines antipersonnel ?

Nelson baissa les yeux. Ça, c'était un coup bas. Il était de plus en plus mal à l'aise.

— Le système capitaliste a bien des défauts, mais bien moins que tes dictatures communistes ! lança-t-il, piqué au vif.

L'équipe des Mariners marqua un *home run* et les spectateurs se levèrent comme un seul homme, dans une communion quasi religieuse.

— Regarde-les. On pourrait faire tellement de choses si toute cette énergie était mise au service d'une bonne cause, fit Tyron en éludant l'attaque de Nelson.

— Mais que sais-tu de ces gens-là ? À leur niveau, ils font peut-être autant de bien que tu en fais toi-même. Qui es-tu pour les juger ?

— Je ne les juge pas, se défendit Tyron. Mais dans cette société individualiste, rien n'est fait pour mettre leur bonne volonté en commun. Les grandes actions se font toujours à plusieurs. Jamais seul.

Nelson en avait assez. Debbie avait eu tort de croire qu'une réconciliation était possible. Il s'apprêtait à se lever quand Tyron ajouta :

— Ceux qui nous gouvernent n'ont qu'un but. Créer une masse de gens ignares et incultes, prêts à avaler n'importe quelle propagande, sans aucun esprit d'analyse, ni le moindre recul.

— S'il te plaît, Tyron, ne me dis pas que tu crois à des âneries pareilles ?

— Des âneries ! N'as-tu réellement pas conscience de ce qu'est une volonté politique ? Ni les Noirs ni les immigrés ne doivent en aucun cas faire de bonnes études. Un peuple éduqué se révolte !

— Nos dirigeants seraient donc des gens très intelligents ?

Tyron lui renvoya un regard mauvais.

— Ce sont des ordures, mais effectivement, je ne nie pas leur intelligence, et c'est ce qui les rend d'autant plus dangereux.

Nelson le tenait enfin. Avec un sourire narquois, il répondit :

— Sarah Palin, George W. Bush, Ronald Reagan, la crème de notre élite intellectuelle !

Tyron le regarda avec mépris. Il ne comprenait vraiment rien à rien.

— Ces abrutis ne sont que des pantins. Les vrais puissants les manipulent.

La théorie du complot, maintenant ! Lors du repas sur son yacht, Nelson avait souffert en silence, mais cette fois il n'avait pas l'intention d'en écouter davantage.

— Tyron, ton problème, c'est que tu vois tout de façon dogmatique. Les riches pensent ainsi, les pauvres comme ça. Tu as des vérités sur tout, et tu ne supportes pas la contradiction. Ton problème, vois-tu, c'est que, comme les bonnes sœurs qui partent aider ces malheureux païens africains, tu t'es mis en tête de sauver le monde alors que tu ne fais que fuir tes propres démons.

La comparaison avec les religieuses tira un sourire moqueur à Tyron. Nelson était complètement à côté de la plaque.

— Je me soucie de mon prochain, c'est tout, dit-il d'un ton assuré.

— Si c'était vrai, tu aurais pu te soucier un peu plus de Julian et de Sandy, plutôt que de fuir en les abandonnant entre les mains de ton père.

Nelson ne regretta pas cette saillie. Tyron le foudroya du regard et secoua la tête, KO debout.

— Ça n'a rien à voir, tu mélanges tout.

— Je te dis simplement qu'avant de vouloir sauver ces millions d'êtres humains qui ne représentent, en vérité, rien de concret pour toi, tu devrais t'occuper un peu plus de ceux qui t'entourent, à commencer par toi-même.

Nelson avait réfléchi durant des nuits à l'attitude de Tyron, cherchant l'origine de la violence dont il était capable. Il n'avait pas oublié son attaque sur le parking de la marina, ses coups d'animal enragé, incapable d'assumer sa part d'ombre.

— Ne parle pas de ce que tu ne connais pas. Tu ne sais rien de moi, dit Tyron d'un ton menaçant.

Une bête aux abois, prête à mordre quiconque s'approchera.

— « Charité bien ordonnée commence par soi-même », cita Nelson. Apprends à être un tant soit peu égoïste. À vivre pour toi et non pour les autres, sinon un jour tu te réveilleras et tu te rendras compte que tu as passé ta vie sans la vivre. Tu deviendras un aigri, un cynique qui n'aura que mépris pour le peuple incapable de reconnaître en toi le génie qui voulait l'aider !

Voilà, c'était dit. Nelson avait préparé sa tirade la veille. Seul un électrochoc pouvait faire sortir Tyron de son utopie révolutionnaire.

— Tu sais quoi, Dean ?

— Non.

— Va te faire enculer.

La violence des mots. L'arme des faibles.

— C'est rien, les enfants, on plaisante, lança Nelson à Paul et Ricardo, qui s'étaient retournés, inquiets.

Il se leva, jeta un œil sur le frappeur légendaire des Mariners qui tenait sa batte de base-ball de façon caractéristique, face au meilleur lanceur des Chicago White Sox, et sortit de la loge. Toute réconciliation était désormais impossible.

Et c'était bien mieux ainsi. Après des années passées à se chercher, il était enfin heureux. Il ne laisserait personne gâcher son bonheur.

Tandis qu'il descendait l'escalier, il pensa à Debbie, et se dit que d'une façon ou d'une autre, ils auraient des enfants.

Arrivé au bas des gradins, il entendit un nouveau hurlement de joie en provenance du stade. Les Mariners allaient bien finir par retourner aux play-off.

Sa Kawasaki n'était plus très loin. Il accéléra le pas.

60

Ernesto se pencha vers le hublot et contempla Mexico City qui s'étalait à perte de vue. Une mégalopole de près de vingt millions d'âmes. Une araignée sortie de terre qui grossissait d'année en année, allongeant ses pattes dans toutes les directions.

Je ne pourrais plus vivre dans une ville pareille, se dit-il, heureux d'avoir fui le pays à son adolescence.

L'hôtesse de l'air pria les passagers de mettre leur ceinture. L'atterrissage était imminent. Ernesto se carra dans son fauteuil, et instinctivement fit un discret signe de croix. Non qu'il eût peur de mourir, mais il préférait avoir fait amende honorable avant de retrouver le Seigneur, si tant est qu'il arrive devant Lui. L'avion se posa sans incident et, moins d'un quart d'heure plus tard, chapeau sur la tête, Ernesto quittait l'aérogare sous un soleil voilé d'une brume persistante.

Mexico, la ville la plus polluée du monde, se souvint-il en se plaçant dans la file d'attente des taxis. Quand son tour arriva, le chauffeur lui demanda en espagnol :

— Vous n'avez pas de valise ?

Le ton était légèrement dédaigneux. L'homme aurait certainement préféré prendre un Américain, plus généreux en pourboire que les résidents. À ceci pres qu'Ernesto était un Américain.

— Non, je repars ce soir. Je suis seulement de passage, répondit-il dans un anglais parfait.

Le chauffeur grimaça un sourire et retourna s'asseoir derrière son volant. Ernesto s'installa à l'arrière.

— Où vous allez ? demanda le chauffeur, toujours en espagnol, en le regardant dans le rétroviseur.

— Acaxochitlan.

Le chauffeur se retourna entre les deux fauteuils.

— Je ne fais que Mexico et son agglomération. Je ne vais pas aussi loin, sortez, dit-il d'un ton péremptoire.

Ernesto eut un sourire méprisant et, déboutonnant sa veste sans quitter l'homme des yeux, glissa sa main dans la poche intérieure. Il vit la peur figer les traits du chauffeur, mais, quand il sortit son portefeuille, l'homme se détendit.

— Je vous ai dit que je n'y allais pas. Sortez, répéta-t-il, d'un ton radouci.

Ernesto sortit cinq billets de cent dollars et les jeta à l'avant.

L'homme les ramassa. Malgré la méfiance que lui inspirait son passager, il mit le moteur en marche.

— Réveillez-moi quand nous y serons. Je vous donnerai l'adresse précise une fois sur place.

Le chauffeur d'un signe de tête montra qu'il avait compris et mit la première.

Ernesto s'allongea sur la banquette, son chapeau posé sur le visage.

Acaxochitlan était à près de deux cents kilomètres. Pas d'autoroute. Quatre ou cinq heures de voyage. En avion, il était incapable de trouver le sommeil ; en voiture, c'était une autre histoire. Il ferma les yeux.

Une main le secoua, ce qui le réveilla en sursaut. Ernesto se redressa, et aperçut les faubourgs d'une ville poussiéreuse. Il donna l'adresse au chauffeur. Après avoir demandé leur chemin successivement à trois passants qui les regardèrent d'un œil soupçonneux, ils arrivèrent enfin devant une maison à deux étages. Plutôt en bon état, par rapport aux voisines.

— Vous m'attendez là.

Aussitôt qu'Ernesto eut quitté la voiture, le chauffeur mit les gaz, persuadé qu'il venait de transporter un tueur à gages qui n'hésiterait pas à le tuer une fois sa mission remplie. Ernesto regarda le taxi s'enfuir, et eut honte de son peuple. Un peuple de lâches et de trouillards.

Il rajusta son chapeau et regarda le ciel. Pas de nuage de pollution. C'était déjà ça. Il frappa à la porte et attendit patiemment. Pauvre Sandy, si elle savait qu'elle allait lui permettre de gagner un million de dollars ! Le plus drôle est qu'il n'avait jamais été licencié par son père, seulement déplacé. Il avait récupéré le poste de chef de la sécurité du siège social de l'entreprise. Un poste qu'il avait déjà occupé auparavant, et qu'il avait repris avec plaisir. Il savait bien que

Winedrove lui confierait un jour ou l'autre une de ces tâches aux marges de la légalité. Jusque-là, il s'en était toujours acquitté à la perfection. Cette fois, il s'agissait d'un meurtre — mais pour un ancien marine, cela ne posait aucun problème. Le chef a toujours raison, surtout quand la paye est bonne. Et avec Winedrove, il n'avait jamais été déçu.

Winedrove l'avait mis sur la piste de Maria Moreno, la femme de ménage de Julian et Sandy, qui était repartie une semaine auparavant pour le Mexique.

La porte s'ouvrit et le visage poupon d'une petite fille rondelette s'encadra dans l'embrasure.

— Vous êtes qui ? demanda-t-elle en espagnol.

— Je suis un ami de Maria. Dis-lui que je lui apporte des nouvelles de la part de M. Winedrove.

La petite fille prit un air concentré et referma la porte. Ernesto l'entendit courir sur le carrelage. Quelques instants plus tard, Maria lui ouvrit la porte.

— Bonjour, Maria. Pourrais-je vous parler seul à seule ?

— Vous êtes le chauffeur de Charles Winedrove, n'est-ce pas ?

— Exactement. J'aurais quelques questions à vous poser, si cela ne vous dérange pas.

— Maman, qui c'est ?

Un joli brin de fille de seize ou dix-sept ans apparut derrière elle. Ernesto lui fit un sourire tandis que Maria répondait d'un ton cassant :

— C'est un employé des Winedrove.

Elle n'aurait pas su dire pourquoi, mais cet homme ne lui inspirait pas confiance. Elle sortit dans la rue et referma la porte derrière elle.

— Je ne travaille plus pour les Winedrove. Mon agence va me réaffecter sur une autre famille. J'ai pris quelques jours de vacances pour voir mes enfants.

— Je vois, dit Ernesto, qui s'alluma une cigarette.

La rue était déserte, pas une âme qui vive, mais il préféra se remettre à l'anglais.

— Je ne vais pas vous embêter longtemps, j'ai juste besoin de savoir où se trouve Acosta Bracho.

Maria se signa aussitôt. Elle savait que cet homme était recherché pour tentative d'homicide sur Sandy.

— Je ne sais pas. Je ne le connais pas.

Ernesto n'aimait pas ça du tout. Maria était sa seule piste. Il n'allait pas s'asseoir sur un million de dollars à cause d'une conne apeurée.

— Allons, ne dites pas n'importe quoi. Nous savons qu'il est venu à la villa, et qu'il y est resté planqué de nombreux jours. Je suis certain que vous l'avez vu, et qu'il vous a parlé, dit-il en la prenant par l'épaule. Il vous a payée pour que vous le laissiez entrer. C'est vous qui lui avez donné le couteau ?

Maria était terrorisée. Elle se mit à trembler et avança dans la rue, espérant que ses deux filles postées à la fenêtre ne la voient pas s'effondrer.

— Je vous jure que je ne sais rien. Je ne travaille que trois matinées par semaine, et je passe mon temps à l'intérieur. Demandez plutôt à Carl, c'est le jardinier. Lui, il doit savoir.

Carl Ridley. Un Américain pure souche, marié et père de trois jeunes enfants. Ernesto l'avait interrogé le matin même et n'avait eu aucun doute sur son innocence.

— Justement, je lui ai parlé. Il m'a dit que vous traîniez avec des gens peu fréquentables, bluffa-t-il.

— C'est pas vrai. Carl ne vous a jamais dit ça.

Maria avait une totale confiance en son collègue.

Ernesto comprit qu'il était temps d'employer les grands moyens.

— Vous avez deux jolies jeunes filles. Si vous ne voulez pas qu'elles finissent sur un trottoir de Mexico City, je vous conseille de tout me dire, ou dès ce soir elles suceront leur première queue.

Maria, se sentant défaillir, se mit à genoux, les mains jointes, dans une attitude de prière.

— Je vous en supplie, ne touchez pas à mes filles. Je vous jure que je ne sais rien. Jamais je n'ai vu cet Acosta, dit-elle, en larmes.

Quelle conne ! Si des voisins les regardaient et qu'il leur prenait l'envie de venir l'aider, il n'en tirerait plus rien.

— Relevez-vous, dit-il en l'aidant à se remettre debout.

Il lui passa une main derrière le dos et l'obligea à marcher à son côté.

— Je vous promets qu'Acosta ne pourra jamais vous faire de mal. Il va être châtié pour ce qu'il a fait. Vous n'avez pas à avoir peur de lui, mais plutôt de moi, dit-il d'un ton sadique.

Maria tremblait convulsivement.

— Je vous jure que je ne sais rien.

Elle comprit alors qu'il ne restait plus qu'une chose à dire, une chose qu'elle s'était promis de ne jamais révéler.

— Je sais qui a agressé Sandy et pourquoi. Mais je veux votre promesse que vous nous laisserez tranquilles après ça.

Ernesto vit qu'elle s'était ressaisie. Elle semblait déterminée. Enfin la vérité.

— Je vous le promets, Maria. Je vous écoute, dit-il, tel un prêtre recevant une confession.

Maria le regarda droit dans les yeux et lui révéla comment, un matin, elle avait entendu ce qu'elle n'aurait jamais dû entendre. Elle se signa aussitôt, et lui expliqua qu'elle n'en avait jamais parlé de peur de perdre son emploi. Elle craignait de ne jamais pouvoir faire venir ses filles en Amérique.

Ernesto en resta sans voix. C'était immonde. Et pourtant, cela tombait sous le sens. Julian était forcément coupable.

Cette conne vient de te faire perdre un million de dollars ! Mais que pouvait-il faire contre le mauvais sort ?

— Maria, ne parlez à personne de ma visite. Sinon, je vous jure que des amis à moi reviendront ici et attraperont vos filles. Nous nous comprenons bien ?

Maria secoua la tête. Elle ne retournerait pas en Amérique avant d'avoir fait déménager ses filles.

— Je ne dirai rien. Je tiens plus à mes filles qu'à la vie.

Ernesto la crut. Restait à appeler Winedrove et à faire le deuil d'un million de dollars.

Dimanche 9 octobre 2011

61

— C'était qui ? demanda Elisabeth.

Winedrove sursauta. Il ne l'avait pas vue arriver.

— Rien, le travail.

Elisabeth vint s'asseoir à la table de la cuisine, et lui fit un tendre sourire.

— Il faudra un jour que tu te payes des collaborateurs capables de te décharger de tout appel le dimanche, dit-elle sur le ton de la plaisanterie, en attrapant un pancake tout chaud préparé par Massimo.

— C'était justement un de mes collaborateurs, rebondit Winedrove. J'ai beau déléguer, au final, on s'en remet toujours au chef.

Elisabeth commença à étaler de la confiture sur son pancake.

— Comment va ta main ? demanda-t-elle en voyant que l'infirmière était déjà passée lui changer son pansement.

— Ça va. Je te l'ai dit, rien de grave.

Winedrove s'avança vers elle pour poser une main réconfortante sur celle de son épouse.

— Tout va bien, Elisabeth.

En réalité, il ne savait plus trop quoi penser. Il venait tout juste d'avoir Ernesto, qui lui avait appris que Maria Moreno n'était au courant de rien.

Les journées passant, Winedrove commençait à se demander s'il était légitime de payer une personne pour qu'elle en tue une autre. Sandy n'était pas morte. Il était persuadé qu'elle sortirait très vite du coma. Lui, le fervent partisan de la peine de mort, prenait conscience qu'elle n'était pas si facile à appliquer.

Il a essayé de tuer ta fille, se répéta-t-il, alors que l'image d'un couteau s'enfonçant dans les côtes de Sandy apparaissait comme un flash. Oui, la mort était le minimum. Il s'en voulut d'avoir eu un moment de faiblesse.

— Merci, fit Debbie en regardant l'océan Pacifique qui les entourait.

Un vent léger faisait onduler ses cheveux bruns. *Une sirène*, se réjouit Nelson. Ils étaient allongés sur les transats du pont supérieur. Où que le regard portât, seul l'océan s'offrait à eux.

— Chaque fois que je pars en mer, je me dis que je pourrais tout quitter. Et maintenant que je suis avec toi, il n'y a plus grand-chose qui me retienne à Seattle, lui confia Nelson.

Il avait pris une résolution. Même s'il était désormais persuadé que la mort de ses parents n'était pas aussi simple qu'il l'avait toujours cru, il n'était pas encore prêt à remuer les cendres du passé. Il avait besoin de profiter d'instants de bonheur comme celui-ci.

De toute façon, les morts ont toute l'éternité pour que justice leur soit rendue, se répéta-t-il en laissant errer son regard sur l'horizon.

— Et Kaleigh ?

Elle n'était pas encore en âge de voler de ses propres ailes. Mais d'ici à deux ans, elle intégrerait une grande faculté et il n'aurait plus à veiller sur elle.

— Et si dans deux ou trois ans, j'arrêtais tout et je te proposais d'aller vivre à l'autre bout du monde ?

— Je te suivrais, répondit Debbie sans l'ombre d'une hésitation.

Nelson la regarda avec tendresse et partagea la peine qui devait être la sienne. La veille, il avait été incapable de lui parler. Il n'était pas certain qu'il trouverait le courage de le faire avant elle. *Carpe diem*.

— J'ai entendu parler d'une île, Stone Island, il paraît que c'est le paradis sur terre.

En fait, il n'avait fait que lire un article illustré de superbes photos dans un magazine racontant l'histoire incroyable d'une riche orpheline qui avait retrouvé ses origines sur cette île, dans des circonstances dramatiques.

— Non, le paradis sur terre, c'est ici et maintenant, déclara Debbie, qui se leva pour se rapprocher de lui.

— On le reverra, oncl'Dean ? demanda Paul.

Belinda lui fit un grand sourire. Toute la petite famille était partie pique-niquer dans l'immense forêt voisine, non loin de La Ferme. Ils s'étaient installés dans une clairière baignée de soleil.

— Oui, ne t'en fais pas. C'est une petite dispute, mais ça ne veut pas dire qu'ils sont fâchés. Quand Ricardo t'embête, tu lui pardonnes ?

— Oui, dit Paul.

— Eh bien, pour les adultes, c'est pareil.

Le petit visage de Paul prit une expression d'intense réflexion, puis il s'illumina dans un beau sourire. Tyron mourrait pour ses deux enfants. Ils étaient la plus belle chose que la vie lui ait offerte, avec Belinda. C'est en les élevant qu'il avait définitivement coupé le cordon avec son père. Il était tellement persuadé que la violence était héréditaire, qu'il était étonné de n'éprouver qu'un pur amour pour ses jumeaux. Quand il sentait la colère monter, il élevait la voix ou quittait la pièce, mais jamais, ô grand jamais, il n'avait porté la main sur eux. Ni gifle ni fessée.

— Je le regrette. Je n'aurais pas dû, mais oncl'Dean est une vraie tête de lard, dit Tyron en faisant une grimace à son fils.

Du haut de leurs six ans, Paul et Ricardo explosèrent de rire. Tyron se promit de faire la paix avec Dean. Après tout, il allait épouser sa sœur. Il n'avait pas envie de la perdre.

— Allez, vous finissez vos desserts et on joue à colin-maillard !

Warren regarda Arquette sortir du lit. Elle n'était peut-être pas aussi bien foutue que Hurley, mais elle avait une façon de remuer son petit postérieur qui lui faisait autant d'effet. Quel retournement de situation !

Alors qu'elle l'avait incendié à la fin du procès de Julian, ils couchaient à nouveau ensemble. Comme au bon vieux temps, si ce n'est que maintenant, elle restait dormir avec lui. Les choses avaient l'air beaucoup plus sérieuses.

Il se sentait serein, et envisageait le nouveau procès de Julian d'une façon détachée. Qu'il aille ou non en prison, ce n'était pas son affaire. C'est le jury qui dirait s'il avait agressé sa sœur. Lui n'avait qu'à présenter aux jurés tous les éléments susceptibles de les faire douter de sa culpabilité. Puis, adieu, la famille Winedrove.

Sans sortir du lit, il attrapa la télécommande de la chaîne, et lança le CD d'Oscar Peterson. Bercé par les notes de piano du maestro, il fut tiré de ses rêveries par Arquette qui revenait les bras chargés du plateau du petit déjeuner.

Il regarda l'heure. Midi et quart. Ils exagéraient, mais c'était tellement bon !

Logan se glissa dans le lit et vint se coller contre Hurley.

Ils avaient passé une journée très agréable en compagnie de Callwin et Wilson. Ils s'étaient baladés dans Lawton Park, avec Roy dans sa poussette, profitant de la douceur de l'été indien, puis avaient dîné chez Wilson avant de rentrer, en prenant soin de ne pas réveiller Roy. Logan venait juste de le coucher.

— Parfois, je me dis que je rêve, dit Hurley.

Logan releva la tête et la regarda en fronçant les sourcils.

— S'il y a quelqu'un qui connaît la nature humaine et qui sait que la vie n'est faite que de hauts et de bas, c'est pourtant bien moi. Je n'arrive pas à croire ce que je vis avec toi.

Paroles ô combien douces aux oreilles d'un Logan déjà excité.

— Ça s'appelle le bonheur, non ? Pourquoi n'y aurions-nous pas droit ? On a eu notre lot de souffrances.

Pas faux, se dit Hurley, qui sentit Logan se faire pressant.

— Hé, attends, tu m'écoutes ?

Logan s'arrêta. Il l'écoutait, certes, mais ne pensait qu'à une chose. Il rit de son comportement juvénile et se remit sur le côté.

— Pardon, fit-il tandis que Hurley passait un doigt sur sa cicatrice à l'aine.

Logan repensa à la jeune Sandy. Elle n'avait pas eu sa chance. Il n'oublierait jamais le regard de Paul Ringfield quand il avait voulu le tuer, et il n'oublierait jamais le regard de Hurley quand il avait repris connaissance après son agression.

— Je t'aime, dit-il en oubliant aussitôt Sandy.

Julian regarda l'heure. Deux heures du matin. Allongé sur le lit de sa cellule, il n'arrivait pas à trouver le sommeil. Il avait l'impression que quelque chose de terrible allait se passer. Une douleur lui broyait les tripes. La peur ? Ou plutôt une angoisse irrépressible.

Il avait essayé d'écouter de la musique pour se calmer, mais ça avait été encore pire. Chaque morceau lui rappelait sa sœur. Un corps inanimé qui gisait dans une chambre aseptisée d'un hôpital sinistre de Seattle. Il sentit le désespoir fondre sur lui. Si seulement il avait eu un compagnon de cellule comparable à Allman. Mais on le laissait à l'écart. Personne ne voulait le fréquenter.

Il ferma les yeux, et repensa à ce que lui avait dit Sandy quand ils étaient partis camper sur les hauteurs de River Falls, un mois auparavant : « Et si nous abandonnions tout, et vivions comme des gens normaux ? »

Il en avait plaisanté. Désormais, il comprenait, trop tard, qu'elle avait raison. À vivre trop exposé, on attire la convoitise des petites gens. Pourtant, la seule gloire de Sandy était d'être la fille d'un milliardaire.

Julian serra les poings. Son angoisse monta d'un cran. Il était persuadé que quelque chose de terrible allait se produire.

CINQUIÈME PARTIE

Lundi 10 octobre 2011

62

Après avoir enfilé sa blouse, Mary sortit des vestiaires et retourna dans les couloirs de l'hôpital, l'esprit encore embrumé. Kevin s'était réveillé trois fois dans la nuit. Elle avait eu un mal fou à le rendormir. Elle salua ses collègues de la réception, puis se rendit en salle de pause. Il était 7 h 55. Juste le temps de boire un café avant de commencer sa tournée. Elle s'assit près des autres infirmières et leur sourit, mais ne participa pas à leur conversation.

Les années passant, elle désirait de plus en plus changer de métier. Elle avait envie d'un travail plus tranquille, sans horaires de dingues, sans ce stress permanent et, surtout, sans malades. Mais elle était divorcée et son ex-mari, sans emploi, ne payait pas de pension.

— Allez, c'est l'heure, les filles, dit Cathy en tapant les mains sur ses genoux.

Huit heures. Mary finit son café et se leva à son tour.

Elle prit l'ascenseur et monta directement au deuxième étage, comme son planning le prévoyait. En temps normal, elle suivait les numéros de chambres, mais ce matin-là, elle ne se sentait pas encore d'attaque pour discuter avec les malades tandis qu'elle faisait leur toilette. Elle préféra se rendre directement à la chambre 212, celle de la petite Sandy Winedrove.

La pauvre enfant, agressée par son cinglé de frère, se dit-elle en remontant le couloir. Elle avait l'air si gentille, un visage angélique. Pourquoi avait-il voulu la tuer ?

Tout le monde se posait la question, personne n'avait de réponse probante.

— Bonjour, Mary, dit le vigile assis devant la chambre de Sandy.

— Bonjour, Ross. La nuit s'est bien passée ?

— Oui.

Et soudain, las de ruminer depuis des jours, le garde du corps se lança :

— Vous faites quelque chose samedi soir ?

Mary vit les joues de l'homme rougir, et sentit qu'elle rougissait à son tour.

— Non, je suis de garde, répondit-elle, et comme elle lut la déception dans les yeux de Ross, elle ajouta aussitôt : Mais on peut se voir vendredi soir, si vous êtes libre.

Et merde ! Il était de garde ce jour-là. Quoique… Il demanderait à Morgan de le remplacer. Il lui devait bien ça.

— Très bien, avec plaisir !

Il n'aurait su dire pourquoi, cette femme l'attirait comme un aimant. Elle devait avoir cinq ans de plus que lui, mais peu lui importait, il était certain qu'il serait bien avec elle.

Le docteur Larner apparut au bout du couloir.

— Je vous donnerai mon numéro de portable tout à l'heure, dit-elle en entrant dans la chambre de Sandy.

Mary referma la porte derrière elle. La proposition de Ross l'étonnait. Elle avait trente-cinq ans et quelques kilos en trop, tandis que Ross avait l'air si jeune et si sexy. Se pouvait-il qu'il soit sérieux et qu'il désire autre chose que du sexe ? Sa timidité était si touchante qu'elle n'arrivait pas à l'imaginer en dragueur invétéré. Sa chance avait peut-être tourné…

Quand elle se pencha sur Sandy, son sourire disparut. Son visage n'était pas serein et détendu, comme d'habitude. Il se passait quelque chose.

Elle souleva le drap et eut un hoquet de surprise. Du sang souillait les jambes de Sandy et les draps.

Mary sortit précipitamment de la chambre, et tomba sur le docteur Larner qui discutait avec Ross.

— Un problème, Mary ?

— On dirait que Sandy a fait une fausse couche ! s'écria-t-elle, paniquée.

Larner entra dans la chambre et secoua la tête en voyant les jambes de la jeune fille baignant dans son sang. Cette fille était enceinte ! Quel était l'abruti qui avait oublié de faire le test à son entrée à l'hôpital ?

Quelques minutes plus tard, ayant retrouvé un embryon de près de trois centimètres, ils purent estimer la date de la conception. Il ne restait plus qu'à appeler la police. Peut-être le père était-il l'agresseur de Sandy ?

— Alors, ce week-end ? demanda Rivera.

Toujours la première arrivée, elle était dans le bureau en train de boire son café quand Nelson se pointa.

— Génial, le beau temps. Pas trop de vagues sur l'océan. Parfait. Un de ces quatre, il faudra que tu viennes. Je te jure, ça vaut le détour.

— Avec grand plaisir.

Elle s'était toujours interdit de mélanger son travail et sa vie privée, mais elle était certaine que d'ici peu, une lettre de démission arriverait sur le bureau de Logan. Quel genre de femme supporterait de vivre avec un flic ? Certainement pas Debbie Winedrove.

Le téléphone sonna. Logan. Elle décrocha.

— Oui… Je vous le passe, dit-elle en tendant le combiné à Nelson. C'est Logan.

Nelson attrapa le combiné :

— Bonjour, capitaine.

Un long silence. Rivera nota le changement sur le visage de son équipier au fur et à mesure que Logan parlait.

— OK, je m'en charge, indiqua Nelson avant de raccrocher.

Il regarda Rivera et d'un air désolé ajouta :

— Sandy Winedrove a fait une fausse couche.

— Ça alors ! Comment cela se fait-il que personne ne se soit rendu compte qu'elle était enceinte ? demanda-t-elle en comptant les mois depuis la mort de Brandon.

Six mois. Impossible que le chirurgien qui avait opéré Sandy à son arrivée à l'hôpital ne se soit rendu compte de rien.

— L'embryon a deux mois. Brandon n'est pas le père.

— Son agresseur non plus, ajouta Rivera.

L'agression n'avait eu lieu qu'une semaine auparavant.

— Certainement un nouveau petit copain.

Rivera n'y croyait guère. Juste après la mort de son ancien petit ami, cela paraissait difficile à imaginer. Ou peut-être était-ce un moyen de faire son deuil ?

— Une analyse ADN va être menée sur l'embryon. Avec beaucoup de chance, nous saurons qui est le père.

— Si le nouveau copain est une petite racaille, dit Rivera en pensant à voix haute. Peut-être qu'elle a voulu rompre, et qu'il ne l'a pas supporté.

Nelson était sur la même longueur d'onde. Il ne lui restait plus qu'à suivre les ordres de Logan et à prévenir les Winedrove.

Mardi 11 octobre 2011

63

Logan raccrocha, abasourdi.

La nouvelle était à la fois bien meilleure qu'il ne l'aurait imaginé, et absolument insupportable.

L'analyse de l'ADN avait démontré que le père de l'embryon était sans aucun doute possible un membre de la famille Winedrove. Le père ou l'un des deux frères. Grâce à la comparaison de l'ADN, le résultat est tombé, comme un couperet. Julian était le père.

Logan fit pivoter sa chaise vers la baie vitrée. Son regard perdu sur Seattle, il prit la mesure de cette révélation. Primo, cela donnait un mobile pour le meurtre de Brandon Foster : la jalousie. Secundo, ils avaient désormais un mobile pour la tentative d'assassinat envers Sandy : soit Julian voulait cet enfant et s'était emporté contre sa sœur qui voulait avorter, soit c'était lui qui ne voulait pas de cet enfant et son inconscient avait trouvé le meilleur moyen de l'éliminer. Logan hocha la tête et choisit la deuxième possibilité comme mobile principal.

Les jeux étaient faits.

Et dire que cet idiot de Nelson avait insinué le doute dans son esprit, avec sa théorie du complot ! Ce pauvre

Acosta Bracho devait se terrer quelque part, en se demandant pourquoi les flics avaient lancé un avis de recherche contre lui, pour du travail au noir.

Logan eut un sourire et fit pivoter son fauteuil pour attraper son téléphone. Parmi toutes les personnes qui devaient être mises au courant de ces résultats, il y en avait une à laquelle il était impatient de clouer le bec.

— Bien sûr, ne vous inquiétez pas. Surtout, vous restez calme, vous n'intervenez pas, et vous me laissez faire, dit Warren.

Il était dans l'immense salle des pas perdus du palais de justice, en compagnie d'une cliente dont le divorce était pour le moins électrique.

— Mais s'il m'accuse encore d'avoir couché avec son père, je ne réponds plus de rien ! dit Mme Zerbinsky sur un ton outré.

Warren lui posa une main apaisante sur l'épaule et la pria de se calmer. Le juge Travis n'était pas connu pour être un féministe convaincu et avait une fâcheuse tendance à donner raison au mari.

— Vous ne dites rien, et vous me laissez parler. Sinon, à quoi ça sert que vous me payiez ? la réprimanda-t-il.

Cela sembla la convaincre. Si elle voulait avoir la garde de sa fille, elle devrait entendre la voix de la raison.

Un portable sonna. Le sien. L'audience était dans moins de cinq minutes. Warren n'avait pas de temps à perdre. Il regarda néanmoins le numéro. Inconnu au repertoire. Un nouveau client ? Faisant la moue, il s'excusa auprès de Mme Zerbinsky et s'éloigna un instant.

— Allô ?

— Monsieur Warren, nous avons terminé l'analyse ADN de l'embryon…, commença Logan.

Il lui retransmit scrupuleusement le compte rendu de Blake, avant de lui dire ce qu'il pensait de l'affaire et de raccrocher sèchement. Le portable toujours collé à l'oreille, Warren était sous le choc de la dernière phrase de Logan : « Si vous n'aviez pas fait libérer Julian, sa sœur ne serait pas dans le coma à l'heure actuelle. Bonne journée, maître Warren. »

On ne danse pas impunément avec le diable.

Warren, qui était allé voir la jeune Sandy à l'hôpital, détesta l'idée d'être responsable d'une manière ou d'une autre de la tragédie. L'idée d'un complot élaboré par Acosta Bracho avait été bien plus douce à ses oreilles. Mais la réalité était tout autre.

— Hé, ce n'est pas l'heure ? s'inquiéta Mme Zerbinsky en s'approchant de lui.

Warren la regarda comme s'il s'était agi d'une inconnue. Il n'avait plus du tout la tête à ça. Pourtant, il se devait d'être à la hauteur.

— Si, si. Allons-y, et surtout vous ne parlez que si je vous le demande, dit-il en retrouvant son professionnalisme.

Une heure plus tard, le juge renvoyait les deux parties pour une nouvelle audience la semaine suivante. Mais Warren avait bien senti qu'il avait marqué des points auprès du juge Travis.

Peut-être était-ce l'accusation de Logan qui l'avait aiguillonné et poussé à se montrer meilleur que d'habitude. Toujours est-il qu'en sortant du tribunal, Warren avait décidé de ne plus jamais avoir affaire aux Winedrove. Tandis qu'il se dirigeait vers le parking, il repensa à Arquette. Comme elle avait eu raison de lui avoir reproché d'avoir cédé au chantage de Winedrove !

Il appela le patriarche depuis sa Porsche.

— Bonjour, monsieur Winedrove, pourrais-je vous parler quelques instants ?

— C'est au sujet de Sandy ?

— Oui.

— Une minute, je vous prie.

Warren tapota le volant du bout des doigts en attendant que Winedrove s'éclipse de ce qui devait être une réunion d'affaires.

— C'est bon. Vous avez le nom de cette ordure ?

Warren décida de faire durer le plaisir.

— Vous êtes assis ? Parce que vous allez être surpris.

— Je vous écoute, répliqua sèchement Winedrove.

— Nous savons qui est le père, répondit Warren. C'est son petit ami, dont l'ADN figurait dans le fichier de la police.

Winedrove se figea. Sandy était sortie avec un petit voyou tout de suite après le décès de Brandon. Pauvre enfant, elle devait être complètement perdue.

— Vous avez son nom ? demanda-t-il en se promettant de mettre aussitôt Ernesto Juarez sur sa piste.

— Oui, mais je ne suis pas certain que cela va vous plaire.

— Abrégez, je vous en prie ! tonna Winedrove.

Il était temps de porter l'estocade.

— Julian, votre fils, lâcha-t-il comme un coup de tonnerre.

L'incrédulité, la stupeur puis la colère traversèrent l'esprit de Winedrove.

— Monsieur Winedrove ? dit Warren au bout de plusieurs secondes.

Il entendit juste un cri de rage, puis la communication fut coupée.

Warren n'avait pas eu le temps de lui annoncer qu'il était hors de question qu'il défende encore Julian et qu'il lui rembourserait les honoraires déjà perçus. Mais il allait le laisser baigner dans son jus avant de reprendre contact avec lui.

À l'autre bout de Seattle, le portable de Winedrove ricocha sur l'immense vitre du bureau et retomba dans un bruit sourd sur le sol recouvert d'une épaisse moquette.

Puis Winedrove ressentit une terrible douleur lui traverser la cage thoracique. Le souffle lui manqua. La porte s'ouvrit. Sa secrétaire, alertée, se rua sur lui, mais ne put le soutenir alors qu'il s'effondrait au sol.

64

Elisabeth, Debbie et Tyron s'étaient retrouvés dans la même salle d'attente que le mois précédent. Chacun avait en tête la même question : À qui le tour ? Trois membres de la famille manquaient à l'appel.

Jusque-là, Debbie n'avait pas cru à la théorie du complot. Mais après cette suite d'événements dramatiques, sa certitude était en train de vaciller. Pourtant, tout se tenait. Julian avait tenté d'assassiner sa sœur. Charles, en réaction, avait été victime d'un infarctus. Une terrible et implacable logique, qui avait entraîné la disparition de la moitié de la famille.

Debbie ne lâchait pas la main de sa mère, que Tyron encadrait de l'autre côté.

Tyron n'en voulait pas à Julian. Le malheureux garçon n'avait pas eu la chance d'avoir son caractère. Lui avait su encaisser la violence paternelle, en se construisant un mental en béton armé. À l'évidence, la brutalité bestiale des coups que son père leur avait infligés avait profondément perturbé Julian, lui faisant perdre tout repère concernant les règles de l'amour familial.

— Il n'a pas pu faire ça. C'est impossible, dit Elisabeth.

Après de longs silences, le regard vide, elle lançait ce genre de phrase à voix haute, autant pour elle-même que pour le Seigneur qui les avait abandonnés. Tyron lui tapota la main, ne cherchant plus à la rassurer, certain qu'elle ne l'entendait pas. Debbie avait envie de pleurer, de s'effondrer, mais, prenant exemple sur Tyron, elle puisait en elle la force de paraître digne.

Et pourtant ! Était-on indigne quand on pleurait la perte d'un proche ? Et pourquoi Nelson n'était-il pas là ? Pourquoi n'était-il pas venu la soutenir ? Elle avait beau être au courant de la dispute entre Tyron et Dean, elle n'arrivait pas à imaginer que son frère aurait fait un scandale s'il l'avait accompagnée.

Les minutes s'éternisaient. Au bout d'une heure et demie d'attente, le docteur Jenkins revint de la salle d'opération, un léger sourire au coin des lèvres.

— Votre mari est sorti d'affaire. Tout va bien.

Debbie eut un rire nerveux. Tyron salua la vieille crapule qui s'en tirait à si bon compte. Elisabeth se leva et, s'approchant du médecin, demanda :

— Je veux le voir.

— Il est toujours endormi. Vous devriez aller vous reposer.

— Maman, le docteur a raison. Il n'y a plus lieu de s'inquiéter, Debbie va te ramener, dit Tyron.

— Laissez-moi le voir juste une seconde. Je vous en prie.

Jenkins n'y vit pas d'inconvénient et la pria de le suivre. Debbie, qui s'apprêtait à leur emboîter le pas, se retourna vers Tyron :

— Tu ne viens pas ?

Tyron secoua la tête.

— Non, j'étais là pour maman. Pour moi, papa est mort il y a bien longtemps, dit-il d'un ton définitif.

Debbie n'ignorait pas ce qu'il avait enduré, mais ne pouvait-il pas pardonner ? Les blessures ne cicatrisent-elles pas avec le temps ?

— Je te rappelle pour te donner des nouvelles de maman. Merci d'être venu, dit-elle avant de lui donner un baiser sur la joue.

— Debbie ! l'appela Tyron alors qu'elle passait la porte pour rejoindre sa mère.

Sa sœur s'arrêta et se retourna.

— Dis à Dean que je regrette ce qui s'est passé samedi. Je me suis emporté. Je suis désolé.

Debbie hocha la tête. Tyron était un amour de frère. Un jour, elle en était sûre, il reviendrait dans la famille.

Winedrove se réveilla dans un lit d'hôpital et durant quelques secondes il se demanda où il était, avant que tout lui revienne à l'esprit.

— Bonsoir, monsieur Winedrove, ne bougez pas, intervint l'infirmière qui le veillait.

— Donnez-moi mon téléphone, dit-il la bouche pâteuse.

L'infirmière connaissait l'importance de son patient, mais les ordres étaient d'avertir sa hiérarchie dès son réveil.

— Je reviens tout de suite avec le docteur Jenkins, c'est lui qui vous a sauvé la vie, dit-elle en sortant de la chambre comme si elle avait le diable à ses trousses.

Il tourna la tête et attrapa une bouteille d'eau posée sur sa table de chevet. Il but à en perdre le souffle. Le premier choc passé, il arrivait à se concentrer sur l'horreur de la situation. Il avait enfanté un monstre ! Un pervers qui avait abusé de sa petite Sandy. Tout chez son fils le dégoûtait. Il ne lui trouvait aucune circonstance atténuante. Il aurait donné sa vie pour que cela ne soit jamais arrivé, pour que sa Sandy n'ait pas eu à subir pareille abomination. Mais le mal était fait.

La porte se rouvrit. Le docteur Jenkins fit son entrée, tout sourires.

— Heureux de voir que vous allez mieux, dit-il en s'avançant auprès de son malade.

— Je suppose que je dois vous remercier, répondit Winedrove, la tête encore pleine d'images terribles.

Jenkins fronça les sourcils. Mais avant qu'il n'ait eu le temps de demander des explications, Winedrove asséna :

— Il vaut mieux mourir que vivre en sachant qu'on a enfanté un monstre.

— Je comprends, dit Jenkins, néanmoins vexé par ce manque de reconnaissance. Bien, vous devez à tout prix vous reposer. Je vous le dis tout de suite, il est hors de question que vous passiez vos journées au téléphone. Vous êtes encore très faible. Vous allez devoir laisser les rênes de votre entreprise à votre bras droit durant un certain temps.

— Si vous le dites, répondit Winedrove, les affaires étant le cadet de ses soucis. Donnez-moi mon téléphone. J'ai un appel urgent à passer.

Jenkins savait que Winedrove possédait des parts importantes dans la clinique, mais ce n'était pas une raison pour qu'il lui dicte sa conduite. Et, aussi désagréable que soit cet homme, il ne le laisserait pas gâcher son travail. Il venait de lui sauver la vie, et il comptait bien le voir sortir debout de cette clinique.

— Dix minutes, ensuite je vous le reprends.

En d'autres temps, Winedrove aurait fait un scandale. Était-ce la vieillesse ? Ou simplement les médicaments qu'ils avaient dû mettre dans son goutte-à-goutte ? Toujours est-il qu'il accepta la proposition. Jenkins lui tendit son portable et sortit de la chambre. Winedrove attendit qu'il eût refermé la porte pour passer le seul coup de fil qui comptait pour lui.

— C'était qui ? demanda Arquette, assise en face de Warren.

Ils venaient juste de commencer à dîner. La soirée s'annonçait tranquille.

— Charles Winedrove, répondit Warren, qui s'était éclipsé dans la chambre le temps de la communication.

— Il va mieux ?

— Je n'en sais rien. Il ne m'en a pas laissé placer une.

Arquette fit la moue. Warren faisait une drôle de tête.

— Tu lui as quand même dit que tu abandonnais l'affaire ?

— Non. Je n'ai pas eu à le lui dire. De lui-même, il m'a interdit de défendre son fils. Il a même ajouté qu'il espérait que son fils aurait le plus merdique des avocats commis d'office.

Arquette aurait bien voulu avoir de la compassion pour Julian, mais elle en était incapable. Ce gamin était un monstre. Quelle que soit la vie qu'il avait endurée, rien ne pouvait justifier le meurtre de Brandon et l'agression de Sandy.

— Voilà une bonne chose de faite, dit-elle. Tu vas pouvoir passer à autre chose.

Warren acquiesça mollement de la tête et se servit à manger.

— Tu sais, ça fait des jours que j'y pense, mais maintenant que tu es enfin dégagé de cette affaire, je me disais que ça ne serait pas mal si on montait un cabinet à nous deux. Arquette & Warren. Ça sonne bien, non ?

— Hum, marmonna Warren en hochant la tête.

— Hé, tu m'écoutes ? le reprit Arquette.

— Il faut que j'aille parler à Julian.

— Arrête, Stanley. Je viens de te dire que j'étais prête à monter un cabinet avec toi, et tout ce que tu trouves à me dire, c'est que tu veux défendre cet enfoiré !

Warren comprenait la colère d'Arquette, mais il en allait de son amour-propre.

— J'ai juste besoin de savoir si j'ai fait libérer un vrai malade mental.

Warren pouvait admettre que le meurtre de Brandon ait été un accident, mais si Julian avait réellement voulu tuer sa sœur, alors c'était un vrai psychopathe et, de fait, il s'était fourvoyé depuis le début.

— Pourquoi ? Tu as encore des doutes après ce que tu viens d'apprendre ? s'offusqua Arquette.

— S'il te plaît, imagine une seule seconde que ce gamin dise la vérité, que ce soit bien cet Acosta Bracho l'agresseur de sa sœur.

— Je voudrais bien, mais pour quel motif Bracho aurait-il fait ça, alors que désormais, on a le mobile de Julian ?

Arquette avait raison. C'était là tout le problème : pourquoi Acosta Bracho avait-il tenté de tuer Sandy ? Pour lui voler son sac ? Ou avait-il voulu la violer et lui avait-elle résisté ? Il n'aurait pas la réponse tant qu'il n'aurait pas interrogé cet homme.

— Excuse-moi, se reprit Arquette en voyant la mine déconfite de son amant. Va le voir si ça te fait du bien. Mais après, tu l'oublies et tu le laisses se trouver un nouvel avocat. Je te parie que sa sœur et sa mère sont déjà en train de lui en chercher un autre.

C'était fort possible, mais chaque chose en son temps.

— Tu disais quoi, sur l'idée de monter un cabinet ensemble ?

— Laisse tomber et mange, s'amusa Arquette en oubliant son idée farfelue.

Mercredi 12 octobre 2011

65

Julian avait passé la matinée terré dans sa cellule, refusant de sortir dans la cour. Depuis que la nouvelle de sa liaison avec sa propre sœur s'était répandue, la veille, la vie carcérale était devenue un enfer. Les autres prisonniers, qui jusque-là l'ignoraient, lui menèrent la vie dure, l'apostrophant de mille blagues scabreuses pour le mieux, d'insultes et de menaces pour le pire.

Il s'était réfugié dans sa cellule et n'en était pas ressorti depuis. Dans un état proche de l'apathie, il était prostré sur son lit, incapable de la moindre pensée positive. Tout était fini pour lui. La justice tenait enfin un mobile solide ; aucun jury ne croirait en l'innocence d'un frère incestueux. Aucun membre de sa famille n'avait cherché à le voir. Ils devaient avoir tellement honte. Il avait espéré que Debbie l'appellerait. Même elle était restée silencieuse. Quant à son père, il devait se maudire d'avoir engendré un monstre pareil.

Julian n'avait pas pleuré. Il était mort à l'intérieur.

S'il existait au moins une seule personne pour comprendre l'amour qu'il éprouvait pour Sandy ! Un amour qu'elle lui rendait au centuple. Les éphémères aventures sexuelles qu'ils avaient eues chacun de leur côté n'avaient pas entamé leur amour indéfectible. Le monstre était celui qui avait interdit à un frère d'aimer sa sœur. Quel mal y avait-il à cela ? En quoi serait-ce une abomination ?

Il s'était une fois amusé à parler de ce sujet avec des amis sur un ton provocateur. Tout le monde avait été horrifié, mais personne n'avait eu d'arguments solides. Poussés dans leurs retranchements, ils disaient : « C'est dégueulasse, c'est tout ! » Et ajoutaient que les enfants de couples incestueux risquaient d'être débiles. Était-ce donc là le seul reproche qu'on pouvait faire à son amour ? Le risque d'avoir des enfants anormaux ? Non, personne n'était capable de le comprendre.

Il fut tiré de ses pensées par le claquement des bottes d'un gardien sur le sol.

— Winedrove, au parloir !

Julian avait appris la veille que son père lui retirait toute aide et qu'il laissait à la justice le soin de lui trouver un avocat commis d'office. Tandis qu'il marchait devant le garde, il imagina son défenseur. Dégarni, grosses lunettes, maigre, bafouillant, incapable de regarder une personne droit dans les yeux. Du pain béni pour la partie adverse.

Au parloir, il ne put retenir une expression de surprise en découvrant son visiteur.

Maître Warren ! Son père avait-il changé d'avis ? Ou était-ce Debbie qui avait décidé de prendre en charge ses honoraires ?

Oui, c'est certainement ça, se dit Julian en s'asseyant de l'autre côté de la vitre blindée.

Il saisit le combiné et demanda :

— Qui vous envoie ?

— Bonjour, Julian, répondit posément Warren.

Il savait que Julian montrerait des signes d'abattement, mais pas à ce point. Il semblait presque éteint.

— Je suis venu de moi-même, commença-t-il. Peu importe l'avis de ton père. Je suis prêt à te défendre, mais j'ai besoin de connaître toute la vérité.

Julian aimait bien cet avocat. Au début, il avait pensé qu'il n'était qu'un abruti de démocrate qui croyait encore à la justice, dans ce pays où c'est l'argent qui fait de vous un innocent ou un coupable. Mais depuis peu, son opinion avait radicalement changé. Finalement, il était heureux de voir que des hommes étaient prêts à se battre, seuls contre tous, pour faire valoir la vérité.

L'extrême fatigue aidant, la présence amicale de cet homme provoqua en lui une émotion intense. Il se mit à pleurer en silence. Warren se sentit terriblement ému. Ce Julian n'était pas un psychopathe, mais un enfant malheureux, complètement déboussolé, en mal d'amour évident. S'il devait le sauver, il fallait que Julian oublie toute crainte et joue le jeu à fond.

— Julian, tu vas tout me raconter, depuis le début, et si je te crois, je te promets que je te ferai sortir de cet endroit.

Julian réussit à juguler le flot d'émotions et s'en voulut de s'être montré si faible. Et pourtant, cela lui avait fait tellement de bien.

— Jamais vous ne me ferez sortir d'ici, mais je vais tout vous raconter. De toute façon, nos conversations sont confidentielles, non ?

— Oui.

Comme s'il se trouvait devant un aumônier à la veille de monter au bûcher pour hérésie, il lui raconta sa vie. Les maltraitances de son père, l'aveuglement de sa mère, et l'amour de Sandy, qui était toujours là pour le réconforter.

Leur premier baiser ? Venu tout naturellement, alors qu'il s'était réfugié dans la chambre de Sandy, après que son père l'avait roué de coups. Il avait quatorze ans, elle douze. Leur relation n'avait fait que se renforcer au fil du temps, mais ils s'étaient bien gardés de le laisser paraître, jouant la carte de la relation fusionnelle entre frère et sœur, menant une vie sexuelle très libre à l'extérieur pour brouiller les pistes.

Puis Brandon était arrivé. Pour la première fois, Sandy éprouvait des sentiments pour un autre garçon. Ce n'était pas seulement pour la galerie. Elle était vraiment amoureuse de ce type. Il avait même découvert qu'elle lui versait des sommes colossales pour s'assurer son amour. Julian était persuadé que c'était la seule raison pour laquelle Brandon avait une liaison avec sa sœur. Quand il était allé parler à Brandon, en cachette de Sandy, il lui avait tout déballé. Brandon s'était moqué de lui, et lui avait dit d'aller au diable, que sa sœur n'avait pas de comptes à lui rendre.

— S'il m'avait dit qu'il l'aimait, jamais je ne l'aurais tué, mais plus j'essayais de le dissuader, plus il me narguait. Tout ce qu'il trouvait à me dire, c'était que ça ne me regardait pas, que Sandy faisait ce qu'elle voulait de son pognon, et que de toute façon elle en avait ras le cul de moi et qu'elle allait bientôt vivre avec lui. C'est là que j'ai vu rouge, s'emporta Julian. Si nous n'avions pas été dans la cuisine, je lui aurais sauté dessus et cela aurait fini au sol à se frapper à coups de poing. Mais j'ai vu ce couteau. Une seconde après, il était dans son ventre.

Warren le crut. Maintenant, Julian allait devoir le convaincre de son innocence dans l'agression de Sandy. Julian lui expliqua qu'ils avaient fait l'amour dès sa sortie de prison, mais pour Sandy, ce n'était plus pareil. Elle avait décidé de mettre un terme à leur relation, et qu'il était temps qu'ils vivent chacun de son côté.

— Elle voulait partir à San Francisco. Elle voulait faire du théâtre, dit Julian, le regard perdu dans ses souvenirs.

S'il avait voulu me manipuler, jamais il ne m'aurait parlé de ce qui pourrait passer pour un mobile supplémentaire, pensa Warren.

— Et même si j'en crevais de devoir la perdre, jamais je n'aurais porté la main sur elle. Jamais.

— Comment expliques-tu que le couteau porte tes empreintes ?

— On nous l'a volé, dit Julian. Trouvez cet Acosta Bracho et il vous dira comment.

Quand, quelques jours plus tôt, Winedrove avait annoncé à Warren que la police était sur les traces d'Acosta Bracho, l'avocat s'était rendu à la prison pour en parler à son client. Julian avait juré ne pas connaître ce Latino, mais avait apprécié l'information.

— Tu es certain que cet homme n'est pas venu chez vous simplement pour réparer le Velux ?

Julian eut un rire bref.

— Si j'ai bien compris, ce type travaille au noir. Vous croyez vraiment que lorsque j'ai besoin de faire des travaux, je fais appel à des ouvriers au black ?

C'était la faiblesse de l'argumentation adverse.

— Très bien, je suis prêt à t'aider, assura Warren, qui savait exactement comment procéder.

À partir du moment où Julian était désigné comme l'agresseur de Sandy, il y avait de fortes chances qu'Acosta Bracho, rassuré, revienne en ville ou, tout du moins, cherche à joindre sa mère.

— Vous savez, je n'ai pas d'argent pour vous payer, dit Julian.

— Ne t'occupe pas de ça. Je le fais pour moi. Mais dès que j'aurai la preuve de ton innocence, il faudra que tu écrives tes aveux et que tu expliques ce qui t'a amené à tuer Brandon.

Julian eut un hoquet de surprise. Mais que pouvait-il répondre ?

— OK, je vous le promets.

Après tout, les promesses n'engageaient que ceux qui les croyaient. Warren n'avait guère confiance, mais il était certain, avec le temps, de le persuader de s'exécuter.

— Bon, je te laisse. Je repasse demain.

Julian le regarda partir, puis il se leva et sortit de sa cabine. Un gardien l'accompagnait. Étrangement, il lui fit emprunter un autre chemin qu'à l'aller.

— Où m'emmenez-vous ? demanda Julian, plus intrigué qu'inquiet.

— Tu verras, dit le garde avec un sourire en coin.

Quelques instants plus tard, ils entraient dans un secteur de la prison que Julian ne connaissait pas. Des cellules doubles. Julian espéra que son colocataire serait aussi sympa qu'avait pu l'être Allman. Le garde s'arrêta devant une des cellules et frappa les barreaux de son trousseau de clés.

— Salut, Ed, on t'a trouvé un nouveau copain, dit le garde sur un ton narquois.

66

La nuit était tombée, et ils n'étaient toujours pas arrivés.

— Tu es certaine que ton GPS fonctionne ? demanda Nelson, particulièrement anxieux.

— Oui, mais si tu veux qu'on annule, tu n'as qu'à me le dire, répondit Debbie, assise au volant de la voiture.

Un 4 × 4 fonctionnel qu'elle avait loué pour la journée afin de ne pas se faire trop remarquer quand ils débarqueraient.

— Ah, non, je meurs d'envie de voir leur Ferme, dit Kaleigh à l'arrière.

— On ne va pas là-bas pour s'amuser, la reprit Nelson, que l'enthousiasme de sa sœur mettait mal à l'aise.

Encore une idée de Debbie, contre laquelle il n'avait pas su dire non. Elle avait proposé qu'en ce moment tragique pour la famille, Tyron et Nelson tentent une réconciliation. Entre Sandy dans le coma, Julian en prison et son père en observation à l'hôpital, elle était suffisamment malheureuse pour ne pas devoir supporter en outre la tension entre les deux hommes de sa vie. Quant à Kaleigh, qui avait assisté à la discussion entre son frère et Debbie, elle avait insisté pour les accompagner.

Ils roulaient depuis près d'une heure. Le jour avait laissé place à la nuit et la ville à la campagne.

Bien loin des préoccupations de son frère, Kaleigh était surexcitée.

— Je sais bien. Pour qui tu me prends ? dit-elle d'un ton vexé.

Ni Debbie ni Nelson ne furent dupes.

— Voilà, on y est, annonça Debbie, alors que la voix du GPS indiquait le dernier tournant.

Ils arrivèrent devant l'entrée de La Ferme. Nelson fut étonné par l'absence de clôture.

— Ils ne ferment jamais les portes non plus, dit Debbie en roulant à la lumière des phares vers un semblant de garage.

— « L'étranger est un ami en devenir et non un ennemi en puissance ! » dit Nelson en prenant l'intonation de Tyron.

Kaleigh et Debbie éclatèrent de rire ; l'imitation était excellente. Nelson était plutôt content de son effet, ce qui le détendit un peu.

— Il faudra que tu me le refasses, mais surtout pas devant Tyron. Je ne suis pas certaine qu'il apprécierait, dit Debbie en coupant le contact.

Déjà, une dizaine de curieux venaient à leur rencontre en braquant leurs lampes torches vers eux. Nelson eut envie de lever les mains en l'air, tant cela lui semblait incongru.

— Debbie Winedrove et Dean Nelson ! s'exclama Stephen en s'approchant au plus près. Heureux de vous accueillir parmi nous.

Une jolie jeune femme s'approcha.

— Bonsoir, je suis Belinda, l'épouse de Tyron, enchantée de vous recevoir.

Debbie serra la main tendue et fut heureuse de voir pour la première fois, en chair et en os, celle qui partageait la vie de son frère. Son prénom ne disait rien de ses origines latines.

— Bonsoir, répondit-elle, en totale confiance. Je vous présente Dean et sa sœur Kaleigh.

Kaleigh se fit toute petite. Tous ces types avec leurs lampes. Elle avait l'impression d'être dans un de ces films d'horreur, genre *La Ferme aux loups-garous*. Il ne manquerait plus que leurs dents et des poils se mettent à pousser !

— Bonsoir, dit Nelson en faisant un vague salut de la main.

Des mains s'agitèrent mollement, tandis que Tyron arrivait d'un pas rapide.

— Hé, c'est comme ça qu'on reçoit des invités ? s'exclama-t-il avec une note de reproche dans la voix.

Il était en train de coucher les enfants quand il avait entendu la voiture et, bien qu'il se doutât que l'accueil serait froid, il avait envoyé Belinda.

— On n'a rien fait de mal. Je me demandais juste combien ils pesaient en dollars, à eux trois, fit Stephen, qui s'était prononcé contre leur visite.

La majorité ayant voté dans le sens de Tyron, il n'avait pu que se plier à la vox populi.

— L'argent n'est pas au centre de nos vies, Stephen. En revanche, humanisme et hospitalité en font partie, le tacla-t-il.

Les pro-Stephen, sentant qu'ils étaient allés trop loin, décidèrent de rentrer chacun chez soi. Après tout, Tyron était leur chef et, à moins de vouloir faire la révolution le soir même, ils devaient l'écouter.

— Je suis désolé, mais je t'avais dit que c'était une bêtise, dit Tyron en allant au-devant de sa sœur.

— Non, au contraire, c'est une très bonne idée, intervint Belinda. Il ne faut pas faire attention à eux. Vous savez, nombre d'entre eux ont connu la misère. Ils ont toujours du mal à accepter que certains puissent être aussi riches que vous.

— Pourquoi ? Vous, ça ne vous gêne pas ? demanda Kaleigh, hypnotisée par l'abord chaleureux de cette femme.

Il émanait d'elle une force, une aura très particulières.

— Beaucoup de choses me gênent. Les guerres, les famines, la maladie, les ronflements de Tyron. Mais si on devait passer sa vie à ne penser qu'à ça, on n'aurait plus qu'à en finir, si tu vois ce que je veux dire.

Debbie fut très surprise. C'étaient des paroles pleines de bon sens, très éloignées des discours de son frère.

— Vous croyez vraiment qu'on ne pense qu'à la révolution, du matin au soir ? renchérit Tyron en les regardant comme des extraterrestres.

Certes, cela occupait la majeure partie de leur journée, mais pas plus de temps que celui qu'un simple travailleur passait à s'user la santé dans un Wal-Mart ou dans une usine de la General Motors. En dehors de ça, ils appréciaient la vie qui les entourait. Ils se cultivaient, s'adonnaient à tous les arts. Il leur montrerait la bibliothèque, l'atelier de peinture et de sculpture, la salle de musique. Pour qui les prenaient-ils ?

— Allez, on va vous faire visiter notre maison, dit Tyron en prenant son épouse par l'épaule.

Ils entrèrent dans une jolie maison en bois de deux étages. L'intérieur était sobre mais décoré avec goût. C'était tout à fait charmant. Kaleigh fut étonnée par tant de modernité. Elle s'était imaginé qu'ils vivaient comme des quakers.

— Tu en fais une tête. Tu t'attendais à nous voir vivre dans des huttes, vêtus de peaux de bêtes ? se moqua Belinda, qui l'observait du coin de l'œil.

— Non, se défendit Kaleigh en rougissant.

— Nous ne sommes pas contre la modernité, mais contre ses excès. Le monde n'est ni noir ni blanc. Tout n'est que nuances.

— Pourtant, vos discours sont plutôt radicaux, intervint Nelson, qui n'aimait pas du tout les manières de cette femme.

Que voulait-elle à Kaleigh ? Croyait-elle pouvoir l'attirer dans leurs filets ?

— Nous ne sommes radicaux qu'à l'extérieur. La société a tellement atrophié le cerveau des gens qu'avant de leur expliquer la complexité de la pensée humaine, il faut les réveiller avec des actions et des slogans chocs.

Tyron fut fier de la repartie de sa femme. Il n'aurait pas mieux dit. Il s'approcha d'elle et sans aucune gêne lui déposa un baiser sur la bouche. Puis il les conduisit dans un vaste salon. Kaleigh ne put s'empêcher de demander :

— Vous n'avez pas la télévision ?

— Non, les livres sont bien plus instructifs et divertissants, répondit Belinda, qui les invita à s'asseoir.

Une fois de plus, Kaleigh se sentit stupide. Elle n'avait jamais ouvert un livre pour son plaisir.

— Mais si tu veux savoir, on a un vidéoprojecteur dans la mansarde. Pour les films, les dessins animés et les documentaires animaliers, indiqua Tyron.

— Vous êtes écologistes ?

— Comment pourrait-on ne pas l'être ? ironisa Belinda. Y a-t-il une seule personne au monde qui se satisfasse de la disparition des espèces animales et végétales ?

Évidemment ! Cela ajouta à la confusion de Kaleigh.

— Elle se demandait simplement si vous étiez des activistes de la cause animale, intervint Nelson, venant à la rescousse de sa sœur.

Sous son air de ne pas y toucher, Belinda n'arrêtait pas de rabaisser Kaleigh.

— Est-ce qu'on mène des actions commandos contre les labos qui utilisent des animaux pour tester leurs produits cosmétiques ? répondit Belinda. Très tentant, mais non. On ne s'occupe que des humains.

— Mais vous faites quoi exactement, au jour le jour ?

— Kaleigh ! la reprit Nelson. On est venus passer une soirée entre amis, pour être tranquilles, alors arrête un peu avec tes questions.

— Non, c'est ma faute, dit Belinda qui ajouta : En plus, j'en oublie tous mes devoirs. Vous prenez un apéritif ?

Quand elle revint avec les boissons, Debbie avait amorcé une conversation sur l'Espagne, mélangeant souvenirs de vacances et intérêt pour la culture hispanique. Tout le monde joua le jeu et évita de parler politique. Nelson fut reconnaissant à Tyron de faire barrage aux tentatives de Belinda, qui se laissait de temps à autre déborder par son amour de la chose politique. Kaleigh écoutait la conversation d'une oreille distraite et commençait à regretter d'être venue. Quand ils passèrent à table, Belinda s'assit à côté d'elle, alors que Tyron, Nelson et Debbie étaient plongés dans leurs souvenirs et, alcool aidant, riaient de bon cœur.

— Parle-moi de toi, maintenant. Qu'est-ce que tu veux faire dans la vie ?

Kaleigh apprécia l'attention.

— Vous allez me trouver stupide, mais j'aurais adoré être chanteuse. Vous connaissez Fergie ?

Belinda eut un sourire affectueux.

— Oui.

— Moi, je la trouve géniale. Elle est super jolie, et elle est adorée par des millions de fans.

Belinda fit la moue et jeta un coup d'œil sur son mari, qui était en pleine conversation avec sa sœur et Nelson au sujet de Sandy et de Julian. Parfait, il était temps de se faire une alliée dans la place.

— Je crois que tu n'as pas bien idée de ce que tu dis, répondit-elle d'un ton posé. Tu crois vraiment que le but dans la vie, c'est d'être adoré par des millions de gens ? Excuse-moi, mais c'est totalement narcissique.

Pourquoi voudrais-tu que les gens t'adorent ? Tu te sens tellement supérieure à eux pour ressentir le besoin d'être vénérée comme une déesse ?

Kaleigh ne voyait pas les choses ainsi.

— Non, c'est juste que ça doit être génial de chanter devant une foule qui vient vous voir.

— Tu as tout à fait raison. Il n'y a rien de plus grisant que le pouvoir sur les autres, se sentir supérieur à la masse, les dominer. Mais aussi avoir en retour l'image de quelqu'un d'exceptionnel, dit Belinda d'un air navré. Mais tu te rends compte à quel point c'est grotesque et prétentieux ? Croire qu'on est supérieur aux autres.

Bien sûr, il y avait du vrai dans ce que disait Belinda, mais Kaleigh trouvait qu'il n'y avait pas là de quoi fouetter un chat.

— Quel mal y a-t-il à se croire mieux que les autres ? demanda-t-elle d'un ton taquin.

— Ce genre de mentalité a entraîné des millions de morts pour servir l'ego de certains, répliqua Belinda, qui n'avait que trop d'exemples en tête. Sais-tu que les pharaons se croyaient tellement exceptionnels qu'ils faisaient construire des pyramides par des milliers de malheureux qui sont morts à la tâche ? Et tout ça pour quoi ? Pour que des touristes en short viennent visiter leurs tombeaux et les regarder dans les musées, avec leur peau toute ratatinée !

Kaleigh rit en imaginant la tête qu'ils feraient s'ils étaient encore en vie.

— On a raté quelque chose ? demanda Nelson en tournant la tête vers elles.

— Non, des trucs de filles, dit Kaleigh qui, d'un geste, invita son frère à la laisser tranquille.

— Pour en revenir à ta chanteuse préférée, j'espère que tu as conscience de ce qui se cache derrière son personnage, reprit Belinda en baissant la voix, comme si l'Oncle Sam était à l'écoute.

Kaleigh se pencha un peu plus vers elle, et s'amusa à l'idée d'être au cœur d'un complot.

— Non, mais je veux savoir.

— Fergie, comme Britney et ses consœurs, est un produit issu des fantasmes masculins sur la femme idéale : un beau corps et un QI de poule. Tu les as déjà entendues parler sur des sujets de société ?

Kaleigh secoua négativement la tête.

— Ce n'est pas ce qu'on leur demande, répliqua-t-elle.

— Et qu'est-ce qu'on leur demande ?

Kaleigh soupira en baissant la tête.

— OK, c'est clair qu'elles font tomber tous les mecs, mais de là à dire que c'est un complot fabriqué par des hommes lubriques…

— Mais bien sûr que c'est voulu ! Les hommes de pouvoir ne supportent pas la concurrence des femmes. Ils cherchent à les renvoyer à l'image la plus dégradante qui soit, c'est-à-dire celle de « la belle salope », précisa-t-elle en faisant des guillemets avec ses doigts.

— Quelle salope ? intervint Nelson, qui essayait de suivre d'une oreille la conversation de sa sœur avec Belinda.

Celle-ci se redressa et se tourna vers lui.

— J'expliquais à Kaleigh que si de nos jours, toutes les chanteuses sont de très jeunes filles, totalement nues ou presque, dansant de façon lascive et provocante, ce n'est pas un hasard. Dans cette société décadente, on éduque nos filles à devenir de simples objets sexuels, et fières de l'être. Il n'y a qu'à voir comment tous les garçons essayent de faire des sex-tape avec leur copine.

— Eh là ! dit Debbie. Tu vas un peu loin.

— Non, je ne crois pas. Donne-moi un seul clip d'une de ces filles dans lequel elle porte plus qu'un short et un petit haut, dit Belinda d'un ton sec.

Un grand silence s'abattit sur la tablée.

— D'accord, mais crois-tu vraiment que toutes les filles d'Amérique soient aussi stupides pour tomber dans le panneau ? fit Nelson, qui n'aimait pas ses manières.

Belinda, se rendant compte qu'elle avait perdu son calme, eut un petit rire.

— OK, j'exagère, mais je voulais juste dire à Kaleigh de faire attention.

— Ne vous inquiétez pas, il n'est pas né celui qui me forcera à faire ce que je n'ai pas envie de faire, répliqua Kaleigh, sûre d'elle.

Tout le monde sourit, et les conversations reprirent tranquillement. Belinda se contenta de poser des questions à Kaleigh sur sa vie, sans faire de commentaires personnels, certaine qu'un jour ou l'autre, elle saurait la convertir à la cause.

— Bon, on va peut-être y aller, dit Nelson en consultant sa montre.

Il était près de minuit, et il y avait pas loin d'une heure de route jusqu'à Seattle.

— Je suis heureuse de vous avoir connus, et j'espère ne pas t'avoir trop ennuyée, ajouta Belinda à l'adresse de Kaleigh.

— Non, pas du tout. Au contraire.

— Tant mieux. Alors, on se dit à une prochaine fois.

— Oui, dit Kaleigh avec enthousiasme.

Nelson tiqua mais ne dit mot. Il n'aimait pas du tout les manières de cette femme, et espérait que Kaleigh l'oublierait très vite. Ils reprirent leurs manteaux et, après avoir dit au revoir, Nelson et Kaleigh sortirent les premiers par discrétion. Dehors, ils furent surpris par le silence ; ils n'avaient même plus conscience du bruit permanent de Seattle.

À l'intérieur, Debbie était restée seule avec Tyron.

— Je suis contente que vous ayez fait la paix.

— Oui, Dean n'est pas un mauvais bougre. Il sera un très bon mari pour toi. J'espère que Julian tiendra bon. J'irai le voir dans la semaine. Quoi qu'il ait fait avec Sandy, il n'en reste pas moins mon frère. Seul papa est la cause de tous nos malheurs.

Debbie ne sut que répondre. Elle espérait seulement que Julian arrivait à trouver la paix, au moins dans son sommeil.

Jeudi 13 octobre 2011

67

— Allez, sors de là ! Ton baveux veut te voir, l'apostropha le garde après avoir ouvert la porte de la cellule.

Enfoncé sous la couverture de sa couchette, Julian avait envie de mourir. Jamais nuit ne lui avait paru aussi longue. Oubliant la douleur qui lui irradiait le bas du dos, il sortit du lit et enfila un pantalon et une chemise avant de mettre ses chaussures.

— Tu as passé une bonne nuit, on dirait, s'amusa le garde en voyant son visage atone.

Tel un automate, Julian suivit le garde qui sifflotait d'un air joyeux. Il passa dans des couloirs et sous un portique avant de se retrouver comme la veille au parloir, face à Stanley Warren. Ce dernier fut sous le choc. Ce n'était plus le même jeune homme. Les yeux exorbités, des cernes violets tirant sur le noir, un teint livide.

— Que s'est-il passé ? demanda Warren dès que Julian eut pris à son tour le combiné posé près de la vitre qui les séparait.

— Je vous en supplie, faites-moi changer de cellule. Je veux être à nouveau seul.

Warren plissa le front.

— Comment ça, on t'a changé de cellule ?

Julian remua lentement la tête.

— Ils m'ont placé avec un malade. Ce type a juré que je ne sortirais pas vivant de cette prison. Je vous en supplie, aidez-moi.

Alors qu'il le suppliait, Julian semblait absent. Warren sentit son cœur se fendre. Cette attitude distanciée lui en rappelait un autre. Nathaniel Morrison. Un pauvre gamin qui avait tenté de mettre fin à ses jours alors qu'on l'accusait du meurtre de son ami.

— Bien sûr. Il est hors de question que tu restes avec un malade. Comment s'appelle ton codétenu ?

— Edward Raven.

Warren n'en avait jamais entendu parler.

— Tu sais pour quelle raison il a été condamné ?

Julian secoua négativement la tête.

— Il t'a frappé, n'est-ce pas ?

— Oui.

— Écoute, je m'occupe de tout, mais pour l'heure, tu vas demander à voir le médecin de la prison pour qu'il confirme tes dires et, dès ce soir, tu réintégreras une cellule individuelle.

Julian haussa les épaules.

— Je n'ai pas de marques apparentes. Un bras tordu, ça ne laisse pas de trace.

Warren pinça les lèvres. Un pervers sadique. Julian ne méritait pas ça. La torture avait été abolie depuis des décennies, il était hors de question qu'il laisse son client subir les basses manœuvres d'un système pénitentiaire qui s'octroyait le droit de rendre une autre justice que celle des citoyens.

— Très bien, mais tu devrais quand même aller le voir. S'il recommence, tu auras déjà alerté quelqu'un.

— Vous voulez dire que je vais passer encore une nuit avec ce monstre ?

Warren vit l'horreur figer le visage de Julian. Pauvre gamin.

— Sans trace de coups et sans blessure apparente, ça risque de prendre plus de temps. Mais un jour ou deux, maximum. Je te le promets.

Il savait à qui s'adresser pour faire bouger les choses.

Julian avait envie de hurler qu'il y avait des traces, mais malgré la douleur, et la terreur de repasser une nuit avec Raven, la honte prit le dessus. Les mots restèrent coincés au fond de sa gorge.

— Ne me laissez pas. Je n'ai plus que vous, je vous en supplie, aidez-moi !

Warren le regarda dans les yeux et, se voulant le plus convaincant possible, il lui affirma :

— Je ne te lâcherai pas, Julian. Je veux seulement que tu me promettes de ne pas faire de bêtise.

Julian avait toujours été contre toute idée de suicide, mais, aujourd'hui, il la trouvait diablement attirante.

— Promets-le-moi, insista Warren sans le lâcher un instant du regard.

— Je vous le promets, répondit Julian, qui pria pour que Warren réussisse à le sortir de là avant la nuit.

— Allez, je m'occupe de ça tout de suite. Tiens bon. Tout va bien se passer. Je te le promets.

Warren n'aimait pas faire des promesses qu'il n'était pas sûr de pouvoir tenir, mais dans ces circonstances, au diable toute prudence. L'essentiel était de rassurer Julian et d'éviter un nouveau drame.

Il raccrocha et, après avoir jeté un dernier regard à Julian, il sortit de la cabine.

Julian resta assis un moment avant qu'un garde ne vienne le déloger et l'obliger à retourner en cellule.

— Tu dors ? murmura Arquette, qui venait de se réveiller en pleine nuit.

— Non, répondit Warren, les yeux grands ouverts dans le noir.

Arquette se pencha sur le côté et alluma sa lampe de chevet.

— Tu penses encore à Julian, n'est-ce pas ?

Warren se tourna vers elle, désolé de lui infliger ses problèmes.

— Oui, mais éteins et rendors-toi, dit-il avant de déposer un baiser affectueux sur sa bouche. Bonne nuit.

Arquette le trouvait terriblement craquant avec ses états d'âme. Elle qui l'avait toujours vu comme un avocat inébranlable, sûr de lui, voire hautain, appréciait de plus en plus l'émotivité qu'il laissait transparaître.

— Il ne va pas se suicider. Il sait que tu t'occupes de lui. De son côté, le capitaine Logan t'a promis de faire pression pour qu'on le remette en cellule isolée.

— Oui, je sais, dit-il en ressentant une certaine aigreur au souvenir de son entretien avec le directeur de la prison.

Lance MacInley. Un abruti comme il en avait rarement vu. L'homme avait argué du fait qu'il réservait les cellules individuelles aux détenus méritants, certainement pas à un monstre incestueux. Warren avait tout tenté, mais rien n'y avait fait. MacInley était resté sourd à ses demandes persuasives comme à ses menaces.

— MacInley est un nazi. Il traite les prisonniers comme ses choses, reprit Warren. J'avais l'impression qu'il jubilait quand je lui parlais de l'état déplorable de Julian.

Arquette eut un sourire compréhensif. Toute la soirée, il n'avait cessé de remâcher sa colère contre ce type, maudissant son impuissance face au système carcéral, un État dans l'État.

— MacInley est une ordure, tout le monde le sait. Un « p'tit gros » qui a dû être la risée de tous à l'école, et qui prend sa revanche en jouant les caïds bien à l'abri derrière les murs de sa prison.

— Si jamais il arrive quelque chose à Julian, il peut dire adieu à sa situation. J'ai fait un rapport express au gouverneur pour lui dire ce que je pensais de son obstination à laisser Julian avec Raven.

Dès qu'il avait quitté l'enceinte de la prison, Warren avait pris son téléphone. Raven avait été emprisonné pour le meurtre de sa femme et de ses deux enfants, asphyxiés dans un incendie qu'il avait lui-même déclenché. Pas le profil d'un tueur sanguinaire, mais Warren avait senti dans la voix de Julian et dans l'attitude de MacInley que ce Raven avait un secret. Mais lequel ?

À son retour du parloir, Julian était retourné en cellule et, à sa surprise, Raven s'était excusé, lui promettant de ne plus recommencer. Il avait pété les plombs et espérait qu'à l'avenir leur cohabitation se déroulerait au mieux. Julian accepta la main tendue et la lui serra en cachant son dégoût. Néanmoins, il ressentit un léger soulagement. Il osa espérer que, si par malheur, on ne le transférait pas de cellule le soir même, rien de fâcheux ne se produirait pendant la nuit. Julian avait très sérieusement pensé à se mutiler pour passer les prochains jours à l'hôpital, mais peut-être ne serait-ce pas nécessaire.

L'après-midi était passé sans anicroche. En dehors des quelques quolibets habituels, personne ne vint le bousculer. Il resta seul dans la cour à attendre la fin de la promenade. Le soir venu, après le repas, il sentit l'angoisse monter alors qu'il regagnait sa cellule. Personne ne l'avait appelé. Warren n'avait pas réussi à le faire changer de cellule. Raven l'attendait avec un air amical. L'homme fut très agréable. Rien de commun avec le sadique de la veille. Il essayait d'être sympathique. Julian se força à jouer le jeu. Puis Raven grimpa sur sa couchette et lui souhaita bonne nuit. Épuisé par sa nuit sans sommeil, Julian sombra immédiatement.

Ce fut la pression sur son corps qui réveilla Julian. Comme la nuit précédente, il sentit le tranchant d'une lame sur sa gorge.

— Chut, pas de bruit, mon petit poulet, chuchota Raven à son oreille.

Nu, l'homme avait enlevé le bas de pyjama de Julian et s'était collé contre son corps, tentant de se forcer un passage entre ses fesses.

Malgré le couteau sur la gorge, Julian voulut hurler, mais d'une main ferme et implacable, Raven lui bloqua la tête sur l'oreiller et, d'un coup de reins viril, il s'introduisit dans ses chairs.

Julian ressentit une douleur d'autant plus terrible que les lésions de la veille étaient encore à vif. Ses larmes coulaient en silence. Il maudit Warren de ne pas l'avoir sorti de là. Pourquoi l'avait-il trahi ?

Raven allait et venait en lui, il pouvait sentir sa respiration contre son cou, qui lui donnait envie de vomir. La mort était sûrement plus douce que ça, mais il n'eut pas le courage de tenter un geste désespéré. Il ne voulait pas mourir. Il voulait vivre.

Il endura le supplice pendant de longues et interminables minutes, avant que Raven ne se décolle de lui et, comme la veille, l'oblige à le finir avec sa bouche. Un brouillard d'horreur imprégnait les pensées de Julian. Atone, il se laissa faire et ouvrit la bouche en grand. Raven fut ravi de voir qu'il n'aurait fallu qu'un seul jour à celui-là pour comprendre qui était le chef.

— C'est bien, vas-y, fais plaisir à papa, dit Raven en fermant les yeux.

Si seulement sa pute de femme n'avait pas essayé de s'enfuir avec ses deux enfants, se dit-il en sentant le doux contact des lèvres de Julian sur son sexe.

Rassuré, il relâcha un peu la pression de la lame.

Profitant de cet instant, dans une tentative désespérée, Julian referma d'un coup sec ses dents sur ce bout de chair qui lui souillait la gorge. Raven, le gland arraché, hurla à la mort. Dans un geste réflexe, il repoussa Julian, dont la tête alla cogner contre le coin du lavabo.

Souffrant le martyre, le sang giclant entre ses jambes, Raven fut pris d'une rage meurtrière qui lui procura une énergie décuplée pour faire payer à cette petite pédale l'outrage qu'il lui avait infligé. Il se laissa tomber à son côté et lui ouvrit la gorge comme il l'aurait fait à un porc. Julian sentit une douleur atroce, et regretta aussitôt son geste tandis qu'il s'étouffait dans son propre sang.

Je ne veux pas mourir ! hurla-t-il dans sa tête avant de pousser son dernier souffle.

Alertés par les cris, les autres prisonniers des cellules voisines se réveillèrent et commencèrent à invectiver Julian et Raven.

— Vas-y ! Défonce-le.

— Baise-la, cette fiotte !

Le garde de nuit assis devant la porte à barreaux qui donnait accès aux cellules alluma aussitôt toutes les lumières et appela son supérieur hiérarchique.

Alors que les cris de Raven se mêlaient aux plaisanteries salaces des autres détenus, le garde vit une rigole de sang s'écouler d'une des cellules.

Vendredi 14 octobre 2011

68

Il était tout juste 8 heures quand Logan gara sa Cherokee devant l'immeuble de Warren. L'avocat se tenait devant l'entrée.

— Vous êtes ponctuel. Voilà au moins une qualité, dit Warren en entrant côté passager.

Logan lui décocha un sourire de façade. Il était temps de lui annoncer la terrible nouvelle.

— Julian Winedrove a été retrouvé mort dans sa cellule.

Toute trace de légèreté s'effaça du visage de Warren, remplacée par une profonde et réelle stupeur.

— Edward Raven a tenté de le violer. Il s'est défendu et Raven lui a tranché la gorge.

Logan pensa qu'il avait dû avoir la même expression que Warren quand, une heure auparavant, le chef adjoint du commissariat central l'avait appelé chez lui pour lui relater les faits. Après avoir raccroché, Logan avait appelé Warren pour lui donner rendez-vous en bas de chez lui, et se rendre directement à la prison. L'avocat n'avait pas posé de questions, persuadé que c'était pour donner plus de poids à la demande de changement de cellule.

— Comment est-ce possible ? l'interrogea Warren, abasourdi.

Il n'avait rien compris de la détresse de Julian. Ce n'étaient pas des coups de poing qu'il avait reçus, mais des coups bien plus terribles.

Pourtant, rien, dans le dossier qu'il avait pu récupérer sur Raven, ne laissait supposer qu'il fût homosexuel. Marié, deux enfants, alcoolique et colérique, il n'avait jamais été inquiété pour sévices sexuels.

À l'époque de son procès, Raven avait toujours nié les meurtres, parlant d'accident domestique. Mais la partie civile avait voulu expliquer son geste par un accès de colère devant le départ d'une épouse décidée à fuir un mari violent. Désormais, Warren comprenait ce qu'il s'était passé. En réduisant en cendres les corps de ses malheureux enfants, il avait effacé les marques de ses sévices.

— Un cran d'arrêt qui n'aurait jamais dû arriver entre ses mains. Je vais là-bas pour ouvrir une enquête.

On ne pouvait empêcher les trafics dans les prisons. Mais si certaines étaient de véritables passoires, c'est que la hiérarchie préférait fermer les yeux et s'assurer un contrôle des gangs à l'intérieur de ses murs, plutôt que d'intervenir pour des rixes à répétition qui faisaient mauvais effet dans le classement des meilleures prisons.

— MacInley va payer pour ça, dit Warren en revoyant cette face de rat le narguer de son air supérieur.

— C'est bien pour ça que j'ai décidé de me charger personnellement de cette affaire.

En fait, c'était l'idée du chef adjoint, qui attendait depuis des mois que MacInley fasse le faux pas de trop pour l'épingler. Et si Logan n'arrivait pas à être attristé par la mort de Julian, qu'il considérait toujours comme coupable des crimes commis à l'encontre de Brandon Foster et de Sandy Winedrove, il était satisfait de pouvoir mettre un terme aux agissements de ce directeur, aux méthodes très contestables.

— Qui va se charger de prévenir la famille ? demanda Warren, encore sous le choc.

Logan eut un sourire apitoyé et alluma la radio.

— … et en direct du centre pénitencier, notre correspondante Patricia Beltram…

Si la prison était une passoire, elle l'était dans les deux sens, se dit Logan en s'engageant dans la voie express pour quitter la ville.

— Mademoiselle Winedrove, je suis désolée, dit Samantha en prenant son air le plus compatissant.

Debbie venait juste de sortir de son briefing matinal dans les locaux de sa fondation.

— Qu'est-ce qu'il se passe ? s'affola Debbie en pensant tout de suite à son père.

Samantha comprit qu'elle n'était pas au courant, et baissa les yeux.

Debbie la prit par les épaules et la secoua légèrement.

— Sam, dis-moi ce qu'il se passe. C'est mon père ?

Samantha redressa la tête et lâcha le verdict :

— Non, c'est votre frère. Il a été tué par son codétenu.

Debbie eut un mouvement de recul, puis s'effondra dans les bras de la jeune bénévole.

Tyron resta de marbre. Sans bouger, ni parler. S'il tentait quoi que ce soit, il était certain de commettre une folie.

— Je suis désolé. On va faire un papier pour le prochain numéro de *La Voix du peuple*, reprit Stephen, qui venait de lui annoncer la mort de Julian. On va dénoncer le système carcéral et ses dysfonctionnements. Qu'est-ce que tu en penses ?

Qu'est-ce qu'il en pensait ? Stephen venait de lui annoncer la mort de son frère, et il lui demandait son avis sur un article ! Mais il garda le silence. Il y avait suffisamment de tension entre eux pour ne pas envenimer les choses.

— Fais comme tu le sens. Je vais m'absenter quelques jours, je te laisse La Ferme.

Il valait mieux ça que de lui foutre une raclée et l'envoyer à l'hôpital.

— Très bien, je m'occupe de tout. T'inquiète pas, on va faire un super article, tenta de le rassurer Stephen.

Malgré son air compatissant, il le narguait, Tyron n'en doutait pas. Ce type n'avait rien à faire dans leur groupe.

— Tant mieux, laisse-moi, maintenant, dit Tyron d'un ton plus sec qu'il ne l'aurait souhaité.

Stephen retint une dernière pique, tout heureux de prendre les rênes de La Ferme.

On m'a enlevé le cœur, pensa Winedrove, adossé à un coussin sur son lit d'hôpital. Il ne ressentait qu'un grand vide. Aucune émotion particulière. Pourtant, ce n'était pas tous les jours qu'on vous annonçait le meurtre de votre fils dans des conditions particulièrement atroces.

L'infarctus t'a bien eu, mon vieux Charles, ton cœur est aussi sec qu'une vieille branche de bois mort.

Il avait demandé aux infirmiers qui s'occupaient de lui d'interdire l'accès de sa chambre à quiconque, et surtout à son épouse. Il n'avait pas envie d'assister à une crise d'hystérie. Que chacun fasse son deuil dans son coin, et tout se passerait bien. *D'ici à quelques jours, tout sera rentré dans l'ordre*, s'efforça-t-il de penser, sans réussir à y croire. *Mon fils vient de mourir.* Une pensée qu'aucun père ne devrait avoir à endurer, et pourtant Winedrove ne la trouva pas si terrible.

La possibilité qu'on lui ait ôté le cœur lui parut finalement la seule hypothèse sensée.

Lundi 17 octobre 2011

69

Une petite pluie fine tombait sur le vaste cimetière. Le révérend ayant achevé son oraison, l'employé des pompes funèbres activa la machine. Il desserra les cordes, et le cercueil descendit lentement au fond de son trou.

Warren jeta un regard sur l'assistance, composée de la seule famille et de quelques proches. Où étaient les amis de Julian ? Aucun jeune de vingt ans n'était présent. Qui aurait eu envie d'assister à l'enterrement du « monstre » ? Warren secoua la tête de dépit.

À l'abri derrière la voilette en crêpe noir de son chapeau, Debbie n'avait plus de larmes. Elle osait croire que si l'âme de Julian était quelque part, il était heureux et délivré de toutes ses souffrances. Elle regarda les quelques couronnes de fleurs que lui avaient fait parvenir les associations auxquelles la fondation donnait du temps et de l'argent. Aucun de leurs représentants n'avait daigné faire le déplacement pour la soutenir en ce moment tragique. Des faux culs bien heureux d'avoir son argent et qui craignaient surtout de le perdre. Mais pour qui la prenait-on ? Elle n'en avait rien à faire de leur fausse compassion. Qu'ils la détestent ou non, là n'était pas la question. Elle continuerait de leur verser cet argent, car à ses yeux, seul le bonheur des enfants qu'elle aidait comptait.

Tyron serrait très fort les mains de Paul et de Ricardo. Les deux jumeaux de six ans, tous deux vêtus d'un petit costume sombre, ne saisissaient pas vraiment l'enjeu d'une telle cérémonie, en revanche, ils avaient bien compris qu'ils devaient être très sages. Le corps d'oncle Julian allait en terre, mais son esprit dans le ciel, avait dit l'homme en noir. Belinda, qui se tenait près des trois hommes de sa vie, était profondément émue par la dignité de son mari. Tyron méritait tout son amour.

Elisabeth, elle aussi réfugiée derrière un voile noir, était partagée entre la douleur et la colère. Une colère contre son époux qui, malgré son état de santé, aurait très bien pu faire le déplacement. Mais il avait catégoriquement refusé de venir sur la tombe d'un « monstre meurtrier et incestueux ». *Seigneur, faites que Julian ait trouvé la paix à présent*, pria-t-elle en se signant.

Nelson était très mal à l'aise. Il n'éprouvait aucune sympathie pour Julian. Il était là uniquement pour accompagner Debbie. Bien que sa mort ait eu lieu dans des conditions ignominieuses, il restait un criminel qui avait tué une fois, et presque réussi la seconde. Il eut une pensée pour Sandy, toujours dans le coma.

Le prêtre dit encore un mot, puis chacun vint déposer une poignée de terre sur le cercueil.

Elisabeth ne put retenir ses larmes. Si Nelson n'avait pas de tendresse envers Julian, il compatissait à la couleur de la mère. Aussi terrible soit-il, un fils reste un fils.

— Lieutenant Nelson, pourrais-je vous parler seul à seul ? lui demanda Warren, qui s'était rapproché.

Nelson hocha la tête, et se tourna vers Debbie.

— Je te laisse un instant, dit-il en lui pressant tendrement le bras.

Après quelques pas sur la pelouse du cimetière, ils se mirent à l'écart, non loin d'un chêne imposant.

— Je suis allé voir Charles Winedrove avant de vous rejoindre ici. Il m'a chargé de vous faire passer un message.

Nelson plissa le front. Warren n'était pas à sa place ici, qu'allait-il maintenant lui sortir de son chapeau ?

— Je suis persuadé de l'innocence de Julian en ce qui concerne l'agression de sa sœur. Et ce n'est pas l'avocat d'un mort qui vous parle, mais simplement quelqu'un qui cherche la vérité.

— La vérité est qu'il a tué Brandon Foster et que par votre faute, il a été libéré et a recommencé.

Warren ne perdait pas espoir de l'amener à de meilleurs sentiments à son égard.

— Julian m'a effectivement avoué le meurtre de Brandon. C'était un accident, un coup de folie dû à la jalousie. Mais je vous assure qu'il n'est en rien responsable de l'agression de Sandy.

— Qu'est-ce que vous en savez ? Vous y étiez ? ironisa Nelson.

La pluie se fit plus drue. Nelson se réfugia sous les branches du chêne.

— Non, mais il existe un moyen de savoir si j'ai raison ou pas. C'est ce que Charles Winedrove veut que vous fassiez. Retrouver Acosta Bracho pour savoir s'il est vraiment un simple travailleur au noir, comme le prétend sa mère. Vous qui êtes un flic et un proche des Winedrove devez comprendre que cela est peu crédible. Les Winedrove n'embauchent que du personnel hautement qualifié.

Cela ne prouvait rien. Tous les faits convergeaient vers Julian, et les faits étaient têtus.

— Je suis désolé, mais…, commença Nelson.

— Allez le dire à votre futur beau-père. Je ne suis que le messager, bonne journée, répliqua Warren.

Il tourna les talons et partit sans un regard en arrière, certain de l'avoir piqué au vif. Il était temps d'oublier tout ça et de retrouver Arquette, de parler très sérieusement de son idée de monter un cabinet, de repartir sur de nouvelles bases et de nouveaux espoirs.

La cérémonie était désormais achevée. Le petit groupe se dirigea vers la sortie d'un pas lent. Debbie vint rejoindre Nelson et lui tendit le parapluie.

— Qu'est-ce qu'il te voulait ?

Nelson faillit répondre « rien », mais il se devait de lui dire la vérité et lui répéta tout.

— Dean, s'il existe une possibilité que Julian soit innocent, tu dois tout faire pour le prouver, dit Debbie. Tu n'imagines pas à quel point cela est important pour nous.

Nelson s'entendit répondre :

— Je te promets de faire tout mon possible.

À l'autre bout de la ville, un sexagénaire qui en paraissait bien davantage se leva enfin de son lit d'hôpital.

Devant le miroir du lavabo, il vit couler des larmes qui semblaient ne jamais devoir s'arrêter.

Mardi 18 octobre 2011

70

En entrant dans la chambre d'hôpital, Tyron fut troublé en voyant son père. Ce n'était plus l'inébranlable Charles Winedrove, mais un vieil homme aux traits tirés, aux yeux enfoncés dans leurs orbites cernées de noir.

— Tu voulais me voir ? demanda-t-il en refermant la porte derrière lui.

— Oui, viens t'asseoir près de moi, répondit Winedrove d'un ton fatigué.

Tyron prit une chaise et se plaça tout près de lui.

Quand sa mère lui avait fait part du désir de son père de lui parler, il avait longuement hésité. Belinda avait fait pencher la balance en arguant du fait que ce serait peut-être la dernière fois qu'il le verrait. Un argument pas très délicat, mais qui le toucha. Depuis trois jours, il vivait chez Debbie, qui lui avait laissé son appartement. Le temps de faire le point. Où en était-il de sa vie ? Était-il heureux ? Tyron était incapable de répondre de façon convaincante à ces questions. Certes, l'amour de Belinda et de ses deux garçons suffisait à son bonheur, mais il avait toujours en lui cette plaie béante causée par un père qui n'avait su ni l'aimer ni le comprendre.

— Tu aurais pu venir à l'enterrement, attaqua Tyron, qui n'avait pas l'intention de se laisser amadouer.

— Je sais, et je le regrette, répondit Winedrove. Mais c'était avant que l'avocat de Julian m'assure qu'il était innocent.

— Est-ce qu'on en est vraiment certain ? Tout l'accuse, dit Tyron, qui aurait tant voulu le croire aussi.

Mais les faits étaient là. Sans l'ombre d'une preuve, il ne changerait pas d'avis. Pour lui, Julian était coupable, si attirante que soit la thèse de son innocence.

— Dean Nelson travaille là-dessus.

Tyron était déjà au courant. La veille, Debbie lui avait dit que Nelson avait posé un congé sans solde pour s'occuper personnellement de retrouver Acosta Bracho.

— C'est pour me dire ça que tu voulais me voir ? demanda Tyron, prêt à repartir.

Winedrove leva une main et la posa sur le bras de son fils.

— Non, je voulais qu'on parle, toi et moi. Il est temps qu'on ait une discussion entre hommes.

Tyron fut gêné par le contact de cette main posée sur son avant-bras. Une main délicate, tellement différente de celle qui le battait dans sa jeunesse.

— Nous avons déjà eu cent fois cette conversation. Je ne vois pas ce que cela va changer.

Winedrove eut une ébauche de sourire.

— Je ne supporte plus l'idée que tu me haïsses. Je ne suis pas un monstre, Tyron.

— Et comment doit-on qualifier un père qui martyrisait ses deux fils et méprisait ses filles ?

Forcé au repos dans ce lit d'hôpital, Winedrove avait eu tout loisir de préparer sa défense en vue de cet entretien capital pour la pérennité de la famille.

— Je plaide coupable, Tyron, et je te demande pardon, ainsi qu'à ton regretté frère, dit-il en espérant que sa sincérité serait visible.

Tyron garda le silence. Les battements de son cœur s'accélérèrent. Il avait si longtemps attendu une parole de regret, de pardon. Mais pouvait-il le croire ?

— Je ne te l'ai jamais dit, mais ton grand-père, aussi charmant fût-il avec vous, était un homme violent. Non seulement il nous battait mon frère et moi, pour faire de nous des hommes, c'est du moins ce qu'il disait, mais aussi sa femme, ma pauvre mère, qui pourtant resta mariée avec lui jusqu'à sa mort.

Tyron n'arrivait pas à imaginer son grand-père en homme violent.

— Laisse-moi te raconter quelques faits en particulier.

Il lui révéla alors le martyre d'une famille qui subissait les accès de colère d'un despote. Sa violence s'était accrue à la mort du fils préféré.

— Il le frappait, lui aussi ? s'étonna Tyron.

— Oui. Il l'adorait, mais ça ne l'empêchait pas de lui flanquer sa raclée. Ton grand-père était un homme complexe.

Winedrove se plongea dans des souvenirs qu'il avait enfouis sans jamais en avoir parlé à quiconque. Étrangement, bien qu'ils fussent terribles, il se sentait soulagé d'un poids, libéré de certains démons.

Tyron, qui l'écoutait avec attention, comprit qu'il disait la vérité.

— Les temps changent. Regarde, moi, je suis peut-être le premier Winedrove à n'avoir jamais porté la main sur sa femme. Je ne suis pas comme mon père, dit-il en se raccrochant à cette pensée rassurante.

— Et moi, le premier Winedrove à n'avoir jamais touché à un cheveu de ses enfants, enchaîna Tyron, qui comprenait la raison de ce rendez-vous. Tu veux voir Ricardo et Paul ?

Winedrove eut son premier sourire depuis des mois.

— Oui, j'aimerais beaucoup. Je suppose que ce sont deux beaux garçons.

— Des Winedrove, répondit Tyron.

Nouveau sourire.

— Il faudra que tu me présentes aussi leur mère. Dis-lui bien que je n'ai rien contre elle.

Belinda Garcia. Cette garce qui avait envoûté son fils, onze ans auparavant, et l'avait amené à ses idées révolutionnaires. Mais peut-être avait-elle changé, elle aussi.

— Elle viendra, assura Tyron, très ému.

Voilà un père que j'aurais pu aimer, se dit-il en voyant cet homme assis dans son lit. *Un gentil grand-père, plein de compréhension et de douceur.*

— Je vais y aller. Tu es encore faible, et je ne veux pas te fatiguer.

Winedrove serra le bras de son fils d'une poigne étonnamment ferme.

— Tyron, j'ai quelque chose à te dire, annonça-t-il d'un ton solennel. Je veux que tu prennes la tête de nos entreprises.

Tyron le regarda, surpris. Avait-il conscience de l'absurdité de ce qu'il disait ?

— Papa, arrête, ne gâche pas tout, fit-il en desserrant l'étreinte de son père.

— Non, je t'en prie, écoute-moi, s'il te plaît, l'implora Winedrove.

Tyron, qui avait retrouvé toute sa combativité, pria pour que la conversation ne dégénère pas, comme toutes les autres fois.

— Papa, je hais ton système qui broie les travailleurs, qui place l'argent au centre de tout, et qui ne recule devant rien pour en gagner toujours plus.

Maudite propagande communiste ! pensa Winedrove, qui parvint cependant à conserver son calme.

— Tu sais combien de familles vivent grâce à nos entreprises ? Des milliers. Des milliers d'hommes et de femmes qui, sans nous, seraient obligés de mendier pour manger. C'est ça que tu veux ? Une société de mendiants demandant la charité à une élite de possédants ?

— Je ne remets pas en cause la valeur du travail, mais le fonctionnement de la société capitaliste, répondit Tyron, désolé de briser la magie du moment. La répartition des richesses, papa, et aussi le comportement des classes dirigeantes, qui poussent de nombreux travailleurs à un stress permanent dans le meilleur des cas, et au suicide pour les pires. Les gens ne sont pas heureux dans nos entreprises.

Winedrove était désolé par cette caricature de l'entreprise, et répondit :

— Tu ne sais pas de quoi tu parles. Je suis étonné de voir que quelqu'un d'aussi cultivé que toi n'ait jamais entendu parler de servitude volontaire.

Bien sûr qu'il connaissait le concept, mais il préféra le laisser le lui expliquer.

— Qu'est-ce que tu sous-entends ?

— Je veux te faire prendre conscience que tous les humains ne sont pas égaux. L'homme est un animal. Comme dans n'importe quel troupeau, il y a le leader et il y a les faibles, dit Winedrove, qui avait retrouvé une partie de son allant. Très peu de gens ont cette capacité à mener des hommes. Si tu avais travaillé une seule fois en entreprise, tu aurais pu t'apercevoir du fait que, à de rares exceptions près, les gens se satisfont de leur position et n'ont aucune ambition, aucune envie d'en changer. Les ouvriers veulent rester ouvriers, les secrétaires, secrétaires. Prendre des décisions est une chose très difficile. On est amené à faire des heureux et des malheureux. Peu de gens sont aptes à l'assumer.

Tyron était écœuré par le discours de son père, mais le laissa finir.

— Le peuple n'a que faire de liberté. Il a seulement besoin de la certitude que son avenir ne sera pas un long chemin de croix. Il a besoin d'un guide en qui croire, et la seule question qui compte pour chaque homme est : être berger ou mouton ?

— La question n'a aucun sens. Tous les humains pourraient être égaux. Il suffirait d'enseigner aux enfants, dès leur plus jeune âge, des valeurs humanistes, et mettre à terre cette idolâtrie du dieu « argent ».

Winedrove eut un petit rire moqueur.

— Étonnant que tu dises cela, toi, alors que Debbie te donne chaque année près d'un million de dollars pour ta Ferme.

Tyron se figea. Comment pouvait-il le savoir ? Jamais Debbie ne l'aurait trahi.

— Ne fais pas cette tête. Debbie l'a dit à sa mère en lui faisant jurer de ne pas en parler, et ta mère me l'a répété, en me faisant jurer de garder ça pour moi.

Tyron soupira et baissa le regard. Il n'était pas fier de ça, mais il fallait bien faire fonctionner La Ferme. Ce n'étaient pas les abonnements à *La Voix du peuple* qui pouvaient permettre d'entretenir leur coopérative et celle d'autres groupes amis.

— Tu n'as qu'à dire à Debbie d'arrêter. Nous nous débrouillerons autrement.

Winedrove n'en douta pas une seconde.

— Je sais, Tyron, car avant d'être communiste, tu es un leader. Tu n'es pas l'égal des moutons que tu héberges dans ta Ferme. Tu es leur guide, leur gourou, leur maître, dit-il avec un brin de moquerie.

Tyron n'aimait pas du tout cette comparaison. Son père ne comprenait rien à rien.

— Nous fonctionnons sur la base de la démocratie. Une vraie démocratie éclairée, où les choix sont faits en toute connaissance de cause, et chaque année je remets mon mandat en jeu.

— As-tu, une seule fois, été battu ?

Tyron détourna le regard puis, après un court silence, répondit :

— Non.

Winedrove partit d'un rire moqueur.

— Autant instaurer une dictature, si c'est pour toujours gagner les élections, ironisa-t-il. Les élections ne servent qu'à une chose : faire le tri entre les leaders. C'est aussi simple que ça. Une fois élu, le leader fait ce qu'il veut, et le peuple est content d'avoir un nouveau berger aux commandes.

Du pur cynisme. Tyron était effaré.

— Tu crois que je suis abject. Mais toi et moi sommes pareils : tu dis vouloir le bien du peuple. Mais que lit-on à mots voilés dans vos écrits ? Mépris et condescendance. Le peuple est mauvais, raciste, inculte, dit Winedrove. Et vous vous sentez tellement supérieurs à eux.

— Tais-toi, tu ne sais rien, l'interrompit Tyron en le regardant avec dégoût.

— Oh si, je sais bien des choses. Tu es un leader et en tant que tel, tu as besoin de l'amour de tes fidèles. Je suis persuadé qu'il n'y a pas une journée sans que tes disciples t'envoient des mails de félicitations, t'abreuvent de louanges. Tu hurles ton dégoût des religions, mais tu fonctionnes exactement comme elles. Tu prêches la bonne parole, mais pour rien au monde tu ne lâcherais ton rôle de leader de cette communauté, car c'est ce rôle qui te plaît, même si tu n'en as pas conscience.

Tyron eut de la peine pour son pauvre père, aveuglé par sa haine envers le genre humain.

— L'important, ce ne sont pas les hommes, mais les idées. Admettons un instant que je sois aussi corrompu que tu le prétends ; l'essentiel est ce que nous apportons à l'humanité.

Winedrove eut un rire railleur.

— Mais tu te prends réellement pour Dieu ! Je peux t'assurer qu'une fois mort, tu seras comme tous les grands penseurs, oublié à jamais. La postérité n'a qu'un temps. Qu'est-ce que tu cherches ? L'immortalité ?

— Je cherche seulement à faire en sorte que le monde aille mieux.

— Ce que tu as l'air d'ignorer, c'est qu'il y a des milliers de types comme toi qui se croient investis d'une mission d'évangélisation des masses ignorantes. Mais que tu le veuilles ou non, l'humanité est ainsi faite : il y a les serviteurs qui flattent le prince, répandent sa bonne parole et vilipendent ceux qui ne pensent pas comme eux, et les princes, qui sont soit convaincus de leur mission divine, soit s'en amusent et en profitent.

Tyron n'avait qu'une chose à répondre à cette analyse qui lui paraissait caricaturale.

— Tu essayes de te dédouaner de ton comportement de prédateur capitaliste en faisant croire que tout homme est profondément égoïste et narcissique. Désolé de te contredire, mais ce n'est pas le cas.

Égoïste et narcissique. Effectivement, telle était la définition que Winedrove ferait de l'humanité. Persuadé d'avoir ébranlé les convictions de son fils, il décida de jouer sa carte maîtresse.

— Tyron, reprit-il d'un ton pacifique, il ne tient qu'à toi de me prouver que j'ai tort. Prends les rênes de mes affaires et gère-les à ta guise.

— Tu ferais ça ? demanda Tyron, incrédule.

Winedrove ne doutait pas que tout leader révolutionnaire, même pétri d'idéaux marxistes, deviendrait très vite, une fois au pouvoir, comme tous les autres puissants. Un homme amoureux de leur force.

— Les actionnaires ne me laisseront pas faire.

— Bien sûr que si. Nous avons la majorité des voix dans les conseils d'administration.

— Et si je ruine ton entreprise ?

Tyron savait que tout cela n'était qu'une vaste blague, mais s'amusait à faire semblant d'y croire.

— Eh bien, ça prouvera que j'avais raison, qu'on ne peut pas faire fonctionner une entreprise avec de bons sentiments. Comprends bien que je n'ai vécu chaque instant de ma vie que pour le bien de ma famille. J'admets que je m'y suis mal pris, et je regrette le mal que j'ai pu vous faire, à toi et à ton frère.

— Tu serais prêt à abandonner toutes tes parts pour les mettre à mon nom ?

— Oui, à vous les donner, à toi et à tes sœurs.

Il y eut un long silence. Père et fils se jaugèrent.

Winedrove appréciait la façon dont son fils avait pris de l'assurance. Oui, il ferait un grand patron. Peut-être encore meilleur que lui. Certains économistes disaient que mettre de l'humain dans l'entreprise augmentait la rentabilité. C'était le moment de le vérifier.

De son côté, Tyron se sentait apaisé. Quelque chose s'était passé entre eux. Toute haine évacuée. Même si l'idée que se faisait son père de l'humanité le hérissait, il n'en restait pas moins son père.

— J'ai besoin de réfléchir, mais je ne te dis pas non, finit-il par annoncer en se levant. Maintenant, reposetoi.

— Je crois que je vais dormir, dit Winedrove, qui soudain ressentit le contrecoup de cette discussion éreintante.

Alors que Tyron passait la porte, Winedrove l'interpella.

— Dès que je serai de retour à Providence, je veux que tu viennes dîner avec ton épouse et mes petits-enfants.

Tyron sourit. Le vieux lion ne changerait jamais. Ordonner, plutôt que demander.

— Si tu es sage, papa, seulement si tu es sage, lui dit-il avant de refermer la porte.

Mardi 25 octobre 2011

71

Garé à l'angle de la Troisième Avenue et de Blanchard Street, Nelson regarda sa montre. *Encore une heure avant la relève*, songea-t-il en soupirant.

Cela faisait une semaine qu'il avait commencé la surveillance de l'immeuble de Mme Bracho. Pour ce faire, il s'était offert les services de trois détectives et faisait des roulements toutes les quatre heures. Nelson avait tenu à participer à la surveillance, pour ne pas donner à Debbie l'impression de se désintéresser de l'affaire, mais il commençait à ne plus y croire. Il était d'ailleurs résolu, si à la fin de la semaine Bracho ne s'était pas présenté au domicile de sa mère, à embaucher un détective supplémentaire pour lui céder sa place.

Il prit son sandwich et en arracha une grosse bouchée, le regard toujours fixé sur l'entrée de l'immeuble. Il était près de 20 heures. Les trottoirs étaient éclairés, mais, à présent, il devait regarder avec des jumelles chaque entrant, pour mieux distinguer les visages. En ce début de soirée, le flot de véhicules qui circulaient dans les deux sens s'était quelque peu tari.

Nelson avala une gorgée de bière, et ses pensées revinrent sur le seul sujet qui le préoccupât vraiment : son avenir. Debbie faisait pression pour qu'il abandonne son métier de flic. Trop de risques, et des horaires de dingue. Elle voulait avoir une vie normale et ne pas craindre toute la journée un appel qui lui annoncerait sa mort. Elle avait d'autre part trouvé en Kaleigh une alliée efficace, qui le tannait pour qu'il fasse autre chose de sa vie, et clamait qu'il était bien trop doué pour rester simple flic ! Ni l'une ni l'autre ne comprenait que ce métier était un sacerdoce. Le problème, c'est que lui-même était en train de perdre la foi.

Durant des années, il s'était cloîtré dans une vie centrée sur son seul travail. Mais depuis près de trois ans, la cohabitation avec Kaleigh avait commencé à lézarder les remparts qu'il s'était construits. Et maintenant qu'il vivait avec Debbie, ils avaient explosé. Plus les semaines passaient, plus il redevenait le Dean de sa jeunesse. Insouciant et plein d'ambition. La mort de ses parents avait tout brisé. Néanmoins, grâce à Debbie et à Kaleigh, les morceaux s'étaient recollés. Il se sentait prêt à tout recommencer. Mais quoi ?

Il ne savait rien faire d'autre que de mener des enquêtes.

Soudain, il repensa à Vernon Klein et à sa théorie aberrante selon laquelle un complot aurait été perpétré contre ses parents. Et si c'était vrai ? Si son père n'avait pas tué sa mère ? Ça changerait tout… mais c'était idiot. Autant croire que Julian Winedrove était innocent. Il rejeta ces idées stupides et focalisa à nouveau toute son attention sur la rue. Un type était justement en train de la remonter, sur le trottoir opposé au sien, jetant des coups d'œil méfiants autour de lui. Nelson, qui s'affaissa aussitôt dans son siège, avait eu le temps de le reconnaître.

À un moment donné, tous les fils retournent à la maison, se dit-il en voyant Acosta s'arrêter devant l'entrée de l'immeuble et, après un dernier long regard circulaire qui parut le rassurer, s'engouffrer à l'intérieur. Nelson posa son sandwich sur le siège passager et sortit de la voiture de location. Grâce au passe que s'était procuré l'un des détectives, il put ouvrir la porte de l'immeuble. À présent, il s'agissait de la jouer fine. Il était en congé et n'était aucunement mandaté pour interpeller qui que ce soit. À la moindre erreur, un avocat aurait vite fait de réduire son témoignage à zéro.

L'ascenseur était redescendu. Il entra à l'intérieur, accompagné jusqu'au vingtième étage par l'insupportable odeur d'eau de Cologne dont Bracho s'inondait. Arrivé à destination, il remonta un couloir, jusqu'à la porte 7. Sans avoir à y coller l'oreille, il entendit distinctement les voix d'Acosta et de sa mère, heureux de se retrouver.

Nelson sonna. Aussitôt, le silence se fit. Il dut attendre un petit instant avant que la porte ne s'entrouvre.

— Bonjour, madame, je voudrais parler à votre fils, dit Nelson d'un ton aimable.

— *No comprendo*, fit Mme Bracho.

— Mais si, vous me comprenez très bien. Ne soyez pas effrayée, je suis juste venu dire à votre fils qu'il n'a plus à s'inquiéter. Nous n'avons plus de mandat d'arrêt contre lui.

Mme Bracho, comprenant qu'elle n'avait pas le choix, lui ouvrit la porte et le conduisit jusqu'au salon, où Acosta l'accueillit fraîchement.

— Qu'est-ce que vous me voulez ? Vous avez arrêté Julian Winedrove, c'est lui le coupable !

L'avis de recherche ne mentionnait pas le motif du mandat. Mais s'il avait travaillé sur le toit des Winedrove, il avait facilement pu deviner.

— Bien sûr, mais je suis du genre méticuleux. Je voudrais seulement comprendre pourquoi nous avons retrouvé votre ADN tout autour de la maison, dit Nelson, qui scrutait chacune de ses réactions.

Acosta garda le silence, semblant réfléchir sur la meilleure réponse à donner.

— La petite Sandy Winedrove est super mignonne. Je la matais. C'est tout, il n'y a pas de mal à ça, répondit finalement Acosta, après avoir hésité à demander un avocat.

Comme cela aurait pu paraître suspect, il s'était ravisé.

— Une jolie fille, c'est vrai, en convint Nelson, qui essaya de cacher son trouble.

Se rendait-il compte qu'il venait de donner un mobile de premier choix pour l'agression dans le parc ? Pourquoi n'avait-il pas simplement dit qu'il travaillait au noir pour les Winedrove ? *Parce que tel n'était pas le cas !* comprit Nelson.

— Vous l'observiez du toit ? reprit-il, sur le qui-vive.

Nouveau silence gêné d'Acosta, qui regarda nerveusement la porte.

— En fait, j'étais caché dans la haie quand j'ai entendu du bruit, je me suis retourné et j'ai vu un berger allemand qui me grognait dessus. J'ai couru et j'ai grimpé le long de la gouttière pour me réfugier sur leur toit, dit-il, espérant être crédible.

Il n'avait jamais travaillé au noir sur cette maison. Julian n'avait pas menti, et s'il disait vrai sur ce point, peut-être disait-il vrai sur le reste.

— Bien, je crois que c'est tout, dit Nelson en cachant sa stupéfaction.

Il en savait suffisamment pour le mettre en garde à vue et creuser son histoire. Mais auparavant, il devait appeler Rivera pour obéir à la procédure. Tandis qu'il se retournait pour partir, son regard fut attiré par les photos accrochées au mur.

— C'est vous ? demanda-t-il en se rapprochant.

— Oui.

— Allez-vous-en maintenant, intervint sa mère. Vous n'avez plus rien à faire ici.

Pourtant, Nelson resta figé devant l'une des photos. Celle d'une adolescente pulpeuse qui lui rappelait quelqu'un. Soudain, il reconnut la jeune fille. Quinze ans maximum, mais il était sûr de lui, et cela changeait tout.

— Belinda ? dit-il, sous le choc.

— Vous connaissez ma fille ? Vous savez où elle vit ? demanda Mme Bracho, pleine d'espoir.

Nelson ne lui répondit pas, mais se retourna vers Acosta, et la balle qui aurait dû lui traverser le crâne rata sa cible.

D'un bond, Nelson se jeta sur Acosta et parvint à lui faire perdre l'équilibre alors qu'une seconde balle s'enfonçait dans le mur. Un combat au corps à corps s'engagea. Nelson bloqua la main droite de son adversaire pour lui faire lâcher son arme. Une troisième balle siffla. Nelson, possédé par la rage, réussit à se donner assez d'espace pour asséner un violent coup de poing dans les côtes d'Acosta, avant de lui exploser le nez d'un coup de tête.

Nelson sentit qu'il prenait le dessus. Le faisant basculer sur le côté, il lui tordit le bras et parvint à lui faire lâcher son arme, dont il se saisit aussitôt en se relevant.

— Ne bouge plus !

Le nez pissant le sang, Acosta lui adressa un sourire diabolique. Puis Nelson sentit une vive douleur au crâne, et sombra dans l'inconscience.

— Allez, dépêche-toi, va-t'en ! cria Mme Bracho, qui tenait les restes d'un vase dans les mains.

Elle se baissa vers le policier. Dieu merci, il respirait encore.

Acosta s'était relevé et avait récupéré son arme, qu'il braquait à nouveau sur Nelson.

— Ne fais pas ça, espèce d'idiot ! Tu veux être accusé de meurtre ? Va-t'en, je me débrouillerai avec les flics.

Acosta hésita, et comprit que sa mère avait raison. Le meurtre d'un flic conduisait directement à la peine de mort, alors que pour Sandy, il serait au pire condamné pour agression — du moins, tant que cette conne ne mourait pas.

— Allez, je t'en…, dit Mme Bracho qui s'arrêta net quand une balle pénétra à l'arrière de son crâne.

Acosta sentit son cœur s'arrêter en entendant la détonation, mais il ne ressentit aucune douleur. Il vit du sang couler du front de sa mère, qui s'effondra, le regard étonné.

Il se retourna et par réflexe tira à l'aveuglette, mais son tir se perdit sur le mur, tandis qu'une balle lui perforait le thorax et s'enfonçait dans son cœur…

Quand Ernesto avait vu Acosta entrer dans l'immeuble, une immense joie l'avait submergé. Ces journées passées en planque, à ne dormir que quatre heures par nuit pour être certain de ne pas le rater, venaient de porter leurs fruits.

Un million de dollars ! se dit-il, soulagé. Il avait failli en faire une dépression quand il avait cru, comme tout le monde, que Julian était le coupable. Envolé, le million de dollars ! Mais, allez savoir pourquoi, le vieux Winedrove l'avait rappelé et lui avait demandé de continuer sa traque. Cette fois, interdiction de le tuer. Il fallait le faire parler, lui faire avouer l'agression contre Sandy. Ernesto avait accepté, remerciant les cieux quand Winedrove lui avait promis la même somme pour l'arrestation.

Depuis, il avait fait la seule chose qui paraissait sensée, mettre sur écoute le téléphone de sa mère et attendre. L'idiot l'avait appelée trois jours plus tôt pour l'avertir qu'il arriverait ce mardi.

Jamais trois jours ne lui avaient paru aussi longs. Et s'il changeait d'avis, et s'il se faisait buter avant ? Mais non, les cieux étaient avec lui. Il sortit de sa voiture et alors qu'il s'avançait vers l'immeuble, il aperçut un type.

Merde, je le connais celui-là, s'était-il dit sans parvenir à mettre un nom sur ce visage. Où avait-il pu le voir ? Était-ce un complice ? Il le vit introduire un passe dans la serrure et ouvrir tranquillement la porte.

Un résident. Ernesto respira. Il avait cru l'espace d'une seconde que Winedrove l'avait doublé. Il s'approcha et regarda à travers la porte vitrée de l'entrée. Il laissa l'homme prendre l'ascenseur, puis, abaissant sa casquette sur ses yeux pour échapper aux caméras de surveillance, entra à son tour.

Vingtième étage, lut-il sur l'ascenseur devant lequel il venait de se poster. Comprenant qu'Acosta avait déjà de la visite, il se mit à trépigner sur place.

Et merde ! C'est quoi ce bordel ?

Il aurait bien pris l'escalier, mais outre le fait qu'une fois parvenu en haut il serait essoufflé, rien ne disait qu'il arriverait plus vite. Il attendit donc l'ascenseur avec anxiété. Enfin arrivé devant la porte de Mme Bracho, il s'obligea à recouvrer la maîtrise de soi.

Avec précaution, il écouta à travers la porte. Le type posait des questions. C'était un flic ! Ernesto se rappela alors l'avoir vu quand il avait conduit Winedrove au commissariat, près de sept mois plus tôt, après la mort de Brandon Foster.

Il entendit les tirs. Il se figea sur place et remercia les cieux. C'était la chance de sa vie. Le bruit de la bagarre se propageait jusque dans le couloir. Des voisins passaient leur tête par l'entrebâillement de leur porte.

— Police, rentrez chez vous, dit-il en sortant son arme d'un air assuré.

Les voisins, pas vraiment convaincus, préférèrent cependant refermer leur porte pour éviter les ennuis.

Maintenant, la mère rabrouait son fils.

Pour Ernesto, c'était le moment idéal.

Il ouvrit brutalement la porte et, voyant le flic à terre, tira une balle qui atteignit la mère en pleine tête, puis il vit le fils qui se retournait et tirait sans vraiment avoir le temps de viser.

Ernesto eut un sourire cruel. Lui ne manqua pas sa cible. Une balle en plein cœur.

Il entra dans le salon et retourna le corps du flic. Il semblait mort. Ernesto allait lui prendre le pouls quand Nelson reprit connaissance.

— Qui êtes-vous ?

Ernesto lui fit un grand sourire.

— L'homme qui vient de vous sauver la vie.

Et qui vient de gagner un million de dollars.

Nelson se redressa et découvrit le carnage. Comment allait-il pouvoir l'expliquer à ses supérieurs ?

Il était près de minuit. Après trois heures d'audition, certain d'avoir tous les éléments en main, Logan regarda Nelson dans les yeux.

— Tu es certain que c'est ce que tu veux ?

Le chef de la police de Seattle avait opté pour une simple mise à pied d'un mois pour avoir interrogé un suspect alors qu'il était en congé. Il était lavé de toute responsabilité dans le drame qui avait suivi, le seul Ernesto Juarez étant chargé des meurtres, qualifiés de

« légitime défense » après que quatre impacts de balles du calibre de l'arme d'Acosta eurent été retrouvés sur les murs, dont un dans l'encadrement de la porte.

— Oui, c'est ce que je veux, et je ne reviendrai pas sur ma décision.

Nelson avait compris que c'était un signe du destin. Il avait échappé de justesse à la mort. Seul un miracle l'avait sauvé.

— Tu es encore sous le choc. Tu as failli mourir. Je t'assure que tu devrais consulter notre psy. Repose-toi et prends le temps de réfléchir.

— C'est tout réfléchi. Je ne changerai pas d'avis, dit Nelson d'un ton définitif.

Il sortit sa plaque et la posa sur le bureau du capitaine.

Logan le jaugea. Il avait tout tenté. Rivera avait gagné son pari. Elle lui avait assuré que Nelson ne reprendrait pas son travail après son congé sans solde.

— Alors, je te souhaite bonne chance, Dean. Ce fut un plaisir de t'avoir sous mes ordres. Et si jamais l'envie te prend, tu peux passer dire bonjour. La porte te sera toujours ouverte.

— Je repasserai. Il y a des gens de qualité par ici, dit Nelson en se levant.

Il se pencha vers Logan et lui tendit la main. Logan se leva à son tour et la serra chaleureusement avant de le laisser partir.

Hurley, qui se plaignait qu'il n'avait plus d'histoires intéressantes à lui raconter, allait être ravie.

Nelson était dans un état second en quittant le bureau de Logan. Au passage, il salua machinalement les rares collègues présents à cette heure avancée de la nuit.

Il sortit à l'air libre pour atteindre le parking-silo où se trouvait sa Kawasaki. Lui qui n'avait jamais cru en Dieu était prêt à croire en la Destinée. Il avait l'impression que tout ce qui s'était passé depuis la mort de Brandon Foster faisait partie d'un plan qui avait pour seul but de le remettre sur le droit chemin. Comme si sa pénitence venait d'être levée et qu'il avait enfin le droit de vivre une vie normale.

Il avait voulu fuir tout ce qu'il avait aimé avant la mort de ses parents. En réalité, il avait tenté d'échapper à sa culpabilité de n'avoir pas su sauver sa mère de la folie de son père. Désormais, il avait dépassé tout cela. Son seul souhait était de vivre heureux auprès de Debbie et de s'occuper du mieux possible de Kaleigh, pour qu'elle devienne une jeune femme qui aurait fait la fierté de ses parents.

Il monta sur sa Kawasaki. Laissant son casque dans la mallette arrière, il sortit du parking cheveux au vent. Une chanson mythique lui vint à l'esprit. Il se mit à fredonner « Simple man » des Lynyrd Skynyrd. Voilà ce qu'il était : un homme simple.

La Kawasaki fonça dans la nuit de Seattle.

ÉPILOGUE

Quatre jours plus tard

— On a vraiment de la chance, il fait un temps magnifique, dit Belinda.

À ses côtés, Nelson hocha la tête en regardant les jumeaux de Tyron qui s'amusaient dans le parc. Pour le retour de Charles Winedrove à Providence, Elisabeth avait tenu à inviter toute la famille. Pour la première fois en onze ans, Tyron avait accepté de venir, accompagné de sa petite famille.

Le repas s'était déroulé dans une atmosphère paisible, agrémentée par les facéties de Paul et de Ricardo, qui vivaient dans un rêve. Tout était si grand, si beau, si magique ! Ils s'extasiaient de tout. Quand ils avaient découvert l'immense parc, ils s'étaient empressés d'aller y jouer.

Debbie et Kaleigh les avaient rejoints et jouaient au monstre à deux têtes, pour le plus grand bonheur d'Elisabeth, qui les regardait avec tendresse. Tyron et Charles s'étaient quant à eux excusés après le repas : ils devaient discuter affaires, comme l'avait dit en plaisantant Charles Winedrove.

— Vous avez de merveilleux enfants, ils sont adorables, dit Elisabeth, assise non loin de Nelson et de Belinda.

Ils prenaient le café sur la terrasse.

— Oui, ce sont de vrais amours, reconnut Belinda avec fierté.

— On va les rejoindre ? proposa Nelson en se levant.

Belinda se tourna vers Elisabeth, comme pour avoir son approbation.

— Allez, je suis heureuse de vous voir tous réunis, dit Elisabeth.

Nelson et Belinda s'avancèrent dans le parc en direction de la troupe des joyeux lurons.

— Et vous comptez avoir bientôt des enfants ? demanda Belinda.

Nelson eut un sourire un peu attristé. Le moment était venu d'arrêter ce simulacre.

— Debbie ne peut pas avoir d'enfant, nous pensons en adopter. (Il marqua une pause et reprit :) Au fait, tu ne m'en veux pas trop ?

Belinda le regarda d'un air perplexe.

— De quoi ? demanda-t-elle sans se départir de son sourire.

— À cause de moi, ton frère et ta mère ont été abattus.

Il s'immobilisa.

L'expression de Belinda vacilla l'espace d'un instant. Nelson entraperçut une haine pure, avant que Belinda reprenne le contrôle de ses émotions.

— Comment as-tu fait le rapprochement ? demanda-t-elle d'un ton fataliste.

Comme si de rien n'était, Nelson fit un petit bonjour de la main à Debbie, qui les regardait approcher. Elle était aux anges. Depuis qu'il lui avait assuré qu'Acosta Bracho était à l'évidence l'agresseur de Sandy, il lui importait peu de savoir pourquoi il avait monté ce plan diabolique pour faire accuser Julian. Ce dernier avait été disculpé de l'agression de sa propre sœur, c'était l'essentiel — même si c'était post mortem.

— Ta mère avait des photos de ses enfants sur son mur. J'étais simplement venu interroger ton frère. Quand il a compris que je t'avais reconnue, il a tenté de me tuer, dit-il, toujours souriant, comme s'il se fut agi d'une conversation badine. (Il ajouta d'une voix forte en direction de Debbie et de sa sœur :) On va faire un tour dans le bois, on vous rejoint.

— Vous perdez pas ! cria Kaleigh, qui portait Ricardo sur ses épaules.

Belinda leur envoya de petits baisers avec la main, et reprit d'un ton toujours mesuré :

— Qu'est-ce que tu as compris ?

Nelson la regarda. Aucune douleur dans ses yeux. Était-elle à ce point insensible ?

— Tout, dit-il laconiquement en passant sous de vieux arbres aux feuilles racornies par l'automne. Dans toute affaire, la première question est : à qui profite le crime ? C'est en trouvant la réponse que nous résolvons l'immense majorité de nos enquêtes.

Ils s'engagèrent sur un sentier qui serpentait dans les bois attenants au parc. Nelson et Belinda auraient pu passer pour deux amoureux aux yeux d'un promeneur peu attentif.

— Et en quoi en aurais-je profité ?

— En éliminant Julian, Sandy, puis Debbie, tu t'assurais l'intégralité du patrimoine des Winedrove. Une somme coquette, pour une fille d'immigrée mexicaine.

Le regard de Belinda sembla s'échapper sur le chemin devant elle. Elle secoua doucement la tête.

— Ce n'est pas ce que tu crois. J'ai quitté le domicile familial quand j'avais seize ans. J'en avais assez de voir défiler chez moi de pauvres types qui baisaient ma mère et qui me regardaient d'un œil lubrique. Quant à Acosta, ce n'est que mon demi-frère. À part notre mère, nous n'avons rien en commun.

Nelson écoutait très attentivement chacune de ses paroles. Il avait besoin de connaître la vérité.

— Je suis partie vivre ma vie et j'ai coupé les ponts derrière moi, continua Belinda. Ensuite, j'ai rencontré Tyron au centre culturel mexicain, comme tu le sais. Nous ne nous sommes plus quittés depuis. Tout allait pour le mieux, jusqu'à ce qu'Acosta me retrouve par hasard. Dès lors, l'idée de me soutirer de l'argent lui est venue en tête. Je lui ai expliqué que nous n'en avions pas beaucoup, mais il s'est mis à rire.

Un écureuil trop curieux les regarda passer, avant de se mettre à l'abri dans les hautes branches.

— C'est là qu'il a eu l'idée d'éliminer Sandy, Julian et Debbie.

— Tu aurais pu le dénoncer, la coupa Nelson, très dubitatif.

— Je n'aurais jamais imaginé qu'il le ferait. C'est quand j'ai appris l'agression de Sandy que j'ai compris que c'était lui. J'ai voulu alerter la police, mais il m'a avertie qu'il s'en prendrait à mes enfants si je le faisais.

Nelson garda le silence. Le scénario était parfait. Trop parfait.

— Pourquoi ne m'as-tu pas dénoncée ? Je suppose que tes anciens collègues ont dû me rechercher ?

— Rassure-toi. Personne ne te recherche. Pourquoi le feraient-ils ? Il n'y a qu'une photo sur un mur. Tous les faits semblent limpides. J'ai moi-même validé auprès de mes supérieurs la thèse que m'a servie ton frère avant de se faire tuer. À savoir qu'il était un voyeur. C'est pourquoi on a trouvé son ADN près de la villa de Sandy. De là à imaginer qu'il a tenté de la violer et de la tuer, il n'y a qu'un pas, que de toute façon nous ne franchirons pas. Ton frère est mort. La voie de la justice est éteinte. Fin de l'histoire.

Belinda fronça les sourcils, l'air intriguée.

— Ça ne répond pas à ma première question, dit-elle en comprenant que Nelson n'avait pas tout dit.

Ce dernier aurait aimé qu'elle avoue. Tant pis. Désormais, elle serait une ennemie à surveiller de près.

— Je ne t'ai pas dénoncée simplement parce que nous n'avions aucune preuve contre toi. Des appels téléphoniques ? Rien de plus normal entre un frère et une sœur. L'argent que tu lui as donné ? Normal, ça aussi, si tu assures qu'il menaçait tes enfants. Il te suffisait de tout nier en bloc. Sans preuve, n'importe quel avocat commis d'office t'aurait fait libérer dès la première audience.

Belinda lui renvoya un étrange sourire. Moqueur, narquois, ou respectueux ?

— Tu ne me crois pas, n'est-ce pas ?

— Non, lâcha-t-il, sûr de lui. Ton frère était un idiot. C'est toi qui as tout fomenté. Tu es une redoutable manipulatrice. Tu crois que je ne te vois pas faire avec ma sœur ?

Belinda éclata d'un rire moqueur.

— Nous y voilà. Tu es jaloux de l'indépendance d'esprit de ta petite sœur ! Tu as tellement peur qu'elle se rende compte de ton égoïsme.

Une attaque directe, frontale et terriblement efficace. C'est vrai qu'il n'avait pensé qu'à lui en s'isolant durant toutes ces années. Mais il avait changé. Il n'était plus le même homme.

— Je reconnais que je suis plein de défauts, mais contrairement à toi, je les assume et j'essaye de me corriger. Je t'ai laissé une chance et tu viens de la rater.

Belinda s'arrêta de marcher et le regarda droit dans les yeux.

— Dean, juste pour le plaisir de discuter, imaginons que je sois celle que tu dépeins, voilà ce que je pourrais te répondre…

— Tu crois que j'ai un micro sur moi ! Ma pauvre fille, tu es complètement parano !

— On n'est jamais trop prudent, assura-t-elle d'un ton déterminé.

Nelson porta son regard au-delà des arbres. Il entraperçut Debbie, les yeux bandés, qui cherchait à attraper les deux bambins dans une joyeuse partie de colin-maillard.

— C'est ce que pensaient Staline et Mao, se moqua-t-il. Tu sais, j'ai eu tout le temps de réfléchir à ce que j'allais te dire. J'ai enfin compris ce qui était le point commun à tous les leaders révolutionnaires comme vous.

— Un idéal de justice, la remise en cause d'un système dominé par une classe dirigeante de père en fils ? le nargua-t-elle.

— Non, la paranoïa, dit-il d'un ton convaincu. C'est parce que, avant tout, vous êtes de dangereux paranoïaques persuadés que le monde est contre vous, que vous voulez mettre à bas ce système qui veut votre perte.

— Et pourquoi ne serait-ce pas l'inverse ? demanda-t-elle avec une certaine malice.

Nelson la regarda comme une extraterrestre.

— Parce que personne ne vous en veut ! Vous êtes comme les comploteurs qui utilisent des milliers de pseudos sur Internet, de peur que le FBI remonte jusqu'à eux. Mais en quoi peuvent intéresser le FBI ces geeks boutonneux qui vivent chez papa et maman et qui se prennent pour les maîtres du monde derrière leur clavier ! Depuis la chute de l'URSS, l'idéal révolutionnaire est tombé et rien ne le relèvera.

Belinda lui jeta un regard méprisant. Il ne comprenait rien à rien. Pas aussi intelligent qu'il en avait l'air.

— C'est ce qu'on essaye de nous faire croire, et je vois que la propagande fonctionne à merveille. Félicitations !

Nelson n'avait pas envie de se battre, seulement de mettre les choses au clair de façon pragmatique :

— Je peux admettre qu'on veuille un monde meilleur, mais jamais je n'accepterai qu'on tue des innocents pour ça. Julian, Sandy et Debbie n'ont rien fait de mal. Ils étaient, tout autant que toi, les victimes d'un système qui les a placés à la tête d'une fortune qu'ils n'avaient pas demandée.

Enfin un discours cohérent, se dit Belinda. Elle revenait sur son terrain de prédilection.

— Tu as tout à fait raison, Dean, mais connais-tu une seule guerre qui se fasse sans victime innocente ? Sais-tu combien d'innocents les Alliés ont tués pour faire plier l'Allemagne et le Japon. Dresde ? Hiroshima ? Ça te parle ?

— Cela n'a rien à voir. Il s'agissait de mettre fin à des massacres.

— Le capitalisme massacre année après année des millions d'êtres humains, en favorisant le maintien en place des dictateurs dans la plupart des pays du monde, en payant de plus en plus mal les salariés obligés d'avoir recours à la « charité » pour survivre…

— Et en tuant Julian, Sandy et Debbie, tu aurais changé le cours du monde ? Je vais te dire une chose que j'espère que tu pourras entendre. Les seules révolutions qui n'aient pas conduit au chaos sont les révolutions pacifiques. Gandhi, Mandela, et même Martin Luther King. La non-violence est la seule forme de révolution qui fonctionne. Tu n'es qu'une criminelle, Belinda. D'autant plus que, j'en suis persuadé, tu n'es même pas convaincue par ce que tu dis.

— Ah bon ? dit-elle d'un air méprisant.

— Oui. Comme tous les leaders, tu es disposée à sacrifier des innocents au nom de l'intérêt révolutionnaire, du moins tant que cela ne te touche pas de près. Laisserais-tu tuer Paul et Ricardo si la cause révolutionnaire le demandait ?

Cet enfoiré avait trouvé la seule faille qu'elle se connaisse. Elle n'aurait jamais dû céder à Tyron, qui avait refusé qu'elle se fasse stériliser. Mais il était trop tard et, que la révolution lui pardonne, tout passait après le bonheur de ses enfants.

— Je vois qu'il te reste un brin d'humanité, remarqua Nelson, soulagé.

Belinda serra les lèvres. Elle avait besoin de se retrouver seule.

— Qu'est-ce que tu comptes faire ? lui demanda-t-elle sèchement.

Nelson avait longtemps hésité. Peut-être Debbie le croirait-elle. Charles Winedrove, sans aucun doute. Mais Tyron et Kaleigh ?

Le jeu n'en valait pas la chandelle.

— Rien. Que tu le veuilles ou non, nous formons à présent une seule et même famille. Je ne veux pas la déchirer au moment même où elle se retrouve. Mais je te préviens. Je vais t'avoir à l'œil. Que jamais il n'arrive quoi que ce soit à l'un de ses membres, ou je t'en tiendrai pour personnellement responsable, et je te jure que je te ferai la peau.

Belinda prit sa menace au sérieux.

— Tu veux aider les pauvres ? Fais comme Debbie, monte une association, conclut-il.

Des pas de course, des rires se firent entendre. Très vite, Paul et Ricardo, pourchassés par Debbie et Kaleigh, les rejoignirent, à bout de souffle.

— Qu'est-ce que vous complotez, tous les deux ? demanda Debbie, intriguée par leurs traits tendus.

— Rien, on parlait de Sandy, répondit Belinda avec un air attristé.

Nelson confirma d'un hochement de tête.

Quatre mois plus tard

De garde de nuit, Mary était en retard et ne s'attarda pas dans les vestiaires.

Cet idiot de Ross avait voulu le faire encore une fois avant qu'elle parte travailler. L'adorable don Juan. Voilà quatre mois qu'ils étaient ensemble. C'était un amant exceptionnel, mais aussi un père de substitution attentionné pour Kevin.

La vie n'avait pas été facile ces dernières années, mais tout était en train de changer.

Mary se dépêcha de prendre l'ascenseur pour commencer ses visites. Arrivée au deuxième étage, comme à chaque début de toilette, elle se dirigea vers la chambre de Sandy. C'était là que tout avait commencé avec Ross. Elle lui devait bien ça.

Tout sourires, elle remonta le couloir, et jeta un œil par la cloison vitrée. Comme elle s'y attendait, il était encore là. Assis près de Sandy, il lui lisait un texte d'un grand auteur classique américain.

Mary ouvrit la porte. Charles Winedrove se détourna de sa lecture.

— S'il vous plaît, je finis ce chapitre et je m'en vais.

Mary le gronda du doigt, mais qui pouvait refuser quelque chose à ce père exemplaire, qui veillait sa fille chaque jour ?

Elle ressortit et se dirigea vers la chambre suivante.

Winedrove reprit son livre, et continua à lire à voix haute *Les Aventures d'Huckleberry Finn*, certain que, dans ses rêves, Sandy l'entendait.

Alexis Aubenque
dans Le Livre de Poche

Sept jours à River Falls n° 31411

Sarah Kent, issue d'une famille modeste, est une étudiante modèle qui mène une vie paisible parmi l'élite de l'université de River Falls, une petite ville des Rocheuses. Pourtant, tout va changer, un matin de printemps, quand Amy Paich et Lucy Barton, ses deux meilleures amies des années de lycée, sont retrouvées atrocement mutilées dans la forêt toute proche. Or, deux jours auparavant, Sarah avait reçu une lettre, plutôt étrange, de Lucy et Amy… Le monde de Sarah bascule dans l'horreur. Sera-t-elle la prochaine victime du tueur ? Le shérif Mike Logan, aidé de Jessica Hurley, son ex-petite amie, une profileuse réputée, est chargé de l'enquête. Tous deux croient très vite être sur la bonne piste. Mais ils ignorent que leur adversaire les manipule avec une redoutable perversité…

Un automne à River Falls n° 31846

En ce début d'automne, deux assassinats commis coup sur coup viennent troubler la tranquillité toute relative de River Falls, déjà ébranlée par un sordide fait divers quelques mois plus tôt. Le premier crime fait grand bruit : Robert Gordon, un brillant avocat, philanthrope à ses heures, est retrouvé électrocuté dans le jacuzzi de sa luxueuse demeure, sur les hauteurs de la ville. Le même jour, le corps d'un SDF, roué de coups et jeté dans la rivière, arrive à la morgue sans susciter beaucoup d'émoi.

A priori, aucun lien entre les deux affaires. L'enquête est confiée au shérif Mike Logan, épaulé par sa compagne, la célèbre profileuse Jessica Hurley. Une plongée inquiétante dans les noirceurs de l'âme humaine.

Un Noël à River Falls n° 32363

Alors que la petite ville de River Falls s'apprête à célébrer Noël, un drame vient raviver le souvenir des horreurs du passé : un adolescent est retrouvé mort dans une cabane au fond des bois, d'où un autre a réussi à s'échapper. Œuvre de pervers ? Vengeance exercée contre le défunt, connu pour son homophobie ? Le survivant est membre d'une communauté religieuse installée dans un domaine ayant appartenu à un tueur en série. Simple hasard ? Plus que jamais, le shérif Mike Logan devra, pour mener à bien son enquête, se méfier des apparences. Aidé de sa compagne, la profileuse Jessica Hurley, saura-t-il se défaire des idées préconçues sur les « monstres » qui nous entourent ?

Du même auteur
aux éditions Calmann-Lévy :

TRILOGIE « RIVER FALLS »

Sept jours à River Falls, 2008

Un automne à River Falls, 2009,
prix Cognac du polar 2009

Un Noël à River Falls, 2010

www.myspace.com/alexis_aubenque

Composition réalisée par FACOMPO (Lisieux)

Achevé d'imprimer en décembre 2012 en France par
CPI BRODARD ET TAUPIN
La Flèche (Sarthe)
N° d'impression : 71400
Dépôt légal 1re publication : janvier 2013
LIBRAIRIE GÉNÉRALE FRANÇAISE
31, rue de Fleurus – 75278 Paris Cedex 06

31/6729/3